OPERACJA
Dzień Wskrzeszenia

fabryka słów
WWW.FABRYKA.PL

Andrzej Pilipiuk

OPERACJA
Dzień Wskrzeszenia

Ilustracje
Grzegorz i Krzysztof Domaradzcy

fabryka słów

Lublin 2006

Wydanie I

oprawa miękka

ISBN-10: 83-89011-88-3
ISBN-13: 978-83-89011-88-6

oprawa twarda

ISBN-10: 83-89011-96-4
ISBN-13: 978-83-89011-96-1

Baronowi i Kiwaczkowi
z podziękowaniami – Autor

lipiec 2012, gdzieś w Polsce

Prezydent Paweł Citko wyskoczył z helikoptera i kłusem przebył kawałek łąki dzielący go od stanowiska dowodzenia. Polowy sztab kryzysowy, kilka ciężarówek oraz kontenerów wypełnionych różnorakim sprzętem, rozstawiono na skraju zagajnika, mniej więcej kilometr od bazy.

– Stać! Przepustka! – zastąpił mu drogę wartownik.

– Jestem prezydentem tego kraju! – wydarł się na niego Citko. – Naczelnym zwierzchnikiem sił zbrojnych!

– Stój, w tył zwrot! – Żołnierz sięgnął do karabinu przewieszonego przez ramię.

– Tam siedzi wariat z bombą atomową, a ty, idioto...

– Przepuścić – rozkazał pułkownik, nagle pojawiając się w drzwiach kontenera.

– Kto tu dowodzi? – ryknął prezydent.

– Ja.

– Dobra, jaka jest sytuacja?

– Oddział „X" wtargnął na teren bazy cztery godziny temu. Wystrzelali obsługę ścisłego centrum, zabarykadowali drzwi i uruchomili hakerskie programy, aby opanować systemy komputerowe.

– Cholera... I co dalej? Nie można ich wykurzyć?

– To żelbetowy bunkier zabezpieczony dodatkowo wielowarstwową płytą pancerną. Same drzwi mają ponad metr grubości. Próbowaliśmy trotylem.

Weszli do kontenera. Przy terminalach siedziało kilku wojskowych techników. Wewnątrz pomieszczenia zostało akurat tyle miejsca, by usiąść.

– Monitorujemy ich działania na tyle, na ile to możliwe, sporą część systemów zdołali unieszkodliwić.

– Kim oni są, do cholery!?

– Nie wiemy.

– Co mogą zrobić?

– Jeśli złamią kody uzbrajania głowic i procedury startowe, są w stanie odpalić...

– Procedury startowe już uruchomili – zameldował technik ukryty gdzieś w głębi.

– Nasze rakiety... No właśnie, jaki mają zasięg?

– Na szczęście marny – odparł pułkownik. – Są w każdym razie w stanie dosięgnąć dwu baz amerykańskich na terenie Republiki Czeskiej i trzech niemieckich...

– Będą umieli wycelować?

– One już są wycelowane.

– Co z głowicami, powinny być składowane oddzielnie? – przypomniał sobie prezydent. – Poradzą sobie sami z osadzeniem ich w kluzach?

– Zgodnie z pańskim rozkazem na czas posiedzenia Parlamentu Unii Europejskiej jednostka została postawiona w stan najwyższej gotowości bojowej. To oznacza, że wszystkie systemy broni...

– Rozumiem. – Wzdrygnął się lekko. – A gdyby tak wleźć do silosów, a potem na przykład wywiercić dziurki i spuścić paliwo?

Wojskowy mimowolnie uśmiechnął się pod nosem. Ach, ci cywile...

– Rakiety są zaopatrywane w materiały pędne dopiero tuż przed startem.

– Wedle odczytu z czujników właśnie to robią! – zameldowano z głębi.

– To wyślijcie kogoś z siekierą, niech tnie po rurach! – Prezydent poderwał się na równe nogi.

– Nie mamy dojścia do silosów. Wszystko jest zabetonowane i zautomatyzowane.

– Przecież musi być jakiś sposób? Nikt tam nie zamiata, choćby od czasu do czasu?

– Są szyby techniczne.

– No...

– Ale wejście do nich jest odbezpieczane tylko od strony pomieszczenia, w którym siedzą terroryści. Od góry też się nie da. Silosy nakryte są specjalnymi pancernymi pokrywami, które zostają odstrzelone dopiero przy starcie.

– Czyli nic się nie da zrobić? Weźcie koparkę i narzućcie głazów na pokrywy! – błysnął pomysłem prezydent.

– Wpadliśmy na to, ale na terenie bazy nie mamy żadnego ciężkiego sprzętu. Dwa spychacze są w drodze, jednak dotrą najwcześniej za pół godziny. I tak nie zdążymy zasypać wszystkich szybów. Ściągamy właśnie artylerię przeciwlotniczą. Jeśli rakiety wystartują, jest szansa zniszczenia ich w powietrzu. Wtedy głowice spadną i być może eksplodują tutaj.

– Co?!

– To jedyna szansa uniknięcia konfliktu. Mamy cztery bomby, Niemcy prawdopodobnie ponad osiemset. Wedle danych naszego wywiadu Czesi też mają kilkanaście, może kilkadziesiąt.

– Co?! Jak to? Skąd?

– Zbudowali. Ponadto dysponują znacznie lepszymi środkami przenoszenia niż nasze. Amerykanie, którzy u nich stacjonują, też na pewno coś tam... Jeśli nie uda się powstrzymać terrorystów, jest jeszcze jedna możliwość. Gdyby zatelefonował pan gorącą linią do przywódców sąsiednich krajów, mogą spróbować przechwycić i zestrzelić nasze rakiety, zanim osiągną cel, chociaż i to wątpliwe z uwagi na brak czasu...

– Mam zadzwonić i powiedzieć, że mamy tu lewą bazę z rakietami taktycznymi, których posiadania zabraniają nam konwencje, a do tego uzbrojonymi w broń atomową, której w ogóle nie wolno...?

– Ostatnie zabezpieczenia złamane! – krzyknął z głębi stanowiska technik śledzący ekran terminalu. – Uzbroili głowice!

– Proszę natychmiast dzwonić do kanclerza Niemiec – rozkazał pułkownik.

Prezydent sięgnął po telefon komórkowy i wystukał numer. Przyłożył słuchawkę do ucha.

– Dziwne – mruknął. – Zajęte, chyba z kimś gada... – Ogłuszający huk przerwał jego wypowiedź.

Dowódca popatrzył na niego dziwnie martwym wzrokiem, a potem wydobył z kabury pistolet, przeładował i włożywszy sobie do ust lufę, pociągnął za spust. Patrząc na ciało walące się bezwładnie w tył, Citko po raz pierwszy zastanowił się, czy zagonienie polskich uczonych do budowy broni atomowej było aby najlepszym pomysłem jego prezydentury...

Rozdział 1

Jaki ustrój panował w państwie Inków?

Pytanie historyka zawisło w powietrzu. Pod zieloną tablicą upstrzoną zaciekami kiepsko zmytej kredy stali trzej przyszli maturzyści. Dwaj skulili się odruchowo. Trzeci patrzył spokojnie, jasna grzywka opadała na czoło, ale nie przysłaniała zuchwale błyszczących błękitnych oczu. Na wargach igrał sympatyczny uśmiech. O ile tamci dwaj wbili wzrok w ziemię, ten spoglądał beztrosko przez okno. Po ciemnoróżowym niebie sunęły szare, włókniste chmury pyłu. W parku na martwych drzewach nieliczne ostatnie liście żółkły lub czerwieniały. Kałuże ściął już lód. Atomowa zima widać zaczyna się w październiku.

Sławek Polański... Niesforny uczeń, wiecznie nieprzygotowany, a jeśli przypadkiem coś umiał, jego odpowiedzi były z reguły kompletnie od czapy. Ale jakimś cudem wszyscy nauczyciele go lubili.

– Ty nam odpowiesz na to pytanie...

– Ustrój państwa Inków? – Uniósł brwi jakby w zdziwieniu.

Zawsze powtarzał pytanie. Taki nawyk. Nie czekał na potwierdzenie.

– No cóż – odpowiedział spokojnie. – Zanalizujmy to sobie. Na czele państwa stoi władca, któremu oddaje się boską cześć. Poniżej członkowie jego rodziny i klanu. W ich rękach spoczywa cały majątek państwa. Obsadzają wszystkie szczeble władzy. Oni decydują, z kim ożeni się poddany, wydzielają robotnikom i chłopom ubrania z magazynów raz na pięć lat. Poniżej warstwy panującej rolnicy i rzemieślnicy, pogrupowani w coś w rodzaju brygad roboczych, pozbawieni własności prywatnej, wolności osobistej, swobody poruszania się po kraju, możliwości zmiany zajęcia lub miejsca zamieszkania...

– Do rzeczy – ostudził go delikatnie profesor. – Jak nazwiesz taki ustrój?

– Sądzę, że to był pratrockizm. – Sławek uśmiechnął się promiennie.

Nauczyciel przyciągnął sobie dziennik i zadumał się głęboko nad oceną. Znowu to samo. Wie, umie, ale struga wariata.

– Ze znajomości materiału szóstka, za poprawność wypowiedzi pała – zadecydował. – Wyciągnijmy średnią. Sześć minus jeden... – Puścił do niego oko i wpisał tłustą piątkę.

Drzwi klasy otworzyły się ze zgrzytem. Do sali wszedł mężczyzna w mundurze. Na naramiennikach nie miał żadnych dystynkcji, ale tak właśnie nosili się przedstawiciele tajnych służb. Ich stopnie wojskowe też były tajne. Uczniowie na widok nieznajomego poderwali się z miejsc.

Nie zapukał nawet, uświadomił sobie profesor, ale nie zdążył nic powiedzieć. Gość był szybszy.

– Witam – powiedział. – Który z was to Sławomir Polański?

– To ja. – Znowu ten dziwny wyraz twarzy. Sympatyczny, ale jakby odrobinę nieobecny uśmiech.

– Znakomicie. – Wojskowy też przyozdobił twarz krzywym uśmiechem. – Nasza komisja uznała, że jesteś dokładnie tym, kogo szukamy. Chodź, nie ma czasu do stracenia.

– Zabieracie mi najzdolniejszego ucznia – bąknął historyk.

– Wybaczy pan, sprawy wagi państwowej. Ojczyzna go potrzebuje.

Drzwi zatrzasnęły się z hukiem. Nauczyciel westchnął ciężko i wzruszywszy ramionami, przeniósł spojrzenie na pozostałą dwójkę. Zatrzęśli się jakby przestraszeni.

– Wracajcie na miejsca – powiedział łagodnie.

* * *

Fale sejsmiczne przyszły tu z dwu stron. Wstrząs nie był silny, ale wystarczył, by nie ocalał ani jeden budynek. Tylko siedemnastowieczny barokowy kościół przetrwał. Grube na dwa metry mury popękały jednak i porysowały się, a blacha na dachu podarła miejscami jak zbyt mocno naciągnięta mokra tektura.

Pod gruzami zginęła większość mieszkańców. Resztę zabiła epidemia dyzenterii. Nawet teraz spod stosów

pustaków tu i ówdzie unosił się trupi odór. Przed wojną mieszkało tu półtora tysiąca ludzi. Obecnie w obozie
żyło pięćdziesiąt rodzin.

Kawałki czerwonej cegły wymieszano z gliną i solidnie ubito, tworząc polepy kilkunastu baraków usy-
tuowanych na dawnym rynku. Rozebrano liczne stodo-
ły stojące na otaczających miasteczko wzgórzach i z ich
pociemniałych desek wzniesiono ściany. Hurtownia
materiałów budowlanych, której właściciel zaciągnął
się do wojska i teraz spoczywał zapewne gdzieś w bez-
imiennej mogile, stanowiła znakomite źródło darmo-
wego cementu. Teraz, po dwu latach, widać było błędy
budowniczych. Ściany, zbyt słabo zaizolowane od spodu, ciągnęły wilgoć z podłoża i gniły.

Obóz otoczony był zasiekami z drutu kolczastego,
a niewielka elektrownia wiatrowa przywieziona przez
funkcjonariuszy Rady Ocalenia dostarczała prąd, aby
utrzymać je pod napięciem. Po okolicy snuły się hordy
zdziczałych psów. Były niebezpieczne.

Filip Berg przykląkł wśród rumowiska jakieś sto metrów od bramy obozu. Sprawdził radiometrem radioak-
tywność gruntu. Była niewielka. Ściągnął skórzaną lot-
niczą kurtkę. Odrapany rewolwer w wyszmelcowanej
kaburze wisiał pod prawą pachą. Przy każdym ruchu
lekko uderzał o szarą płócienną koszulę. Po różowym
niebie sunęły bure chmury. Zanosiło się na deszcz. Ciekawe, czy dziś spadnie radioaktywny, czy zwykły?

Powtórzył pomiar. Wystarczyło odrzucić dwadzieścia, trzydzieści centymetrów gruzu, by skażenie zma-
lało prawie do zera. Odwalił jeszcze kilka cegieł. Pod
okruchami tynku, niegdyś pomalowanego na niebie-

sko, zarysowała się rozmokła dykta. Z torby wyjął bagnet i zręcznie wypruł w niej dziurę. Tak jak się domyślał, odsłonił kawałek tylnej ściany szafy. Wstrząs sejsmiczny ją przewrócił, a walący się dom zasypał pryzmą potrzaskanych kawałków muru. Filip zanurzył dłoń wewnątrz. Namacał tekturową, nieco lepką okładkę. Nozdrza wychwyciły subtelną woń zawilgłego papieru i stęchlizny. Książki. Wydobył pierwszą z nich. Podręcznik do podstawówki. Zacisnął zęby. Sięgnął ponownie. Jeszcze jeden podręcznik. Kilka zeszytów zapisanych równym, starannym pismem. To musiała pisać dziewczyna. Wstał i rozejrzał się. Nigdzie w okolicy nie widać było psów. Niebo z wolna się przecierało. Południe. Wyjął rewolwer z kabury, odbezpieczył i położył w zasięgu ręki. Znowu legł płasko i zanurzył rękę naprawdę głęboko. Ciągle miał nadzieję, że znajdzie coś ciekawszego niż szkolne książki. Coś, co mógłby czytać wieczorami przy świetle słabej żarówki.

Jeszcze dwa podręczniki, kilka wilgotnych, rozłażących się w palcach gazet. Nieoczekiwanie jego dłoń natrafiła na coś twardego. Nieduży format, sztywna okładka, w każdym razie nie wyglądało to na podręcznik. Wyciągnął ostrożnie na wierzch. Pamiętnik. Otworzył go na pierwszej stronie. Zdjęcie dziewczyny z grubym jasnym warkoczem. Filip wiedział, komu go oddać. Wsadził rewolwer do kabury i szybkim krokiem ruszył do obozu.

Wbiegł na hałdę gruzu i, jak wiele razy wcześniej, zagryzł wargi. Baraki, w zasadzie raczej szopy, długie, porażająco brzydkie, przywodzące na myśl raczej obóz koncentracyjny niż schronienie. Wysypane piaskiem

alejki, snujący się bez celu ludzie... W nos uderzył go znajomy zapach butwiejącego drewna, mydlin, gotowanej kapusty. I pomyśleć, że zaledwie dwa lata temu w nieskazitelnie czystym, odprasowanym mundurze trzymał wartę przed swoją uczelnią. A po zajęciach wracał do pokoju, uruchamiał komputer, a potem, leżąc w ciepłym łóżku, czytał. Dziś jego przestrzeń życiowa skurczyła się do pryczy we wspólnej sali, spodnie musiał już kilka razy połatać, podeszwa lewego buta pękła... Dwa lata temu pilotował pod okiem instruktora nowiutkiego orlika. Dziś pod pachą w parcianej kaburze miał czarnoprochowy rewolwer, replikę broni sprzed stu siedemdziesięciu lat. Spluwa może dobra, by postrzelać sobie do tarczy, w starciu z watahą zdziczałych psów miała znaczenie głównie odstraszające. A wszystko przez to, że zaraz w początkach wojny został raniony, a w konsekwencji zdemobilizowany.

Dziewczyna siedziała na progu swojego baraku i naszywała łatkę na kolanie spodni.

– Mam dla ciebie prezent – powiedział, robiąc tajemniczą minę.

Obrzuciła go niechętnym, wyniosłym spojrzeniem. Te kilka rodzin, które przeżyły wybuch wojny, demonstracyjnie gardziło przybyszami.

– Zobacz. – Podał jej pamiętnik. – Wygrzebałem z gruzów.

– Dziękuję. – Obojętnie wzięła od niego książeczkę.

Podniosła się i weszła do baraku. Filip stał przez chwilę w pyle ulicy, a potem niechętnie powlókł się do bramy. Spostrzegł to nagle. Nad odległymi wzgórzami pojawił się na polnej drodze tuman kurzu. Wojskowy jeep...

Były lotnik podszedł do wiszącej na łańcuchu metalowej szyny i uderzył w nią kilka razy kawałkiem pręta zbrojeniowego. Z największego baraku wyszli wójt i nauczyciel. Filip odsunął rygiel i pokryty kurzem samochód wjechał do obozu. Wysiedli z niego dwaj żołnierze. Powoli zebrali się wszyscy mieszkańcy.

– Witajcie, ludziska – powiedział wyższy, noszący na kombinezonie naszywki pułkownika.

Powitał go pomruk zgromadzonych. Po ostatniej wojnie zawód żołnierza znacznie stracił na prestiżu.

– Macie gazety. – Niższy wyładował paczkę drukowanych w Lublinie dzienników oraz tygodników i podał je nauczycielowi.

– Z czym przybywacie? – zagadnął wójt.

– Mieszka tu u was niejaki Filip Berg. – Pułkownik zlustrował gromadkę uważnym spojrzeniem. – Podchorąży z Dęblina.

– To ja. – Wywołany wyszedł przed szereg. Odruchowo stanął na baczność i skinął głową.

– Uzyskałeś najlepsze wyniki z testów. Ojczyzna wzywa. Pakuj się, jedziemy do Warszawy.

– Jak to najlepsze wyniki? – zdenerwował się nauczyciel. – Mamy całą kupę ludzi dużo od niego mądrzejszych. Na przykład...

Przerwał, gdy wojskowy spojrzał na niego obojętnie. Ludzie zaszemrali. Filip zastanawiał się tylko chwilę.

– Możemy jechać – powiedział.

– Spakuj się – powtórzył pułkownik.

– Ale ja nic więcej nie mam. – Były student klepnął
się po kieszeniach spodni.

– Zostaw broń, jest nasza – syknął wójt.

Podchorąży posłusznie odpiął rewolwer i podał mu
wraz z kaburą. Wskoczył do przytulnego wnętrza samochodu. Silnik zagrał i pojazd pomknął szosą.

* * *

Od zachodu powiał wiatr. Dozymetry w zegarkach za-
piszczały ostrzegawczo. Profesor Rawicz docisnął maskę przeciwpyłową zasłaniającą mu usta. Jego asystent,
doktor Sperański, przyspieszył kroku. Na okopconym,
pokrytym bąblami i skorupą obtopieniową fronto-
nie gmachu Muzeum Narodowego wisiał wielki, nowy
transparent:

NIE PRZEGAP!
SKARBY „TITANICA" W POLSCE!

Obaj uczeni okazali zaproszenia uzbrojonemu w auto-
mat wartownikowi i wpuszczono ich na dziedziniec.
Otwarcie wystawy nastąpiło piętnaście minut temu,
byli nieco spóźnieni, więc pospiesznie, przeskakując
po kilka stopni, wbiegli po schodach. W szatni zostawili gumowe płaszcze ochronne. Tłum ludzi przesunął
się już w głąb ekspozycji. Kogo tu nie było... Członkowie Rady Ocalenia, ambasador Rosji, przyszedł też prezydent. Mężczyźni w mundurach lub najlepszych garniturach, mimo blokady przemyconych jakoś z Fran-
cji, damy w wieczorowych sukniach. Uczeni, historycy
i archeolodzy. Członkowie rządu i posłowie...

Profesor Rawicz ruszył powoli, oglądając zawartość kolejnych gablot. W pierwszej sali za pomocą makiety pokazano szczegóły operacji.

– Ładna wystawa. Dobrze przygotowali – mruknął.

W każdej z podświetlanych szafek znajdował się niewielki plan wraku z zaznaczonym miejscem pozyskania zabytku. Poniżej garść fotografii, na przykład kilka ujęć talerza leżącego w mule, oraz na koniec, na dole, dyskretnie podświetlony sam artefakt. Wyprawa wydobyła z dna oceanu całe kilogramy wszelakiego śmiecia. Potłuczone dzbanki i filiżanki, dzwon okrętowy, fragmenty rozmaitych sprzętów. Pośrodku sali w wielkim akwarium stały meble wydobyte z głębiny. Przetrwały pod wodą sto lat, teraz czekała je wieloletnia kąpiel w roztworach konserwacyjnych.

– Robi wrażenie – powiedział asystent.

Dziewczyna przebrana w strój pokojówki z Titanica podała im na tacy dwa kieliszki wina. Czerwony burgund z roku katastrofy. Przeszło sto lat spoczywał w butelce. Wino było mocne i miało wspaniały zapach. Ciekawe, skąd je, u licha, wytrzasnęli.

– Chodźmy dalej. – Profesor ponaglił współpracownika. – Została jeszcze jedna sala.

Weszli do pomieszczenia wybitego ciemną materią. Tu zgromadzono to, co najcenniejsze. Wydobyte z wraku klejnoty. Pośrodku, znowu umieszczony w akwarium, spoczywał spory sejf. Z uchylonych drzwiczek sypała się rzeka złotych dwudziestodolarówek.

– Trochę to kiczowate – zauważył doktor Sperański.

Nieoczekiwanie poczuł, jak palce zwierzchnika wpijają mu się w ramię.

– Patrz – syknął Rawicz, wskazując mu kolejną gablotę.

Na czerwonym atłasie leżał niewielki przedmiot przypominający nie do końca rozwinięty pąk róży. Wykonano go z kilkudziesięciu platynowych blaszek i plątaniny złotych drucików. Był zgnieciony jak naleśnik, ale rozpoznali go bez trudu.

– Jasny gwint – powiedział Sperański. – Platynowa seria...

– Zamówiliśmy ich wykonanie wczoraj – szepnął profesor. – A tymczasem jedna leży tutaj... I ma sto lat.

– Czyli przypuszczenia się potwierdziły. Ale kształt płatków jest nieco inny. To nie nasza.

– Może to właśnie jest idealny? Warto by przemyśleć.

– Titanic... Czy taki rozrzut jest możliwy? Czas to niby nic wielkiego, ale w przestrzeni dotąd nie było większego niż trzydzieści kilometrów. Chyba że to tamci... Inni.

Profesor Rawicz milczał chwilę.

– Osiągnięcie tego etapu prac zajęło nam wiele lat – mruknął doktor Sperański. – A teraz mamy okazję pójść na skróty.

– Kosztem, być może, czyjegoś życia. – Rawicz wskazał zdjęcie leżącej w mule czaszki.

– Gramy o najwyższą stawkę. Niezbędne ofiary trzeba zaakceptować.

Uczony kiwnął w zadumie głową.

– Jak przebiegają testy? – zapytał.

– Kończymy typować dwa obiekty. Zostało jeszcze kilka rutynowych sprawdzianów. Ale nie przewiduję niespodzianek. Profile psychologiczne jak zwykle nie pasują idealnie...

– Nigdy nie pasują. Nie znajdziesz na tej planecie dwójki ludzi o identycznych charakterach. Coś ciekawego?

– Filip Berg. Dwadzieścia cztery lata. Elew Szkoły Orląt z Dęblina. W zasadzie były elew, bo z jego uczelni została kupa radioaktywnego gruzu. Zdemobilizowany. Zna rosyjski. Teczka personalna ze szkoły, opinie nauczycieli z gimnazjum i liceum nie budzą zastrzeżeń.

– Skąd go wytrzasnęliście?

– Z obozu dla uchodźców niedaleko Lublina. Rodzice zginęli w czasie wojny. Typ nieco samotniczy, nie nawiązał kontaktów towarzyskich. Profile psychologiczne dobre.

– Coś jeszcze?

– Dziewczyna. Siedemnaście lat i pięć miesięcy. Magdalena Błońska. W wieku dwunastu lat wygrała olimpiadę historyczną. Zna nie najgorzej francuski i trochę niemiecki, przed wojną jej rodzice pracowali kilka lat w Brukseli. No i nie zdążyli wrócić... Czerwony Krzyż odesłał ją przez obóz dla repatriantów w Szwecji.

– Dotąd żadna kobieta nie przeszła testów. Musi być twarda.

– Tak. Jest twarda, inteligentna i posiada ogromną dyscyplinę wewnętrzną. Takiej właśnie nam trzeba... Witamy, panie prezydencie.

Na te słowa doktora Sperańskiego profesor Rawicz odwrócił się. Faktycznie, obok nich stał prezydent Marek Bartycki. W dłoni trzymał kieliszek po winie, jakby niezbyt wiedział, gdzie można go odstawić.

– Witam, panowie – powiedział zmęczonym głosem. – Cieszę się, mogąc panów widzieć. Jak idzie zbawianie świata?

– Dwaj agenci robią, co w ich mocy. Trzeci wypoczywa. Wrócił w fatalnym stanie.

– Ilu jeszcze zostało?

– Tylko oni – głos profesora stwardniał.

Sperański delikatnie wyjął kieliszek z dłoni dygnitarza i postawił na parapecie nad kaloryferem.

– Trójka – potwierdził. – Uzupełnimy ekipę w ciągu miesiąca. Właśnie kończymy testy. Wyselekcjonowaliśmy nową grupę. Jeśli dobrze pójdzie, za kilka tygodni któreś z nich tego dokona.

– Trzymam kciuki, panowie. – Prezydent zachwiał się lekko i oparł o gablotę. – Przepraszam za mój stan, ale pracowałem przez ostatnie dwie doby.

– Proszę iść się położyć – poważnie doradził profesor. – Dzisiaj niedziela, musi pan odpocząć.

– Tyle spraw – westchnął Bartycki. – Wierzę w was, panowie, ale staram się robić, co się da...

Odszedł, powłócząc nogami. Obaj uczeni, zamyśleni, przepchnęli się przez tłum i wyszli z sali.

Wielu zwiedzających przeszło tego dnia koło gablotki i patrzyło na platynowy drobiazg, czytając metryczkę wyjaśniającą, że jest to secesyjna ozdoba kobiecej sukni. Nikt z nich nie domyślał się, że przedmiot uznany za wyrób dziewiętnastowiecznego złotnika jest w rzeczywistości cewką synchrofrazatora – sercem maszyny czasu...

Rozdział 2

Transporter zatrzymał się przed stalową bramą. Otworzyła się z nieprzyjemnym dla ucha chrzęstem łańcuchów. Kapral przerzucił drążek zmiany biegów i maszyna ostrożnie wjechała do wnętrza śluzy. Sprawdził, czy okna są szczelnie dokręcone. Z otworów pod sufitem trysnęła ciecz pod dużym ciśnieniem. Krople zabębniły po dachu wozu, a po chwili ich uderzenia zlały się w jeden cichy szum. Płukanie było dokładne. Nim szyby zamgliły się zupełnie, Filip zdążył spostrzec, że jednocześnie opryskują ich strumienie z dysz umieszczonych na ścianach. Krótkotrwały potop skończył się równie nagle, jak się zaczął. Teraz zaszumiały potężne wentylatory i auto zadrżało pod uderzeniem suchego i ciepłego wiatru. Wreszcie brama wewnętrzna otworzyła się. Wjechali na dziedziniec.

– Wysiadka – polecił pułkownik, otwierając drzwiczki.

Podszedł do nich technik i przesunął radiometrem po ubraniu podchorążego i mundurze kierowcy.

– Jesteście względnie czyści – powiedział.

– Przywiozłem dla was wyposażenie. – Drugi żołnierz klepnął skrzynię. – Wypakujcie szybko, bo musimy wracać.

– Oczywiście. A ty zapewne jesteś jednym z tych, którzy przeszli pomyślnie testy. – Technik uśmiechnął się do pasażera. – Filip Berg, Paweł Trusiński lub Sławek Polański.

– Ten pierwszy.

– Bagażu nie masz... Dobrze. Widzisz te drzwi? – Wskazał solidne drewniane odrzwia w ścianie budynku. – Przejdź przez nie i usiądź sobie w holu na ławeczce. Może będziesz musiał chwilę poczekać, profesor jest zajęty.

Chłopak uścisnął dłoń żołnierza i ruszył po żwirowanej alejce. Część dziedzińca pokrywał przystrzyżony trawnik. Obok wejścia wisiała przepisowa czerwona tablica pokryta białymi literami:

INSTYTUT FIZYKI DOŚWIADCZALNEJ W WARSZAWIE

Filip pchnął ciężkie skrzydło drzwi i wszedł do holu wykładanego sztucznym marmurem. Pomieszczenie było wysokie, przez okno nad drzwiami wpadało jasne dzienne światło. Na wprost znajdowały się dwie windy, a pod ścianą stała szeroka ławka. Kilka palm w ciężkich drewnianych donicach nadawało nieco przytulności wnętrzu. Na lewo od wejścia, wzdłuż całej długości ściany, ciągnął się rząd tablic z brązu wpuszczonych w mur. Te najbliżej wejścia pociemniały, ale ostatnie świeciły, jakby wmurowano je przed kilku dniami. Drzwi wejściowe skrzypnęły i do środka wszedł szczupły chłopak, parę lat młodszy od Filipa. Miał jasne włosy, a spod krzywo przyciętej grzywki błyszczały zuchwałe błękitne oczy.

– *Wot te na* – powiedział po rosyjsku. – Czyli ktoś jeszcze zdał te koszmarne testy?

Jego twarz rozciągnęła się w szerokim uśmiechu.

– Filip Berg. – Lotnik podał mu rękę. – Z tego, co słyszałem, musisz nazywać się Sławek Polański albo Paweł Trusiński.

– Sławek. Wiesz może, co tu jest grane?

– Mam poczekać na jakiegoś profesora.

– Aha. Mnie powiedzieli to samo. Czekać to czekać... – Popatrzył z uwagą na palmy. – Cholera, nie ma bananów ani daktyli.

Roześmieli się obaj.

– Ano rozejrzyjmy się, gdzie też nas los rzucił – wymruczał Sławek, patrząc wokoło. – Instytut Fizyki Doświadczalnej... Mam nadzieję, że te doświadczenia nie będą czasem robione na nas.

Filip poczuł liźnięcie chłodu na karku.

– O. A to ci psikus nie lada. – Sławek przyglądał się właśnie pierwszej tabliczce.

Na ciężkiej płycie z litego brązu widniał krzyż, obok umieszczono godło państwowe i krzyż Virtuti Militari. Poniżej znajdowały się cztery nazwiska położone jedno pod drugim:

Dr Michaił Kolcow 1976 – 1901
Dr Jan Przeździecki 1980 – 1901

Mgr Jarosław Nowicki 1981 – 1901
Mgr Stefan Barcz 1969 – 1901
Polegli podczas testowania nowych technologii
Oddali życie za Ojczyznę

– A to błąd kropnęli – mruknął Filip. – Powinno być 2001... – Dopiero gdy wypowiedział te słowa, poczuł, jak strasznie fałszywie zabrzmiały.

Twarz Sławka, dotąd rozciągnięta w uśmiechu, spoważniała.

– Nie jestem pewien, czy to błąd – powiedział. – A raczej jestem pewien, że nie...

Znowu trzasnęły drzwi. Tym razem stała w nich dziewczyna. Chyba nieco młodsza od Sławka, miała miłą okrągłą twarz z wystającymi kośćmi policzkowymi. Ciemne włosy zaplotła w warkocz. Jej brązowe oczy błyskawicznie zlustrowały wnętrze. Dopiero po chwili Filip uświadomił sobie, że ma grube, ciemne brwi i nosi okulary.

– O rany – zdziwił się Sławek. – Czyżby przez te straszne testy udało się przejść także przedstawicielce płci pięknej?

– Magdalena Błońska – przedstawiła się.

Uśmiechnęła się czarująco, a na jej policzkach pojawiły się delikatne dołeczki. Filip zwrócił uwagę na jej strój. Miała na sobie mocno spraną czarną dżinsową kurtkę i spodnie z szarego płótna. Wymienili swoje imiona.

– No cóż, miło mi was poznać. – Uśmiechnęła się znowu. – Wiecie może, po co jesteśmy tu potrzebni?

Pokręcili przecząco głowami.

– Zobacz, co odkryliśmy. – Niedoszły lotnik wskazał tablicę.

– Coś podobnego? – zdumiała się, patrząc na daty. – Coś mi się wydaje, że czekają nas przygody...

Przeniosła wzrok na następną, podobną tablicę. Na trzeciej z kolei napis był inny:

PROF. MARK VON OFFENBACH UR. 1972,
ZM. PRZYPUSZCZALNIE KONIEC XVIII WIEKU

– A więc oni mają tu wehikuł czasu – zadumał się student.

– Wolimy nazwę „komunikator czasoprzestrzenny" – rozległ się za nimi melodyjny, acz władczy głos. – Choć w zasadzie to bez znaczenia.

Odwrócili się jak na komendę. Przy windzie stał wysoki mężczyzna. Musiał mieć około sześćdziesiątki, ale trzymał się prosto. Głowę zdobiła mu wiecha gęstych siwych włosów. Był strasznie rozczochrany, widać wzorem Einsteina zamiast grzebienia używał generatora van der Graffa. Ubrany był w nieskazitelnie biały fartuch zapinany na guziki, a nad kieszenią miał naszywkę z nazwiskiem.

– Profesor Igor Rawicz – przedstawił się. – Jestem szefem projektu. Szczerze powiedziawszy, niedobrze się stało, że od razu się domyśliliście, ale trudno. Nie będziemy płakali nad rozlanym mlekiem.

Weszli do windy. Z pozoru wyglądała zupełnie zwyczajnie, lecz Filip kątem oka zauważył dość zaskakującą rzecz. Tablica z panelem sterowania miała bardzo dziwne oznaczenia. Przyciski oznaczały parter, pierwsze piętro, drugie, ale pod spodem było jeszcze kilka. Wszystkie były kremowożółte, tylko guzik oznaczony napisem –7 był czerwony.

– Na wszystkie poziomy poniżej parteru nie wolno wam chwilowo jeździć. – Naukowiec uśmiechnął się, jakby odgadując ich myśli.

– Ten budynek jest w zasadzie zakopany w ziemi i tylko niewielka część wystaje nad powierzchnię? – upewniła się Magda.

Kiwnął poważnie głową.

– Oczywiście. Zdradzę wam jeszcze jedną tajemnicę. Dolne poziomy rozciągają się także na boki. To, co widać tutaj – winda właśnie się zatrzymała – to zaledwie dziesięć procent powierzchni użytkowej. A oto i wasze kwatery. – Wskazał gestem ciąg drzwi oznaczonych symbolami od C1 do C5. Drzwi po drugiej stronie korytarza miały jeszcze dziwniejsze oznaczenia: A2, B1, potem następowało od razu B5.

– Za zakrętem jest podręczne laboratorium i gabinety wykładowców – wyjaśnił profesor. – Na końcu korytarza stołówka, gdzie, nawiasem mówiąc, za godzinę dostaniecie obiad, i kaplica...

– Kaplica w instytucie fizyki? – zdziwił się Sławek.

– Zajmujemy się tu takimi rzeczami, że od czasu do czasu trzeba uspokoić sumienie modlitwą. – Głos Rawicza nieoczekiwanie zmiękł. – I jeszcze jedno. Ta tablica na bramie to tylko kamuflaż. W pewnym sensie zajmujemy się fizyką, ale bardziej interesuje nas jej praktyczne zastosowanie, a nie sama natura zjawisk związanych z czasem.

– A klasy? – zapytał Sławek, niedoszły maturzysta. – Skoro jesteśmy uczniami i są tu wykładowcy...

– Ach, klasy... Nie, nie potrzeba. To nie jest zwykła szkoła, a dla czwórki uczniów nie opłaca się robić klas.

Zastukał do drzwi C1. Otworzyły się po chwili. Stał w nich szczupły, niewysoki chłopak, ubrany w jednoczęściowy biały kombinezon z kilkoma kieszeniami zapinanymi na ogniście czerwone suwaki. Nad lewą kieszenią nadrukowane miał swoje imię. Na oko był w wieku Sławka.

– Poznajcie się, to jest Paweł Trusiński – powiedział profesor i poszedł.

– Hm, tak – mruknął ich towarzysz niedoli. – Bardzo mi miło...

Przedstawili się po kolei.

– Jesteś tu już jakiś czas – odezwała się Magda. – Co tu jest grane?

– Przyjechałem rano – powiedział cicho. Przeciągał lekko końcówki wyrazów, jakby pochodził z Kresów. – Sam jeszcze nic nie wiem. Ale widziałem tu jeszcze jednego gościa, nazywa się Michał Piecuch i mieszka tam. – Wskazał drzwi z tabliczką B5. – Jest tu od roku, jak wspominał, ale więcej nie chciał nic powiedzieć.

– Załóżmy, że oznaczenia literowe na naszych drzwiach to jednocześnie nasze numery w ewidencji... – zastanawiał się Filip. – Litera to rok, a cyfra to po prostu numer kolejnej osoby. Znaczyłoby, że dwa lata temu pierwsza grupa uczniów dostała literę A. Rok temu następną grupę oznaczono literą B. A my dostaliśmy literkę C.

– To brzmi rozsądnie – odezwała się Magda. – Ale dlaczego dwa lata temu znaleźli tylko dwóch uczniów, a w zeszłym roku tylko jednego?

– Obawiam się – Sławek stracił nagle swój żywiołowy optymizm – że przyjmowano ich co roku tyle samo. Tylko że z grupy sprzed dwu lat utrzymało się tylko dwóch, a z zeszłorocznej zdał tylko jeden.

– A może nie zdali i powtarzają szkolenie? – odparła Magda.

– Myślę, że odpowiedzi należałoby poszukać na dole w holu, na tych pięknych tablicach z brązu – powiedział w zadumie Filip. – Widzieliśmy tylko pierwsze trzy.

– Nie ma co się męczyć myśleniem. – Sławek zrobił zeza i wysunął lekko język. – I tak wszystko nam powiedzą podczas szkolenia. Na razie ciekaw jestem tych kwater. – Podrzucił w ręce klucz. Przekręcił go w zamku i zajrzał ciekawie do swojego pokoju.

– Wow, tapeta w zajączki – zażartował.

Filip wsadził klucz w dziurkę i wszedł do swojego. Niewielkie pomieszczenie miało mniej więcej dwa metry szerokości i około czterech długości. Ściana naprzeciw drzwi załamywała się, a w pochyłą płaszczyznę wprawiono okno. Podłogę pokrywała mozaika z kilku gatunków drewna. Obie ściany, po lewej i po prawej, były drewniane. Wzory mozaiki na podłodze urywały się dość nieoczekiwanie, pierwotne duże pomieszczenie podzielono na kilka mniejszych. Umeblowane okazało się nader skromnie. Szafa, wąski tapczan zasłany kolorową narzutą, biurko i lampa do czytania pod oknem, dwa krzesła, jedno drewniane z wysokim oparciem, drugie obrotowe, zniszczone, jak do komputera. Nad tapczanem zawieszono wąską półkę na książki. Student otworzył szafę. Na wieszaku wisiały trzy kombinezony, dwa cienkie, takie jak ten, w którym chodził Paweł, jeden grubszy. Do tego bielizna, całe pudło skarpetek i jasnoszare tenisówki.

Zawahał się chwilę, a potem podjął decyzję. Zdjął spodnie i kurtkę i założył na siebie kombinezon. Jak się okazało, w pasie można go było ściągnąć specjalnym wewnętrznym paskiem. Zmienił swoje buty na tenisówki i przejrzał się w lustrze po wewnętrznej stronie drzwiczek szafy. Lustro wykonane było z metalu i miało wystarczającą długość, żeby mógł zobaczyć całą swoją sylwetkę. Na górnej półce odkrył białą furażerkę ozdobioną czerwonym znaczkiem przedstawiającym leżącą ósemkę. Założył ją na głowę i przejrzał się jeszcze raz. Dobre dwa lata nie miał na sobie munduru. Zdążył zapomnieć, jakie to uczucie.

– Szykownie. – Uśmiechnął się do swojego odbicia.

Gdzieś widział już taki symbol... Ach tak, na lekcjach matematyki. Leżąca ósemka, jasne, znak oznaczający nieskończoność. Gdy wyszedł na korytarz, przekonał się, że Magda też założyła kombinezon. W białej furażerce wyglądała tajemniczo i uroczo zarazem. Ostatni z pokoju wyszedł Sławek. Nakrycie głowy założył na bakier, a w jego oczach płonęły iskierki śmiechu.

– Niezła z nas banda cudaków – powiedział, lustrując całą grupę wzrokiem. – Jeszcze tylko doszyć czarne pompony udające guziki i wypisz, wymaluj trupa cyrkowych klaunów.

Ale mimowolnie pogładził swój strój, co zadawało kłam jego słowom.

– To może chodźmy do stołówki – zaproponowała Magda. – Czuję tajemniczą pustkę w żołądku. A tam prawdopodobnie nas nakarmią.

Ruszyli korytarzem. Większość drzwi nie miała żadnych oznaczeń, ale potem pojawiły się skromne tabliczki z nazwiskami.

– To pewnie gabinety, o których wspominał profesor – mruknął Filip. – Sporo ich. Przedmiotów będziemy mieli, zdaje się, więcej niż na studiach.

– Niewykluczone – odparł Sławek. – Ale zauważ, że przeszliśmy przez te straszliwe testy, więc widocznie jesteśmy intelektualną elitą naszego narodu, najlepsi z najlepszych, pierwsi wśród równych...

– Hm, nie wiem, jak wy, ale ja w szkole przeważnie jechałam na samych trójach – powiedziała Magda.

– Ja miałem czasem czwórki – pochwalił się Sławek. – Ale zwykle oceny z tej dolnej części skali...

Przenieśli wzrok na Pawła.

– Ja miałem siódemki – powiedział.

Patrzyli na niego zaskoczeni.

– Przecież szóstka to najwyższa ocena.

– Taki geniusz, że rozszerzyli dla niego skalę. – Sławek zrobił minę pełną sztucznego szacunku.

– Nie – uśmiechnął się Paweł. – Po prostu w Kazachstanie mamy inną skalę.

– O, to ty jesteś z Kazachstanu? – zdziwiła się Magda.

Kiwnął głową.

– Byłem średniakiem – wyjaśnił.

– Dobrze, ja, gdy jeszcze chodziłem do liceum, miałem przeważnie czwórki – Filip wrócił do tematu rozmowy. – Na studiach w sumie nie szło mi lepiej. Czyli żadna z nas elita intelektualna...

– Oczywiście, że jesteśmy intelektualną elitą ludzkości. – Sławek z chytrym uśmiechem zatarł ręce. – Tylko że ci wredni nauczyciele się skapowali i gnębili nas kiepskimi ocenami z zawiści, że jesteśmy od nich mądrzejsi.

Roześmieli się.

– Zapewne te testy pozwoliły wyłapać inne cechy naszego charakteru – powiedziała Magda. – Albo może nawet nie charakteru, tylko, bo ja wiem, predyspozycje psychiczne?

– A co to znaczy po polsku? – Sławek, jak już się przekonali, z powodzeniem umiał zagrać kompletnego przygłupa.

– Chodzi o to, że może dla nich ważniejsze jest, żebyśmy dobrze dobierali kolory drewnianych kulek, niż to, jakie oceny zdobywaliśmy – wyjaśniła cierpliwie dziewczyna.

Doszli prawie do końca korytarza. Po lewej stronie na ciężkich drzwiach widniał napis „Biblioteka", po prawej była stołówka. Na wprost uchylone drzwi prowadziły do kaplicy. Rzucili tylko okiem do wnętrza. Pomieszczenie zalewało tajemnicze światło, widocznie kolorowe szybki witraży wywoływały ten efekt.

Weszli do stołówki. Sala była spora, ale praktycznie pusta. Ciężkie stoły stały w dwu rzędach po cztery. Przy każdym sześć krzeseł. Przy jednym ze stolików siedział jakiś chłopak i powoli skubał frytki z talerza.

– Hej, nowi – ucieszył się na ich widok. – Weźcie sobie obiad i siadajcie. – Zapraszającym gestem wskazał swój stolik.

Ruszyli do lady. Starsza kobieta podała im talerze pełne frytek. Przy każdej porcji był także kawałek pieczonej kiełbasy.

Usiedli przy stoliku.

– Michał Piecuch – przedstawił się. – Furażerki nosi się tylko na zewnątrz budynku – zwrócił im łagodnie uwagę. – Taki tu zwyczaj.

Ściągnęli czapki i schowali do kieszeni.

– Fajnie, że cię poznaliśmy – powiedział Sławek. – Może nam wyjaśnisz kilka rzeczy. Błeeeee, dietetyczne – skrzywił się, gdy spróbował pierwszej frytki.

– Z przyjemnością, ale nie o wszystkim mam prawo mówić – uśmiechnął się Michał. – Pytajcie.

– Po co tu jesteśmy? – zagadnęła Magda.

– Oczywiście po to, żeby przejść szkolenie – wyjaśnił z nieco sztuczną powagą.

– A jak je już przejdziemy? – zainteresował się Filip.

– To, niestety, chwilowo tajemnica.

– I tak się domyślamy – westchnął Paweł. – Wystrzelą nas wehikułem do paleolitu, żeby neandertalczycy mieli co jeść. A może mamy ich nauczyć rozpalać ogień?

– To raczej przedstawiciele *homo sapiens* jedli neandertalczyków – sprostował Michał. – Następne pytanie.

– Co się stało z tymi uczniami, którzy mieli numery na A i na B? – zapytał Filip.

Twarz Michała lekko stężała.

– Kilku nie ukończyło szkolenia z różnych przyczyn. Kilku nie wytrzymało. Co do reszty, w dolnym holu wiszą tablice poświęcone ich pamięci... Nie chcę was straszyć, to był sam początek tych eksperymentów. Testy, które przeszliście, doskonali się z roku na rok. Jeśli zachowacie ostrożność, nic nie powinno wam grozić.

Milczeli chwilę.

– Po co te loty w przeszłość? – zapytał wreszcie Filip.

– To wyjaśnią wam na szkoleniu.

– A dlaczego my? – Magda leciutko zadrżała. – Nie mogą wysłać kogoś dorosłego?

Pokręcił powoli głową.

– To nie takie proste – powiedział. – Ale to też wyjaśnią wam dokładnie podczas szkolenia.

– A gdybyśmy chcieli się wycofać? – zagadnął Paweł.

– Nie ma już takiej możliwości. – Głos Michała stwardniał. – Przeszliście selekcję, zostaliście zakwalifikowani. Testy wykazały, że jesteście z gatunku tych, którzy nie cofają się przed niebezpieczeństwem. Tkwi w was podświadoma odwaga.

– Więc jaka jest alternatywa? Kula w łeb i do wapna? – Przybysz z Kazachstanu najwyraźniej wolał wiedzieć.

– Zatrudnienie przy pracach porządkowych na terenie instytutu. Zapewne dożywotnie, a na pewno do chwili zakończenia projektu. Ale jak do tej pory prawie nikt się nie wycofał. Te testy są naprawdę dobre.

– Ja tam wcale nie czuję się odważny – westchnął Filip.

– Odwaga nie musi ujawniać się cały czas. Ważne, że w sytuacji ekstremalnej nie stchórzycie. Poza tym, jak wam się wydaje, dlaczego wszystkich was wybrano z domów dziecka czy obozów dla uchodźców? – Przeniósł wzrok na Pawła.

– Po to, żeby nikt się o nas nie upomniał, jeśli zginiemy? – zapytała Magda.

– Dlatego, że tak naprawdę wcale nie chcecie tam wracać. Podobnie jak nikt z mojej grupy i jeszcze poprzedniej. Zresztą na szkoleniu powiedzą wam, o co tu chodzi. Wtedy nikt nie będzie się już chciał odłączyć.

– A jeśli ktoś jednak spanikuje? – drążył temat Filip.

– To skrajnie mało prawdopodobne, aczkolwiek w mojej grupie się zdarzyło. W instytucie jest wiele zajęć, które mogą wykonywać ci, co odpadli. Tak czy inaczej, nie możecie wyjść na zewnątrz, zanim projekt nie zostanie zakończony. Takie są przepisy o ochronie tajemnicy państwowej. Kto raz ją pozna, wpadł jak śliwka w kompot.

– Testy, co one właściwie pokazują? – zapytał Sławek.

– Głównie profil psychologiczny. Na ich podstawie skompletowano wasz zespół.

– Zespół? – zdziwiła się Magda.

– Tak. Chodziło o to, żebyście się dobrze dogadywali między sobą i w pewien sposób uzupełniali. Dlatego jeden z was tryska optymizmem, drugi jest raczej realistą, któryś przewidziany został na lidera grupy, cieszy się autorytetem reszty.

Popatrzyli po sobie zaskoczeni.

– To ja chcę być szefem. – Sławek uśmiechnął się szeroko. – Ale chyba przewidziano dla mnie inną rolę...

Wszyscy się roześmieli. Michał popatrzył na zegarek.

– Na mnie, niestety, pora – powiedział.

Pożegnali się i poszedł.

– No, nieźle – zachichotał Sławek. – Z tego by wynikało, że tylko nasz wspaniały zespół pod wodzą etatowego komika może uratować ludzkość...

– Coś tak jakby – rzekł profesor. Nawet nie zauważyli, jak wszedł. – W pewnym sensie to właśnie macie zrobić. Zjedliście? To świetnie. Chodźcie za mną.

Przeszli do kaplicy. Ciasne pomieszczenie najwidoczniej zaadaptowano w pośpiechu. Kilka ławek, przenośny konfesjonał, nad ołtarzem reprodukcja Madonny Sykstyńskiej. Pod ścianą siedział zatopiony w myślach starszy mężczyzna w mundurze. Jego twarz wydała się Filipowi znajoma. Po chwili wszedł także ksiądz.

– A więc kolejne ofiary do pańskich eksperymentów? – uśmiechnął się do profesora.

– Poniekąd. – Uczony spuścił głowę jakby z zażenowaniem.

– No cóż – westchnął smutno duchowny. – Pan nasz Jezus Chrystus powiedział kiedyś: „Nie przysięgajcie, niech wasza mowa będzie: tak, tak i nie, nie". Jednak dziś musicie złożyć przysięgę.

Rozdał im kartki.

– Mam jedną wątpliwość – odezwała się Magda. – Mamy przysięgać, że będziemy się starali wykonać misję o kryptonimie „Dzień Wskrzeszenia", a tymczasem nic o niej nie wiemy...

– To dlatego, że jest ściśle tajna – wyjaśnił profesor Rawicz. – Nie możecie poznać żadnych szczegółów, zanim nie złożycie przysięgi.

– Ja się i tak domyślam – mruknął Filip. – Macie wehikuł czasu i chcecie jakoś zmienić historię.

– Bystrzak – powiedział ksiądz z uznaniem. – Ile tu jest, dwie godziny? I już wie...

– Z grubsza o to chodzi. – Szef projektu uśmiechnął się z przymusem. – Jesteście gotowi?

Skinęli głowami.

– No to kto pierwszy?

Filip był trzeci. Stanął pod krzyżem, uniósł palce do przysięgi. Duchowny trzymał kartkę tak, aby mógł czytać bez problemu tekst roty.

– *Przysięgam nie szczędzić sił ani zdrowia, jeśli zajdzie potrzeba, oddać życie za powodzenie programu „Dzień Wskrzeszenia", ślubuję zachować w ścisłej tajemnicy istnienie projektu oraz wszelkie szczegóły techniczne, które zostaną mi ujawnione lub których sam się domyślę...*

Słowa. Powtarzali je wszyscy, ale dopiero po przysiędze poczuli, jak bardzo były ważne. Nawet Sławek spoważniał. Ksiądz udzielił im błogosławieństwa.

– Gratuluję – powiedział profesor.

Mężczyzna w mundurze wstał z ławki i podszedł do nich. Dopiero gdy stanął blisko, Filip go rozpoznał. Prezydent Bartycki?! W telewizji wydawał się wyższy, silniejszy, a teraz stał przed nimi. Przygarbiony, o przygaszonym spojrzeniu, cała sylwetka odzwierciedlała jego nieludzkie zmęczenie. Kąciki ust opadły, oczy miał podkrążone.

– Moi drodzy – rzekł uroczyście. – Obarczamy was odpowiedzialnością za losy naszej ojczyzny. To bardzo ciężkie brzemię, zbyt ciężkie nawet dla dorosłego człowieka... Gdyby tylko istniała możliwość, to zadanie wykonałby kto inny. Nie mieliśmy prawa narażać waszego życia, ale nie da się inaczej. Wasza misja pozostanie tajna, a nawet gdy zakończy się sukcesem, wiedzieć o tym będziecie tylko wy. Los świata, przyszłość ludzkości, składam w wasze ręce...

Umilkł wzruszony i szukał w pamięci innych słów, ale nie znalazł.

– Powodzenia – powiedział cicho, a potem odwrócił się i wyszedł z kaplicy.

W drzwiach obrócił głowę i spojrzał na nich raz jeszcze. Jakby pożegnalnie.

– Czyli teraz możemy wreszcie uzyskać wyjaśnienia? – zapytał Filip.

Profesor skinął głową.

– Za jakieś dziesięć minut.

– No cóż, moi drodzy – odezwał się ksiądz. – Będę się modlił za wasze powodzenie. Jeśli tylko poczujecie, że musicie z kimś szczerze porozmawiać, zrzucić ciężar ze swojego serca, zapraszam w każdej chwili. Jestem do waszej dyspozycji. I też zostałem zaprzysiężony, więc możemy rozmawiać o wszystkim. Choć o szczegóły techniczne pytajcie raczej waszych wykładowców – dodał po chwili.

Uśmiechnęli się.

– Szczęść Boże – powiedział na do widzenia.

Ruszyli korytarzem w ślad za profesorem. Ten zatrzymał się przed drzwiami ozdobionymi tabliczką „prof. Rawicz" i otworzył zamek swoim kluczem.

– Zapraszam. – Wskazał gestem wejście.

Wnętrze gabinetu nie zrobiło na nich dużego wrażenia. Całą jedną ścianę zajmował regał z książkami, obok wisiała mapa kraju. Pokrywały ją fioletowe i czarne punkty oraz czerwone plamy. Czarne punkty znaczyły, gdzie spadły bomby atomowe. Fioletowymi zaznaczono miejsca wybuchów wodorowych. Na czerwono obszary skażone przez opad promieniotwórczy. Pokrywały ponad trzy czwarte powierzchni. Pośrodku pomieszczenia stał stół otoczony krzesłami. Zachęceni przez profesora usiedli.

– Wszyscy wiecie, jak doszło do wybuchu wojny – zaczął Rawicz. – Jak się okazało, bronią jądrową dysponowały nawet kraje, których nigdy o to nie podejrzewano, jak na przykład Rumunia czy Etiopia... I wszyscy mieli wrogów, z którymi chcieli wyrównać porachunki. Może udałoby się to wszystko jakoś wyhamować, ale Iran wystrzelił swoje głowice na Izrael, ten w odwecie zaatakował większość państw arabskich. Pierwszym celem żydowskich militarystów była Mekka. Dla miliarda wyznawców proroka oznaczało to początek dżihadu...

Umilkł.

– Wojna rozegrała się błyskawicznie. Wystarczyło dwanaście godzin. Była największą hekatombą w historii naszej planety. Niemal natychmiast zginęła jedna czwarta populacji globu, prawie dwa miliardy ludzi. Kolejne cztery miliardy umarły z głodu, w czasie epidemii lub na skutek choroby popromiennej. Reszta jest skazana. Setki milionów umierają co roku... W chwili wybuchu w Polsce żyło prawie czterdzieści milionów obywateli. Zostały dwa. Wszyscy otrzymali dawkę promieniowania wielokrotnie przekraczającą normy. Ludzie boją się mieć dzieci. Przy takim napromieniowaniu wady genetyczne są prawie pewne. Poza tym ludziom żal skazywać swoje potomstwo na życie w takim świecie. – Wskazał gestem ruiny za oknem.

– Co możemy zrobić? – zapytał Filip. – Cofnąć się i...?

– To właśnie będzie waszym zadaniem. Jeśli wam się powiedzie, ten wariant historii po prostu nie zaistnieje. Powiem patetycznie: uratujecie ludzkość.

– My? – wyrwało się Sławkowi.

– Jedno z was. Albo ktoś z poprzednich grup. Skorygujecie błąd historii.

– Będziemy bohaterami – mruknęła Magda. – A przynajmniej ten, kto tego dokona...

– Nie. – Profesor pokręcił głową. – Jeśli wszystko wróci na swoje miejsce, nikt nie będzie o tym pamiętał. Ta wojna, która dla nas jest przeszłością, nie zdarzy się nigdy. Tylko ten z was, który wykona zadanie i powróci do naszych czasów, będzie miał świadomość tego, co się tak naprawdę wydarzyło. Dla wszystkich innych to nie będzie nawet zły sen.

– To co się z nami stanie? – zdziwił się Sławek.

– To zależy od tego, co robiliście przed wybuchem wojny. Będziecie mieszkać tam, gdzie mieszkaliście, będziecie zdrowi, szczęśliwi i nieświadomi niczego.

– Nasze rodziny? – głos Magdy zadrżał.

– Wszyscy, którzy zginęli podczas wojny, będą żywi. Dlatego nazwaliśmy to „Dniem Wskrzeszenia”.

Spojrzeli po sobie z niedowierzaniem. Dopiero po chwili uświadomili sobie znaczenie jego słów. Wszyscy przecież mieli swoje domy... przed wojną.

– Będą żywi także wszyscy ci, którzy zginęli podczas prób testowania naszego wynalazku – dodał uczony. – A tę mapę – wskazał na pokrytą plamami płachtę – można będzie wsadzić do pieca, gdyby nie to, że nigdy nie zostanie wydrukowana. Wystarczy, że powiedzie się jednemu z was.

– A ten, który zmieni przeszłość... Co się z nim stanie? – zapytał Filip.

– Będzie miał problem, bowiem niewykluczone, że w zmienionej teraźniejszości będzie ich dwóch – odparł profesor. – Tak przynajmniej sądzę.

– Załóżmy, że nastąpiła zmiana historii – odezwała się Magda. – Jak wróci tamten, który zmieni, jeśli w teraźniejszości nie będzie pańskiego instytutu ani wehikułu?

– Do powrotu wystarczy aparatura startowa znajdująca się tam. W przeszłości.

– Coś mi tu nie gra – rzucił Filip.

– Pytaj.

– Jak sobie wyobrażam, wystarczy cofnąć się w przeszłość, dać prezydentowi kartkę z informacją, do czego doprowadziły jego bezmyślne działania...

– Albo dowódcy warty pilnującej bazy rakietowej – dorzuciła Magda.

– Albo fizykom, którzy zbudowali bomby – dodał Paweł.

– Albo wsadzić do psychiatryka tych świrów, którzy uzbroili rakiety – zapalił się Sławek.

Profesor uniósł dłoń, aby uspokoić gwar.

– To nie jest takie proste – powiedział. – Nasz wehikuł ma jedną podstawową wadę. Nie można się nim cofnąć o kilka lat.

– Przecież tam na tablicy było o jakichś zmarłych w 1901 roku – zauważył Filip.

– Owszem. Zginęli w tym właśnie okresie. Tylko że... tą maszyną można się cofnąć sześćdziesiąt lat albo więcej. Co gorsza, nie wiemy, jak to działa. Nie potrafimy skrócić okresu...

– A dlaczego nie zostawicie po prostu kartki dla prezydenta? – zapytał Filip. – Niech sobie na niego poczeka w archiwum przez te pięćdziesiąt osiem lat...

– Wpadliśmy już na ten pomysł – westchnął profesor. – Co więcej, w zgliszczach ruin pałacu prezydenckiego odnaleźliśmy tajną rządową kronikę prowadzoną przez kolejne głowy państwa...

– I co? – zapytał Sławek.

– Żadnego śladu.

– Może trzeba było zostawić więcej niż jedną? – podsunęła Magda.

– Może? Wojna atomowa była skrajnie mało prawdopodobnym splotem wypadków. Mamy trzy elementy... Partia, której rządy doprowadziły do wyboru prezydenta militarysty, sam prezydent oraz ci terroryści. Wyobraźcie sobie to jako domek z kart. Jeśli wyrwiecie jedną, wszystko się zawali.

– Co więc mamy zrobić? Przecież sześćdziesiąt lat przed wojną nie było na świecie ani poprzedniego prezydenta, ani tych świrów, ani Partii Postępu i Dobrobytu, ani... – wyliczał Paweł.

– Owszem. Ale byli ich rodzice i dziadkowie. Znaczy prezydenta i terrorystów. I rodzice przywódcy Partii Dobrobytu. Koncentrujemy się na odnalezieniu przodków Pawła Citki. Najprawdopodobniej żyli w Warszawie, a skaczemy właśnie tutaj.

Cała grupa umilkła.

– Mamy ich pozabijać? – Filip wolał się upewnić.

– No to pozabijamy – rzekł twardo Paweł.

Profesor pogratulował sobie w duchu. Tym razem testy pozwoliły wybrać naprawdę niezłą grupę. Ich poprzednicy mieli większe problemy z zaakceptowaniem sytuacji.

– Nie ma takiej potrzeby – powiedział.

Otworzył szufladę, wyjął z niej niklowane pudełko. Pokazał zawartość. Spoczywała w nim mała plastikowa ampułka pełna dziwnej cieczy o mlecznej barwie oraz coś, co wyglądało jak lotka do gry w strzałki.

– To zmodyfikowany genetycznie wirus świnki – powiedział spokojnie Rawicz. – Wystarczy, że zaaplikujecie to dziadkowi albo ojcu prezydenta, i drań nigdy się nie urodzi. Ten środek wywołuje całkowitą i nieodwracalną bezpłodność, jednak, co ważne, tylko u osobników płci męskiej. Wystarczy zatem odnaleźć cel i podejść odpowiednio blisko. Na dzisiaj wystarczy. To i tak było za dużo jak na jeden dzień. Kolacja o dwudziestej.

* * *

Świt. Wygodne łóżko, cienki, ale ciepły koc z polaru. Szum wewnętrznego systemu wentylacyjnego. Filip popatrzył na wskazówki wiszącego nad drzwiami zegara. Szósta rano. Podszedł do okna. Padał deszcz. Po drugiej stronie ulicy wznosiła się, strasząc dziurami okien, fasada jakiejś willi. Solidna ceglana budowla wytrzymała falę uderzeniową i późniejsze wstrząsy sejsmiczne. Dalej wznosiły się zniszczone żelbetonowe szkielety bloków. Podmuch wyrwał ściany, pozostały tylko niektóre elementy konstrukcyjne. Na stosach gruzu i strzaskanego betonu rosły gdzieniegdzie kępy trawy, a nawet niewysokie krzaczki. Deszcz rozmywał niewielki kopczyk ziemi. Spod błota powoli wynurzała się czaszka jednego z milionów mieszkańców tego miasta, którzy zginęli w dniu nuklearnej zagłady. Obok ciągnął się rząd martwych drzew. Nadwęglone pnie, owiane żarem po przejściu fali termicznej. Filip pomyślał sobie, że jeśli to on będzie tym, który zmieni czas i zachowa pamięć, przyjdzie tu i zobaczy, jak wyglądała ta uliczka.

Za piętnaście ósma zabrzęczał dzwonek. Pobudka. A przecież już nie spał. Poprawił grzebieniem niesforne kosmyki włosów i założywszy kombinezon, zbadał swoje odbicie w lustrze szafy.

– Zbawca ludzkości. – Zrobił marsową minę, a potem parsknął śmiechem.

Ruszył w stronę drzwi i spostrzegł wsuniętą pod nie kartkę. Podniósł ją zaciekawiony. Ktoś wydrukował tabelkę i starannie powpisywał w nią precyzyjny grafik zajęć.

W stołówce była już pozostała trójka kursantów. Magda miała lekko zapuchnięte oczy, jakby w nocy płakała.

– Mam plan wykładów – powiedział, wyciągając kartkę z kieszeni.

– Też dostaliśmy. – Sławek ujął swoją. – O dziewiątej fizyka podróży w czasie, o jedenastej odwiedziny w laboratorium, o pierwszej obiad, potem biologia... Chyba zapomnieli o matematyce, języku polskim i o kilku innych przedmiotach.

– Pewnie będą jutro – zażartował Filip. – To znaczy wy będziecie je mieli, bo ja już zdałem maturę i mogę na to kichać. Zobaczcie lepiej, jakie atrakcje przewidziano na wieczór.

– Zajęcia na strzelnicy, ho, ho – mruknął Sławek. – Czyli jednak niewykluczone, że kogoś trzeba będzie odstrzelić – zafrasował się.

Pojawił się Michał. Wziął tacę z kanapkami i dosiadł się do nich.

– Słuchaj – odezwał się Filip – czemu z wcześniejszych roczników bez przerwy widujemy ciebie, a dwóch pozostałych, tych z grupy A, jeszcze ani razu?

– Oni są tam. – Wskazał palcem podłogę.

– Na dolnych poziomach? – domyśliła się Magda.

Uśmiechnął się lekko.

– Przepraszam, to taki odruch. Miałem na myśli, że są w przeszłości.

– I być może nawet w tej chwili próbują ingerować w czasie? – zdumiał się Sławek. – Czyli ludzkość może zostać uratowana, gdy tak sobie siedzimy i jemy śniadanie?

– Właśnie. Z grubsza tak to wygląda... Jeśli im się uda dokonać zmiany, to nawet tego nie zauważymy. Nadal będzie ta sama godzina i minuta, tylko będziemy rozrzuceni po całym kraju. W swoich domach, tam, gdzie powinniśmy mieszkać, gdyby nie ta przeklęta wojna.

– Musimy szybko przejść przez cały tok szkolenia, bo inaczej poradzą sobie bez nas – zażartował Sławek.

– Racja – podchwycił Paweł. – Swoją drogą, to głupie, że tylko jeden będzie wiedział...

– Przywykniesz do tej myśli – uspokoił go Michał. – Mnie też z początku wydawało się to niesprawiedliwe, ale są w życiu ważniejsze sprawy niż nasze dobre samopoczucie. Dużo ważniejsze – dodał cicho.

– Jak to wygląda, gdy wyląduje się tam, w przeszłości? – zapytał Filip.

– Czasem można stracić równowagę. Ziemia ucieka spod nóg – wyjaśnił Michał. – Porównaj to do zeskoczenia na poruszającą się powierzchnię. Nasza planeta wiruje z ogromną szybkością. W naszych szerokościach geograficznych punkt na jej powierzchni w ciągu sekundy przesuwa się około czterystu sześćdziesięciu metrów na wschód.

– To więcej niż szybkość dźwięku – zauważył Paweł. – Tysiąc sześćset pięćdziesiąt sześć kilometrów na godzinę – obliczył z pamięci. – Nikt tego nie przeżyje!

– Na szczęście zdołano zredukować różnicę szybkości. Oczywiście nie do końca, to praktycznie niemożliwe. Zazwyczaj wynosi około metra na sekundę – uspokoił ich. – Jest najczęściej różnica ciśnienia, kilkanaście hektopaskali, więc ma się wrażenie zatkanych uszu. Prawie zawsze występuje różnica temperatury, czuje się ciepło albo chłód. Startujemy z zamkniętego pomieszczenia, więc w przypadku, gdy znajdziemy się pod gołym niebem w słoneczny dzień, może dojść do czegoś w rodzaju chwilowego oślepienia. O ile oczywiście nie lądujemy w nocy. Najgorsze to znaleźć się na miejscu w innej porze roku. Mamy swój rytm dobowy. Słońce zachodzi, wschodzi, tymczasem, jeśli wyczepienie nastąpiło latem, a wylądujemy zimą, to zachód słońca nastąpi szokująco wcześnie. No i oczywiście godzina...

– Można się tam znaleźć o zupełnie innej porze dnia? – zapytała Magda.

Kiwnął poważnie głową.

– Pół biedy, jeśli różnica wyniesie godzinę albo dwie. Ale jeśli startujemy rankiem, a tam jest już wieczór... Jest już późno, a nam się nie chce spać. Albo jest już ranek, a my odespaliśmy dopiero kilka godzin... To tak jak przy locie samolotem, gdy zmieni się kilka stref czasowych.

Zjedli. Zegar nad drzwiami pokazywał za trzy minuty dziewiątą. Ruszyli w stronę gabinetu profesora. Michał zakręcił do biblioteki.

– Powodzenia – powiedział.

Rawicz już ich oczekiwał. Zasiedli przy stole.

– Jak samopoczucie? – zapytał uczony po powitaniach.

– Dobre – odparł Filip. – Tylko jakoś tak...

– Dziwnie – dokończyła za niego Magda. – Jesteśmy jakby skołowani.

Profesor kiwnął głową.

– To normalne, za dużo wrażeń jednocześnie, ale, niestety, dziś wchłoniecie jeszcze więcej. Przejrzeliście grafik zajęć?

– Owszem. – Paweł skinął głową. – Zastanawia nas jeden problem.

– Pytajcie.

– Miałem wiosną zdawać maturę.

– Już nie jesteście w szkole. Jeśli się uda, to wszyscy znajdziecie się na swoim miejscu. Wszyscy będziecie mieli za sobą kilka lat nauki w normalnych szkołach. Nie będziemy się rozdrabniali i tracili czasu na uczenie was tego, co i tak poznacie w normalnym trybie nauki...

– Fajnie – ucieszył się Sławek.

– Za to skoncentrujemy się na wszystkim, co będzie wam pomocne w wypełnieniu misji. No to zaczynamy. Gdybyście czegoś nie rozumieli, pytajcie od razu.

Podszedł do tablicy, dotąd zasłoniętej przez mapę, i narysował na niej rzymską jedynkę.

– Pierwsze prawo czasu. Nie musicie go znać, definicja jest długa i zawiła. Wystarczy, jeśli zapamiętacie, że wstecz można rzucić dowolną masę. Choćby i sto ton, ale to oczywiście niemożliwe, bo nie mamy aż tyle energii. Obojętne, ile wyślemy, na miejsce dociera siedemdziesiąt pięć kilogramów. Wraca tylko siedemdziesiąt. Konkretnie siedemdziesiąt kilogramów i sto dwadzieścia gramów. To nie jest stała wartość, skacze po kilka gramów w różne strony.

– A gdyby masa była większa? – zapytał Paweł.

– Nie może być większa. To, co waży więcej, ulega zupełnie dzikim zmianom chemicznym. W naszym czasie ląduje to, co zostało. Nierozpoznawalne grudy protoplazmy, zwierzęta wywrócone na drugą stronę, kawałki metalu, granulat czegoś w rodzaju żelatyny... Nie można przekroczyć masy. Na szczęście wszyscy jesteście chudzi. I nie obżerajcie się w przeszłości. Skoki powrotne najlepiej na czczo. W razie czego zostawcie ubrania i buty. Jeszcze jedno. – Rzucił na blat coś dziwnego.

Magda ujęła w dłoń krążek wytoczony jakby z metalowej gąbki.

– To była moneta?

– Tak, dwudziestodolarówka. Złoto wyparowało przy skoku. Została miedź i inne mniej szlachetne domieszki. Metale wariują podczas podróży do naszych czasów. Co gorsza, kompletnie nie wiemy, dlaczego tak się dzieje. Metalowe elementy waszego wyposażenia też się niszczą, ale to bez znaczenia...

– A metale zawarte w związkach organicznych i mikroelementach? – Filip popatrzył mu prosto w oczy. – Na przykład żelazo w hemoglobinie?

– Dwa przypadki – powiedział cicho uczony. – Teraz jesteśmy mądrzejsi, mamy zapas krwi do natychmiastowej transfuzji. Robimy wszystkie testy i w razie czego podamy preparaty uzupełniające straty. Chyba że zmiany będą zbyt duże i krew się zetnie...

Wstał i narysował na tablicy rzymską dwójkę.

– Zachowanie objętości – powiedział. – Przy skoku wstecz nie ma problemu. Z naszego świata zostaje wyczepiony bąbel materii z grubsza walcowatego kształtu, o średnicy około półtora metra i wysokości mniej więcej dwu. Ale przy skoku do przyszłości bąbel jest mniejszy. Ma około siedemdziesięciu centymetrów średnicy i tylko metr wysokości.

– Trzeba więc usiąść, objąć rękami kolana, docisnąć nogi do ciała, a głowę najlepiej wtulić w ramiona – odgadła Magda.

Profesor uśmiechnął się.

– Trafiłaś w sedno.

– A jeśli coś będzie wystawało? – zaniepokoił się Sławek.

– To, co wystaje, ulega unicestwieniu. – Głos profesora stwardniał. – Problem trzeci to temperatura. Przy przemieszczaniu się w czasie rejestrowano temperaturę około stu stopni poniżej zera.

Sławek gwizdnął przez zęby.

– Zamarzniemy.

– Niekoniecznie – zaprotestował Paweł. – Ile czasu trwa lot?

– Trudno ocenić, bo aparatura pomiarowa wariuje. Wedle odczuć subiektywnych około czterech minut na stulecie.

– Jak to zmierzono? – zapytała Magda.

– Spróbujcie zgadnąć. – Profesor uśmiechnął się.

– Wariuje aparatura, czyli żadnej elektroniki – zamyślił się Filip. – A może po prostu stoper, taki ręczny, nakręcany...

– Urządzenia mechaniczne też głupieją – uściślił uczony.

– Jeśli głupieje elektronika – zastanowił się Filip – to jakim sposobem nie zgłupieje na przykład nasz układ nerwowy? A jeśli głupieje zwykły mechaniczny zegarek, to w niebezpieczeństwie jest także nasz układ krążenia.

– Źle to zrozumiałeś, a może źle to wytłumaczyłem. – Rawicz zastanowił się chwilę. – Widzisz, to jest tak. Dziś mierzysz czas elektronicznym zegarkiem. Wiesz, jaka jest zasada jego działania?

– Elektroniczny licznik liczy wahnięcia kryształu kwarcu.

– A jaka jest zasada działania zegarka mechanicznego?

– Mechaniczny układ trybików i wskazówek liczy wychylenia balansu.

– No właśnie, a jak działa klepsydra?

– Po prostu przesypuje się piasek...

– A zasada?

Student podrapał się po nosie.

– Entropia, wzrasta entropia! – wybrnął.

– A co wyznacza kierunek wzrostu entropii?

– Kierunek upływu czasu – wyrwał się Paweł i zamilkł speszony. A jeśli profesor zapyta, co oznacza kierunek upływu czasu?

– Masło maślane – odpowiedział uczony. – Taki frazes dla filozofów. Ale wyobraźcie sobie zegar, w którym złośliwie ktoś umieścił jeden trybik więcej. Potem zegar sfilmowano. Złośliwy dzieciak rozwinął rolkę z taśmą, nie wiemy, gdzie jest jej początek i koniec. Na chybił trafił nawijamy ją i włączamy projektor. Czy potraficie odróżnić, patrząc na ekran, taki zegar od normalnego?

– Tak! Nie. Nie! – zdecydowali się.

– Jeśli nie widać sprężyny, to rzeczywiście nie. Zegar jest, hm, mocno symetryczny względem czasu, za wyjątkiem tej sprężyny, powierzchni trybików, które się wyrabiają i rdzewieją. Klepsydra, w której piasek leci do góry, wygląda już zupełnie idiotycznie. A my posuwamy się wbrew strzałce czasu. Słyszeliście o światach Golda? – Przerwał na chwilę i spojrzał im w oczy. Jednak widząc tylko u Pawła błysk zrozumienia, podjął wykład: – Sami rozumiecie, że w tych warunkach różne urządzenia mogą się zachowywać zupełnie inaczej, niż się przyzwyczailiśmy.

– Piasek w klepsydrze leci do góry – domyślił się Filip.

– Nie! Gdyby tak było, człowiek by tego nie przeżył. Diabli by wzięli wszystkie procesy w organizmie, metabolizm, trawienie. Udało się nam ustabilizować procesy zachodzące w bąblu. Ukierunkować tak, by żywy organizm zawsze... hm... przemieszczał się we właściwym kierunku. Zawsze widzisz, jak piasek w klepsydrze spada. Piaskowi też się wydaje, że leci w dół... Niestety, tak jak materia z antymaterią nie jest dokładnie symetryczna w kosmosie, tak i tu – udało się nadzwyczaj dobrze, ale niedokładnie. Więc co konstrukcja zegara, to inny wynik pomiaru. Musieliśmy wymyślić jakąś sztuczkę, żeby otrzymać wynik... powiedzmy, przydatny.

– Uderzenia pulsu? – podsunął Filip.

– Czasem bije jak szalony... Dokładniej opowie o tym magister Miotła. Dobra. Powiem wam. Oddychanie. Jeśli zakładamy, że procesy organiczne przebiegają w bąblu identycznie, po ilości zużytego powietrza można to wyliczyć. Ale może najlepiej będzie, jeśli przejdziemy obejrzeć to wszystko na miejscu. – Spojrzał na zegarek i wstał.

Poderwali się ochoczo z krzeseł. Ruszyli korytarzem do windy. Profesor wsunął kartę mikrochipową do czytnika i wcisnął guzik oznaczony napisem –7.

– Jedziemy na sam dół – powiedział. – Dwadzieścia metrów pod powierzchnię ziemi.

* * *

Winda zatrzymała się i stalowe drzwi łagodnie rozjechały się na boki. Długi korytarz, gołe betonowe ściany, wąskie przejścia zaopatrzone w stalowe włazy. Wszystkie kable w grubych czarnych izolacjach biegły po ścianach zawieszone na solidnych hakach. Gdzieniegdzie umieszczone lampy osłonięte były pancernymi szklanymi kloszami.

– Jakoś tu dziwnie – powiedział w zadumie Sławek. Głos chłopaka odbił się echem. Profesor, słysząc tę uwagę, odwrócił się. Na jego twarz wypłynął smutny uśmiech.

– To poziom dawnych schronów – wyjaśnił. – Te ściany wokoło mają ponad dwa metry grubości. Od drugiej strony dodatkowo pokryte są ołowianym płaszczem. Budowano te podziemia przez wiele lat, jeszcze w połowie dwudziestego wieku. Tu w razie wojny atomowej miał się ukryć rząd i wybrani członkowie partii wraz z rodzinami. Gdy faktycznie nastąpił atak, nikt z elit rządzących już nie pamiętał o istnieniu tego lochu. Od dawna wykorzystywał go nasz instytut.

– A to pod sufitem? – Magda wskazała rurę o średnicy ponad pół metra.

– To kabel telefoniczny. Zawiera przeszło osiemset przewodów, dlatego jest taki gruby. Nie wiem, czy zwróciliście uwagę na uszczelki przy drzwiach i lampach. Ta część korytarza była przygotowywana w razie czego do zatopienia.

Filip w milczeniu chłonął tajemniczą atmosferę tego miejsca. Szli, ciągle mijając prowadzące gdzieś w bok korytarze.

– Łatwo tu zabłądzić – powiedział profesor. – Ale nie przejmujcie się, nigdy nie będziecie musieli wędrować tędy sami. A gdyby tak się przypadkiem stało, co uważam za skrajnie mało prawdopodobne, to zapamiętajcie to oznaczenie. – Wskazał na trzy paski namalowane na ścianie.

– Czerwony, czerwony, biały. Idąc w stronę, gdzie są dwa czerwone, oddalacie się od wejścia. Idąc w stronę białego, zbliżacie się.

Logiczne, pomyślał Filip.

Jeszcze kilkadziesiąt metrów i stanęli przed stalowymi wrotami.

– Drzwi są pod prądem i zabezpieczone dodatkowo ładunkami wybuchowymi – ostrzegł nauczyciel.

– A więc to tutaj... – szepnęła Magda.

– Tak. To serce naszego kompleksu. Najściślej tajne miejsce kraju – w głosie Rawicza zadrżała skrywana duma.

Przesunął kartę przez czytnik, a potem na niewielkiej klawiaturze wprowadził kolejno cztery kody. Drzwi szczęknęły i otworzyły się z cichym sapnięciem hydraulicznych siłowników. Przeszli, a stalowa brama za nimi zatrzasnęła się z głuchym łomotem. Echo uderzenia metalu o beton długo huczało w korytarzach. Za drzwiami stali dwaj wartownicy z pistoletami maszynowymi. Zasalutowali przed uczonym.

Kursanci ruszyli naprzód.

– Tu mamy magazyny.

Profesor oświetlił latarką uchylone drzwi i ziejące za nimi ciemne pomieszczenia. Promień światła na chwilę wyłowił z mroku stalowe regały i stojące na nich tekturowe pudła.

– A co w nich jest? – zapytał Filip, rzucając zaciekawione spojrzenie w głąb mijanych składów.

– Ubrania, broń, pieniądze z wszelkich możliwych epok, buty, teczki, walizki... Wszystko, czego będziecie potrzebowali w przeszłości, by dobrze wtopić się w tłum. Mamy tu także drukarnię. – Wskazał drzwi. – Tu produkujemy dokumenty według dawnych wzorców.

– A tutaj? – Magda stała przed kolejnymi, ozdobionymi tabliczką „Papiernia".

– Oczywiście, aby dobrze podrobić stare legitymacje, zezwolenia i inne druki, musimy dysponować papierem podobnym do tego, na którym były drukowane. Nasi przodkowie byli w tej dziedzinie bardzo pomysłowi. Stosowali znaki wodne, papier czerpany, czasem nawet na jedwabnej osnowie suche pieczęcie – to jakby stemple wyciskane w papierze, tylko że bez farby.

– I takie na przykład legitymacje są nie do odróżnienia od prawdziwych? – zainteresował się Sławek.

– W zasadzie dałoby się, ale nasi przodkowie nie dysponują techniką pozwalającą na odkrycie fałszerstwa – odparł. – Jednak mimo wszystko lepiej nie wpaść w ręce ówczesnych organów ścigania. Pamiętajcie, żeby zachowywać się w sposób maksymalnie dyskretny.

Pokiwali głowami.

– Tu podrabiamy pieczęcie. – Na kolejnych umieszczono ozdobną tabliczkę z napisem „Grawer". – A oto i cel naszej wycieczki.

I znowu drzwi zaopatrzone w czytnik i klawiaturę. Gdy uchyliły się, błysnęło zza nich światło.

– Laboratorium centralne – wyjaśnił uczony.

Weszli do wnętrza betonowego silosu oświetlonego dziesiątkami jarzeniówek. Z dziur w ścianach wybiegały kable. Początkowo, oślepieni jaskrawym światłem, nie zdawali sobie sprawy z ogromu pomieszczenia. Znajdowali się na dnie betonowego walca. Jego średnica wynosiła co najmniej trzydzieści metrów. Na wysokości jakichś dwu pięter biegła wąska galeryjka, sufit ginął gdzieś w mroku. Pośrodku stała konstrukcja złożona ze stalowych kratownic okręconych kilometrami kabli. Wspięli się na nią po wąskich stalowych schodkach. Stopnie były strome i lekko zardzewiałe.

– A zatem, proszę wycieczki – zażartował uczony – oto miejsce waszej przyszłej pracy.

Stanęli na gładkim kawałku stalowej podłogi. Prosto w nich celowały dziesiątki spiczasto zakończonych anten. Wokoło płytę obiegał szeroki rowek zaopatrzony w gumowe zatyczki przypominające korki w wannie.

– To platforma startowa – wyjaśnił nauczyciel. – Stąd dokonujemy skoków w przeszłość.

Wszyscy cofnęli się odruchowo.

– Spokojnie. Maszyna jest wyłączona. Nie grozi nam, że nagle znikniemy. Generatory dopiero się ładują. Potrwa to kilkadziesiąt godzin. Ale najbliższy planowany skok wykona któreś z was.

Umilkli. Po plecach Filipa przebiegł dreszcz.

– A teraz – odezwał się szef projektu – pora wracać na górę...

* * *

Zegar w głównym holu pokazywał, że spędzili w podziemiach przeszło dwie godziny.

– Przerwa obiadowa właśnie nam przepadła – westchnął Filip.

– Idźcie do stołówki. – Profesor machnął ręką. – Na głodnego kiepsko się przyswaja wiedzę.

W jadłodajni było zupełnie pusto. Technicy i pracownicy instytutu już widocznie zjedli. Tylko w kącie przy stole siedział Michał.

– Witajcie, podróżnicy. – Wyszczerzył zęby w uśmiechu. – I jak wrażenia?

– Niesamowite – odparła Magda.

– Niesamowite jest, gdy się skacze – powiedział poważnie. – Są dla was kotlety i zieleninka.

Paweł poszedł do kuchni i po chwili wrócił z tacą. Rozłożyli swoje porcje na stole i w milczeniu usiedli wokoło starszego kolegi.

– Ile skoków wykonałeś? – Filip zadał pytanie, które wszystkim cisnęło się na usta.

– Szesnaście – odparł Michał i łyknął kompotu. – Niebawem czeka mnie siedemnasty, osiemnasty, dziewiętnasty i dwudziesty. – Wymawiając kolejne cyfry, zatrzymywał na chwilę wzrok na każdym z nich.

– Z nami? – zdziwił się Filip.

– Właśnie. Pierwsze dwa, trzy wykonacie pod okiem kogoś doświadczonego – powiedział z dumą, ale kpiarski ton pozwalał się domyślać, że nie traktuje ich protekcjonalnie. – Różnie może się zdarzyć – westchnął. – Nikogo nie można puszczać po raz pierwszy samotnie... To tak jak ze skokami spadochronowymi.

– Nie rozumiem – mruknęła Magda, łowiąc na talerzu oporny kawałek sałaty.

– Jeśli ktoś skacze ze spadochronem, to najczęściej za pierwszym razem zaczepiają go specjalną linką – wyjaśnił Filip. – Gdy już wyleci z samolotu i spada, to w pewnej chwili linka automatycznie wyciąga czaszę.

Najpierw musi się oswoić, żeby nabrać doświadczenia. Przy trzecim może już próbować samodzielnie.

– Dokładnie tak samo skaczemy w przeszłość – potwierdził Michał. – Tylko bez spadochronu.

– Jak tam jest? – zapytał Paweł.

– Gdzie? Tam? Chodząc po ulicach, trzeba uważać na dorożki i samochody.

Popatrzył w zadumie przez okno. Za potrójną szybą rozciągały się radioaktywne rumowiska.

– Jeśli nam się uda, to wszystko będzie wyglądało zupełnie inaczej. Jeśli nam się uda, będziemy mogli leżeć na trawniku koło Pałacu Kultury i patrzeć w błękitne niebo.

– Uda się – powiedziała Magda. – Ale opowiedz nam o tych niebezpieczeństwach...

– Ja to wyjaśnię lepiej. – W drzwiach pojawiła się wysoka, szczupła kobieta. – Magister Anna Miotła – przedstawiła się.

Miała długą, pociągłą twarz, ciemne włosy spięła w koński ogon. Jej oczy były dla odmiany jasne i świetliste. Wyglądała na kobietę twardą i wymagającą, ale jednocześnie sympatyczną.

– Kończcie jeść i chodźcie do pracowni. Szukałam was, dopiero profesor powiedział, że jesteście tutaj.

– Trochę nam zeszło w lochach – wyjaśnił Filip.

– Domyślam się, że chcielibyście wszystko dokładnie obejrzeć, ale nie przejmujcie się. Będzie jeszcze wiele okazji.

Zebrali talerze i Sławek odniósł je do kuchni. Michał odprowadził ich kawałek, a potem znów zakręcił do biblioteki. A oni weszli do gabinetu magister Miotły.

– Chcieliście wiedzieć, na czym polegają niebezpieczeństwa. – Uśmiechnęła się. – Możemy je podzielić na dwie grupy. Ktoś ma pomysł jakie?

Milczeli przez chwilę, wreszcie odezwał się Filip.

– Sądzę, że jedne wiążą się z pobytem w przeszłości. A te drugie zapewne z samym przemieszczaniem się w czasie?

– Niezupełnie. Zarówno start, jak i powrót są procesami w miarę bezpiecznymi. Jednak nie do końca wiemy, dlaczego czasem ktoś wysyłany na przykład w czasy międzywojenne może wylądować kilka albo kilkanaście lat wcześniej.

– Na przykład w czasie pierwszej wojny światowej? – zaniepokoił się Filip.

Kiwnęła poważnie głową.

– Drugim niebezpieczeństwem jest rozrzut miejsca lądowania. Staramy się zawsze, aby wyczepienie, bo tak nazywamy opuszczenie naszej epoki i materializację w przeszłości, następowało na terenie zagajników za wsią Koło. Mamy tam upatrzony stały punkt, polanę w lesie. Jednak bywało, że materializacja następowała w mieście, a w skrajnym przypadku nawet czterdzieści kilometrów od zakładanego miejsca.

– Jakim cudem tak... poziomo? – zapytał student. – Nie zdarzały się materializacje na przykład dwadzieścia kilometrów pod powierzchnią ziemi? Albo na przykład dwadzieścia metrów nad?

– Na początku, w okresie pierwszych testów, tak. Zrobiliśmy wszystko, żeby wyeliminować to zagrożenie. Błąd lokalizacji poziomej nie został jeszcze opanowany.

– Jak wygląda sam skok w przeszłość... to znaczy... – zaplątał się Filip. – Chcielibyśmy poznać stronę teoretyczną.

– To bardzo proste. – Wyjęła z szuflady metalową bransoletę. – Przed skokiem zakładacie to na rękę. Hmm. Aby to przystępnie wyjaśnić, posłużymy się pewną pomocą techniczną. – Wyjęła z szafy drewnianą ramkę obciągniętą dość grubą gumową membraną. – Tak zwykle demonstruje się odkształcenie przestrzeni spowodowane masą grawitacyjną. Pewnie widzieliście to w szkole. Ale ten model dobrze obrazuje także nasze zagadnienia. Zapomnijcie o tym, co wam pokazywano. Wyobraźcie sobie, że powierzchnia stołu to przeszłość.

Uśmiechnęli się.

– Ponad stołem, równolegle do blatu, rozciągamy gumę. To teraźniejszość. Co widzicie?

– Nie stykają się – powiedział Sławek.

– Świetnie. Jak więc przejść z teraźniejszości do przeszłości?

– Zrobić sobie dziurkę i spaść? – zapytała Magda.

– Teoretycznie jest to możliwe. Tylko jak potem wrócić? – uśmiechnęła się magister Miotła. – Też nie mogliśmy rozwiązać tego problemu. Profesor męczył się nad tym przez ponad dwadzieścia lat. I znalazł rozwiązanie.

Wyjęła z kieszeni sporą metalową kulkę od łożyska i położyła ją na gumie. Ta lekko się zapadła, tworząc wgłębienie. Nauczycielka docisnęła palcem. Kulka dotknęła blatu stołu.

– To właśnie podróż w czasie – powiedziała. – Oddziałujemy mocno na rzeczywistość. Ta ugina się tak jak guma. Ale czas posiada pewną energię. Może energia to złe słowo... W każdym razie, gdy wysyłamy kogoś wstecz, zachodzi takie właśnie zjawisko. – Docisnęła ponownie kulkę palcem. – Naginamy pole. Bąbel materializuje się w przeszłości, ale ta napięta guma ciągle istnieje...

– I energia tego napięcia może nas rzucić z powrotem do przyszłości, czyli w naszą teraźniejszość – domyślił się Filip.

– Dokładnie. Tylko że cofając się w czasie, jak gdyby przyklejamy się do przeszłości. To oczywiście porównanie. Wybaczcie, trudno mi to wyjaśnić bez zapisania całej tej tablicy wzorami matematycznymi, a, niestety, są one po pierwsze ściśle tajne, po drugie i tak ich nie zrozumiecie...

Sławek uśmiechnął się, zrobił minę idioty i poskrobał się po głowie.

– No właśnie. – Puściła do niego oko.

– Czyli jakoś trzeba się odkleić – mruknął Paweł. – Jak przypuszczam, potrzebna jest do tego ta bransoleta. Przy skoku wstecz gromadzi energię...

– Tak. Ale żeby ją wyzwolić, potrzebna jest jeszcze stacja nadawcza. Urządzenie, które zaktywizuje bransoletę. I z tym właśnie jest największy problem.

– Gdyby wpadło w ręce naszych przodków... – domyśliła się Magda.

– Tak. Pewnie nie zdołaliby go zidentyfikować, ale trudno powiedzieć, jak wiele zmian wywołałoby jego zbadanie. Mikroprocesory, diody, obwody drukowane, sztuczne tworzywa, baterie pracujące dziesięcioleciami, uzupełniające energię z procesu rozpadu izotopów, stopy rzadkich metali, cewki, ciekłe kryształy, nadprzewodniki, ogniwa termoelektryczne, kondensatory...

– W takim razie sądzę, że skrzynka jest gdzieś zakopana albo zamurowana i zaczyna działać automatycznie, gdy znajdziemy się w polu jej działania – domyślił się Paweł.

– Tak.

Wszyscy popatrzyli na niego z zaskoczeniem.

– Tak – powtórzyła. – A więc skok w przeszłość, materializacja w punkcie docelowym, potem wykonujecie zadanie i idziecie z bransoletą na ręce do punktu startowego. Wracacie do teraźniejszości. Proste?

Kiwnęli głowami.

– Czasem używa się modułów awaryjnych. Są mniejsze, można je na przykład gdzieś ukryć lub zakopać. Jeśli znajdziecie się w pobliżu takiego, bransoleta zawibruje jak telefon komórkowy. W ostateczności bransoletę można uruchomić za pomocą sygnału radiowego.

– Jest jeszcze jeden problem – zauważyła Magda. – A jeśli w miejscu, w którym wylądujemy w przeszłości, na przykład rośnie drzewo?

– Nie ma niebezpieczeństwa. Bąbel podczas materializacji rozszerza się ze znaczną szybkością. Wypiera materię przeszłości z miejsca lądowania. Wyobraźcie sobie coś w rodzaju błyskawicznie nadmuchującego się balonu. W przypadku pojawienia się na przykład wewnątrz muru, rozerwie go lepiej niż niejeden materiał wybuchowy. Materializacja balonu daje bardzo silną falę uderzeniową, bowiem wyparte z miejsca jego pojawienia się powietrze zostaje odepchnięte ze straszną siłą. Jeszcze w odległości dziesięciu metrów od punktu taki wiaterek wieje z szybkością około stu kilometrów na godzinę. Co wystarczy, by łamać krzaki. Niestety, wyczepieniu towarzyszy bardzo głośny huk. W przypadku gdy lądują jednocześnie dwie osoby, rozrzut wyniesie kilka minut i kilkanaście metrów. Ten, który przybędzie pierwszy, musi natychmiast paść płasko na ziemię i czekać na huk drugiej materializacji.

– A przy skoku do przodu, do przyszłości? – zaciekawiła się Magda.

– Bąbel wyrywa ponad metr sześcienny powietrza. Pozostaje po nim próżnia, którą natychmiast wypełnia to, które pozostało wokoło. To też generuje niezły efekt akustyczny.

– A jeśli zepsuje się bransoleta? – zainteresował się Sławek.

– To specjalny stop tytanowy. Rzecz absolutnie nie do zdarcia. Można po tym przejechać czołgiem i wytrzyma. Ale oczywiście różnie może się zdarzyć. Nie wszyscy powrócili. Pewne poszlaki wskazują, że bransoleta może ulec zniszczeniu, choć zupełnie nie wiem, w jaki sposób...

Z szuflady biurka wyjęła foliową torebkę. Wewnątrz znajdował się niewielki, połyskujący srebrzyście detal.

– Co to takiego? – zapytała Magda, oglądając go uważnie.

– Nasza ekspedycja oceanograficzna tuż przed wojną testowała nowe batyskafy do badań na ekstremalnie dużych głębokościach. Nie pamiętam już, kto wpadł wtedy na pomysł, że skoro i tak trzeba je przetestować, to można połączyć przyjemne z pożytecznym. Znaliśmy miejsce, gdzie spoczywał wrak „Titanica". Słyszeliście o tym? Był nawet film...

– Ja widziałam – westchnęła Magda.

– No więc nasze batyskafy zeszły do samego wraku i dla przetestowania manipulatorów wyzbierały całą masę drobiazgów poniewierających się wokoło oraz wydobyły sporą ilość ciekawych eksponatów z wnętrza. Zabytki przekazano muzeum archeologicznemu. W chwili gdy wybuchła wojna, najcenniejsze eksponaty przewieziono wózkiem widłowym na stację metra „Ratusz". Znajdowała się tuż koło muzeum i była przewidziana na schron przeciwatomowy. Jak się okazało, stacja nie wytrzymała fali sejsmicznej. To znaczy po wybuchach, a w Warszawę uderzyło sześć bomb, nastąpiło bardzo gwałtowne trzęsienie ziemi i stacja mimo mocnej konstrukcji zawaliła się. Dwa miesiące temu przekopano wreszcie gruzy i odzyskano depozyt. Urządzono piękną wystawę. Wtedy właśnie w muzealnej gablotce wypatrzył to profesor.

– Ale co to jest? – zapytała Magda.

– Cewka od synchrofrazatora. Nie poznacie szczegółowych zasad konstrukcji maszyny czasu, wyjaśnię wam tylko, że to kluczowy element naszego wynalazku.

– Przecież mówiła pani, że lądujemy tam tylko z bransoletą na ręku – zdziwił się Filip.

– Tak, ale identyczna cewka jest wbudowana wewnątrz niej – wyjaśniła.

– Ale ona jest przecież praktycznie niezniszczalna – jęknął Sławek. – Skoro można po tym jeździć czołgiem...

– My też nie potrafimy tego wyjaśnić.

– Czyli musimy się liczyć z tym, że któreś z nas wyląduje na pokładzie luksusowego statku skazanego na zagładę. W dodatku w niezbyt godnej pozazdroszczenia sytuacji pasażera na gapę. Bez możliwości powrotu? – zapytała Magda.

– Chwileczkę – powiedział Paweł. – Z pewnością ktoś już wcześniej wyruszył w podróż i zaginął w czasie bez wieści. Może więc to ślad po jakimś naszym poprzedniku?

– Nie. Ten detal został wykonany z platyny. Wcześniej używano cewek z czystego chemicznie niklu. Wasza grupa będzie tą, która przetestuje serię platynową. Ale nie martwcie się. To najprawdopodobniej nie nasze. Pewne poszlaki wskazują, że nie tylko my zanurzamy się w przeszłość.

– Jacyś obcy? – zaniepokoił się Filip. – Z kosmosu?

– Raczej ludzie przybywający z naszej przyszłości.

* * *

Najciekawsze zajęcia tego dnia dopiero ich czekały. Dochodziła osiemnasta, gdy Michał zwiózł ich windą na poziom –4. Dłuższą chwilę szli betonowym korytarzem, zanim zatrzymali się przed stalowymi drzwiami opatrzonymi tabliczką „Strzelnica".

W pierwszej chwili Filip pomyślał, że będą do kogoś strzelali, ale zaraz stłumił tę idiotyczną myśl. Michał zapukał. Otworzył im wysoki mężczyzna w mundurze.

– Panie kapitanie, przyprowadziłem kursantów. – Chłopak zasalutował i stuknął piętami tenisówek. Kapitan skrzywił się lekko, przy czym Filip zauważył, że poruszyły się tylko jego usta. Pozostałe mięśnie twarzy były nieruchome jak maska.

– Znakomicie – odezwał się wojskowy. – Zapraszam do środka.

Weszli do wnętrza sporej hali. Jej najdalsza ściana poznaczona była dziurami. Na szynach pod sufitem umieszczono niewielkie wagoniki. Zwisały z nich tekturowe sylwetki. Za pomocą zmyślnej konsoli można było przesunąć je na sam koniec pomieszczenia lub podciągnąć bliżej dla sprawdzenia, czy kule trafiły w cel.

– Kapitan Bogdan Rylski. Mam was przeszkolić w używaniu podstawowej broni, którą spróbujecie zmienić świat.

Przedstawili się kolejno. Usiedli przy sporym stole na wygodnych, wyściełanych krzesłach. Kapitan położył na laminowanym blacie długie pudło. Otworzył lśniące srebrno zatrzaski. Wyjął ze środka małą szklaną ampułkę zaopatrzoną w czerwony plastikowy kapturek. Fiolka miała około centymetra średnicy i trzy centymetry długości. Szkło, z którego ją wykonano, wyglądało na bardzo grube. Wewnątrz przelewała się kropla białej, opalizującej cieczy.

– Tak wygląda ampułka z wirusem – powiedział, podając ją Magdzie. – To oczywiście tylko atrapa służąca do szkolenia, ale pomijając zawartość, jest identyczna. Zdejmij plastik.

Posłusznie zdjęła. Ukazała się długa na dwa centymetry stalowa igła. Osadzono ją w skomplikowanym zaworku.

– Jest gotowa do użycia – wyjaśnił kapitan. Wyjął z pudła oderżniętą ludzką rękę.

Szarpnęli się odruchowo do tyłu. Uśmiechnął się lekko kącikami ust.

– Nie bójcie się, to silikonowy model. Wbij ją – polecił Magdzie.

Ta ostrożnie ukłuła protezę igłą. Rozległ się cichy syk i płyn z pojemnika wtrysnął pod tworzywo. Powstał w tym miejscu niewielki bąbel.

– I gotowe – wyjaśnił kapitan. – Gość jest załatwiony. Kilka godzin utraty przytomności, dwa, trzy tygodnie pochoruje i na zawsze traci możliwość płodzenia dzieci. Kulturalnie, żadnych trupów...

– Ale magister Miotła pokazywała nam... – zaczęła Magda.

Wojskowy kiwnął głową.

– Zaraz do tego przejdziemy – powiedział. – Fiolka, którą widzicie – oderwał pustą już od „ręki" – wykonana jest ze specjalnie hartowanego szkła krzemowego. Konkretnie zgrzana z kilkudziesięciu warstw, ułożonych tak jak łupiny cebuli. Praktycznie nie da się tego stłuc, bardzo trudno rozbić, nawet waląc młotem, choć oczywiście jeśli podłożymy pod pociąg, ulegnie zmiażdżeniu. Po założeniu zabezpieczenia – naciągnął kapturek na miejsce – możecie bezpiecznie nosić to w kieszeni. Zresztą przed pierwszym skokiem musicie i tak przejść serię szczepień.

– A jeśli ktoś z tych, którym trzeba to wsadzić w tyłek, już chorował na świnkę? – zapytał Sławek. – Będzie odporny na nasz atak.

– Dlatego to zmodyfikowany wirus. Ani ówczesne szczepionki, ani przejście choroby w dzieciństwie przed nim nie chronią. Z drugiej strony został osłabiony na tyle, że praktycznie stał się niezaraźliwy. Nie chcemy przecież epidemii.

– Więc trzeba po prostu przyskoczyć i dźgnąć – upewnił się Paweł.

– Tak. Zawiesina z wirusem jest zmieszana z lekko ściśniętym neonem. To taki gaz szlachetny. W chwili, gdy igła wbija się w ciało, gaz wypycha zawartość fiolki pod sporym ciśnieniem i wtłacza w głąb. Oczywiście jest to bolesne, co najmniej jak zastrzyk domięśniowy.

– A wtedy ukłuty się odwraca i daje nam po łbie – zaniepokoił się Sławek. – Albo wykręca ucho i wlecze na posterunek.

– Nie mówiłem, że to łatwe. Jeszcze jedno.

Złapał igłę palcami i wykręcił ją ostrożnie.

– Gdyby tak się złożyło, że zaistnieje szansa nakapania wirusa na przykład do zupy, można wykręcić igłę i wylać zawartość fiolki. Oczywiście będzie ona nadal pod ciśnieniem, więc tryśnie dość gwałtownie. Teraz zobaczcie to. – Wyjął metalową lotkę. – Jest idealnie wyważona, a w płaszczu zewnętrznym ma kanaliki z rtęcią.

– W jakim celu? – zaciekawiła się Magda.

– Gdy rzucamy, rtęć przemieszcza się do przodu i stabilizuje lot. Uderza zawsze igłą. Oczywiście musimy to przećwiczyć, no i trzeba dobrze wycelować. Co do twojego pytania... – Jego wzrok spoczął na dziewczynie. Odkręcił statecznik i pokazał górną część fiolki z wirusem, wystającą ponad gwintem. – Można powiedzieć, że wsady są wymienne.

Filip zważył lotkę w ręce. Kilkanaście deko. Dobrze leżała w dłoni.

– Oczywiście kłucie bezpośrednio albo rzucanie lotką to ostateczność. Normalnie służy do tego to. – Kapitan wyjął coś w rodzaju rakietnicy. Gruba lufa miała cztery głębokie nacięcia. Wsunął lotkę tak, że stateczniki weszły w szczeliny. Wycelował w stronę jednej z tekturowych sylwetek i nacisnął spust. Rozległ się dźwięk, jaki wydaje otwierana butelka z oranżadą. Lotka pomknęła i ugodziła w sam środek papierowego tułowia.

– Zasięg około pięćdziesięciu metrów, ale dobrze wycelować można z odległości nie większej niż dwadzieścia. Czynnikiem miotającym jest gaz.

– Jak w wiatrówce? – upewnił się Filip. – Tylko pewnie z dużo większą energią kinetyczną?

– Tak. Nabój gazu umieszczony jest w kolbie. Wystarcza na oddanie pięciu strzałów. Potem trzeba go wymienić. Choć nie sądzę, żeby była taka możliwość, jeśli spudłujecie pięć razy pod rząd...

Roześmieli się trochę nerwowo.

– Teraz najważniejszy eksponat. – Wyciągnął z waliziczki karabin. – To prawdopodobnie posłuży któremuś z was do wykonania zadania – powiedział poważnie. – Nabijamy go tak...

Złapał za kolbę. Wyjął z torby kolejną lotkę i odczepił jej stateczniki. Umieścił w ładownicy i zarepetował broń.

– Gotowy do użycia – powiedział. – Ma zasięg około pięciuset metrów, ale strzelać będziecie z odległości nie większej niż sto. Także pięciostrzałowy i tyle lotek mieści się w ładownicy. Wygodna, poręczna, lekka i niezawodna broń. Polubicie ją z pewnością.

– Celownik optyczny. – Paweł stuknął palcem lunetkę.

Kapitan rozładował broń i podał Filipowi, a potem gestem wskazał tekturowe sylwetki. Student przyłożył broń do ramienia i wycelował.

– Tak. Dobrze. Koło spustu jest przycisk, naciśnij go. Na tekturze pojawiła się czerwona kropka.

– To celownik laserowy – odgadł Paweł. – Widziałem takie na filmach.

– Nie tylko – odparł niedoszły lotnik. – To system typu „wystrzel i zapomnij". Dioda oświetla cel, pocisk samonaprowadza się na plamkę. Sprzęt najwyższej klasy, u nas w Dęblinie był tylko jeden.

– Nie rozumiem – westchnęła Magda.

– To proste – powiedział Filip. – Celujesz we wroga i wciskasz guzik. I właściwie nie można spudłować.

– Masz rację. Ale tą bronią pobawimy się za kilka dni – uśmiechnął się kapitan. – Na razie obejrzyjcie ją sobie dokładnie.

Filip niechętnie podał karabin Pawłowi, a ten równie niechętnie Magdzie. Palce nie chciały się rozstać z ciepłą powierzchnią polerowanego orzecha, z którego wykonana była kolba.

– Dziwne – odezwała się dziewczyna. – Nigdy nie myślałam o tym, żeby strzelać, a mimo to... – westchnęła, a jej delikatne długie palce objęły karabin. – To piękne. Głupio to brzmi, ale...

– Cieszę się, że ci się podoba – powiedział kapitan. – To najważniejsze. Zżyć się z bronią, docenić ją.

Sławek jako ostatni wziął karabin. Popatrzył przez celownik.

– Mam jedno pytanie.

– Po to tu jestem – odezwał się wojskowy.

– Przyjmijmy, że coś pójdzie nie tak. I że nas złapią z tym w ręce. Skoro to najnowsze osiągnięcie naszej myśli technicznej, to, powiedzmy, podczas pierwszej wojny światowej...

– Pomyśleliśmy i o tym. Każde z was dostanie zapalniczkę. W razie wpadki po prostu zniszczycie karabin.

– Jak? – zdumiał się Paweł. – Przecież metal się nie pali.

– To specjalny stop tytanu, aluminium i magnezu.

Wyjął z szuflady cieniutką, długą sztabkę. Schował karabin do walizeczki, a sztabkę podał kursantom. Ważyła nie więcej niż dziesięć gramów.

– A więc, droga młodzieży, to ten sam stop. Bierzemy źródło ognia, ewentualnie mocno trzemy pilnikiem, zapłon następuje w temperaturze siedemdziesięciu stopni Celsjusza.

Pstryknął benzynową zapalniczką i podpalił koniec sztabki, po czym szybko rzucił ją do stojącej obok stołu donicy z piaskiem. Metal błysnął oślepiająco jasnym płomieniem. Choć siedzieli dobre dwa metry dalej, żar był nie do wytrzymania. Wreszcie wypaliło się do końca.

– Temperatura spalania to ponad dwa tysiące stopni Celsjusza. Zniszczy wszystko, części metalowe i drewniane, optykę, elektronikę. Zostanie garść pyłu. Na dzisiaj koniec.

Magda prosząco spojrzała na walizeczkę. Dostrzegł jej wzrok i wyjął jeszcze na chwilę karabin. Ujęła go troskliwie i pogładziła kolbę.

– Zawsze myślałem, że dziewczynki w tym wieku bawią się lalkami, a nie bronią palną – mruknął Sławek.

– Mam siedemnaście lat – prychnęła i zaczerwieniła się lekko. – Od dawna nie bawię się lalkami.

– To pewnie skutek tej specyfiki charakteru wykrytej za pomocą testów. – Wyszczerzył zęby.

Roześmiała się i włożyła „zabawkę" do skrzynki. Kapitan odprowadził ich do windy. Dwie godziny później, gdy Magda kładła się już spać, gdzieś od strony centrum miasta rozległ się podwójny huk. W pierwszej chwili pomyślała, że to jakiś niewypał, ale dźwięk był bardziej głuchy i dużo silniejszy.

* * *

Sławek uchylił powieki. Co go wyrwało ze snu? Spojrzał na zegar nad drzwiami. Była za dwadzieścia siódma. Gdzieś z dołu dobiegał miarowy stukot. Ktoś wiercił ciężką wiertarką udarową dziurę w murze.

– Nie wolno tak z rana – jęknął.

Wstał, umył się i założył czysty kombinezon. Do pobudki zostało jeszcze trochę czasu. Postanowił posiedzieć dwadzieścia minut na dziedzińcu. Wzrok, zmęczony ciągłą bielą lub szarością betonu, pragnął odpocząć. A przecież zielona barwa trawy jest do tego najlepsza.

Zjechał samodzielnie windą na parter i stanął w holu. Hałas już ucichł, ale w powietrzu unosiła się woń zmielonego wiertłem tynku. Na samym końcu widniała nowa, lśniąca tablica z brązu. Pod nią ktoś po-

łożył wiązankę biało-czerwonych róż. Chłopak jak za-
hipnotyzowany ruszył w tę stronę.

ARTUR KOWALSKI UR. 1989 ZM. 1939
MAREK PAŁKIEWICZ UR. 1989 ZM. 1939
ODDALI ŻYCIE ZA OJCZYZNĘ

Dopiero gdy podszedł blisko, spostrzegł profesora.
Uczony stał za palmą i w zamyśleniu palił papierosa.
– Ach, to ty – mruknął, widząc Sławka. – Jak widzisz, nie ma już grupy A. Z grupy B został tylko Michał...
– Czyli w tej chwili nikt...?
– Nikt. – Rawicz kiwnął głową. – Skracamy maksymalnie czas szkolenia. Wejdziecie do akcji za kilka dni.
Wiesz, dlaczego zginęli? – Wskazał gestem tablicę.
– Nie mam pojęcia.
– Przysłali meldunek. Zdecydowali się pozostać
w Warszawie mimo wybuchu wojny. Liczyli, że podczas
bombardowań uda im się, korzystając z zamieszania,
dostać do archiwum wojskowego. Chcieli skopiować
pewne dokumenty, zanim ulegną zniszczeniu. Wydawało im się, że archiwum spalili hitlerowcy dopiero w 1944
roku. Byli w środku, gdy w budynek uderzyły bomby
zapalające. Wrzesień 1939... Taki drobny szczegół jak złe
zapamiętanie daty może decydować o przeżyciu...
– To pewne?
– Tak. Bransoleta w chwili, gdy ustaje puls jej właściciela, automatycznie dokonuje skoku do przyszłości.
Chodzi nam o to, żeby nie zaśmiecać przeszłości nawet
zwłokami naszych.

– Ze szkolenia wynikało, że przy skoku trzeba się zmieścić w bąblu...

– Tak, to znaczy w bąblu materia nie ulega odkształceniom, to, co wystaje, gubi się gdzieś po drodze. W sumie nie ma się czym przejmować. Gdy tylko uda się przeprowadzić korektę historii, znowu będą żyli. Ale mimo wszystko jakoś głupio... Leć na śniadanie, bo się spóźnisz.

Zegar przy windzie wybił siódmą trzydzieści.

* * *

– Zaryzykowali i zginęli – powiedział Sławek. – Skoro po korekcie i tak wszyscy będziemy żywi, to nie było to aż takie wielkie poświęcenie, stracili pamięć trzech lat życia. Swoją drogą, dość parszywego życia. – Popatrzył przez okno na ruiny otulone mgłą pyłu.

Wiał silny wiatr z zachodu i tam na zewnątrz liczniki Geigera z pewnością silnie by piszczały.

– Mimo wszystko jakoś nieprzyjemnie – powiedziała Magda. – Jeśli płomienie odcięły im drogę, to zanim przenieśli się na tamten świat, musieli bardzo cierpieć.

– Hmm. Wygląda mi na to, że pakujemy się w wyjątkowo niebezpieczną imprezę – westchnął Paweł.

Do stołówki wszedł Michał. Wyglądał na nieco przygaszonego.

– Słyszeliście już? – zapytał.

Pokiwali głowami.

– Teraz, jak to się mówi, wasza kolej – uśmiechnął się. – No i oczywiście ja wracam do roboty, gdy tylko zakończycie cykl szkolenia i przejdziecie pierwsze skoki pod moją kontrolą. Nie przejmujcie się, ale pamiętajcie: wasze życie jest cenne i nie ryzykujcie zanadto.

– Nie można by szkolić większej liczby kursantów? – zapytał Filip.

– Co roku obejmuje się testami tysiące ludzi. Wybiera się pięcioro najlepszych. Uściślijmy, pięcioro takich, którzy się w ogóle nadają.

– Ale nas jest tylko czwórka – zauważyła Magda.

– Bo nie udało się znaleźć piątego. Zresztą dopiero w tym roku rozszerzyli poszukiwania także za granicę. – Skinął głową Pawłowi. – Dlatego nie wolno wam się głupio narażać.

Do stołówki zajrzała magister Miotła.

– Zajęcia się zaczynają, a wy tu sobie pogaduszki urządzacie – zrzędziła, ale widać było, że nie jest zła. – Do roboty!

– To wszystko dlatego, że tu nie ma dzwonków – wyjaśnił Paweł.

– Nie jesteście już w szkole. – Otworzyła drzwi gabinetu, przepuszczając ich przodem.

Zasiedli wokół stołu.

– Dziś opowiemy sobie o bardzo ważnej rzeczy – powiedziała poważnie. – O naturze zmian czasu. Zobaczcie to. – Wyjęła z szuflady srebrny krążek wielkości talerza. – Poznajecie, co to jest?

Krążek miał pośrodku kwadratową dziurę.

– Coś jak płyta kompaktowa, ale wielkości takiej starej, z czarnego plastiku – powiedziała Magda.

– Winylowej – podpowiedziała. – Właśnie. Każdy skaczący wstecz zabiera ze sobą pendrive'a z nagraną sekwencją dat różnych wydarzeń. Robi się to od samego początku podróży w czasie. Po powrocie porównuje się ją z wzorcową, trzymaną u nas w sejfie, i dzięki temu wiemy, czy nie nastąpiły jakieś przypadkowe zmiany w historii. Michał wrócił z czwartej swojej wyprawy z czymś takim. To faktycznie płyta kompaktowa. I jest na niej nagrana taka sama sekwencja jak ta, którą dajemy kolejnym skoczkom.

– Czy to znaczy... – Filip aż potrząsnął głową zaskoczony domysłem.

– W chwili, gdy on cofał się w przeszłość, wedle tego, co powiedział, takie płyty wielkości talerza były tutaj powszechnie używanym nośnikiem danych i służyły do nagrywania muzyki cyfrowej oraz filmów. On nigdy nie widział czytnika zwyczajnych małych płyt DVD, pendrive'ów, kryształów pamięci. Ten element rzeczywistości uległ zmianie.

– Czyli historia uległa zmianie, a on jest jedynym, który pamięta poprzednią wersję – zdumiał się Filip.

– Tak. Dokładnie tak się stało. W dodatku zupełnie nie wiemy dlaczego. To był zaledwie wstęp do tego, co chcę wam powiedzieć. Nasze podróże podlegają dwóm prawom. Paradoksowi dziadka i efektowi motyla. Czy słyszeliście o tym kiedykolwiek?

– Paradoks dziadka wymyślili fizycy, a wykorzystali pisarze tworzący literaturę science fiction w latach dwudziestych XX wieku. Wyobraźmy sobie coś takiego: cofamy się w czasie, powiedzmy, do roku 1930, kiedy to nasi dziadkowie poznali nasze babcie. I zabijamy jedno z nich. – Magda wzruszyła ramionami. – Ten paradoks mamy wykorzystać, by doprowadzić do Dnia Wskrzeszenia. Na szczęście nie swoich dziadków będziemy zabijać.

– Właśnie. Fakt, że istniejemy w tym czasie, oznacza, że z metafizycznego punktu widzenia prawdopodobieństwo naszego zaistnienia jest różne od zera. Jeśli prawdopodobieństwo spadnie do zera, przestajemy istnieć we wszystkich możliwych czasach. I nikt nie będzie pamiętał, że kiedykolwiek istnieliśmy. Dlatego unikajcie jak ognia kontaktów z waszymi przodkami.

– A co z przodkami innych ludzi? – zaniepokoił się Sławek.

– Obowiązuje was zasada nieingerencji. Choćby na waszych oczach dziecko wpadało pod dorożkę, nie macie prawa skoczyć mu na ratunek. Podkreślam: nie wolno wam!

Popatrzyli po sobie zaskoczeni.

– Opowiem wam bajkę – powiedziała magister Miotła. – Ale taką prawdziwą, niestety. Był koniec XIX wieku, gdy pewien bawarski kupiec, przechadzając się brzegiem Dunaju, usłyszał rozpaczliwe krzyki tonącego chłopca. Rzucił mu się na ratunek i wydobył z wody. Zrobił mu sztuczne oddychanie i przywrócił do życia. Osiemnaście lat później, pierwsza wojna światowa, ten sam chłopiec, tylko że już dorosły, leżał zatruty gazem musztardowym na pobojowisku. Jego jęki przez przypadek usłyszała pielęgniarka. Sprowadziła lekarza, przenieśli go do polowego lazaretu i z ogromnym trudem odratowali. Nazywał się Adolf Hitler. A przecież nie był on jedynym bandytą, który narozrabiał w naszej historii... A nie sposób sprawdzić, kogo ratujecie.

– Zapytać po uratowaniu i w razie czego skręcić kark – uśmiechnął się Sławek.

– To po co ratować? Widzicie, z paradoksem dziadka jest jeszcze jeden problem. Każde z was miało dwoje rodziców, czworo dziadków, ośmioro pradziadków, szesnaścioro prapradziadków... A zatem na to, abyście siedzieli tutaj, pięć pokoleń temu zapracowało aż szesnaście osób. A dziesięć pokoleń temu? – Podsunęła Magdzie kalkulator.

Dziewczyna zaczęła uderzać w klawisze.

– Pięćset dwanaście – Paweł szybciej policzył w pamięci.

– Jedenaście pokoleń temu było ich już ponad tysiąc, a dwanaście pokoleń wstecz dwa tysiące. Dwanaście pokoleń to około trzysta lat. Gdybyście wylądowali w czasach insurekcji kościuszkowskiej, to przy zaludnieniu około sześciu milionów ludzi prawdopodobieństwo trafienia na jakiegoś przodka wynosi jeden do sześciu tysięcy.

– To niewiele – mruknął Sławek.

– Policz teraz, ile osób mijałeś przed wojną w ciągu godziny, idąc ulicą – odparowała. – Na szczęście to jest dość elastyczne. Nie każde potrącenie swojego przodka owocuje natychmiastową dematerializacją.

– Wystarczy zatem ich unikać.

– Tylko jak to zrobić? – zapytała nauczycielka. – Znasz wszystkie sto kilkadziesiąt osób z roku 1860, których krew dzisiaj w tobie płynie? Ponieważ im głębiej w czas, tym większe ryzyko, wykonujemy skoki do okresu przed pierwszą wojną światową i międzywojnia. Dalej w przeszłość niebezpieczeństwo jest już za duże.

– A efekt motyla? – zapytał Filip.

– Wyobraź sobie, że w 1860 roku kupiłeś gazetę. Zabrakło jej dla kogoś, kto żył w tamtych czasach. Nie dowiedział się przez to, że planowana jest nowa linia kolei. Nie kupił w tej okolicy parceli, skutkiem czego jego syn zamiast milionerem jest łapserdakiem. Nie będąc milionerem, nie sponsorował badań Szczepanika nad zjawiskami fotoelektrycznymi. W rezultacie dziś nie mamy kamer wideo. Michał był przez dwie godziny w 1936 roku. Wszedł do apteki i poprosił o udostępnienie mu książki telefonicznej. Wynotował z niej kilka nazwisk. W tym czasie nikt poza nim nie chciał z niej skorzystać. A potem wrócił do teraźniejszości, przywożąc to. – Ponownie uniosła dużą płytę. – Faceci od teorii chaosu uważali, że wszystkie wydarzenia na ziemi są ze sobą ściśle powiązane. Uderzenie powietrza przez skrzydełko motyla w dżungli Kamerunu powoduje huragan nad Miami, a splunięcie żebraka w rynsztok w Bombaju wywołuje katastrofalną suszę na polach Nikaragui.

Milczeli wstrząśnięci.

– Oczywiście z tym skrzydłem motyla to gruba przesada – uspokoiła ich. – Ale musicie uważać na drobiazgi. Przypuszczamy, że czas reaguje dość elastycznie i jeśli ingerencja jest drobna, to wszystko wraca z grubsza do normy. Wyobraźcie sobie, że wrzucacie kamyczek do stawu. Powstają kółka na wodzie. Im dalej od miejsca upadku, tym słabiej je widać. I tym mniejsze szkody wyrządzają. To coś jak mechanizm autonaprawczy. Jak gdyby w samą naturę czasu wpisana była niezmienność pewnych zdarzeń. Dobrze. Teraz zobaczycie, czym to grozi.

Pstryknęła przełącznikiem. Rolety opuściły się, zasłaniając okna. Z niewielkiego projektora wytrysnął strumień światła. Film. Ulica w Warszawie. Sądząc po przejeżdżających od czasu do czasu samochodach, początek lat trzydziestych. Perspektywa była nieco żabia.

– Michał niósł kamerę w torbie przewieszonej przez ramię – wyjaśniła nauczycielka.

Paweł w skupieniu oglądał film.

– Ten chłopak z jasną skórzaną aktówką to ktoś od nas? – zapytał.

– Zgadza się – potwierdziła. – Miał na imię Igor. Grupa A. Jak się domyśliłeś?

– Prawie cały czas znajduje się w kadrze.

– Ubezpieczał. Trzeci szedł jeszcze za Michałem.

Blondyn z teczką zatrzymał się przed sklepową witryną.

– Róg ulic Szpitalnej i Hortensji – wyjaśniła pani magister. – Sklep firmowy Wedla. On strasznie lubił czekoladę, a jak zapewne wiecie, po wojnie mamy z tym towarem pewne problemy...

Kiwnęli głowami. Faktycznie. Czekolada w okresie kryzysu stała się rarytasem, po wojnie z braku surowca całkowicie zaprzestano jej produkcji. Czasem w handlu trafiała się rosyjska lub ukraińska, od czasu do czasu chińska, ale te smakołyki nie docierały do domów dziecka i obozów dla uchodźców.

Chłopak na filmie zatrzymał się przed witryną. Michał z kamerą ruszył w jego stronę. Obraz wystawy wypełnił cały kadr. Jęknęli cicho.

Na śnieżnobiałych serwetach piętrzyły się góry czekoladowych cudeniek. Figurki zwierzątek zdobione kolorowymi polewami, czekoladowe cukierki i ciasteczka w tysiącach kształtów, kolorów i wielkości. Za nimi stały otwarte gigantyczne bombonierki w metalowych bądź obciągniętych pluszem opakowaniach.

Na szerokim kamiennym parapecie od strony ulicy siedział szary pręgowany kot. Gapił się przez szybę na ekspozycję.

Igor odwrócił się w stronę Michała.

– Kupię z pół kilo – powiedział. – Zjemy do kolacji.

Spojrzał na kieszonkowy zegarek.

– To wbrew instrukcji – usłyszeli głos kamerzysty.

– Co mi tam instrukcja, świat się od tego nie zawali. Trzy lata nie jadłem prawdziwej czekolady...

Michał ruszył za nim. Kamera ukazała wnętrze sklepu. Malowidła na suficie, dwie rzeźby przedstawiające Murzynów. Potężna dębowa lada, za szybami kolejne stosy wspaniałości, wielka mosiężna kasa sklepowa i młoda sprzedawczyni. Gruby warkocz opadał na śnieżnobiałą bluzkę. Guziczki z masy perłowej. Mogła mieć jakieś szesnaście lat. Igor uśmiechnął się do niej.

– Czym możemy służyć? – zapytała.

Miała niezwykle melodyjny głos.

– Chciałbym prosić pół kilograma czekoladek.

– A które pan sobie upatrzył?

Wskazał gestem na odpowiedni stosik.

Dziewczyna wyjęła szeroką mosiężną szufelkę. Nabrała ostrożnie porcję przysmaków i nałożyła je na szalkę wagi. Na drugiej postawiła porcelanowe odważniczki.

– Równo pół kilo – powiedziała, przesypując czekoladki do papierowej torebki.

– Ma pani oko. – Uśmiechnął się.

– To kwestia wprawy – wyjaśniła. – Należy się dwa złote i czterdzieści pięć groszy.

Podał jej błyszczącą pięciozłotówkę z wizerunkiem Piłsudskiego. Ujął czekoladki w dłoń. Stał się przezroczysty. I zniknął. Natychmiast, bez jednego dźwięku, bez śladu. Torebka drgnęła i opadła na blat.

Dziewczyna uniosła głowę znad szufladki kasy. W dłoni trzymała już odliczoną resztę.

– Ojej? – zdziwiła się. – A gdzież on się podział?!

– Wyszedł nagle – powiedział Michał. Słyszeli w jego głosie ledwo wyczuwalną panikę. – Za żołądek się złapał, może źle się poczuł...

– Ale zostawił pieniądze i słodycze... – zafrasowała się sprzedawczyni.

– Może to tylko chwilowa niedyspozycja i zaraz po to wróci? – wyraził przypuszczenie Michał.

– A panu czym mogę służyć? Mamy na przykład nowe bombonierki, wspaniałe na prezent dla ukochanej.

– Nie, dziękuję, chciałem tylko popatrzeć. Zresztą pora już na mnie.

– No cóż, do zobaczenia. I zapraszam...

Film się skończył.

– Czy on zginął? – zapytała Magda.

– Przypuszczamy, że tak. Usiłował kupić tę właśnie garść słodyczy, która w jakiś sposób doprowadziła do jego zaistnienia. Może jego przyszły pradziadek chciał kupić torebkę czekoladowych zajączków na pierwszą randkę z niedoszłą prababką. Właściwie Igor ich też nie kupił, zostały na ladzie, nie zabrakło tych czekoladek dla pradziadka. Więc nie powinien zniknąć. Być może był inny powód: może ta dziewczyna była jakąś jego krewną. I tak się przejęła znikającym gościem, że nie poszła na randkę z niedoszłym przodkiem? Tego się nie dowiemy.

– Nie możemy nic kupować? – zapytał Filip.

– Pozostałe zakupy nie doprowadziły do podobnych skutków. Zazwyczaj sekwencje danych są identyczne. Ale nie szalejcie. Kupujcie tylko to, co niezbędne, bo ryzyko istnieje. I jeszcze jedno. Igor. Był na filmie, pamiętał go Michał, ale nie mieliśmy żadnych śladów, że kiedykolwiek urodził się i żył w XXI wieku. Nie wiedzieliśmy o jego istnieniu. Nigdy nie był członkiem grupy A. Musieliśmy uwierzyć, że był naszym kursantem. Historia uległa zmianie. Po prostu zniknął.

Cofnęła film. Ciało staje się przezroczyste. Torebka z czekoladkami opada na blat.

– Zdążył ją unieść nie więcej niż na centymetr – wyjaśniła. – To wystarczyło.

– Efekt motyla – szepnęła Magda.

– W tym przypadku nazwaliśmy to efektem insekta – powiedziała poważnie pani magister. – Wyobraźcie to sobie następująco. Pogodny letni dzień. Leżymy na łące i siada na nas giez.

Kiwnęli głowami. Od dawna nie można było leżeć na łąkach. Przez grubą warstwę pyłów słońce przebijało się raczej kiepsko, ale pamiętali przecież, jak było dawniej. Gzy przeżyły wojnę. Owady dobrze zniosły zwiększone promieniowanie, podczas gdy większość ich naturalnych wrogów zginęła.

– A więc ląduje na naszej skórze i zaczyna spacerować. Ignorujecie go, nie chce wam się ruszyć ręką i go odgonić. Jeśli zrezygnuje i poderwie się do lotu, zdąży ocalić życie, zanim wymusi waszą reakcję. Wydaje wam się, że spaceruje bez celu, ale on w rzeczywistości szuka sobie odpowiedniego miejsca, żeby ugryźć. Miejsca, gdzie żyły biegną płytko pod skórą i gdzie może się łatwo do nich przebić. Póki drepcze, odczuwacie pewien dyskomfort, ale ignorujecie go. Gdy ugryzie, zadajecie cios i przestaje istnieć.

– Czyli historia to zwierzę? – zapytała Magda.

– Tak jakby. Tak nam się wydaje. Pozornie błaha czynność, jaką była próba zakupu garści czekoladek, wywołała reakcję podobną do uderzenia dłonią. Wasz kolega przestał istnieć. Tak jakby prawdopodobieństwo jego zaistnienia w przeszłości nagle wynosiło zero...

Milczeli wstrząśnięci.

– Nie mamy prawa ukrywać tego przed wami. Podróże w czasie niosą ze sobą pewne niebezpieczeństwo. Co gorsza, nie wiemy, dlaczego on zniknął. Wcześniej podróżnicy kupowali różne rzeczy. To się zdarzyło wtedy po raz pierwszy.

– Ale może się zdarzyć, że nie po raz ostatni? – zapytał Filip.

Kiwnęła głową. Puściła film raz jeszcze. Chłopak przed ladą. Ciało staje się przezroczyste. Przez chwilę widać przez niego słupki, które podtrzymują szyby osłaniające towar. Koniec. Torebka upada na blat.

– Nie da się wykluczyć, że gdyby spostrzegł, co się dzieje, puścił czekoladki i wybiegł ze sklepu, zdołałby się uratować – powiedziała. – To tylko przypuszczenie. Może problem wiązał się z monetą, którą dał dziewczynie?

Raz jeszcze puściła film. Igor podaje monetę. Sprzedawczyni nachyla się nad kasą. Palce zaciskają się na papierowej torbie. Ciało staje się przezroczyste. Koniec. Opakowanie opada na blat. Chwieje się.

– Chyba zaczął znikać, gdy dotknął torebki – powiedziała Magda. – Ale może już wcześniej, tylko że z zewnątrz widać sam koniec procesu...

– Nie zdawał sobie sprawy, co się dzieje – zauważył Sławek. – Nie zmienił wyrazu twarzy, a przecież sekunda to całkiem sporo.

– Ale patrzył na sprzedawczynię, a nie na rękę trzymającą cukierki – wyjaśniła magister Miotła. – Tak czy inaczej, faktycznie nie zdawał sobie sprawy, co się dzieje...

– To nie było usunięcie z tamtej rzeczywistości – mruknął Paweł. Umilkli, jak zawsze, gdy zaczynał mówić. – Gdyby po prostu przestał istnieć tam i wyrzuciłoby go gdzie indziej, na przykład do kenozoiku albo do XXV wieku, to byłby nielichy huk. Implozja po jego zniknięciu wyrwałaby szyby, a przynajmniej poczuliby podmuch, gdy powietrze wypełniałoby dziurę po nim.

– Skąd wiesz, że nie poczuli podmuchu?

Podszedł do ekranu, na którym ciągle tkwił zatrzymany jako stop-klatka obraz w chwili zniknięcia Igora.

– Spójrzcie na te papierowe gwiazdy. – Wskazał rządek ozdób biegnących w dół po słupkach przytrzymujących tafle szkła. – Nawet nie drgnęły...

– Masz rację. – Pani magister kiwnęła głową. – Michał w raporcie ze zdarzenia też zwrócił na to uwagę. Nie było żadnych zjawisk fizycznych. Żadnego ruchu powietrza. Był człowiek i nie ma człowieka.

– A może tylko stał się niewidzialny? – zamyślił się Sławek.

– Niemożliwe. Przecież wróciłby do teraźniejszości. Zresztą niewidzialność wykluczają prawa fizyki. Przynajmniej te, które znamy...

– A bransoleta? – zapytała Magda. – Jeśli jest niezniszczalna...

– Nie wróciła. Co może oznaczać, że znalazł się gdzieś na zewnątrz, poza rzeczywistością. Może kiedyś powróci? Tak czy inaczej, w Dniu Wskrzeszenia chyba go tutaj nie będzie...

* * *

To były dobre dni. Ulewy skończyły się i coraz częściej przez okna zaglądało czerwonawe jesienne słońce. Profesor pojawiał się teraz rzadko, ciężar szkolenia wzięła na siebie magister Miotła. Codziennie zaliczali godzinę zajęć na strzelnicy, gdzie kapitan uczył ich posługiwania się ampułkami z wirusem. Czasami przychodził pan Takeda, niski, uśmiechnięty Japończyk, który pokazywał im najbardziej niezawodne ciosy karate.

– W zasadzie nie będzie to wam potrzebne – powtarzał niezłą polszczyzną, choć z bardzo śmiesznym akcentem. – Ale lepiej umieć, niż nie umieć...

Lepiej umieć. Wiedzieli, że do celu strzelać będą z daleka za pomocą karabinka, jednak kapitan bezlitośnie kazał ćwiczyć wszystkie sposoby ataku. Rzucali lotkami do tarczy, aż wreszcie trafiali precyzyjnie w sam środek. Rzucali strzałkami do sylwetek, do poruszających się sylwetek, do kapitana ubranego w kombinezon.

Rzucali do trenera idącego przodem, podkradali się od tyłu. Trenowali używanie pistoletu na lotki. Niekiedy schodzili na dół też po kolacji. Uczono ich, jak się rozkręca karabin, jak się czyści karabin, jak się nabija karabin i jak się rozładowuje karabin. Wszystko oprócz strzelania z karabinu. Poznali swoją broń na wylot. Kapitan kazał im rozkręcać ją z zawiązanymi oczami, z otwartymi oczami, w całkowitej ciemności. Piękny kasztanowy odcień kolby i gładkie lśnienie lufy prześladowały ich w snach.

– Robicie postępy – powiedział kiedyś.

Tylko tyle i aż tyle, bo nie był skłonny do pochwał. Minął drugi tydzień nauki, gdy w pewien poniedziałek pod drzwi każdego z uczniów wsunięto nową kartkę papieru ze zmienionym rozkładem zajęć.

– Jak już zmieniają, to na całego – narzekał Sławek, siedząc w stołówce. – Aż tęsknię za dotychczasową monotonną różnorodnością.

– Sześć godzin historii dziennie – westchnął Filip. – A przez ostatnie dwa tygodnie nie było ani godziny.

– Widocznie mamy zaległości – powiedziała Magda, skubiąc zębami brzeg kanapki. – I teraz będziemy musieli wszystko nadrobić.

Cała trójka spojrzała teraz na Pawła. Jakoś przywykli, że odzywa się ostatni, a jego zdanie jest najbardziej wyważone.

– Dedukuję – odezwał się, marszcząc brwi – że do tej pory nie mogli znaleźć odpowiedniego nauczyciela.

– Sądzisz, że to możliwe? – zdziwił się Filip. – Przecież chyba to nic trudnego. Dzieci w szkołach jest teraz mniej, a z pewnością kilku historyków ocalało.

Paweł pokręcił głową.

– To nie takie proste – powiedział. – Nie mogli wziąć pierwszego lepszego. Raczej sądzę, że to będzie ekspert dokładnie znający epokę, w której mamy działać. A przy tym musi być całkowicie godny zaufania. Zaprzysiężony i sprawdzony wstecz aż do dziesiątego pokolenia... Skoro nie mieli takiego wcześniej, może to oznaczać, że wyślą nas w trochę inny okres.

Wszedł Michał i teraz stał za Pawłem, przysłuchując się uważnie.

– Dlaczego sprawdzony? – nie zrozumiała Magda.

– Bo wehikuł czasu to władza – odezwał się Filip. – Władza absolutna. Władza nad światem.

Popatrzyli na niego zaskoczeni.

Michał usiadł obok i postawił talerz ze swoimi kanapkami na obrusie.

– Jesteście zbyt prostolinijni. Nie wiecie, co z tym można zrobić – powiedział, potwierdzając słowa lotnika. – Lądując na przykład w 1905 roku z wiedzą, jak potoczyła się historia. Wystarczy pistolet maszynowy i można upolować tych, którzy trzynaście lat później przeprowadzą przewrót bolszewicki. Carska Rosja wygrywa wojnę z Niemcami i jej terytorium sięga do Renu. Albo jeszcze dalej... Można dać schemat bomby atomowej Hitlerowi. Można zrobić wszystko. Dlatego właśnie ten projekt jest ściśle tajny. Dlatego siedzimy tu zamknięci bez jakichkolwiek kontaktów ze światem. Żaden obcy wywiad nie ma prawa nawet podejrzewać, że nasz instytut istnieje. Na szczęście ci, którzy podjęli decyzję o wykonaniu korekty, to najuczciwsi i najbardziej odpowiedzialni ludzie na tej planecie. Bo wyobrażacie sobie, co by się stało, gdyby ta maszyna wpadła w ręce poprzedniego prezydenta?

Powiało grozą.

– A gdy zaczął dostawać kartki z ostrzeżeniami zostawiane przez nas w przeszłości, domyślał się, że coś takiego zostało zbudowane. Na szczęście profesor Rawicz siedział wtedy jak mysz pod miotłą. Inaczej mielibyśmy Polskę od morza do morza, mam na myśli w zasadzie oceany: Atlantyk i Pacyfik.

– To by nie było głupie – mruknął Filip.

– Tak. I giną wszyscy ludzie na Ziemi, którzy urodzili się po dacie interwencji. Mówili wam o efekcie motyla. Wyobraźcie sobie, że podboje i zmiany, mam tu na myśli wprowadzenie nowych technologii, zaczynają się, powiedzmy, w siedemnastym wieku. Jan Matejko nigdy nie namaluje swoich obrazów, Sienkiewicz nie napisze trylogii, ba, nawet Tolkien nie napisze swojej. Nigdy nie urodzi się Kościuszko, Piłsudski... Zupełnie inna rzeczywistość. A to wszystko dla zaspokojenia ambicji jednego psychopaty i megalomana. Historyk wyjaśni wam to lepiej. Nasze działania też wywołają pewne szkody, ale gdzie drwa rąbią, tam wióry lecą. Robimy wszystko, by ograniczyć liczbę ofiar.

O ósmej stanęli we czwórkę pod drzwiami gabinetu. Nie musieli szukać, przez ostatnie dni były to zwykłe brązowe drzwi. Jedne z licznych w tym korytarzu. Dopiero dziś rano spostrzegli na nich lśniącą mosiężną tabliczkę: „dr Jan Sperański".

Stali przez chwilę, a potem Filip nieśmiało zapukał.

– Zapraszam – rozległo się ze środka. Weszli ostrożnie do ciemnego pomieszczenia. W mroku jak wystrzał rozległ się trzask przełącznika i ściany pomieszczenia ożyły. Na trzech ekranach jednocześnie pojawił się kolorowy film przedstawiający ulicę w pogodny letni dzień. Otaczały ich secesyjne kamienice, powoli przejechał czarny Ford T.

– To film wykonany przez jednego z waszych poprzedników – powiedział spokojnie doktor. Teraz dopiero go spostrzegli. Siedział pod ciemną ścianą w głębokim fotelu. Pstryknął znowu i dwie ściany zgasły. Tylko na tej trzeciej ciągle widać było ulicę i przesuwające się domy. W pokoju nie było żadnych mebli.

– Tam są składane krzesła – powiedział.

Znaleźli je oparte o jedną ze ścian. Rozstawili tak, aby być twarzami do ekranu.

– Oto prawdopodobny okres docelowy – powiedział spokojnie uczony. – Przełom XIX i XX wieku. To tutaj musicie odnaleźć i zidentyfikować ludzi do eliminacji. A potem prawdopodobnie unieszkodliwić.

– Dlaczego prawdopodobnie? – zapytał Sławek.

– Lepiej byłoby odszukać ich później, w latach trzydziestych. Działania byłyby wówczas mniej destrukcyjne. Niestety, wasi poprzednicy zbadali archiwum hipoteki, książki telefoniczne Warszawy oraz księgi grzebalne cmentarzy. Bez efektów. Liczymy, że zdołamy namierzyć jakiegoś Citkę żyjącego na przełomie stuleci.

– A skąd pewność, że należy szukać właśnie w stolicy? – zapytał Filip.

– Prezydent jest potomkiem mistrza murarskiego Jana Citki żyjącego w Warszawie u schyłku XVIII wieku. W archiwach są ślady jego potomków, na przykład jeden z nich został stracony w czasie powstania listopadowego, wysyłał Rosjanom meldunki z oblężonej stolicy przy pomocy gołębi pocztowych. Zakładamy, że wywędrowali z miasta w okresie pierwszej wojny światowej, by powrócić dopiero pod koniec XX wieku.

– Jeszcze jedno pytanie – odezwała się Magda. – Skąd zdobędziemy pewność? No, to znaczy skąd będziemy wiedzieli, że dany Citko to poszukiwany przez nas przodek zbrodniarza?

– Nie mówili wam? Widocznie ten etap szkolenia jeszcze przed wami. Badania genetyczne pozwolą stwierdzić, czy podejrzany osobnik jest przodkiem naszego ptaszka. Musicie zdobyć kroplę krwi, wycinek tkanki lub kilka włosów podejrzanego i zestaw w kilkanaście minut przeprowadzi analizę. Nie ma ryzyka pomyłki. Dobra, opowiem wam trochę o czasach, do których się udacie...

* * *

– Dzisiaj jedziemy na wycieczkę – oznajmił profesor, wchodząc do stołówki.

Właśnie kończyli obiad.

– A dzisiejsze wykłady? – zapytał nieśmiało Sławek.

– Odwołane. Musicie zobaczyć jedno ciekawe miejsce. Spotkamy się w holu za dziesięć minut. – Spojrzał na swój ciężki kieszonkowy zegarek.

Pospiesznie ruszyli do swoich pokoi. Kombinezony wyjściowe były grubsze i sztywniejsze niż te, które nosili wewnątrz instytutu. Filip ubrał się szybko. Założył wysokie buty zapinane po bokach na rzepy. W kieszeni kombinezonu tkwił zwinięty kawałek materiału. Rozwinął go i ze zdumieniem zobaczył maskę z dziurami na oczy i usta. Przez chwilę zastanawiał się, czy powinien ją założyć, ale uznał, że chyba nie trzeba. Naciągnął furażerkę.

Ile czasu nie był na otwartej przestrzeni? Dni szkolenia zlewały się w jeden ciąg. Niedawno była niedziela. No cóż, będzie okazja trochę się przewietrzyć. Może ostatnia przed skokiem w przeszłość. Może ostatnia w życiu...

Wszyscy czekali już pod windą. Sławek założył kominiarkę i teraz ganiał Magdę wokoło korytarza, wydając ponure dźwięki.

Albo nie dorośli jeszcze, albo chcą rozładować napięcie, pomyślał z pobłażaniem niedoszły lotnik. Zjechali na dół.

– Załóżcie maski – polecił profesor. – Nikt nie powinien poznać waszej tożsamości.

Wydało im się to nieco idiotyczne, ale posłusznie spełnili jego żądanie. Naukowiec też miał na twarzy gustowną kominiarkę. Na dziedzińcu czekał już wysłużony, może trzydziestoletni jeep. Szef projektu siadł za kierownicą. Przejechali przez śluzę i wydostali się na ulicę. Profesor dodał gazu. Mijali wypalone ruiny willi i niedużych bloków. Martwe drzewa straszyły pozbawionymi liści gałęziami. Tylko nieliczne wypuściły nowe pędy. Ziemię i stosy gruzu porastała licha trawka i jakieś chwasty.

Środkiem jezdni ciągnęły się zardzewiałe szyny tramwajowe. Zakręcili koło zniszczonego budynku domu towarowego „Wola". Budynki przy alei Solidarności uniknęły fali uderzeniowej, ale trzęsienie ziemi, które nastąpiło po uderzeniach jądrowych, sprawiło, że większość ścian i stropów popękała. Teraz uwijały się tu ekipy remontowo-rozbiórkowe. Wyburzano to, czego nie dało się uratować, wzmacniano to, co groziło zawaleniem.

– Kiedyś Warszawa miała dwa i pół miliona mieszkańców. I wasza w tym głowa, żeby znowu miała tyle.

– Żaden problem. – Sławek udał, że chce objąć Magdę.

Odepchnęła go ze śmiechem. Na wysokości alei Jana Pawła pojawiły się sklepy. Wprawdzie wstrząs zniszczył poważnie budynki, ale po rozebraniu najwyższych pięter dolne znowu zajęli ludzie.

– Tu jest wysokie skażenie? – zainteresował się Filip.

– Od A10 do A8 – wyjaśnił profesor. – Od biedy można żyć.

Przejechali przez plac Bankowy i zakręcili obok budynku Arsenału.

– Początkowo tu chcieliśmy ulokować instytut, ale za bardzo na widoku – powiedział uczony.

Zręcznie skręcił w Długą i po chwili wjechali na plac Zamkowy.

– Tu jest niestety aż A4 – westchnął. – A szkoda, bo ta część miasta w zasadzie wytrzymała wstrząsy i samą falę uderzeniową.

Kamienice miały wypalone dachy i górne piętra. Zamek wyglądał na nieuszkodzony, tylko mury osmaliła fala termiczna. Wybite okna zabezpieczono folią. Na dachu kościoła św. Anny krzątała się ekipa kładąca papę. Z kolumny Zygmunta ocalał tylko kikut. Bloki granitu, potrzaskane na kawałki, poniewierały się wokoło.

Przez plac ciągnęły się zasieki. Stała przy nich hermetyczna budka wartownicza. Na dźwięk klaksonu wyszedł ze środka żołnierz z karabinem. Profesor okazał mu przepustkę, uniesiono szlaban i przejechali.

– Co oznacza ten kod: A4, A8? – zapytał Paweł.

– To taki szyfr do oznaczania stopnia skażenia – odpowiedział Sławek. – A15 to teren całkowicie wolny od skażeń. Taką kategorię ma chyba z pięć procent powierzchni Polski. A12 to miejsca, gdzie można spokojnie mieszkać.

– Budynek instytutu ma klasę czystości A12 – powiedział profesor.

– A10 oznacza, że skażenie jest na tyle lekkie, że można tam mieszkać, ale nie dłużej niż przez dwa lata – dodała Magda. – A8 to miejsca, gdzie można przebywać, tylko że już bez stałego mieszkania. Wyjaśnili mi to jeszcze w Szwecji.

– A4 to miejsca, gdzie można przebywać bez kombinezonów ochronnych. A3 tylko w kombinezonach, ale w zasadzie bez ograniczeń czasu, A2 i A1 tylko na krótko... – kontynuował wyliczankę Sławek.

– No i wreszcie jest kategoria A0, gdzie jest całkowity zakaz przebywania – dodała Magda.

Profesor zaparkował na Brzozowej. Jak spod ziemi wyrośli dwaj żołnierze. Okazał im przepustkę. Zasalutowali.

– Wysiadamy – polecił. – Tu jest A3, ale zaraz schowamy się do budynku.

Wysiedli. Żołnierze, widząc maski na ich twarzach, zrobili okrągłe oczy.

– Kim oni są? – zapytał ten wyższy.

– Przykro mi, tajemnica państwowa – wyjaśnił mu profesor. – I radzę zapomnieć o tym, co pan widzi.

– Tak jest!

– Za mną – polecił profesor.

Skręcili w wąską uliczkę. Kamienica po prawej wyglądała dziwnie. Potężne głazy w podwalinie, grube mury z czerwonej cegły, rozległy pasaż nakryty nisko sklepionym łukiem prowadził w głąb. Weszli weń.

– To kiedyś była ulica Gnojna, tędy wywożono z miasta odpadki i wyrzucano je tam, gdzie teraz jest ten skwerek. – Wskazał ręką. – Ten budynek zawiera relikty średniowiecznej bramy miejskiej. Była przerzucona nad uliczką, a tu zapewne były pomieszczenia straży. Ale nas interesuje co innego. – Otworzył kluczem ciężkie metalowe drzwi wpuszczone w mur.

– Zamek w tych wrotach nie był wymieniany przez co najmniej trzysta lat. Uległ zniszczeniu dopiero podczas drugiej wojny światowej.

Zapalił światło. W poprzek dawnej sieni ustawiono żelbetonowy mur zaopatrzony w śluzę. Wsunął kartę magnetyczną w czytnik i wystukał cztery kody otwierające dostęp. Przeszli do drugiej części sieni.

– Tak to wyglądało w latach międzywojennych i wcześniej – powiedział. – Drzwi od piwnicy. – Wskazał niewielkie drzwiczki w ścianie. – Do nich też mamy dorobione klucze. Oczywiście, gdy się tu znajdziecie, mam na myśli przeszłość, musicie uważać, żeby nikt was nie przyłapał.

Zeszli po wąskich, krętych schodkach w dół. Znaleźli się w ciasnej, ale wysoko sklepionej komorze.

– W tym kącie – oświetlił latarką – mamy klapę.

– Do kanałów? – domyślił się Sławek.

– Coś w tym guście. To system odwadniający zbudowany w siedemnastym wieku, ale dla nas ważniejsze jest pewne odgałęzienie. Zapraszam na dół.

Zeszli po bardzo stromych stopniach i stanęli na dnie ceglano-kamiennej rury. Płynęła tędy cuchnąca woda.

– Pięć metrów na zachód – polecił profesor.

Ruszyli. Błoto kląskało im pod nogami.

– Jesteśmy. – Oświetlił wąski korytarz z cegieł przecinający kanał. – Zbudowano go w czasach zaborów. Tunel długości blisko czterech kilometrów, który w razie powstania, rewolucji, buntu czy wojny miał umożliwić namiestnikowi stacjonującemu na Zamku ucieczkę do Cytadeli. To jedno z zapasowych wejść.

– A gdzie był wlot? – zaciekawił się Sławek.

– W ogrodach Zamku Królewskiego. Tylko że tamten teren zawsze, we wszystkich epokach, był starannie pilnowany. To najwygodniejsza droga do lochu.

Ruszyli szybkim krokiem. Tunel biegł cały czas na północ.

– Nawet jeśli będziecie musieli iść tędy bez źródła światła, to nie sposób zabłądzić. Nigdzie też nie grozi zawaleniem. To wyjątkowo solidna konstrukcja; w epoce, w której będziecie z niego korzystać, jest w jeszcze lepszym stanie. Po ciemku, dzięki temu, że jest niemal zupełnie prosty, z daleka zobaczycie, czy ktoś nie idzie w waszą stronę.

– I co wtedy? – zaniepokoił się Filip.

– Co kilkadziesiąt metrów są rozgałęzienia, wąskie, niskie boczne korytarzyki, nie wiadomo czemu służące. Jeśli się w nich ukryjecie, nikt was nie dostrzeże, chyba że specjalnie będzie świecił po dziurach...

Szli dość długo, aż wreszcie tunel się skończył. Stali w wysokiej ceglanej rotundzie. Dwa metry nad dnem widać było wylot innego korytarza. W ścianach nawiercono dużą liczbę otworów, jakby proszących się, by wetknąć w nie laski dynamitu. Dziury były także w suficie. Uczony zapalił światło. Sześć żarówek płonęło pod pancernymi kloszami. Na dnie wylanym betonem umieszczono gruby materac strażacki.

– Jesteśmy pod Fortem Legionów – wyjaśnił profesor. – W sufit tego pomieszczenia wstrzelony jest moduł, który umożliwi wam powrót do teraźniejszości.

– Wysoko. – Sławek zadarł głowę. – Jak się tam dostać?

– Nie ma takiej potrzeby – uśmiechnął się profesor. – Wystarczy, że będziecie stali tutaj. Po upływie trzech minut wystrzeliwuje was automatycznie w przyszłość. Lądujecie na tym materacyku, a wokoło już czeka ekipa zajmująca się waszym powrotem. Nadmienię też, że w forcie mamy świetnie wyposażoną salę intensywnej terapii medycznej.

Wrócili po betonowych schodkach do wylotu tego wyższego korytarza.

– Tędy można dojść w pobliże Cytadeli – wyjaśnił uczony. – Następnym razem dojdziemy tu od drugiej strony. A teraz zapraszam na górę.

Weszli po ceglanych stopniach i znaleźli się w ciągu ponurych ceglanych katakumb. Spore sale otaczały wewnętrzne podwórze. Fort był niemal idealnie okrągły. W jednym z pomieszczeń siedzieli dwaj strażnicy. Profesor ich pozdrowił.

– Zawsze ktoś czuwa na miejscu – wyjaśnił. – Możecie wracać spokojnie. A teraz przejdziemy się górą...

Wyszli przez bramę fortu i zobaczyli go wreszcie od zewnątrz. Płaski ceglany rondel otoczony szeroką fosą przyporową. Czerwone cegły długo prześwitywały zza drzew, gdy wędrowali przez martwy, spalony park. Ktoś odprowadził samochód profesora. Auto czekało na nich koło ruin mennicy. Przyjemnie było ukryć się za przyciemnionymi szybami i zdjąć wreszcie idiotyczne maski z twarzy.

* * *

Siedzieli przy kolacji. Michał przyszedł z niewielkim opóźnieniem i dosiadł się do nich.

– Słyszałem, jak profesor mówił, że nasz grafik zajęć ulega niebawem całkowitej zmianie – powiedział Paweł. – Ciekawe, co to oznacza?

– Zakończyliście pierwszy etap szkolenia – wyjaśnił Michał spokojnie. – Trzy tygodnie przygotowań za wami...

– A jutro pierwszy skok – odezwał się profesor, wchodząc do stołówki.

Filip z wrażenia upuścił widelec. Poczuł dziwną gulę w gardle, przełknął nerwowo ślinę. Pot na plecach, chłód w żołądku. Zupełnie jakby łyknął kostkę lodu. Zimno ogarnia trzewia. Lęk...

Uczony wyjął z teczki niewielki projektor i wycelował go w ścianę. Pilotem zgasił światło i uruchomił urządzenie. Na ścianie pojawiło się zdjęcie przedstawiające grupę gimnazjalistów. Jednego zaznaczono czerwonym krzyżykiem.

– Wygrzebaliśmy je przypadkowo w Fototece Narodowej – wyjaśnił profesor. – Ten zaznaczony to Piotr Iwanowicz Citko.

– Przodek prezydenta? – zdumiała się Magda. – To znaczy...

– Prawdopodobnie. Sądzimy, że to jego prapradziadek. Niestety, nie wszystko jest dla nas jasne. Nie wiemy, z którego roku pochodzi ta fotografia. Doktor Sperański, analizując detale stroju, wysunął przypuszczenie, że wykonano ją między 1895 a 1900 rokiem. Wyodrębnione szczegóły wskazują, że to uczniowie Pierwszego Męskiego Gimnazjum w Warszawie.

– Czyli trzeba zaczaić się pod szkołą i urządzić mu kocówę – ucieszył się Sławek. – W zamieszaniu poczęstować go ampułką z wirusem wywołującym bezpłodność i po kłopocie.

– Najpierw trzeba przeprowadzić badania genetyczne, czy to aby na pewno nasz ptaszek – ostudził jego zapał profesor. – Fotografia jest, niestety, dość rozmazana. Po naradzie z doktorem Sperańskim zadecydowaliśmy, że trzeba przeniknąć do tej szkoły i rozpracować problem od środka.

Paweł spojrzał na uczonego, lekko marszcząc brwi.

– To znaczy, że na przykład Sławek i Michał mają się zapisać do tej budy, zaprzyjaźnić z draniem, a potem, jeśli wszystko okej, nakapać mu wirusów do kanapki?

– Tak. – Profesor kiwnął głową. – Najlepszy byłby Filip, niestety, jest grubo za stary, a brak mu kwalifikacji, żeby zostać na przykład nauczycielem w tej szkole. Myśleliśmy o tobie. Dobrze znasz rosyjski, więc jutro wysyłamy cię w misję.

– Polecę sam?

– Z Michałem. Będziecie udawali trochę młodszych niż w rzeczywistości.

– To chyba bardzo trudne – mruknęła Magda. – Bo niby jak? Przychodzą do szkoły i tak po prostu mówią dyrektorowi, że chcą się zapisać?

– Niezupełnie – odparł profesor. – Wręczają mu list od swojego ojca, inżyniera Krukowskiego, mieszkającego w Australii, z prośbą o przyjęcie ich w poczet uczniów.

– Przecież dyrektor zechce się widzieć z naszym opiekunem – powiedział Michał.

– W liście wyjaśnimy, że nie może w tej chwili przyjechać i przybędzie dopiero za dwa tygodnie. Abyście nie tracili roku, prosi o przyjęcie was do szkoły, a gdy przyjedzie, dopełni wszelkich formalności.

– Gdzieś musimy mieszkać – poddał Paweł.

– Mamy adres pewnej kobiety wynajmującej pokoje na stancje dla uczniów. Liczyła sobie potwornie słono, więc zazwyczaj świeciły pustkami, nie będzie problemu. Do niej też napiszemy list. No i oczywiście będziecie musieli zapłacić za naukę i stancję.

– Ryzykowne – zauważył przyszły czasonauta. – A jeśli zadziała efekt motyla i fakt wprowadzenia do obiegu tych kilkudziesięciu rubli wywróci historię?

– Trudno – westchnął profesor. – Musimy podjąć takie ryzyko. Jeśli wam się powiedzie, nadejdzie Dzień Wskrzeszenia... Przepraszam – szepnął po chwili. – Gdyby była możliwość, poleciałbym sam.

– Jestem gotów – powiedział spokojnie Paweł. – Zresztą co nam grozi? Najwyżej to, że dyrektor szkoły spuści nas po schodach. Wtedy będziemy musieli obserwować jego uczniów tak długo, aż trafimy na odpowiedni moment i odpowiedniego człowieka.

– W razie jakichkolwiek trudności zakopiecie sondy. Wyślemy wam na pomoc resztę grupy.

– Sądzę, że sobie poradzimy – mruknął Michał. – Będziemy potrzebowali papierów.

– Oczywiście. Dostaniecie nawet świadectwa szkolne z Australii.

Spojrzeli zdumieni na profesora. Mówił poważnie. Wyszedł, zabierając ze sobą Michała.

– W sumie to niewiele wiemy. – Paweł skrzywił wargi.

– Przecież zrobiliśmy ogromne postępy – powiedziała Magda. – Wszyscy nam to mówią...

– Nie zrobiliśmy żadnych postępów – westchnął. – Czego się dowiedzieliśmy? Że istnieje wehikuł czasu. Że mamy się cofnąć i odnaleźć jednego z przodków prezydenta. A tak nawiasem mówiąc, to nawet nie powiedzieli nam, czy był w tym okresie obowiązek meldunkowy. Na razie nie mamy żadnych danych umożliwiających nam wykonanie tej misji...

– I jeszcze coś – dodał Sławek. – Oni wszyscy mówią bez przerwy, że dobrze nam idzie. A to niemożliwe, żeby wszyscy nauczyciele mieli o człowieku takie samo zdanie. Wywalali mnie z trzech różnych szkół i zawsze...

– A może my jesteśmy tak genialni, że... – Magdzie żal było rozstawać się z koncepcją ogromnych postępów w szkoleniu.

– Nawet jeśli, to ci przed nami byli równie genialni – sprowadził ją na ziemię Paweł. – Bo wybrano ich za pomocą podobnych testów. A ziemię gryzą. Ciekawe, swoją drogą, czy nasz program nauczania czymś się różni.

– I jeszcze jedno – dorzucił znowu Sławek. – Do tej pory nie zrobili nam żadnego sprawdzianu, żadnego egzaminu. Nic. A to znaczy, że nie mają zielonego pojęcia, co tak naprawdę umiemy. Ani co zapamiętaliśmy z ich wykładów.

– Na razie wiem tyle, że muszę się wyspać – westchnął Paweł. – I chyba im wcześniej się położymy, tym lepiej...

* * *

Filip siedział w bibliotece, gdy otworzyły się cicho drzwi i stanął w nich profesor.

– Mam do ciebie pytanie.

Student oderwał wzrok od mikrofilmu.

– Słucham, panie profesorze.

– Paweł i Michał skaczą jutro w przeszłość. Ich misja może się zakończyć sukcesem, ale może to być fałszywy alarm, było ich już kilka... naście. Szkolenie musimy prowadzić nadal. Czy zgodziłbyś się towarzyszyć Magdzie, gdy ona wykona swój pierwszy?

Student popatrzył zdumiony na uczonego.

– Tak na głęboką wodę?

– Do roku mniej więcej 1900. Tylko szkoleniowy, przejście do punktu kontaktowego i start do domu. Nie chcę jej wysyłać samej. Gdyby coś się stało, przyda jej się oparcie psychiczne ze strony kogoś doświadczonego. Michał jest nam potrzebny.

– Sądzi pan, że się nadaję?

– Tak. Gdyby coś się nie powiodło, Magda będzie miała w tobie solidne oparcie.

Kiwnął głową.

– Dziękuję za okazane zaufanie. Ale chyba mnie pan przecenia...

– Testy, dzięki którym wybraliśmy cię z tysięcy innych kandydatów, pozwalają nam lepiej poznać waszą psychikę, niż jesteście w stanie sami zrobić to od środka. – Profesor żartobliwie puknął go w czoło. – A więc postanowione. Za kilka dni...

Wyszedł bez pożegnania. Niedoszły lotnik wyłączył czytnik. Nagle stracił ochotę na przeglądanie starych gazet. Wstał z trudem z fotela. Dłonie lekko mu drżały.

W zasadzie to oni się niczym nie przejmują, pomyślał. Nie obchodzi ich, co się z nami stanie, liczy się tylko ta cholerna zmiana historii. Uderzył pięścią w masywną framugę drzwi. Przeszłość. Z drugiej strony przyjemnie byłoby przejść się znowu po zasypanym jesiennymi liśćmi lesie, wdychać bez obaw powietrze, patrzeć w niebo, które jest niebieskie, a nie różowe.

Sądził, że nie uśnie tej nocy, ale zaledwie przyłożył głowę do poduszki, natychmiast ogarnął go głęboki sen. Siedem pięter niżej technicy badali maszynę. Kontrolowali dokładnie wszystkie mechanizmy, obwód po obwodzie.

* * *

Profesor i prezydent siedzieli w zaciemnionym gabinecie nad teczkami zdjęć. Na biurku walały się wydruki krzywych. Obaj byli zmęczeni. Ostre światło zawieszonej nisko nad stołem lampy wydobywało z mroku ich twarze. Blask padał na nie od góry i wyglądały jak wykute z kamienia.

– Jak przygotowanie grupy? – zapytał prezydent.

– W normie – westchnął profesor. – Będą gotowi w ciągu kilku dni. Proponuję przyspieszyć testy na kolejnej grupie wiekowej.

– Chce pan wysyłać w przeszłość piętnastolatków?

– Jeśli będzie trzeba, nawet dziesięciolatków...

– Wiem. Na razie liczba trupów, po których idzie pan do celu, nieco mnie przytłacza.

– Straciliśmy całą pierwszą grupę i prawie całą drugą. No i jeszcze kilkunastu pracowników w fazie testów. Zdaję sobie sprawę, panie prezydencie, że taka liczba może szokować, jednak przypominam, że gramy o najwyższą z możliwych stawek. O życie prawie sześciu miliardów ludzi i los naszego gatunku. Gdyby to było łatwe, to już byśmy tego dokonali.

– A ten najnowszy projekt? Czy próba wprowadzenia naszych wysłanników do tego gimnazjum ma sens?

– Fotografia jest zbyt zamazana, by można było ryzykować polowanie na ulicy. Muszą zidentyfikować cel ze stuprocentową dokładnością.

– Rozumiem, ale wydaje mi się, że ryzyko jest zbyt duże.

– Nie ma żadnego ryzyka. Co tamci mogą podejrzewać? Z ich punktu widzenia nie istniejemy.

– Igramy z potężnymi siłami.

– Bóg nam dopomoże...

– Zna pan, profesorze, proroctwo Abdyjaszowe? „Choćbyś na skałach wśród orłów gniazdo swe położył, i stamtąd cię stargnę – mówi Pan" – zacytował z pamięci.

– Zarzuca mi pan grzech pychy?

– Zarzucam zbyt dużą pewność siebie. Przestał się pan liczyć z ludzkim życiem. Któryś z kolei wykona zadanie, reszta się nie liczy. Po trupach do celu... – powtórzył.

– Ten cel uświęca środki.

Prezydent cofnął się nieco w cień.

– Materiały dotyczące obiektu C1... – zaczął uczony.

– Filipa Berga. Jak możecie używać takich kodów wobec żywych ludzi? Numery i kartoteka, jak w Oświęcimiu.

– Nie przesadzajmy. A więc dobrze, Filipa. To, co mnie najbardziej zaskoczyło, to jego elastyczność. Dostosował się natychmiast. I do instytutu, i do szkolenia.

– Rozumiem.

– Wyznaczyłbym go do tego zadania, ale źle mówi po rosyjsku. No i jest za stary. Teraz kolejny, Sławek...

Przerzucił papiery z drugiej teczki.

– Do niczego. Nieobliczalny, impulsywny, traktuje wszystko ze zdumiewającą beztroską. Najprawdopodobniej zginie.

– Ale mimo to wyślecie go w przeszłość.

Dygnitarz wyjął z kieszeni paczkę papierosów. Zapalił jednego i zaciągnąwszy się, ze złością zgniótł go w popielniczce.

– Muszę rzucić palenie – powiedział. – A więc sądzi pan, że...

– Nie wiem. Jest niezły, ale jakby odrobinę wybrakowany. Może da się nieco przesterować. Ma dopiero osiemnaście lat. Tak czy siak, jak na razie to najsłabszy element.

– Pawła nie będziemy omawiali. Skoro go pan wybrał, to musi się nadawać.

– Też nie wiem. Mózg mu pracuje jak komputer. Wyciąga wnioski ze strzępów informacji. Niezastąpiony jako analityk, gdyby gdzieś w przeszłości zostali odcięci. Tylko że, niestety, profile psychologiczne wskazują w nim bardzo niepokojącą cechę. Niezwykle niski poziom empatii. A nie wygląda.

– Socjopata?

– Właśnie. Dobrze się maskuje, ale sądzę, że gdyby tylko coś poszło nie tak, natychmiast rozwali głowę Citce. Jeśli nie będzie mógł użyć fiolki z wirusem, użyje siekiery... Ale takie rozwiązanie problemu też wchodzi w grę.

Prezydent się wzdrygnął.

– Ostro pan gra. Kto wie, może właśnie on będzie nam potrzebny... Gdyby wirus nie zadziałał.

– Magda. Siedemnaście lat, bystra dziewczyna, ale to też słabe ogniwo. Źle sypia. Ma w szafie schowane dwie lalki Barbie. Bawi się nimi wieczorami. Czasem dręczą ją nocne koszmary, ale nie sika w łóżko.

– Dziecko wojny – mruknął prezydent.

– Dziecko przegranej wojny – uzupełnił uczony. – Wysłane przez nas na śmierć w wojnie, którą toczymy z własnym przeznaczeniem. Wie pan, dlaczego używam numerów?

Dygnitarz popatrzył mu prosto w oczy. Płonęły w nich iskierki. To blask żarówki odbity od nawoskowanego blatu stołu tak je rozświetlał.

– Używa pan, bo tak łatwiej jest panu decydować o ich losie – powiedział wreszcie. – Dlatego na fermach hodowlanych nadawano zwierzętom numery, a nie imiona. Tylko że my, profesorze, mamy tu ludzi, a nie owce...

* * *

Paweł klęczał w kaplicy. Skończył się już modlić, ale jeszcze rozmyślał nad swoim losem. Powoli spłynął na niego spokój.

– Wielka mi rzecz, skok w przeszłość. Przeżyć wojnę atomową, to był wyczyn... Choć po prawdzie u nas, w Kazachstanie, niewiele się działo.

Wstał i odwrócił się. W drzwiach stał Michał.

– Pora – powiedział, patrząc na zegarek. – Nie każmy im czekać.

Przyszły czasonauta uśmiechnął się z wysiłkiem.

– No to do dzieła.

Szli, nie spiesząc się, a i tak drzwi windy zbliżały się z przerażającą szybkością. Michał wyjął z kieszeni na piersi kartę z zatopionym swoim zdjęciem i wsunął ją w szczelinę czytnika, a potem wdusił guzik –7. Paweł rzucił ostatnie spojrzenie na kawalątek nieba widoczny przez okno nad drzwiami holu.

– Spokojnie – uśmiechnął się jego towarzysz. – Za jakieś pół godziny zobaczymy słońce i odetchniemy czystym powietrzem na otwartej przestrzeni.

– Dziwne to jakieś – westchnął Paweł. – Nie mogę uwierzyć, że to już.

Winda zatrzymała się. Czekał na nich kapitan i wysoki mężczyzna w białym fartuchu.

– Doktor Stanisławski – przedstawił się. – Jak się czujecie?

– Funkcje organizmu w normie. – Michał służbiście zasalutował.

Profesor, lekarz i technicy parsknęli śmiechem i podróżnicy poczuli odprężenie. Przeszli tunelem i weszli do korytarza prowadzącego w stronę silosu.

– Na początek proszę do gabinetu. – Doktor pchnął drzwi.

Spora sala zastawiona była rozmaitą aparaturą medyczną.

Michał, który znał procedury, ściągnął z siebie koszulę i usiadł na obitej skórą kozetce. Doktor włożył w uszy słuchawki i przyłożył mu do piersi stetoskop:

– Oddychać... Nie oddychać...

Potem okleił skórę przyszłego czasonauty elektrodami i uruchomił monitor. Faliste linie i łamane linie. Zielone linie i czerwone linie.

– Wygląda na to, że wszystko w normie – stwierdził.

Przyszła kolej na Pawła. Oddychać, nie oddychać. Praca serca... Znowu Michał. Pomiar ciśnienia, potem doktor przykleił mu elektrody na czole.

– Praca mózgu w normie – ocenił.

Zważył obu na elektronicznej wadze, dającej wyniki z dokładnością do dziesiątych części grama. Potem jeszcze pobrał krew i wpuścił po kropli do kilkunastu probówek z odczynnikami.

– I jak wyniki? – zapytał profesor, wchodząc do gabinetu.

– Zdrowe chłopaczki jak byki. Niezbyt dobrze odżywieni, ale ogólnie rzecz biorąc, każdemu bym życzył takiego zdrowia.

– No to do dzieła – uśmiechnął się Rawicz, zacierając ręce.

Przeszli kilka metrów i zatrzymali się przed jednym z magazynów.

– Ubrania macie przygotowane – rzekł uczony. – Powinny dobrze pasować, w razie czego dajcie znać.

Weszli do pomieszczenia. Na dwu stołkach leżały stosiki odzieży. Obok były dwie kabiny-przebieralnie, zapewne sprowadzone z jakiegoś sklepu.

Paweł rozebrał się i zaczął wciągać na siebie ubranie. Majtki z idiotycznie przedłużanymi nogawkami, bez gumki, a za to wiązane w pasie na tasiemkę. Pumpy zapinane w rozporku na sześć kościanych guziczków, sięgające kawałek za kolana, spinane po bokach klamerkami. Skarpetki z grubej bawełnianej tkaniny, te z kolei sięgające kawałek nad kolana, zaopatrzone w ściągacz.

Podkoszulek zapinany na lewym ramieniu na trzy idiotyczne guziki, biała koszula z półokrągłym kołnierzy-
kiem i wreszcie mundurek szkolny z grubej, szorstkiej
tkaniny. Na guzikach wyobrażono dwugłowego orła
z herbami na skrzydłach. Paweł zaczął je zapinać i, jak
się okazało, te najwyższe, przy kołnierzu, sprawiły, że
jego szyja znalazła się nieoczekiwanie w sztywnej ru-
rze. Ledwie mógł poruszyć głową. Jeszcze tylko czapka
ze skórzanym daszkiem i wygodne trzewiki za kostkę,
także spinane z boku małymi guziczkami.

To pozwala docenić suwaki i rzepy, pomyślał, mę-
cząc się niemiłosiernie.

Wyszedł z przebieralni. Michał, który widać miał
większe doświadczenie, stał już na zewnątrz. Mundurek leżał na nim jak szyty na miarę.

– Wyglądamy, jakbyśmy uciekli z cyrku – jęknął Paweł, w dużym lustrze kontemplując wygląd swój i towarzysza.

– To niedobrze, bo powinniśmy wyglądać jak wyko-
pani z muzeum. – Żart trochę rozładował napięcie.

Wyszli na korytarz. Profesor czekał na nich.

– Prezentujecie się wspaniale – ocenił. – Nie do odróżnienia. – Pokazał im reprodukcję starego zdjęcia.

W korytarzu pojawił się doktor Sperański. Niósł
dwie eleganckie teczki z czarnej skóry. Weszli do gabinetu obok przymierzalni. Stały tu szerokie stoły zawa-
lone masą rozmaitych drobiazgów. A na ławce pod ścianą siedzieli Paweł, Filip i Magda. Pomachali im dla do-
dania otuchy.

– Wasze podręczniki – powiedział historyk, przesu-
wając w ich stronę dwa stosiki książek.

Paweł otworzył pierwszą z brzegu. Była oprawiona w gruby szary papier pakowy i dopiero po otworzeniu przekonał się, że to podręcznik do geografii.

– Zeszyty. – Historyk wręczył im po trzy kajety. Były czyste.

– Dlaczego nie ma w nich ani słowa? – zapytał Paweł. – Przecież powinny być wpisane jakieś lekcje.

– Powinny, tylko nie wiadomo, kiedy dokładnie, w jakim dniu, wylądujecie – powiedział poważnie doktor Sperański. – A oni stawiali przy każdej lekcji datę. W razie czego mów, że zgubiliście zeszyty, ale nie sądzę, żeby to było konieczne.

Drewniane piórniki z odsuwanym wieczkiem. Gumki, nożyki do ostrzenia ołówków, same ołówki, starannie naostrzone kredki, obsadki, stalówki... Skórzana suszka i powalana atramentem bibułka do niej. Wszystko, co potrzebne było do szczęścia uczniowi Anno Domini 1896. Jeszcze tylko ważenie kontrolne...

– A więc jesteś uczniem Pierwszego Męskiego Gimnazjum gdzie?

– W pałacu Staszica – odparł Paweł. – Czyli przy cerkwi pod wezwaniem Tatiany Rzymianki – poprawił się szybko.

– Dobrze. Odznaki uczniowskie, tarcze szkolne...

Profesor przyfastrygował mu szybko tarczę na lewym ramieniu. Odznaka nad lewą kieszeń.

Cofnął się o krok i zlustrował ich wzrokiem.

– Ujdzie – mruknął.

Dłonie doktora Sperańskiego szybko przebiegły nad stołem.

– Scyzoryk, proca, chustka... – Po kolei rzucał drobiazgi. Upychali je w milczeniu w teczkach i po kieszeniach.

– Zegarki. – Podał im po pięknym, błyszczącym czasomierzu. Dewizki połyskiwały zachwycająco, zwisając z jego dłoni.

– Jak się to otwiera? – zapytał Paweł, obracając chronometr w ręce.

– Wciśnij lekko przy główce – powiedział historyk.

– Gdzie?!

– Przy tym do nakręcania – wyjaśnił cierpliwie.

Pokrywka koperty odskoczyła z lekkim trzaskiem. Porcelanowy cyferblat, ażurowe wskazówki, gruba, solidnie wyglądająca szybka.

– Nie afiszujcie się z tym – powiedział surowo historyk. – W tamtych czasach uczniowie raczej nie nosili tak kosztownych przedmiotów.

Umieścili je w kieszeniach.

– Śmieci. – Sperański podsunął im garść odpadków. Zmięty bilet do fotoplastykonu, łuska od naboju, wytarta niemiecka moneta, kawałki sznurka z ołowianymi plombami.

– Pieniądze. – Ostatnia kupka. Dwa wytarte skórzane portfele, garść bilonu, trochę miedzianych monet i kilka srebrnych, zmięty banknot trzyrublowy.

– Jesteście gotowi – powiedział profesor. – Chodźcie.

W kolejnym pomieszczeniu stała tajemnicza machina wielkości szafy. Z jednej strony miała dziurę. Michał wsunął dłoń. Urządzenie zabuczało, a gdy wyciągnął rękę, na przegubie połyskiwała mu wąska, dość ciasno przylegająca bransoleta. Kolej na drugiego podróżnika. Po chwili także nadgarstek Pawła został przyozdobiony. Popatrzył na nią ze zmarszczonymi brwiami. Srebrzystoszary metal, żadnych śladów łączenia.

Wreszcie ruszyli w stronę silosu z wehikułem. Reszta grupy postępowała za nimi w odległości kilkunastu kroków.

– Michał pierwszy. – Profesor wskazał gestem platformę startową.

Ten zrobił minę starego wyjadacza. Wszedł po schodkach na płytę i stanął dokładnie pośrodku namalowanego białą farbą okręgu. Schylił się, aby nie zawadzić głową o granicę bąbla podczas skoku. Podszedł profesor. Wymienili kilka słów. Uczony cofnął się.

– Wszyscy na stanowiska – polecił.

Wcześniej nie zauważyli, że miał wpięty w klapę marynarki mały mikrofon. Dopiero gdy jego słowa powtórzyły głośniki...

Anteny celujące w środek platformy stały się najpierw czerwonawe, potem nieoczekiwanie zielonkawe. Szef projektu stanął przy tablicy rozdzielczej i położył dłoń na sporej wajsze. Michał uniósł rękę w geście pozdrowienia. Naukowiec energicznym ruchem pchnął dźwignię w dół.

Z anten wytrysnęły zielone błyskawice. Przez ułamek sekundy widać było sam bąbel, a potem wszystko znikło. Rozległ się huk, gdy wpadające w próżnię ściany powietrza zderzyły się ze sobą. Zapadła cisza. Anteny czerwieniały, a na stalowej płycie platformy nie było nic.

– Chyba pora na mnie. – Paweł podniósł się z krzesła.

Ze zdziwieniem stwierdził, że ma zupełnie miękkie kolana. Zatoczył się, ale w ostatniej chwili ktoś go podtrzymał. Profesor Rawicz.

– Coś nie tak? – zaniepokoił się.

– To tylko nerwy.

– Spokojnie. – Uczony przesunął wajchę z powrotem do pozycji wyjściowej. – Jeszcze z piętnaście minut, zanim eteroid... – zrobił minę, jakby się sypnął z jakąś ważną tajemnicą służbową – zanim maszyna ponownie się naładuje. Boisz się?

– Chyba trochę – westchnął chłopak.

– To prawidłowo. Każdy się boi za pierwszym razem. Często też za drugim i za trzecim. Wylądujesz pewnie kilka minut po Michale i będzie na ciebie czekał. Ale może się zdarzyć, że będziesz pierwszy.

– Rozrzut, pamiętam.

– Spokojnie, nic ci nie grozi. Lądujecie w odległości ośmiu metrów. Jeśli nie będzie stał obok...

– Pamiętam procedurę.

– Świetnie.

Weszli na podium. Paweł stanął dokładnie pośrodku namalowanego koła.

– Nic ci nie dolega? Nie chce ci się sikać albo wymiotować?

– Nie, zresztą skoro za dziesięć minut mam być w lesie, stanę sobie pod drzewkiem. – Zdobył się na uśmiech.

– Słyszy pan, profesorze? Humor dopisuje – odezwał się lekarz.

– Faktycznie. – Profesor kiwnął głową. – Dobrze wybraliśmy. Pamiętasz wszystko?

– Pierwsze Gimnazjum Męskie, Krakowskie Przedmieście 1.

– Dobrze. Idź spokojnym krokiem i nie rozglądaj się na boki więcej niż normalni ludzie. Hmm. Coś jeszcze?

– Nie umiem pisać obsadką – znowu błysnął humorem.

– Niedobrze. W ostateczności kup sobie wieczne pióro, ale uważaj, w niektórych szkołach uczniom nie wolno było ich stosować.

Profesor się cofnął. Z tego miejsca Paweł nie widział panelu sterowania, ale wyobraził sobie, jak uczony schodzi po schodkach i kładzie dłoń na rękojeści wajchy. Lekko się schylił i popatrzył pod nogi, czy nadal stoi w odpowiednim miejscu. Na to wyglądało. Podniósł wzrok akurat w samą porę, by zobaczyć, jak końce anten zaczynają świecić. Usłyszał szum i nagle wszystko ucichło. Stał otoczony polem zielonego światła. W blasku bijącym od powierzchni bąbla jego ręce przybrały bladozielonkawą barwę. Odetchnął ostrożnie. Powietrze pachniało fiołkami. Rozluźnił się lekko. W sumie nic się nie działo. Nie miał wrażenia ruchu czy też spadania. Blask był jednostajny, przypominał nieco żarzenie się.

Odetchnął raz jeszcze. Czuł zapach świeżej skóry. To pewnie pachniała jego teczka.

– Nuda – powiedział, a raczej spróbował powiedzieć na głos.

Z jego gardła nie wydobył się żaden dźwięk. Wewnątrz bąbla nie rozchodziły się fale dźwiękowe. Wyjął z kieszeni zegarek i otworzył. Wskazówka sekundnika stała nieruchomo, po czym nieoczekiwanie w mgnieniu oka znalazła się dwadzieścia sekund później i ponownie znieruchomiała. Także wskazówka minutowa wykonała skok. Odetchnął raz jeszcze. Bąbel ciemniał od dołu do góry.

Chyba minęło więcej niż dziesięć minut, pomyślał chwilę później.

Zaraz jednak wzruszył ramionami. W takiej sytuacji czas biegnie zupełnie inaczej. I nagle nie było bąbla. W twarz uderzyło go chłodne powietrze. Świat przed oczyma zawirował w szaleńczym pędzie i nagle znieruchomiał. Przeszłość.

Rozdział 3

Bąbel pociemniał od dołu. Michał sprężył się w sobie. Napiął mięśnie. Materializacja nastąpiła nagle. Ziemia uciekła mu spod nóg. Przekoziołkował i huknął plecami o leżący w trawie głaz. Z góry sypały się gałązki, oderwane od brzóz podmuchem. Było ciepłe jesienne popołudnie. Rozejrzał się. Nigdzie w lesie nie widać było Pawła.

Widocznie przyleciałem jako pierwszy, pomyślał.

Rozpłaszczył się w trawie. Czekał. Nic się nie działo. Po kilku minutach wyjął z kieszeni kurtki srebrny zegarek w podwójnej kopercie. Dwie minuty, trzy... Nieoczekiwanie powietrze zabrzęczało i bezpośrednio nad nim pojawiła się wirująca w powietrzu czerwona piłeczka. Poderwał się przerażony i rzucił do ucieczki. Trzy sekundy... Padł na ziemię w ostatniej chwili. Kuleczka rozrosła się w bąbel, który pękł z ogłuszającym hukiem. Podmuch przygiął na chwilę cieńsze brzózki do ziemi. Na szczęście się nie połamały. Michał wstał i otrzepał się z liści. Paweł stał z walizką w ręce. Nawet nie stracił równowagi.

– Wylądowałeś mi prawie na głowie – poskarżył się Michał.

– To groźne?

– Skoro podmuch wygniata kratery w ziemi, to sądzę, że zamieniłby mnie w dwuwymiarowy kolaż tłoczony.

– Przepraszam. – Paweł przestał się uśmiechać.

– Nie twoja wina.

Pręgowany kot o zielonych oczach, niosący mysz w zębach, przebiegł, kryjąc się w wysokiej trawie.

– Naprzód – zakomenderował Michał. – Musimy się stąd jak najszybciej zmyć. Huk materializacji słychać w promieniu dobrych dwu kilometrów.

– Poznajesz krajobraz? – zapytał Paweł, gdy szybkim marszem przedzierali się na zachód.

– Tak. To te zagajniki, w których mieliśmy się znaleźć. Nie wiemy tylko, czy jesteśmy we właściwym okresie, ale tego się nie dowiemy, zanim nie dotrzemy do miasta.

Niebawem natrafili na ścieżkę. Ruszyli nią, tak było po prostu łatwiej. Las się skończył i znaleźli się na granicy pól. Opodal majaczyły drewniane budy i chaty.

– Wieś Koło – wyjaśnił Michał. – Tam, gdzie widać tę górkę, za jakieś dwadzieścia lat zbudują budynek, który w przyszłości pomieści nasz instytut.

Jego towarzysz milczał. Dotarli po miedzy do wsi i wyszli na szerszą, utwardzoną drogę, prowadzącą w stronę miasta.

Pola były już częściowo zaorane, gdzieś w oddali chłopi usypywali kartofle w stosy. Jesień.

– Nie jest dobrze – mruknął Michał.

– Za późno – domyślił się Paweł. – Rok szkolny już się zaczął?

– Właśnie.

Szli spokojnym, równym krokiem. Powietrze było ciepłe i pachniało cudownie, mokrą ziemią i więdnącymi liśćmi. W sterylnych korytarzach instytutu zdążyli odwyknąć od zapachów. Teraz łowili nosami istną symfonię jesiennych woni. Domy po obu stronach ulicy najpierw były drewniane, potem coraz wyższe i coraz częściej murowane. Doszli do ulicy Leszno. Przy skrzyżowaniu z Towarową minęli słynny Kercelak – bazar, na którym można było bez problemu kupić wszelką możliwą starzyznę. Walizki solidnie im już ciążyły. Na rogu przed bazarem stał chłopiec sprzedający gazety. Michał zabrzęczał w kieszeni drobniakami i wyłowiwszy pięć kopiejek, kupił jeden numer „Kuriera Warszawskiego".

– Jedenasty września 1895 – odczytał z namaszczeniem.

– Miał być koniec sierpnia 1896 – zauważył jego towarzysz. – Ale w sumie chyba niewielka różnica. Co robimy? Idziemy szukać stancji czy do punktu kontrolnego, by wracać do domu?

Starszy podróżnik zamyślił się na dłuższą chwilę.

– Zawsze jest rozrzut – powiedział. – I nie ma gwarancji, że w czasie drugiego skoku powiedzie nam się lepiej. Sądzę, że trzeba zostać.

Przy Żelaznej na postoju stało kilka dorożek.

– Możemy podjechać – zauważył Michał. – Nie ma sensu wlec się piechotą taki kawał. A stać nas na drobne ułatwienie sobie życia.

Usadowili się w bryczce. Była dość poobijana i za-
kurzona, a podłoga kwalifikowała się już do wymiany.
Przez szpary pomiędzy deskami widać było ulicę.

– Dokąd? – zagadnął fiakier.

– Poprosimy pod uniwersytet – zadysponował Michał.

Dorożkarz strzepnął lejcami. Koń ospale ruszył naprzód.

– Szkoda, że przed wojną nie widziałem Warszawy –
szepnął cicho Paweł.

– To aleja Solidarności. Czyli obecnie Leszno – mówił Michał. – Te kamienice – wskazał gestem ciąg sece-
syjnych fasad, dwie były dopiero w budowie – zostaną
zniszczone podczas drugiej wojny światowej. Wtedy też
ulica zostanie znacznie poszerzona.

Po prawej stronie otworzył się nieduży plac.

– Chyba Bankowy. Poznaję to miejsce – rzucił Michał.

Faktycznie, w chwilę później minęli wielką synago-
gę, a po lewej Arsenał. Ten w zasadzie się nie zmienił.
Okrągły budyneczek wodozbioru i pałacyk też wyglądały jak zwykle.

Budynek banku. Teren był wysoki i częściowo zabu-
dowany. Trasa WZ i tunel pod Starówką powstaną dopiero za sześćdziesiąt lat. Wyjechali na plac Zamkowy.
Dorożkarz zaciął konia i zakręcił w Krakowskie Przedmieście. Ta ulica praktycznie się nie zmieniła, choć
niektóre kamienice były wyższe niż po drugiej wojnie
światowej. Koło nich przemknął w galopie kozacki patrol. Dorożkarz splunął w ślad za nimi. Dzikie azjatyckie twarze, papachy, mimo upału nasadzone głęboko

na czoła, szable podzwaniające u boku. Piękne, zadbane kawaleryjskie konie. Ulica wyłożona była nierówną, porozbijaną kopytami kostką brukową z pociemniałego, nasączonego olejami drewna. Przed Pałacem Namiestnikowskim kozaków było więcej. Ustawiali się w szyku. Oficer na ładnej białej klaczy stał przed nimi i wywrzaskiwał komendy.

– Coś dużo ich – zauważył Michał.

Dorożkarz ponownie splunął na ziemię.

– Znowu jakby się szykuje – powiedział. – A bo to mało awanturnych...

Zatrzymał się przed bramą uniwersytetu, ale po drugiej stronie. Michał zapłacił odliczoną kwotę i dołożył jeszcze zwyczajowe dwadzieścia kopiejek „na wódkę". Czerwony nos dorożkarza wskazywał, że napiwek wydany zostanie prawdopodobnie zgodnie ze swoją nazwą. Po chwili pojazd odjechał. Paweł popatrzył na sklep za ich plecami.

– Za kilkadziesiąt lat będzie tu księgarnia imienia Bolesława Prusa – zauważył Michał. – Bo ponoć tu był sklep opisany w „Lalce" jego autorstwa.

– To chodź, Wokulskiego zobaczymy.

– No co ty, nie myl postaci literackich z rzeczywistością – ofuknął go starszy kolega.

– Niewykluczone, że pisarz wzorował się na kimś faktycznie istniejącym – odparował Paweł.

Przeszli na drugą stronę ulicy. W bramie uczelni stał groźnie wyglądający strażnik. Ruszyli wzdłuż domów obok i po chwili stanęli pod stancją.

– Wchodzimy? – zapytał Paweł.

– A czy mamy jakieś inne wyjście? Nie łam się, pomyśl, że ludzkość czeka. – Michał uśmiechnął się z przekąsem.

Przeszli przez cuchnącą stęchlizną bramę i znaleźli się na niedużym, śmierdzącym podwórku-studni. Pośrodku stało kilka murowanych wychodków. To właśnie z nich biła gama ohydnych woni. Obok ziała odorem kratka prowadząca do kanału.

– Czego tu? – warknął na ich widok cieć.

– My do pani Giracujewej – wyjaśnił Michał.

– Studenty na stancję? – Wąsaty dozorca złagodniał. – Tam. – Wskazał najbrudniejsze na całym podwórzu wejście do klatki.

Drzwi były pokryte łuszczącą się farbą i zaschniętymi rozbryzgami błota. Przeszli i znaleźli się w krótkim, ciemnym korytarzyku. Śmierdziało tu intensywnie stęchlizną, ale i tak woleli to niż smród wychodka.

– Tutaj – rozległ się gderliwy głos i drzwi do mieszkania uchyliły się, rzucając strumień światła. Weszli. Nieduży, zagracony przedpokój, na ścianie portret cara, przed którym wisiała kopcąca lampka oliwna. Pod portretem siedział na stołku koszmarny babsztyl. Właścicielka wyglądała wypisz, wymaluj jak czarownica z bajki. Nieduże świńskie oczka, haczykowaty nos prawie stykał się ze spiczastym podbródkiem. Ubrana była w jakieś powłóczyste wdzianko, nieprawdopodobnie znoszone. Palce, długie i kościste, wystawały z brudnych rękawów.

– Coście za jedni? – zapytała.

– Synowie inżyniera Krukowskiego – wyjaśnił Michał. – Mamy tu mieszkać.

– Że co? – zdziwiła się.

– Nasz ojciec przed miesiącem napisał do pani – Paweł podjął swoją rolę. – Mieliśmy przyjechać w końcu sierpnia, ale statek miał awarię na oceanie i dwa tygodnie dryfował, zanim zdołano naprawić maszyny.

– Nie dostałam żadnego listu – warknęła.

Popatrzyli na siebie, udając zdumienie.

– No trudno – zadecydował Michał. – Chodźmy do hotelu, wyślemy telegram do taty. Chyba że może nam pani polecić jakieś inne miejsce, gdzie można nająć stancję? – zapytał właścicielkę.

– Po co macie chodzić? – Wzruszyła ramionami. – U mnie są wolne pokoje. Jeśli macie pieniądze.

Jej oczy od długiego wpatrywania się w złoto wyblakły, a gdy myślała o pieniądzach, zaczynały błyszczeć.

– Oczywiście. – Paweł w myślach odetchnął z ulgą. Pierwsza przeszkoda za nimi.

– Dziesięć rubli za miesiąc, płatne z góry – sapnęła, splatając z uciechy palce. – Wasze paszporty...

Podali australijskie. Oglądała je z zainteresowaniem.

– Będę musiała was zameldować w cyrkule – powiedziała, chowając dokumenty do kieszeni. – Wieczorem oddam.

Wpisała ich nazwiska do wytłuszczonego kajetu i schowała za pazuchę podany przez Michała banknot. Z tablicy zdjęła pęczek kluczy i ruszyła po schodach. Były wąskie i trzeszczały niepokojąco. Wdrapali się aż na ostatnią kondygnację. Otworzyła zamek w drewnianych, zbitych z dranic drzwiach. Próg był wypróchniały i nadgryziony przez myszy. Wewnątrz też wyraźnie było czuć ich obrzydliwy zapach. Pokoik był mały, nie więcej niż dwa na trzy metry. Stały w nim dwa rozklekotane żelazne łóżka, krzywy stolik o pochlapanym atramentem blacie i dwa bardzo krzywe krzesła. Jedyne oświetlenie stanowiło małe okienko wielkości kartki z bloku, wychodzące na teren uniwersytetu.

– Woda na parterze, pod schodami w sieni – wyjaśniła.

Koło drzwi stała miedziana konew i obtłuczona emaliowana miska.

– Są pluskwy? – zapytał Michał.

– Ależ skądże, wytrułam karbolem. – Rozchyliła wargi w bezzębnym uśmiechu. – Mieszkanko cacuś...

– Owszem, podoba nam się – mruknął.

– Macie palić tylko świece – zapowiedziała groźnie. – Żadnych lamp ani kaganków, żadnych zabaw naftą... Nie chcemy tu pożaru. Na obiady możecie chodzić za róg.

Zostawiła im klucze i ruszyła po schodach na dół. Paweł usiadł na metalowym łóżku. Sprężyny zajęczały rozdzierająco. Siennik, uszyty z workowatego płótna, wypełniała pokruszona słoma. Deski podłogi były szare z brudu i popękane.

– Świat nie jest taki zły. – Michał popatrzył na zegarek. – Jest już prawie dziewiętnasta. Skoczę naprzeciwko kupić świece i chyba wcześnie pójdziemy spać.

Faktycznie, wrócił po kilkunastu minutach, niosąc drobne zakupy. Pęto kiełbasy, paczkę świec, małe pudełeczko zapałek.

– Chleba już nie było – powiedział, odcinając kawałek kiełbasy. – Pudełko zapałek kosztuje tyle, co pół kilograma wędliny. Szkoda, że nie mamy samowara, moglibyśmy zrobić herbaty...

Zapalili świece w niedużym mosiężnym lichtarzu i zasiedli do zaimprowizowanej kolacji.

– Na noc lepiej będzie walizki powiesić, żeby nie dotykały ziemi – powiedział Michał. – Tu na pewno są myszy.

Rozległo się skrzypienie schodów. Giracujewa odniosła im paszporty. Przejrzeli je i znaleźli nieduże, zamazane pieczątki z dwugłowym orłem. Odbite zielonym atramentem, podobnie jak stemple kontroli granicznej.

– Na cyrkule powiedzieli, że paszporty musi wam ojciec wyrobić jak najszybciej – powiedziała. – Kiedy przyjedzie?

– Mniej więcej za dwa tygodnie – wyjaśnił Paweł.

Wyszła bez słowa i poczłapała w dół po schodach.

– Nie podoba mi się ten koszmarny babsztyl – wzdrygnął się Michał. – Ale co robić. Na razie mamy bazę wypadową. Jutro spróbujemy sforsować kolejne mury.

– Sądzisz, że nasze działania przybliżą jakoś Dzień Wskrzeszenia? – zapytał obojętnie jego towarzysz.

– Trudno ocenić... Było już kilka nieudanych misji. Ale w każdym razie wygląda to obiecująco.

Ułożyli się na szorstkich siennikach i nakryci cienkimi, brudnymi kocami szybko zapadli w sen. W nocy budzili się kilkakrotnie, by zrzucać biegające po nich myszy.

* * *

– Miało nie być pluskiew – syknął Michał z samego ranka, oglądając dłoń poznaczoną drobnymi śladami ugryzień.

– Pluskwy? – zdziwił się Paweł.

Złapał biegnącego po ścianie owada i rzuciwszy go na potrzaskaną podłogę, próbował rozdeptać.

– Tak jej nic nie zrobisz – pouczył Michał. – To draństwo ciężko zgnieść, nawet przetaczając po nim butelkę. Są bardzo twarde. Za to młode osobniki – uderzył dłonią w ścianę – jakoś się daje tępić.

Na tynku pozostała nieduża krwawa plamka. Chłopak otworzył torbę i wyjął środek owadobójczy w aerozolu.

– Hej, robaczki, technika do was przybywa!

Paweł zszedł z konwią na dół i przyniósł trochę wody. Umyli się w misce, którą potem zniósł na dół i wylał do ścieku.

– To pozwala docenić bieżącą wodę z kranu – mruknął zasapany po dwukrotnym pokonaniu stromych schodów. Michał liczył pieniądze.

– Dyrektorowi gimnazjum prawdopodobnie trzeba będzie dać łapówkę – powiedział.

– Ile?

– Trzysta rubli... Chyba wystarczy.

– Za nas dwóch?

– To kupa pieniędzy.

Wyczyścili jeszcze buty i ruszyli do ataku na twierdzę carskiej biurokracji.

Twierdza biurokracji wyglądała zupełnie zwyczajnie. Pałac Staszica, dawniej siedziba Towarzystwa Przyjaciół Nauk. Po jego rozwiązaniu przez kilkanaście lat mieściło się tu gimnazjum męskie. Kilka lat później budynek przerobiono na cerkiew pod wezwaniem Świętej Tatiany Rzymianki. Do klasycystycznego frontonu dodano wówczas przybudówki z glazurowanej kolorowo cegły, a na dachu wzniesiono wieżyczkę z cebulastym hełmem.

Przekroczyli ciężkie dębowe drzwi, pamiętające jeszcze epokę przedrozbiorową. Weszli do holu. Na wprost i w górę po schodkach mieściło się gimnazjum. Po drugiej wojnie światowej tę część budynku zajmie Instytut Historii Techniki. Uczeni wprowadzą się do sal, zgromadzą tu tony interesujących dokumentów. Z pożółkłych papierzysk dowiedzą się, że inżynier Rychnowski skonstruował generator fal radiowych wcześniej niż Hertz, a Szczepanik, zbudowawszy żarówkę trzy lata przed Edisonem, uznał ją za wynalazek bez przyszłości. Wyniki swoich badań opublikują w opasłych księgach, których nikt nie zechce czytać... W czasie trzeciej wojny światowej pałac runie po przejściu fali sejsmicznej, grzebiąc pod swoimi gruzami wszystkie te mądrości.

– Czego tu szukacie? – zagadnął mężczyzna w granatowym nauczycielskim mundurze.

– Gabinetu dyrektora – wyjaśnił Michał po rosyjsku.

Ciemne oczy nauczyciela omiotły ich spojrzeniem.

– Ja jestem dyrektorem – powiedział spokojnie. – Wejdźmy.

Pokój był nieduży. Na ścianach królował wielki czarny rosyjski orzeł i portret cara Mikołaja II. Dyrektor usiadł za ciężkim mahoniowym biurkiem.

– Czego chcecie? – zapytał zgryźliwie.

– Mamy list od naszego ojca. – Michał z ukłonem podał mu kopertę ozdobioną tłoczonym herbem.

Dyrektor wyjął złożone pismo i rozpostarłszy je na biurku, zabrał się za studiowanie.

– Chcecie uczęszczać do mojego gimnazjum? – warknął. – Dlaczego miałbym was przyjąć?

Michał wielokrotnie odgrywał tę scenę przed profesorem Rawiczem i doktorem Sperańskim.

– Słyszeliśmy, że to najlepsza szkoła w Warszawie, i dlatego chcemy uczyć się właśnie tutaj.

– Wiem, że jest najlepsza – przełknął gładko pochlebstwo.

– Wiemy też, że przyjmujecie tylko synów szlacheckich. Nasz ojciec jest bardzo wyczulony, jeśli chodzi o obracanie się we właściwym towarzystwie.

Dyrektor równie gładko przełknął i to.

– No cóż, i tak nie ma miejsc – stwierdził.

Paweł, trącony przez Michała, położył na brzegu biurka białą kopertę. Mężczyzna zgarnął ją i delikatnie pomacał opuszkami palców. Banknoty. Zajrzał do środka i na jego wargach pojawił się lekki uśmiech. Schował łapówkę do szuflady biurka.

– Z drugiej strony – powiedział innym już tonem – po aresztowaniu kilku naszych uczniów dysponujemy pewną, nader skromną, liczbą wolnych miejsc. Tylko czy sobie z programem poradzicie? No cóż, przyjmę was chyba na okres próbny, a gdy wasz ojciec przyjedzie, dopełnimy formalności. Przyjdziecie jutro...

Na kartce wypisał im, do których klas zostali przyjęci. Wyszli z budynku z uczuciem sporej ulgi.

– Nie sądziłem, że tak łatwo pójdzie – stwierdził Paweł.

– No cóż – westchnął Michał. – W carskiej Rosji przepisy były wzajemnie sprzeczne lub wręcz się wykluczały. Jednocześnie wszyscy urzędnicy brali łapówki i nie było rzeczy, której za odpowiednią sumę nie dałoby się załatwić. Na przykład jakoś koło połowy wieku pojawił się w Warszawie Żyd zbliżony do kręgów dworskich, który proponował polskim magnatom, że za trzy miliony rubli gotów jest załatwić im niepodległość.

– Sądzisz, że to było możliwe? – zdumiał się młodszy z podróżników.

– Chyba nie, ale może warto było spróbować? Wysokość sumy wskazuje, że przekupieni zostaliby przypuszczalnie doradcy cara lub nawet, kto wie, sam władca...

– Fascynujące.

– Historia łapownictwa odnotowała jeszcze jeden ciekawy przypadek. Przed pierwszą wojną światową do carskiego ministerium wojny przyszedł list wysłany przez jakiegoś dowcipnisia. Proponował dostawę dla carskiej armii trzech milionów składanych krzesełek, „bo największa armia na świecie nie może przecież stać". I, wyobraź sobie, otrzymał pocztą zwrotną pismo, w którym proszono go o dalsze informacje.

– To przecież idiotyzm!

– Owszem. Ale komuś w ministerstwie po otrzymaniu tej niedorzecznej propozycji zapaliły się lampki ostrzegawcze w głowie. Wyobrażasz sobie wartość kontraktu na dostawę takich ilości zupełnie niepotrzebnych sprzętów? Facet, który przepchnąłby ten projekt, dostałby sporą sumkę od producenta, a potem jeszcze sowity procent...

* * *

Pierwszy dzień w szkole. Do ósmej brakowało jeszcze piętnastu minut, gdy Paweł i Michał przekroczyli drzwi gimnazjum.

– Gdzie tu może być szatnia? – zadumał się młodszy z podróżników.

– Nie wygłupiaj się. To jeszcze nie ta epoka. Zresztą co chcesz tam zostawić? Mundurek? Butów na zmianę też nie mamy.

Roześmieli się. Na górnym holu spacerował pedel z ciężkim mosiężnym dzwonkiem na krótkim drewnianym kijku. Ponura ruska morda z potężnymi bokobrodami sprawiała dość odpychające wrażenie.

– A, nowi uczniowie – powiedział. – Z antypodów... Pokażę wam, gdzie są wasze klasy.

Wskazał im solidne, dębowe, na wpół uchylone drzwi i wrócił na swój posterunek.

– Boję się – jęknął Paweł.

– Rany Julek – ofuknął go towarzysz. – Czego, u licha? Przeżyliśmy wojnę atomową, ja dodatkowo zaliczyłem dwie wojny światowe, skakaliśmy w przeszłość, a ty się boisz zwykłej szkoły?

– Może jakbym też przeżył trzy wojny, tobym się mniej stresował.

Michał ścisnął go za ramię.

– Słuchaj, rozumiem cię. To nowa szkoła. Każdemu jest głupio, gdy się w takiej znajdzie. Zwłaszcza że to dość specyficzna buda. Nieco się różni od tych, do których chodziliśmy. Ale nie łam się. Spędzimy tu tylko kilka dni. W przyszłym tygodniu już nas tu nie będzie... Olewaj wszystko, czego nie wiesz, zwalaj winę na naszych australijskich nauczycieli. Obiecaj, że wszystko szybko nadrobisz. Możesz nawet nałapać ocen niedostatecznych, pal diabli, ważne, żebyś nie dał się wyrzucić przez kilka dni.

– Niedostatecznych – mruknął Paweł i nieoczekiwanie uśmiechnął się szeroko. – Rany, zasugerowałem się. Skoro szkoła, to trzeba się uczyć. A tu tymczasem, czy zdamy czy nie... I nawet nie musimy zdać, co więcej, nie uda nam się zdać, bo wcześniej wypełnimy misję i wrócimy do domu.

– No widzisz. – Michał raz jeszcze ścisnął mu ramiona. – Głowa do góry.

I zniknął w swojej klasie. Paweł ostrożnie przekroczył próg. Podwyższenie, na nim biurko nauczyciela, wielkie, solidne, z wieloma szufladami. Za nim ogromna czarna tablica poznaczona białymi zaciekami kredy. Na katedrze globus, obok, w kącie, stojak na mapy ścienne. Szafy z książkami, a na nich poustawiane wypchane zwierzęta i kilka gipsowych odlewów głów rzymskich lub greckich mędrców. U powały cztery lampy naftowe z dużymi knotami, zawieszone na łańcuchach. I wreszcie niejako u stóp nauczycielskiego Olimpu kilka rzędów ławek. Zielone pochyłe blaty z okrągłymi dziurami pośrodku. W każdej z nich kałamarz.

Szerokie parapety z szarego kamienia kusiły. Sądząc po stopniu wypolerowania, uczniowie często na nich siadali. On też usiadł, stawiając obok teczkę. Za dziesięć ósma do klasy wpadł jasnowłosy młodzieniec.

– O, nowy uczeń? – zdziwił się na widok Pawła.

Mówił po rosyjsku.

– Paweł Krukowski.

Przybysz ruszył ku niemu z wyciągniętą ręką.

– Igor Czernobajew.

Uścisnęli sobie dłonie.

– Zaraz wszyscy będą – powiedział Igor. – Na razie, wybacz, obowiązki.

Wyciągnął z szafy blaszaną butlę i pouzupełniał atrament w kałamarzach na ławkach. Położył kilka nowych kawałków kredy i przetarł tablicę mokrą szmatką.

– Pierwsza będzie matematyka – wyjaśnił.

Wypolerował jeszcze klamkę ściereczką. Klasa powoli się wypełniała. Paweł po kolei przedstawiał się coraz to nowym kolegom i oczywiście błyskawicznie zapominał, jak się który nazywa. Żaden jednak nie nosił nazwiska Citko.

Na korytarzu rozległ się namolny łoskot dzwonka. W sumie brzmiało to jednak przyjemniej niż mechaniczny brzęk, który pamiętał sprzed wojny...

Zaraz też do klasy wszedł nauczyciel. Wszyscy powstali. Powitanie.

– Ach, nowy uczeń – dostrzegł Pawła. – Siadaj na razie koło Iwana.

Ławka była dość ciasna, ale gdy już się człowiek wpasował, można było wytrzymać. Chłopak otworzył kajet i położył go na blacie. Zeszyt odrobinę zsunął się po pochyłości, a potem zatrzymał.

– Na ostatniej lekcji mówiłem o przekątnych – odezwał się nauczyciel. – Omawialiśmy sobie przekątne w kwadratach i, znacznie od nich podstępniejsze, przekątne w prostokątach. Dziś zajmiemy się rzeczą naprawdę trudną. Przekątną bryły geometrycznej.

Wszyscy jęknęli.

Rany, gdzie ja trafiłem? – zdumiał się Paweł. Do przedszkola?

Tymczasem profesor narysował na tablicy sześcian i czerwoną kredą zaznaczył w nim przekątną. Powypisywał przy kolejnych ścianach ich długości.

– Ty, Pawle, zapewne nie zajmowałeś się w tej waszej Australii geometrią?

Podróżnik w czasie wstał.

– Panie profesorze, w szkole w Auckland mieliśmy zajęcia z tej dziedziny.

Profesor uśmiechnął się krzywo. Chłopak natychmiast zrozumiał, że popełnił błąd, kwestionując słowa nauczyciela. Pierwsza lekcja i już katastrofa. Ale skąd mógł wiedzieć, jakie tu panują zwyczaje? Cholera, powinien wiedzieć. Powinien milczeć, obserwować i wyciągać wnioski. Powinien to przewidzieć.

– A może spróbowałbyś sobie poradzić z tym zadankiem? Chodź no tu do tablicy...

Przynajmniej jest okazja, żeby się zrehabilitować, pomyślał.

Podszedł sprężystym krokiem.

– Zadanie to nie wydaje się nazbyt skomplikowane – powiedział. – Najpierw trzeba odnaleźć długość prze-

kątnej kwadratu stanowiącego podstawę. Wyobraźmy sobie przekrój sześcianu jako kwadrat. – Zaznaczył
czerwoną linią to, o czym mówił. – Długość dolnej ściany przed chwilą wyliczyłem. – Podkreślił na czerwono
wynik. – Druga ściana to po prostu wysokość sześcianu. – Wskazał ją kredą. – Teraz ponownie z twierdze-
nia Pitagorasa wyciągamy wartość przekątnej naszego
kwadratu, czyli zarazem przekątną sześcianu.

Obliczył w pamięci i wypisał ją na tablicy. Profesor
odstąpił krok do tyłu i przez dłuższą chwilę lustrował
go przez monokl.

– Chłopcze, jesteś geniuszem... Ocena celująca!

Wyjął z kieszeni notes i wpisał stopień. Paweł wrócił do ławki odprowadzony szmerem. Wszyscy gapili się
na niego, ale nie widział w ich spojrzeniach zawiści czy
niechęci. Tylko szczery podziw.

Matematykę, jak się wydaje, mam z głowy, pomyślał.

Zmienił zdanie dwadzieścia sekund później, gdy
profesor dla usprawnienia obliczeń kolejnemu wyrwa-
nemu do tablicy wręczył suwak logarytmiczny. Wreszcie dzwonek na korytarzu. Nauczyciel odłożył kredę.

– Będę miał na ciebie oko, chłopcze – zwrócił się do
Pawła. – Być może wyrośnie z ciebie genialny matema-
tyk.

– Dziękuję, szanowny panie profesorze. – Ukłonił
się.

Przerwa. Wyszedł na korytarz. Michał już na niego
czekał.

– I jak poszło? – zagadnął.

– Właśnie zostałem uznany za matematycznego ge-
niusza – pochwalił się. – Boję się tylko, że nieco na wy-
rost. A co u ciebie?

– Rosyjski – skrzywił się starszy z podróżników. –
Citko...?

– Niestety, nie w mojej klasie.

– W mojej też nie. Trzeba szukać. Chyba że ktoś
nam go pokaże. Cholera, żeby ta fotografia była lepsza,
to może sami byśmy znaleźli. Dzienniki klasowe w tej
epoce chyba nie są jeszcze znane, a szkoda. Może dałoby się je jakoś przejrzeć.

Dzwonek na lekcję. Geografia. Tu Paweł znowu
święcił triumfy, bowiem nauczyciel postanowił wykorzystać unikalną okazję i zażądał, żeby opowiedział im
o Australii. Przez godzinę snuł więc wizje kontynentu
zamieszkanego przez dzikich tubylców, kangury i misie
koala, kilka zwierząt narysował nawet na tablicy. Profesor był oczarowany.

Jak do tej pory wszystkie lekcje prowadzone były po
polsku, a nauczyciele byli Polakami, toteż nielicho zaskoczyło go, że język polski wykłada Rosjanin. Na początku odczytał sonet Mickiewicza, a potem długo po
rosyjsku objaśniał kolejne wersy, tłumacząc, co poeta
chciał przez to powiedzieć i jakich użył środków arty-
stycznych, by osiągnąć ten efekt.

Tylko się nie roześmiać, przykazywał sobie Paweł.
Tylko się nie śmiać...

Wreszcie, gdy lekcja się skończyła, odetchnął z ulgą.

– Słyszałem w Australii, że Mickiewicz jest tu w Królestwie zakazany – zagadnął sąsiada z ławki.

– Jeszcze kilkanaście lat temu tak – wyjaśnił mu kolega. – Teraz ciągle na indeksie są niektóre jego utwory, ale gdybyś chciał je poznać – ściszył głos – na placu Grzybowskim u bukinistów trzeba popytać, przywożą po cichu drukowane w Galicji. Tylko to drogo kosztuje.

Kim byli bukiniści? Ach, handlarze książek...

– Dziękuję za informację. – Uśmiechnął się. – Chyba będę musiał się przejść.

Wreszcie ostatnia lekcja tego dnia – rosyjski. Tu skończyły się żarty. Nauczyciel dość dokładnie przepytał Pawła, co z literatury rosyjskiej czytał i jacy są jego ulubieni rosyjscy pisarze. Podróżnik w czasie miał na końcu języka, że Michaił Bułhakow, Arkadiusz Awerczenko, Kirył Bułyczow, Wiktor Suworow i Andriej Bielanin, ale w ostatniej chwili się powstrzymał. Awerczenko miał kilkanaście lat, Bułhakow urodził się w 1891 roku. O pozostałych jeszcze nawet wróble nie ćwierkały... Informacja, że lubi nowele Czechowa, wywołała zdumienie nauczyciela. Czechow, student medycyny, miał trzydzieści kilka lat, jego pierwsze humoreski zaczynały się ukazywać w pismach satyrycznych Moskwy i Petersburga. Paweł zrobił jednak tym wyznaniem pewne wrażenie. Otrzymał spis lektur, które powinien jak najszybciej przeczytać, i został odesłany na miejsce.

Przez następną godzinę słuchał o pisarzach, których nazwiska prawie nic mu nie mówiły. A przecież spędził w Kazachstanie dwa lata i pilnując owiec, zawsze miał przy sobie książkę.

Wreszcie lekcje się skończyły. Przy drzwiach spotkał Michała.

– I jak? – zapytał.

– Wiem już, do której klasy chodzi Citko – pochwalił się starszy podróżnik. – Jutro spróbujemy go zidentyfikować. A potem...

– A potem badania genetyczne. Ciężka sprawa.

– Ciężka. Potrzeba centymetra sześciennego krwi. Nie wiem jeszcze, jak to pobrać, żeby się nie skapnął.

– Worek na łeb i nożykiem pod żebro – zasugerował Paweł.

Michał spojrzał na niego i zorientował się, że kolega nie żartuje.

– Coś w tym jest – powiedział. – Ale sądzę raczej, że trzeba będzie zajść go od tyłu i przyładować porażaczem elektrycznym. Kilkanaście tysięcy wolt powinno go uspokoić. Wtedy pobierzemy. Jeśli dobrze pójdzie, pomyśli, że zemdlał.

– To mi się podoba. Co teraz robimy?

– Chodźmy się trochę przejść. Nieczęsto ma się okazję oglądać miasto sprzed stu dwudziestu lat. Poza tym musimy zaryzykować i coś zjeść...

Zdecydowali się na przechadzkę w stronę Starego Miasta.

– Po jakimś czasie da się przywyknąć – mruknął Paweł. – Początkowo miałem wrażenie, jakbym szedł po kruchym lodzie, a teraz jakoś normalnie...

– Łatwo można się przyzwyczaić – kiwnął głową Michał. – Cieszmy się pięknym dniem.

Przez Krakowskie Przedmieście przejechał stępa kozacki patrol. Obaj gimnazjaliści zasalutowali odruchowo.

– Coś widać wisi w powietrzu – rzucił starszy z podróżników. – Normalnie siedzą w koszarach.

– Demonstracja siły czy wypatrują jakichś buntowników?

– Raczej pokazują, kto tu rządzi.

Minęli uniwersytet i przeszli na drugą stronę ulicy. Na wystawie delikatesów wisiały wypatroszone zające, leżały wielkie koła serów, piramidy jajek, wędliny. Te ostatnie wydawały się dziwnie blade. Cóż, w tych czasach nie znano jeszcze chemicznych poprawiaczy koloru mięsa.

– Raki, kuropatwy, przepiórki, dziczyzna – wyliczał zachwycony Paweł. – Jajka kurze, gęsie, indycze, perlicze...

– Imbir, cynamon, gałka muszkatołowa. Zobacz, suszone grzyby...

– Nasza przedwojenna cywilizacja nie dorastała do pięt dziewiętnastowiecznej.

– Nie przesadzaj – odparł Michał. – Większa część naszego życia to czasy kryzysu. Chodźmy dalej.

Jego towarzysz z westchnieniem oderwał wzrok od wystawy.

– Łatwo ci mówić. Przywykłeś... Moja rodzina zawsze klepała biedę, nawet przed kryzysem, a tu mam kieszeń pełną forsy.

Niebawem zakręcili i wyszli na rozległą połać placu Saskiego. Od zachodu zamykały go budynki pałaców połączone kolumnadą, która po pierwszej wojnie światowej stała się Grobem Nieznanego Żołnierza. Przed nim wznosił się opleciony rusztowaniami sobór prawosławny. Na placu stało kilkanaście kramów z pieczywem, mięsem, rybami i jeszcze jakimiś wiktuałami. Nieco na uboczu zobaczyli potężny, zielony od patyny obelisk. Podeszli bliżej. Pomnik stał na postumencie z granitu, otaczało go osiem lwów, a samą czworokątną kolumnę podtrzymywały cztery złocone carskie orły.

– *Polakom poległym za wierność prawowitemu rządowi* – odcyfrował Paweł.

– Owszem – rzekł z przekąsem Michał. – Wystawiono go po powstaniu listopadowym.

– Cóż to za polegli?

– Polscy oficerowie, którzy nie chcieli się przyłączyć do powstania. No i powstańcy ich... – Przesunął palcem po gardle. – Nawiasem mówiąc, jednego czy dwóch zastrzelili przez pomyłkę, któryś się nie chciał przyłączyć, bo był akurat obłożnie chory, ale też go zastrzelili. W chwili wybuchu rebelii działano w amoku. W każdym razie car kazał przetopić lufy zdobycznych polskich dział i odlać ten monument... Tylko że – ściszył głos – to jest atrapa.

– Jak to?

– Działa sprzedano na lewo, a pomnik zrobiono nie z brązu, tylko z cienkiej żelaznej blachy powleczonej miedzią i sztucznie spatynowanej. Gdy go rozbierali w 1916 roku, po wkroczeniu Niemców, wyszło to na jaw.

Niebo zaciągnęło się chmurami. Pora wracać.

– Rany, jak mi się nie chce odrabiać lekcji... – jęknął Paweł.

– Jako starszy brat powinienem ci pomóc – zażartował Michał. – Nie łam się. To tylko kilka dni. Dorwiemy drania i możemy przestać chodzić do szkoły. Cholera... – Dotknął dłonią czoła. – Nie, gorączki nie mam.

– Źle się czujesz?

– Jakoś tak niewyraźnie – wyjaśnił. – Jakby mnie coś brało. Mam nadzieję, że nie grypa, bo wirusy z tego okresu są naprawdę zjadliwe...

* * *

Drugi dzień w gimnazjum. Paweł zdążył poznać tę budę i nawet w pewien sposób polubić. Nieoczekiwanie zgarnął tu kilka ocen celujących. Z takim nastawieniem przekraczał próg budynku.

Przebudzenie ze słodkich marzeń miało charakter szokowy.

Pierwszą lekcją była łacina. Wszyscy uczniowie mieli za sobą dwa lata nauki tego języka, ci, którzy przyszli ze szkół parafialnych, nawet więcej. Fakt, że msze też odprawiano po łacinie, przysporzył im dalszej znajomości słów i konstrukcji gramatycznych. Nauczyciel, dowiedziawszy się, że uczeń nie ma pojęcia o tym języku, cały się zapieklił.

– Powinieneś zostać natychmiast wyrzucony z tej szkoły – warknął gniewnie, spacerując pod tablicą. – I co by tu z tobą zrobić?

Paweł spuścił głowę.

– Ja nadrobię – powiedział. – Nauczę się tego wszystkiego...

– Sam sobie nie poradzisz – zauważył nauczyciel, jakby trochę udobruchany.

– Poradzę. W najgorszym razie wezmę korepetycje. Lubię się uczyć języków.

– Za miesiąc zdasz u mnie całą pierwszą klasę. I biada ci, jeśli sobie nie poradzisz. Do świąt nadrobisz drugą. Jeśli zdołasz tego dokonać, może będą z ciebie ludzie...

Na przerwie wybrali się zapolować. Namierzyli właściwą klasę. Ponieważ cel miał ciemne włosy, wybrali rudego młodzieńca.

– Hej – zagadnął Paweł. – Możesz nam powiedzieć, który to Piotr Citko?

Twarz gimnazjalisty ściągnęła się lekko.

– A po co wam to ścierwo?

– Pechowym zrządzeniem losu to nasz daleki kuzyn – westchnął z udawanym ubolewaniem Michał. – Powiadasz, że nie warto go poznawać?

Ich rozmówca ściszył głos.

– Bydlę wyjątkowe. W zeszłym roku było w gimnazjum kilku miłośników naszej polskiej literatury. Spotykali się w parku, żeby czytać i dyskutować. Sypnął ich nauczycielom, wszystkich wyrzucono ze szkoły. Gadał kiedyś, że marzy o tym, by zostać oficerem śledczym ochrany...

– Rany – mruknął Paweł. – Mają ludzie pomysły na życie. On jest Polakiem...

– Raczej był – odparł rozmówca. – Jak dwa lata temu zniesiono wymóg rozmawiania na przerwach po rosyjsku, bardzo mu się to nie spodobało. Pokazać go nie mogę, chory ponoć, dopiero w przyszłym tygodniu wraca. Ale poznać go łatwo, druciane okulary ma, takie jak Żydzi noszą. I chudy jak szczapa.

– No cóż, dziękujemy za ostrzeżenie – skłonił się Michał.

Ruszyli korytarzem w stronę swoich klas. Przerwa niebawem miała się skończyć.

– Sądzisz, że to nasz człowiek? – zapytał Paweł.

– Ponoć cechy charakteru dziedziczy się w co drugim pokoleniu, to znaczy bardziej będziesz podobny do swojego dziadka niż do taty. A twój ojciec do twojego pradziadka.

– Rozumiem. Czyli wnuk tego Citki będzie podczas drugiej wojny światowej szmalcownikiem wydającym Żydów gestapowcom, a jego praprawnuk naszym kochanym prezydentem od trzeciej wojny światowej?

– Coś takiego myślałem...

Pedel zaczął machać dzwonkiem. Rozeszli się do sal. Fizyka. Nauczyciel rozwiesił na ścianie planszę przedstawiającą kręgi pokryte plamami.

– Na poprzednich lekcjach omówiliśmy sobie Wenus – powiedział. – Kokuszew, chodź no do odpowiedzi...

Wywołany podszedł do tablicy.

– Opowiedz nam o tej planecie.

– Wenus znajduje się o połowę bliżej Słońca niż Ziemia – mówił gimnazjalista. – Ma podobną masę do naszej planety, a jej doba trwa tylko trochę dłużej niż nasza. Wenus pokryta jest morzami. Ponieważ bliżej Słońca jest cieplej, jej atmosfera przesycona jest parą, a prawie cały nieboskłon pokrywają chmury, które skutecznie utrudniają nam wejrzenie w jej lądy. Przypuszcza się, że wysp jest na niej niewiele i rosną na nich gęste dżungle, jak u nas w okresie karbonu czy dzisiaj w okolicy równika. O zwierzętach wenusjańskich wiadomości żadnych mieć nie możemy, przyjmuje się jednak powszechnie, że są to gady...

– Brawo. Celujący. Siadaj.

Nauczyciel zapisał ocenę w kajecie.

– Drodzy moi uczniowie – zwrócił się do klasy – trzy planety najbliższe Słońca, jeśli pominiemy Merkurego, posiadają podobną historię. Znajdują się jednak na różnych szczeblach rozwoju. Wenus to młoda planeta, na której życie dopiero rozkwita, jak na Ziemi u zarania jej historii. Ziemia, na której żyjemy, to planeta w swoich najlepszych latach, pełna życia dojrzałego i ukształtowanego. Dziś zajmiemy się Marsem, który w naszym układzie słonecznym jest globem starym, na którym życie i cywilizacja już zamiera... – Wskazał wiszące na tablicy barwne plansze. – To mapy Marsa wykonane przez znamienitego amerykańskiego astronoma Percivala Lowella. Jak widzicie, morza zajmują tylko niewielką część planety. Większość wody prawdopodobnie umknęła do wnętrza albo zamarzła w postaci wiecznej zmarzliny. Inżynierowie marsjańscy zbudowali sieć kanałów, długich na tysiące mil, dzięki czemu w pobliżu równika, gdzie jest najcieplej, mogą wciąż funkcjonować miasta. Nie wiemy jednak, czy na Marsie egzystuje jeszcze rozumne życie. W każdym razie w najbliższych latach planowane są na stepach Ukrainy i wielkich preriach Ameryki prace nad nawiązaniem komunikacji międzyplanetarnej. Inżynierowie zamierzają zbudować tam rzędy lamp łukowych, takich jakie oświetlają merostwo Paryża lub budynek sejmu ziemskiego we Lwowie. Lampy te, o mocy tysięcy świec, nocą będą włączane naprzemiennie i na ciemnym tle stepu pojawią się jasne linie układające się w zarysy figur geometrycznych. Liczymy, że uczeni Marsa odpowiedzą na te sygnały w podobny sposób.

Paweł słuchał jak urzeczony.

– Co do samego Marsa, klimat jego zasadniczo podobny jest do naszego, tylko chłodniejszy. Występują na nim pory roku, jednak rok marsjański jest prawie dwa razy dłuższy niż ziemski, więc siłą rzeczy każda z pór trwa sześć miesięcy, a nie trzy.

Wszyscy się roześmieli. Paweł poczuł różnicę, przepaść czasu oddzielającą go od przodków. Śmieszyły ich inne rzeczy, inaczej myśleli, inaczej reagowali...

– Zapytacie pewnie, jak można poznać, czy na tej odległej planecie występują pory roku – kontynuował nauczyciel. – Jest to stosunkowo proste. Astronomowie obserwują zmiany barwy planety wskazujące na przemianę cykli wegetacyjnych.

Kocham dziewiętnastowieczną szkołę, pomyślał Paweł. Kocham...

– Co do roślinności Marsa, zdania są raczej podzielone. – Głos profesora wypełniał kolejną lukę w wiedzy uczniów. – Powszechnie przypuszcza się, że niegdyś bujna i różnorodna jak na Ziemi, obecnie jest już na etapie wymierania. Klimat, dawniej ciepły, teraz staje się chłodny i suchy, co powoduje zmiany szaty roślinnej. Wyglądać więc ona powinna jak na terenie Laponii czy północnych krańców Syberii. Drobne krzewy, trawy, mchy, porosty, pokrywające ogromne połacie planety. Na Marsie nie obserwuje się zjawisk wulkanicznych, przypuszczamy, że od dawna jego wnętrze jest wystygłe. Nie wypiętrzają się nowe góry, a stare uległy znacznemu zniwelowaniu. Gdybyśmy stanęli na jego powierzchni, zobaczylibyśmy porośnięte trzciną bagna w miejscu dawnych mórz i rozległe równiny poprzecinane pasmami wzgórz, tam gdzie przez całe eony góry rozpadały się w pył. Bliżej biegunów trafimy prawdopodobnie na stepy porośnięte mrozoodpornym mchem. I wreszcie bieguny. Otacza je arktyczna pustynia, po której wiatr przetacza tumany śniegu...

Paweł nie zauważył, kiedy skończyła się lekcja. Długą chwilę siedział w ławce. Wreszcie przemógł się, wstał i wyszedł na korytarz. Michał już na niego czekał.

– Co się stało? Wyglądasz, jakbyś ducha zobaczył.

Paweł streścił mu wykład profesora. Starszy podróżnik uśmiechnął się.

– Widzisz, a nie chciałeś iść do szkoły. I proszę, jakich ciekawych rzeczy się dowiedziałeś.

Następną lekcją była przyroda. Nauczyciel pokazał im wypchaną kaczkę, a potem wypreparowany szkielet i poglądową tablicę, na której zobrazowano narządy wewnętrzne ptaka. Musieli to wszystko przerysowywać ołówkami w zeszytach. Paweł zauważył, że większość uczniów robi to dużo lepiej niż on. Ich rysunki były staranne, podcieniowane. Lepsze i gorsze, ale trzymały pewien styl.

Ostatnią godziną tego dnia było coś w rodzaju historii sztuki. Nauczyciel od łaciny grzmiącym głosem po rosyjsku wyjaśniał, jakie reguły stosowali Grecy przy budowie świątyń. Na początku wyrwał do odpowiedzi kilku uczniów i przyładował im strasznie kiepskie oceny. Zapowiedział też, że zajęcia z greki zaczną się dopiero w przyszłym tygodniu.

Obaj czasonauci spotkali się na dolnych korytarzach holu. Starszy podróżnik miał strasznie skwaszoną minę.

– Co się stało? – zaniepokoił się Paweł.

– Kaligrafia.

– To takie straszne?

– Szczęśliwi ci, którzy żyją w nieświadomości... – westchnął. – Cholera, coś mnie brzuch boli.

– Może to z głodu?

– Nie, raczej się czymś podtrułem. No nic, łyknę węgiel i aspirynę. Zobaczymy. Flora bakteryjna w tej epoce jest trochę inna niż w naszych czasach.

Wrócili do domu. Wspinaczka po cuchnących, trzeszczących schodach. Mała, ciemna klitka...

– Chyba wolę siedzieć w gimnazjum niż tu – skrzywił się Paweł.

– To przez brak światła – wyjaśnił Michał. – Tam są duże okna, tu jest po prostu ciemno.

Rzucił się na łóżko. Sprężyny zatrzeszczały.

– Trzeba odrobić lekcje na jutro – westchnął. – Na szczęście w przyszłym tygodniu pojawi się obiekt i nasze problemy się skończą.

– A jeśli ten Citko okaże się nie tym, co robimy dalej?

– Kończymy misję i wracamy do siebie. Nie ma sensu tu siedzieć. Mam w walizce list od inżyniera Krukowskiego do dyrekcji z informacją, że jedzie pilnie do Argentyny i musi zabrać nas ze sobą. Nasze zniknięcie nie powinno budzić podejrzeń.

Zrobili sobie spóźniony obiad. Koncentraty z XXI wieku rozpuszczone w dziewiętnastowiecznej wodzie z kranu pod schodami, do tego tabletka podgrzewająca.

Paweł jadł ze smakiem, a Michał po kilku łykach odłożył łyżkę.

– Nie smakuje ci? – zaniepokoił się Paweł.

– Nie, jakoś źle się czuję – mruknął Michał. – Coś jakby wątroba.

Nagły skurcz zgiął go wpół.

– Coś przeciwbólowego?

– Daj lusterko...

– Lusterko?

Wyjął ze swojej walizki i podał przyjacielowi. Ten zapalił latarkę i obejrzał swoje oczy.

– Jasna cholera – powiedział. – Już żółkną... Żółtaczka.

– Co?! – Paweł odruchowo szarpnął się do tyłu. – Zaraz, przecież byliśmy szczepieni.

– Owszem. Nie bój się, to mechaniczna.

– Co?

– Może być zwykła, wywołana przez wirusy, zaraźliwa jak diabli, a może być spowodowana zablokowaniem kanałów w wątrobie przez kamienie... I chyba to jest to. Ja już to kiedyś miałem. Zresztą daj zestaw medyczny.

Jednorazowa strzykawka podciśnieniowa. Naciągnął dwa centymetry sześcienne krwi i wkroplił po kolei do kilku probówek.

– Ebola, wirus HIV, gruźlica, cholera, wścieklizna, dżuma, czarna ospa, ospa wietrzna, choroba Heinego-Medina, tyfus, trąd, żółtaczka zakaźna, kiła, wąglik, grypa, świnka, różyczka...

W żadnej z probówek roztwór nie zmienił koloru.

– Cholera... – znowu zaklął. – Widać to znowu to...

– Musisz wracać?

– Tak. Im szybciej, tym lepiej. Trzeba laparoskopią... Kurde, a tak byliśmy blisko. – Walnął z wściekłością ręką w stół.

– Nadal jesteśmy blisko – powiedział Paweł. – Wracaj. Ja dopadnę tego drania.

Michał spojrzał na niego zaskoczony.

– Sam?

– Albo przyślijcie mi Filipa do pomocy. Sprzęt mam. Wiem, jak zrobić testy genetyczne. Mam fiolkę z wirusem świnki. Jeśli gość jest nasz, to mu wstrzyknę.

Michał uścisnął mu z szacunkiem dłoń.

– Nie doceniłem cię.

Wstał i spojrzał przez okno. Powoli zapadał zmierzch.

– Powiem profesorowi, żeby przysłał ci Filipa – powiedział. – We dwóch zawsze raźniej... Zostawię chyba cały sprzęt. W razie czego spalisz w piecyku. – Klepnął „kozę".

– W porządku. Odprowadzić cię?

– Jeśli nie sprawi ci to problemu...

Ruszyli w stronę Starówki. Wzdłuż ulicy stało wiele budynków, które po drugiej wojnie światowej nie zostały odbudowane. Na parterach mieściły się sklepy. Na jednej z wystaw dziewczyna zapalała wiszącą lampę naftową. Latarnie płonęły już zimnym, niebieskim gazowym płomieniem. Przed Pałacem Namiestnikowskim spotkali człowieka, który właśnie je zapalał. Miał do tego celu długą tyczkę z karbidówką na końcu.

– O? – zdziwił się Paweł, widząc w miejscu pomnika księcia Józefa Poniatowskiego jakiegoś łysolca na postumencie.

– Paskiewicz – wyjaśnił Michał.

– A nasz książę?

– Za parę lat. Gdzieś w 1920 roku go postawią.

– Czekaj, to ten Paskiewicz, który...

– Właśnie. Za wybitne zasługi w dziedzinie tłumienia powstania i rusyfikacji wystawiono mu pomnik.

Stare Miasto, niekorzystające jeszcze z dobrodziejstw elektryfikacji ani latarni gazowych, tonęło w mroku. Tylko zza firanek w oknach przebijało trochę światła świec albo lamp naftowych. Dotarli do resztek Bramy Gnojnej. Michał wyjął z kieszeni klucz.

– Wracaj już – powiedział. – To nie jest bezpieczne miejsce.

Uścisk dłoni i zniknął w środku. Paweł zawrócił. Faktycznie, Stare Miasto najlepsze lata miało już dawno za sobą, a renowację przed sobą. W starych kamieniczkach i wokoło cuchnących podwórek żyli bardzo różni ludzie, przeważnie wywodzący się z nizin społecznych. Namacał w kieszeni gaz obezwładniający i poczuł się odrobinę pewniej. Odetchnął na placu Zamkowym. Raźno ruszył w stronę uniwersytetu. Obok przejeżdżał tramwaj konny.

Chłopak wskoczył zręcznie na stopień i kupił od konduktora bilet. Nie chciało mu się drałować na piechotę taki kawał. Tramwaj jechał raczej powoli. Ósma wieczorem. Zamykano już sklepy. Tłumy na chodnikach rzedły. Brama, schody na poddasze. Zamknął drzwi i przy świetle świecy przez dwie godziny odrabiał jeszcze lekcje. Wreszcie z westchnieniem zamknął zeszyty i poszedł spać. Cieszył się na myśl, że jutro pójdzie do szkoły. Nie zdawał sobie sprawy, że już nigdy nie przekroczy progów tego gimnazjum...

Rozdział 4

Czwarta rano to pora, kiedy sen człowieka jest najgłębszy. Dlatego większość aresztowań dokonywana jest o tej szarej godzinie, przed świtem.

Paweł drzemał pod kocem, gdy nieoczekiwanie coś wyrwało go ze snu. Równy, miarowy łomot, nasilający się i słabnący jak bicie gigantycznego pulsu. Szli po schodach. Słabe deski trzeszczały pod nogami kilkunastu mężczyzn. Poderwał się z łóżka. Instynkt podpowiedział mu, że idą po niego. Czasami lęk może całkowicie sparaliżować człowieka, czasem tylko odbiera mu zdolność logicznego rozumowania. Dlatego agentów służb specjalnych szkoli się miesiącami. Aby w najbardziej idiotycznej sytuacji zadziałali jak automaty.

Pawła nikt tak nie szkolił. Stracił kilka chwil na założenie spodni, skarpetek, butów, w walizce szukał świeżej koszuli... Wreszcie skoczył do okna. Otworzył je i wciągnąwszy w płuca głęboki haust powietrza, zaczął przeciskać się na zewnątrz.

Poniżej i naokoło rozciągała się szara powierzchnia dachu. O czwartej rano pokryta była rosą, a może skroploną mgłą. Śliska, niebezpieczna, jedyna droga ucieczki. Zaklinował się w połowie klatki piersiowej. Sądząc z odgłosu dartego materiału, jakiś sterczący z framugi gwóźdź zaczepił o kurtkę na plecach. Szarpnął się i poczuł go na skórze. Nie da rady. Trzeba się cofnąć, odczepić i spróbować raz jeszcze.

Łomot podkutych butów na schodach ucichł. Byli już na ostatnim piętrze. Powietrze rozdarł suchy trzask. Któryś z nadchodzących wywalił jednym kopniakiem drzwi. Obyło się bez rąbania siekierą, choć dwaj przynieśli na tę okazję siedmiokilogramowe rosyjskie topory ciesielskie, obyło się bez strzelania pod zamek.

Weszli i wyciągnęli podróżnika z okna jak korek z butelki. Szybko, sprawnie, brutalnie, ale bez przesady.

– Dzień dobry – zagadnął Paweł. – Co się stało?

Ubrani byli po cywilnemu, czuł jednak, że to wojskowi lub policjanci. Szary, niepozorny człowiek, który jako ostatni wszedł do pomieszczenia, odsłonił klapę kurtki. W półmroku błysnął srebrem mały znaczek.

– Ochrona – powiedział. – Jesteś aresztowany.

Wykręcili mu ręce na plecy i spętali brutalnie szerokim rzemieniem. Gdy wywlekali go na schody, dostrzegł jeszcze, jak jeden z agentów patroszy szablą siennik. W szparze między sąsiednimi drzwiami a framugą błysnęło czyjeś ciekawskie oko. A potem ktoś zarzucił mu na głowę worek z gęsto tkanego płótna i zapadła ciemność.

* * *

Jeśli odizolujemy aresztanta od źródła światła, jedynym zmysłem, który pozwala mu się zorientować, dokąd jest wleczony, jest słuch. Zmysł dotyku niewiele mu pomoże, gdy dłonie wykręcone ma do tyłu. Wyczucie obutą nogą faktury podłoża też jest trudniejsze, niż mogłoby się wydawać. Jeśli worek zarzucony na głowę celem ukrycia tożsamości więźnia wyciągnięty zostanie z rosyjskiego magazynu, przesiąknięty jest wonią pleśni, stęchlizny, myszy i naftaliny. Niewiele da się przez coś takiego wywęszyć.

Tak było i w tym przypadku. Skrzypienie starych drewnianych schodów, trzask drzwi na dole; smród wychodków przedarł się nawet przez płótno. Lekki pogłos, gdy szli przez wyłożoną ceglanymi płytami bramę. Koniec echa, ulica. Szarpnięcie.

– Uwaga, stopień – nieżyczliwy głos ostrzegł aresztanta.

Noga szuka po omacku stopnia i faktycznie jest. Dorożka z budą. Rzucili go na tylną kanapę. Po obu stronach usadowili się żandarmi, czuł zapach ich potu. Gdzieś za plecami dobiegło parsknięcie konia. Widocznie był tam jeszcze jeden pojazd.

– Uważajcie na jego rzeczy – usłyszał głos po rosyjsku. – Nie otwierajcie niczego, może wybuchnąć.

Oba pojazdy ruszyły jednocześnie. Trzęsło niemiłosiernie, jak gdyby nie miały resorów. Turkot kół, co najmniej po dwa konie. Paweł mimo worka na głowie starał się odgadnąć, dokąd jedzie. Na północ. A więc może areszt na Zamku Królewskim, może więzienie przy Pawiej, a może Cytadela... Wstrząsy nasiliły się. Czyżby wąskie, brukowane kocimi łbami uliczki Starego

Miasta? Bez zegarka trudno mierzyć upływ czasu. Nie odczuwał gwałtownych zmian ruchu. Dorożka, czy co też to było, pędziła prosto na północ. Wyjechali gdzieś na otwartą przestrzeń. Esplanada – wolny od drzew i zabudowań teren wokoło Fortu Legionów, czyli obecnie Lunety Władymir. Coś lekko chrzęściło pod kołami. Żużel albo, co bardziej prawdopodobne, żwir. Dobrze utrzymana droga prowadząca do twierdzy. Jeden z siedzących obok zdjął mu worek z głowy. Szary jesienny świt.

Faktycznie, wjeżdżali pomiędzy dwa wysokie wały wzmocnione kilometrami czerwonych murów. Cytadela. Ciężkie skrzydła bramy otworzyły się i pojazd przetoczył się do środka. Budynki koszarowe otynkowane na biało, kościół, a może raczej były kościół przekształcony na cerkiew. Dziesiątki maszerujących żołnierzy. Szpaler topoli został w tyle i zatrzymali się przed dwupiętrowym budynkiem. Budowla wzniesiona została na planie kwadratu. Jeden bok był otwarty, ale właśnie tu zbudowano niewielki ceglany domek zaopatrzony w potężny komin. Wszędzie, jak okiem sięgnąć, stały drewniane budki strażnicze. Przed każdą sterczał żołnierz z karabinem. Słońce dźwigało się coraz wyżej po niebie. Okna od strony dziedzińca zabezpieczono blindami, zasłonami z desek otwartymi od góry. Przepuszczały do wnętrza niewiele światła i całkowicie niemal uniemożliwiały wyglądanie na zewnątrz.

– Jakieś więzienie? – zainteresował się Paweł.

W zasadzie to się domyślał, ale chciał jakoś potwierdzić swoje przypuszczenia.

– X Pawilon – warknął jeden z żołnierzy.

Wiedział już, gdzie trafił. W czasach napoleońskich stało tu dziesięć budynków Koszar Aleksandryjskich. Ostatni, największy, mieścił magazyn siodeł i mundurów. Gdy po klęsce powstania listopadowego podjęto decyzję o budowie twierdzy na północnych rubieżach miasta, część budynków koszar zburzono, pozostawiając dwa ostatnie. W dawnym magazynie po naniesieniu odpowiednich zmian architektonicznych ulokowano najcięższe więzienie polityczne w Królestwie Polskim. Jego mury widziały niejedno. Siedzieli tu, lub dopiero będą siedzieć, rewolucjoniści i buntownicy wszelkiej maści. Romuald Traugutt, Feliks Dzierżyński, Józef Piłsudski... Tu w jednej z cel na piętrze samobójstwo popełnił Karol Levittoux. Spalił się żywcem, polawszy oliwą z kaganka...

Strażnicy pomogli Pawłowi wysiąść z dorożki. Z drugiej z największą ostrożnością wydobyli dwie walizki, jego i Michała. Drzwi domku zamykającego dziedziniec otworzyły się i stanął w nich wysoki mężczyzna w mundurze bez dystynkcji. Miał podłużną twarz o arystokratycznych rysach, jasnokasztanowe włosy i takiż wąsik, jak gdyby przyklejony nad górną wargą. Jego oczy były błękitne jak niebo w upalny letni dzień.

– Witaj – uśmiechnął się do aresztanta. – Miło nam gościć cię w naszych skromnych progach.

Mówił po polsku prawie bez akcentu. Paweł nie wiedział, co odpowiedzieć. Nie pokazali mu przecież nakazu aresztowania, ale może w tej epoce nie potrzebowali nakazu?

– Nazywam się Nowych. Siergiej Nowych. Kapitan – przedstawił się mężczyzna.

– Paweł Krukowski – odpowiedział.

Twarz śledczego była nawet sympatyczna, ale w oczach kryło się coś niedobrego.

– Imię może się zgadza, ale wedle naszych danych inżynier Krukowski, przebywający w Australii, nie ma synów. Na początek trzeba będzie zrobić porządek z pewnym nader przykrym drobiazgiem, który mógłby nam narobić problemów.

Odgarnął włosy z czoła. Na przegubie ręki błysnął elektroniczny zegarek Casio. Pawła lekko zatkało ze zdziwienia. Nie miał czasu, aby się nad tym zastanowić, niemniej natychmiast wyczuł, że teraz dopiero zaczną się prawdziwe kłopoty. Konwojenci wprowadzili więźnia do sporego pokoju. Centralne miejsce zajmowało wielkie kowadło. Na ścianach wisiały kilometry błyszczących parafiną łańcuchów. Zaraz też nadszedł potężny mężczyzna w skórzanym fartuchu. Zapewne kowal.

– Rozwiążcie mu ręce i zdejmijcie bluzę – polecił Nowych. – Potem przywiążcie i zostawcie nas samych.

Wartownicy bez słowa wypełnili jego polecenie. Paweł usiłował trochę się szarpać, ale niedbały cios nahajką przez plecy sprawił, że odechciało mu się oporu. Bez ceregieli zdarli kurtkę i rozkrzyżowali więźnia na dębowej ławie, starannie przypinając mu ramiona skórzanymi pasami.

– Praktyczny mebelek, nieprawdaż? – zagadnął kapitan. – Skopiowaliśmy z zakładu dla umysłowo chorych. Ano, zajmijmy się teraz tym drobiazgiem...

Paweł przekręcił głowę, gdy poczuł palce śledczego na swoim nadgarstku. Nowych spokojnie rozpiął mu mankiet koszuli i zadarł rękaw, odsłaniając bransoletę. Okręcił ją wokoło.

– Solidna robota – mruknął. – Ani śladu łączenia. Jak zwykle.

Paweł, choć skołowany sytuacją, drgnął. Co on powiedział? Jak zwykle?! Co tu jest grane?

– Ale poradzimy sobie oczywiście – rzekł śledczy z uśmiechem. Wyjął z kieszeni zegarek i zaczął przesuwać nim wzdłuż krawędzi bransolety. Obserwował przy tym cyferblat.

– Zaraz cię od tego draństwa uwolnimy – powiedział spokojnie. – Tylko cewkę zlokalizuję. Tuż przy niej czas zwalnia.

– Nie... – wykrztusił więzień.

– Nie przejmuj się. Leżysz poza zasięgiem obłoku, najwyżej urwie ci rękę.

Paweł popatrzył na swego oprawcę jeszcze bardziej zdumiony.

Wiedzą, że bąbel ma średnicę półtora metra? Co jeszcze wiedzą? Kim jest ten typ?

– Oczywiście będzie to pioruńsko trudne – powiedział kapitan. – Wasza technologia jest bardzo rozwinięta. Ale nie ma to jak solidny młot i przecinak!

– Nie zdołacie tego zdjąć.

– Nawet nie będziemy próbowali. Tutaj. – Wskazał kowalowi punkt na bransolecie.

Ten podłożył solidne ślusarskie imadło i starannie dokręcił, żeby unieruchomić rękę wraz z obręczą.

– Co wy wyrabiacie!? – Paweł zdenerwował się nie na żarty.

– Rozwalamy ci tę obrożę – odpowiedział Nowych spokojnie. – Niezwykle twardy stop, lecz dziurkacz powinien sobie z tym poradzić.

Przysunęli jakąś dziwną machinę, wyglądającą jak wielka wiertara. Urządzenie było wielkości przemysłowej lodówki i wykonano je ze stalowych wręgów łączonych nitami grubymi jak te, którymi sczepiono wieżę Eiffla. Maszyna posuwała się na stalowych rolkach.

– To nie będzie bolało – powiedział kowal. – Nawet jeśli nie trafimy za pierwszym razem – zarechotał ponuro.

– To bardzo prosta konstrukcja – wyjaśnił śledczy. – Osiemnaście stalowych sprężyn naciąganych korbą przez... – Zamilkł na chwilę, najwyraźniej nie znał polskiego słowa. – Sprężyny wprawiają w ruch sztyft o średnicy ćwierć cala. Uderzenie zostanie zadane z siłą, jakby walnął w to miejsce parowy młot podrzutowy. Mamy tu nacisk ponad sześćdziesięciu ton na centymetr kwadratowy.

Zaczął kręcić solidną korbą. Po mniej więcej piętnastu minutach uznał, że wystarczy.

– No to, jak mówicie wy, Polacy, chwila prawdy. – Uśmiechnął się, ale jego oczy pozostały poważne. – W najgorszym razie, młodzieńcze, stracisz dłoń. Ale przy takiej sile uderzenia nawet nie poczujesz – dodał uspokajająco.

Nastąpił głuchy huk, a potem gwizd. Sztyft wbił się głęboko w tytanową obudowę bransolety, a potem cofnął. Rozległ się syk, a w powietrze strzelił strumień zielonej pary. Objął maszynę. Rozległ się głuchy huk, gdy konstrukcja przestawała istnieć. Nie było już bąbla...

Powietrze wypełniło próżnię. Paweł poruszył ręką. Nadal była na swoim miejscu.

– Żyjemy – zauważył pogodnie kapitan, oglądając stalowe sworznie.

W miejscu, gdzie ogarnął je bąbel, były przecięte z nieprawdopodobną precyzją. Pogładził gładką lustrzaną powierzchnię.

– Moje obliczenia okazały się prawidłowe.

Rozkręcił imadło i zsunął popękaną bransoletę z przegubu więźnia.

– W sumie to nie jest trudne – powiedział. – Wystarczy precyzyjnie zniszczyć kondensator energii, a chmura strzela wysoko w górę i zabiera ze sobą to, co przypadkiem napotka. A zatem możemy chyba przystąpić do normalnej procedury przewidzianej dla więźniów cara. Zdejmijcie mu buty, ma w podeszwach środki przeciwbólowe i leki.

Po chwili kowal założył na nogę Pawła obręcz i przytwierdziwszy łańcuch z solidną metalową kulą, zręcznie zaklepał nit. Nowych zdjął ze ściany kawałek grubej skóry.

– To się nosi pod kajdanami, żeby metal nie obcierał nogi. Za mną.

Wyszli z kuźni i ruszyli przez dziedziniec. Podzielony był drewnianymi parkanami na kilka mniejszych części. Dotarli do bramy głównego budynku. Kapitan zastukał. W wizjerze mignęło przekrwione oko i krzaczaste bokobrody, a potem ze środka dobiegł huk odsuwanych rygli. Weszli do niewielkiego pomieszczenia. Na prawo i lewo widać było ciężkie drzwi okute żelazem, na piętro prowadziły ceglane schody.

– To najdoskonalsze więzienie świata – powiedział Nowych z nutką zawodowej dumy w głosie. – Stąd nie ma ucieczki. A w każdym razie przez ostatnie pięćdziesiąt lat nikomu się nie udało.

Załomotał do drzwi po lewej stronie. Strażnik, który wpuścił ich do środka, odsunął rygle od zewnątrz, a ten w korytarzu – wewnętrzne. Drzwi zaopatrzono dodatkowo w zamek, który Nowych otworzył własnym kluczem. Korytarz był ciemny, długi i wysoko sklepiony. Rozświetlały go tylko cztery świece przymocowane w równych odstępach do pobielonej ściany. Po obu stronach ciągnęły się drzwi wiodące do cel, także zaopatrzone w potężne zasuwy. Kolejny strażnik, ubrany w mundur, zatrzasnął je za nimi. Miał mocno azjatyckie rysy twarzy.

– W dawnych czasach był tu magazyn siodeł, a obecnie najcięższe więzienie polityczne w całym Przywiślańskim Kraju – wyjaśnił kapitan.

– Wiem – mruknął jeniec.

Szedł naprzód, dźwigając kulę w rękach.

– Ponieważ jest to miejsce dobrze izolowane, a przy tym nadaje się do trzymania więźniów, można je wykorzystać na wiele sposobów.

Kopnął od niechcenia w drzwi, zza których dobiegał szmer rozmowy.

Kolejne zamknięte przejście na końcu korytarza. Znowu zostali wpuszczeni do środka. W rogu była niewielka celka. Ta nie była zamknięta, lekko uchylone drzwi ukazywały wnętrze.

– Twoje nowe mieszkanko – oznajmił Nowych. – Powierzchnia pokoju nie mniejsza niż tej nory, gdzie mieszkałeś. A na razie wstąpimy do mnie. Trzeba sobie szczerze pogadać...

Popchnął go do celi naprzeciwko. Człowiek stróżujący na korytarzu wszedł za nimi. Do podłogi przykręcony był ciężki drewniany fotel. Rzucili nań więźnia i skrępowali skórzanymi pasami. Paweł omiótł wzrokiem pomieszczenie. Stały tu krzesło, solidny, ciężki stół nakryty szarym płóciennym całunem i drugi, mniejszy, obok. Okno nie miało blindy, ale szyby zasmarowano do połowy wapnem. Nigdzie nie widać było narzędzi tortur, chyba że leżały nakryte szmatą.

– No to do dzieła. – Kapitan podniósł całun.

Zrzucił go obojętnie na podłogę. Na stole leżały obie walizki i jeszcze oddzielnie stosik drobiazgów znalezionych przy rewizji.

– Bardzo ciekawe – mruknął, przeglądając książki.

Zwykłe podręczniki do gimnazjum. Nic podejrzanego, ale badał je z wielką uwagą.

– Dowód numer jeden. – Oderwał pęsetą kawałek przezroczystej taśmy samoprzylepnej. – Ciekawa rzecz... Elastyczne, pokryte klejem, przejrzyste jak szkło, a jednak się zgina. – Paweł uświadomił sobie, że w tej epoce nie było jeszcze plastiku. Nie było chyba też celuloidu, a może i był, bo przecież niedługo powstaną pierwsze filmy. – Możesz coś o tym powiedzieć?

– Nie. Nie mam pojęcia, co to jest.

Nowych wzruszył ramionami, a na jego twarzy odmalował się zawód.

– Słuchaj, chłopcze... Właściwie to jak się nazywasz?

– Paweł.

Brwi śledczego uniosły się lekko do góry.

– Miałem na myśli prawdziwe imię.

– Naprawdę Paweł.

– Ach, to w zasadzie bez znaczenia. Niech będzie Paweł. A więc, Pawle, wydaje ci się, że jakikolwiek opór ma sens. Otóż nie ma. Jesteś w naszych rękach. Możemy wycisnąć z ciebie wszystko jak serwatkę z twarogu. I oczywiście w stosownym czasie wyciśniemy. Wiemy, że przybyłeś z przyszłości. Dlatego tyle wysiłku włożyliśmy w zniszczenie tej bransolety. Ma niebywale wymyślną konstrukcję i podejrzewam, że w jakiś sposób mógłbyś się przy jej pomocy wydostać stąd i wrócić do swoich czasów. A tak właściwie to kiedy się urodziłeś?

Więzień milczał, ale jego wyobraźnia pracowała gorączkowo. Kapitan westchnął i z teczki leżącej na niższym stoliku wyjął szarą papierową kopertę. Otworzył ją, wydobył ze środka metalowy krążek. Podszedł do chłopca i pokazał mu leżącą na dłoni monetę.

– Widzisz? 50 groszy...

Paweł wzruszył ramionami.

– Ciekawa jest data na tej monecie. 2001 rok... Orzeł w koronie. Gdy pracowałem w zwykłej policji, mieliśmy wykłady, na których uczono nas rozpoznawania waszych symboli narodowych. To się czasem przydaje. A więc orzeł. Przejrzałem sobie zbiorek rycin i muszę przyznać, że rytownik ładnie uchwycił szczegóły dawnych przedstawień herbu i skomponował je w nowoczesną całość. Gdy ta moneta trafiła nam w ręce, zorientowaliśmy się, że przybywacie do naszych czasów...

– Nawet jeśli, to co z tego? – spytał podróżnik.

– Zapytasz, co można wydedukować z jednej monety? Bardzo dużo. Zestawienie dat pozwala sądzić, że w XXI wieku – aż dziwne o tym mówić, bo jeszcze sporo czasu zostało do końca XIX – będziecie potrafili przemieszczać się między epokami i zapewne wykorzystacie tę wiedzę, by odzyskać niepodległość. Dedukuję to z faktu, że na monecie nie ma ani jednej rosyjskiej litery, o tym pięknym napisie Rzeczpospolita Polska nie wspominając. Czyli że nasze panowanie na tych terenach się skończy... Czyż nie tak?

– Nawet jeśli, nie mogę zdradzać takich informacji.

– Rozmyślałem nad tym od lat. W sumie to genialne w swojej prostocie. Cofnąć się i posługując się bronią z XXI wieku, zabić na przykład cara. Jedna kula może zmienić historię. Jeśli spojrzymy wstecz na broń wieku XVIII, broń sprzed stu dwudziestu lat, widać, że postęp w tej dziedzinie nastąpił znaczący. Wy zapewne macie znakomite karabiny, może o wielkiej celności i dalekim zasięgu. A może wielostrzałowe...

– Nie mamy zamiaru zabijać waszego cara – powiedział spokojnie Paweł.

Śledczy popatrzył na niego uważnie, a potem przeszedł się tam i z powrotem po celi.

– Dlaczego? – zapytał.

– Nastąpiłaby radykalna zmiana historii – wyjaśnił chłopak. – Zabicie cara wywróciłoby wszystko do góry nogami.

Nowych pokiwał w zadumie głową.

– Dla was by zmieniło. Ale my żyjemy tu i teraz, więc wasza technika i technologia są bardzo interesujące. Możemy dzięki twojej wiedzy zaoszczędzić lata badań... I miliony rubli. Co to jest? – zapytał, potrząsając skrzynką z modułem powrotnym.

Paweł ponuro patrzył w ziemię.

– Pytam – warknął śledczy.

Moduł powrotny. Elektronika, emiter fal radiowych i wiązki stabilizującej bąbel podczas skoku w przyszłość. Co mówił profesor, że wnętrze wypełnione obojętnym gazem spala się w zetknięciu z powietrzem? To jest myśl! Jeśli tylko uda się odpowiednio podpuścić kapitana, artefakt przestanie istnieć.

– Skrzynka – wyjaśnił aresztant. – Pomaga w skakaniu w czasie, ale nie wolno jej otwierać.

– Co znaczy: nie wolno? – warknął Nowych.

Położył ją na stole, a potem wyjął z szuflady przecinak i młotek. Przyłożył go w rogu pudełka i przyładował z całej siły. Blacha odrobinę się zarysowała. Przydzwonił raz jeszcze. Powstało spore wgniecenie.

– Wo... – tu rzucił niecenzuralne rosyjskie przekleństwo i uderzył po raz trzeci. W obudowie powstała maleńka dziurka. Powietrze z cichym sykiem zaczęło wpadać do środka. Widocznie ciśnienie gazu wewnątrz było mniejsze niż ciśnienie atmosferyczne na zewnątrz.

– Syczy – zauważył kapitan. – Wiesz coś o tym?

Aresztant bezradnie wzruszył ramionami.

– Nie mówią nam wszystkiego.

Kapitan przyłożył palec do otworu i z wrzaskiem go oderwał.

– Parzy!

– Może to na skutek elektryczności – zasugerował Paweł złośliwie.

Moduł rozżarzył się do czerwoności. Z blatu pod skrzynką wzniosła się w powietrze strużka gryzącego dymu. Kapitan sięgnął po pogrzebacz i ostrożnie pchnął nim pudełko. Ścianka pękła jak mokry papier, a płomień wyrwał się na zewnątrz. Śledczy poleciał po wiadro z wodą, ale gdy wrócił, na stole żarzył się już tylko wypalony prostokątny ślad. Metal spalił się na czarny pył.

– Dobrze chronicie waszą technikę – warknął do Pawła. – Ale to wam nic nie pomoże. Wcześniej czy później ją poznamy.

Zalał wypalone miejsce wodą. W powietrze uniósł się obłoczek pachnącej dymem pary.

Podszedł do drugiego stołu, na którym leżała walizka. Dotknął opuszkami palców zamków.

– Nie wybuchnie? – zapytał z troską.

I nie czekając na odpowiedź, otworzył. Wyjął ze środka cyfrowy aparat fotograficzny, laptopa i czytnik do kart pamięci. Przepatrzył ubrania. Obmacał ścianki. Znalazł jeszcze pięć tytanowych sztyftów: sondy.

Paweł poczuł, że zaraz zemdleje.

– Widzisz, chłopcze, jestem ogromnym entuzjastą waszej techniki. Pokażesz mi, jak to działa?

– Nie.

Nowych westchnął ciężko.

– Co za upór godny lepszej sprawy... To do robienia zdjęć. – Obejrzał aparat fotograficzny. – Hm, tym się chyba włącza.

Zapaliła się zielona dioda. Wycelował w stronę Pawła i pstryknął przełącznikiem. Rozbłysnął flesz. Brwi kapitana uniosły się w zdziwieniu. Pociągnął nosem.

– Fantastyczne – powiedział. – Wiesz, nie mówiłem ci, ale jestem zapalonym fotografem. To robienie zdjęć w pomieszczeniach... Ogromny problem mamy z magnezją, jeśli się z tym nieostrożnie obchodzisz, możesz wypalić we wszystkim dziury. A tu proszę. Czyściutko, tylko światło. Zapewne elektryczność?

Paweł spoglądał ponuro.

– Hm. I co dalej? – Śledczy oglądał na ciekłokrystalicznym wyświetlaczu obraz. – Trzeba wyciągnąć kliszę i dać do wywołania.

Obracał aparat w dłoniach, aż jego wprawne oko dostrzegło szczelinę na karty pamięci. Po kilku próbach wcisnął odpowiedni guziczek i wydobył jedną. Obejrzał uważnie.

– Nieźle, nie ma ryzyka, że się prześwietli. Tylko jak z tego robić odbitki?

Nagle drgnął, jakby sobie coś przypomniał. Odłożył kartę na stół i podniósł czytnik. Zauważył w nim identyczną szczelinę.

– To pewnie maszynka do automatycznego wywoływania! – zawołał podniecony. – Zamiast babrać się z wywoływaczami, wkłada się negatyw do środka i pewnie wyjmuje gotową szklaną kliszę...

Paweł zamknął oczy. Gdy je otworzył, kapitan Nowych wetknął już kartę w szczelinę czytnika i teraz w zadumie patrzył na kabelek zakończony wejściem.

– Czegoś brakuje. Wszystkie w zasadzie wasze urządzenia pracują za pomocą elektryczności – mruknął. – Czyli tu trzeba przyczepić odpowiednie źródło prądu.

Odłożył czytnik na blat. Usiadł na krześle i zaczął majstrować przy laptopie.

Paweł się odprężył. Laptop jest zabezpieczony, nikt z tej epoki nie poradzi sobie z szyfrowaniem... I nagle uderzyła w chłopaka fala gorąca.

Durny, durny, durny! – skowyczało w nim coś. Po-stąpił jak ostatni idiota! Dzień wcześniej sam zdjął za-bezpieczenia. Nie chciało mu się wpisywać tych kilku haseł logowania... A teraz zrozpaczony patrzył, jak po paru nieudanych próbach Nowych odblokował i ot-worzył komputer. Zaszumiał wentylatorek, gdy sytem zastartował automatycznie. Żadnych pytań o login, żadnych pytań o hasło. Od razu wyświetlił się obszar roboczy. Paweł pomyślał, że zaraz się rozpłacze z wście-kłości.

– Fantastyczne! – wykrzyknął Nowych. Pokręcił kulką przesuwającą strzałkę kursora. – Do czego to służy?

Chłopak milczał.

– *Poczta* – śledczy przesylabizował podpis pod jedną z ikonek. Najechał na nią strzałką, a potem ostrożnie zaczął dotykać kolejnych klawiszy. Nie poddawał się, aż trafił na Enter.

– *Skrzynka nadawcza, skrzynka odbiorcza* – sylabi-zował. – *Ten widok nie zawiera żadnych elementów* – odcyfrował.

Paweł zamknął oczy. Najchętniej wyłączyłby rów-nież słuch.

– Używacie tego do pisania listów – domyślił się No-wych. – Działa pewnie po podczepieniu do przewodu telegrafu. – Majstrował przy programie dobrą chwi-lę, zanim trafił na krzyżyk, który spowodował jego za-mknięcie. Stropił się tym na chwilę, a potem ponownie uruchomił program i ponownie zamknął.

– Jak się nazywa to urządzenie? – zapytał Pawła.

– Komputer – odparł niechętnie podróżnik.

– Czyli używacie go do wysyłania telegramów... Do czego jeszcze?

Otworzył edytor tekstu. Po kilku minutach wydedukował, że to pewnie do układania wiadomości telegraficznych. Zamknął i w zadumie obrócił laptopa w dłoniach.

– Tu można, jak widzę, sporo rzeczy podczepić – rzekł, wskazując na kolejne wejścia. – A to chyba pasuje do...? Ależ tak.

Wetknął końcówkę kabla od czytnika kart w port USB.

– Nie działa – stwierdził, patrząc na czytnik. – Nie, działa, zapaliło się to zielone. – Stuknął palcem diodę. – A może to się od środka uruchamia, tak jak telegraf? No nic, wieczorem jeszcze popróbuję... – Wyłączył urządzenie i odłożył obojętnie na bok.

– No, to chyba pora spisać protokół.

Wydobył z szufladki kartę czystego papieru. Obok postawił kałamarz i położył obsadkę. Bibuła, suszka... Umoczył stalówkę obsadki w atramencie.

– Imię i nazwisko: Paweł Krukowski – zanotował. – W nawiasie wpiszemy, że nazwisko fałszywe. Świetnie wam podrabiają dokumenty, ale ten paszport australijski nie odpowiada wzorom. Zapewne jeszcze nie wszedł do produkcji. Za kilka lat przekonam się, czy miałem rację. Uśmiechnął się zadowolony.

– Następna rubryka to zawód. Co by tu wpisać... Podróżnik w czasie? Student? Czy jesteś tu zawodowo? Zapewne tak, bo niezależnie od postępu technicznego nie będą was tu wysyłać w celach turystycznych. Zostawmy na razie tę rubrykę. Adres, damy ten ze stancji. Przyczyna aresztowania? – Tu zamyślił się głęboko.

– W zasadzie to po co mnie trzymacie? – zapytał Paweł. – Nie zrobiłem nic złego. Skoro wykluczyliśmy zamach na cara, to może mnie wypuścicie?

Nowych się roześmiał. Wyglądał w tym momencie nawet sympatycznie, ale aresztant nie dał się zwieść pozorom.

– Powiedzmy sobie szczerze: nie mogę cię wypuścić – powiedział wreszcie. – Z bardzo prostej przyczyny. Uciekniesz do siebie, a potem pewnie wrócicie, żeby mnie zlikwidować jako niepożądanego świadka. Wpiszę w rubrykę nielegalne przekroczenie granicy i posługiwanie się sfałszowanym dokumentem – powiedział wreszcie. – O to, kto cię nasłał, nie ma sensu ani potrzeby pytać. Data urodzenia?

– Osiemnasty stycznia.

– Tak jak w tym lewym paszporcie – uśmiechnął się śledczy. – Pomysłowe, w razie przesłuchania nie pomylisz się... A który rok, jeśli wolno wiedzieć?

– 1996.

– To mi dużo nie mówi... Wyglądasz na jakieś szesnaście, może siedemnaście lat – ocenił na oko. – Ale inaczej dojrzewacie, więc pewnie masz osiemnaście, dziewiętnaście... A więc skakałeś w przeszłość około 2014 roku.

Zanotował to wszystko na kartce. Spojrzał na swój elektroniczny zegarek.

– Niedługo południe – powiedział. – A po obiedzie jeszcze popracujemy razem. Nie musimy się nigdzie spieszyć, a może uda nam się złapać jeszcze twojego towarzysza.

– Nie uda się. Wrócił do przyszłości – wyjaśnił aresztant.

– Nie mam powodów, by ci nie wierzyć. Ale jakieś ważkie przyczyny sprawiły, że dostaliście się do tego gimnazjum razem. One sprawią, że wróci dokończyć misję. I wtedy wpadnie w nasze ręce.

Starannie poskładał wydobyte z walizek przedmioty i dopiero potem podszedł do Pawła. Rozpiął paski i trzymając go w mocnym uścisku za kołnierz, wyprowadził z pokoju przesłuchań. Waląc od niechcenia w ucho, wepchnął więźnia do celi i zatrzasnął drzwi. Zasuwy zasunęły się z ponurym łomotem.

* * *

Cela trzy metry na niecałe dwa. Jednoosobowa. Żelazna prycza zasłana siennikiem. Pod nią *parasza* – blaszany kubełek wypełniony piaskiem, mający zastąpić toaletę. Na stoliku – gliniany dzbanek pełen wody. Sądząc po jej smaku, stoi tu od dawna, może od miesiąca. Okno zasłania blinda. Światło pada przez jej górną, niezabudowaną część. W oknie kraty. Nie da się go otworzyć, w ramę wbito solidne gwoździe kowalskiej roboty. Tylko lufcik u góry pozwala wpuścić do celi odrobinę powietrza. W kącie piec bez paleniska, rozpala się go od strony korytarza, ze specjalnej wnęki zaopatrzonej w drzwiczki. Ściany wybielone wapnem. Żadnych myszy, szczurów, pająków. Czysta, więzienna, sterylna biel. Szary siennik, szary cienki koc. Szare płócienne prześcieradło. Krzesło z poszarzałego drewna. Siedzenie wyszmelcowane na skutek używania. Ile setek ludzi musiało na nim siadać? Także oparcie stykające się przez dziesięciolecia z szorstkim materiałem koszul aresztantów wypolerowało się na wysoki połysk. Wąski stolik. Blat też nosi ślady setek łokci, które się o niego opierały. W celi nigdy nie robi się jasno. Jakby mało było blindy, szyby nie są specjalnie przejrzyste. Ceglana podłoga. Nic do czytania. Ani jednego przedmiotu, na którym można by zawiesić na chwilę oczy. Co można robić w pojedynczej celi?

Można oddać się wspomnieniom, można chodzić w kółko, można odtwarzać z pamięci fragmenty przeczytanych książek.

Paweł wybiera jeszcze inne rozwiązanie. Po prawdzie nie ma wielu miłych wspomnień, te przedwojenne zostawia sobie na później. Nie pamięta żadnych wierszy, nie pamięta fragmentów książek, chodzenie w kółko nuży go śmiertelnie. Kładzie się na łóżku i zapada w sen. Zanim zaśnie, nakrywa głowę kocem i wyobraża sobie, że tam, po drugiej stronie, nie ma żadnego więzienia. Że zasypia na swojej pryczy w poradzieckim baraku pośrodku kazachskiego stepu. Że zbudzi się rano i pójdzie paść owce. Z tą myślą zasypia. Śni mu się instytut. Magda. Ciemne włosy, grube brwi... Jest bardzo ładna, czemu dopiero teraz uświadomił sobie, że ma tak miły uśmiech? Huk zasuwy jak z innego świata. Skrzyp nieoliwionych zawiasów. Ktoś szarpnięciem zrywa z niego koc.

– W dzień nie wolno spać! – krzyczy żołnierz po rosyjsku.

Nie można spać. Akurat. Wystarczy ustawić krzesło tyłem do drzwi. Usiąść wygodnie, przysuwając je do stolika tak blisko, aby krawędź dotykała przepony. Dzbanek postawić przed sobą i oprzeć brodę o jego krawędź. Ręce wystarczy położyć z boku. I już można spać. Strażnik patrzący przez judasza dostrzeże zamyślonego jeńca siedzącego przy stole. Gdzieś daleko huk rygli. Tupot podkutych butów. Z kuźni dobiegają dźwięki uderzeń. Kowal zakuwa lub rozkuwa więźnia. Na każdym piętrze ponad pięćdziesiąt cel. Łącznie jest ich setka. W każdej celi średnio po trzech osadzonych. W niektórych oczywiście siedzi tylko jeden, do innych wtłoczono pięciu. W zbiorowych nie ma łóżek, zajęłyby za dużo miejsca. Za to na podłodze leży warstwa słomy.

Paweł zapada w półsen. Dźwięki dobiegają do niego z oddali i zarazem słyszy je lepiej, niż gdyby miał otwarte oczy. To lata spędzone w dalekim Kazachstanie wydają swój plon. Słyszał, jak wśród traw przemykają wilki. Teraz słyszy, jak piętro wyżej na blacie brzęczą cynowe miski. Ważniejsi więźniowie dostają naczynia z metalu. Mniej ważni z polewanej gliny. Kamionkowych się nie używa. Zbyt łatwo kamionkową krawędzią stłuczonej miski podciąć sobie żyły.

Nikomu nigdy nie udało się stąd uciec. I się nie uda. W tych murach w przyszłości będzie więziony Józef Piłsudski. Doceni zalety tego miejsca. Gdy zostanie naczelnikiem państwa, będzie tu trzymał swoich wrogów. Tu, w podziemnym karcerze, Feliks Dzierżyński wybije sobie zęby, w przypływie szału gryząc kraty.

Paweł nie śpi. Jego mózg analizuje na zimno wstępne przesłuchanie, któremu był poddany.

Kapitan Nowych to szczwana bestia. Prawdziwie niebezpieczny przeciwnik. Cyfrowy aparat fotograficzny to tylko zabawka. Rozgryzienie zasad jego działania nie jest groźne. Ale laptop zawiera też inne tajemnice. Zeskanowane pliki gazet z całego dziesięciolecia. A przecież już niedługo rewolucja. Jeśli Nowych znajdzie tę informację, może dojść do straszliwej katastrofy. Jeden laptop to małe piwo. Nie popchnie cywilizacji do przodu. Nie zdołają skopiować. Elektronika, ciekłe kryształy, mikroprocesor... Zresztą i tak baterie zdechną, zanim zdążą się naprawdę zapoznać z zasadami jego działania. Ale dane... Dane trzeba zniszczyć. Tylko jak?

* * *

Paweł siedział na krześle i starał się nie myśleć o potwornym ssaniu w żołądku ani o bólu rozbitego uderzeniem ucha.

Zagoi się, pocieszył sam siebie.

Czas był jednocześnie namacalny i niepoliczalny. Ile chwil upłynęło od ciosu i odprowadzenia do celi? Dziesięć minut, godzina? Stukot butów na korytarzu. Dwie, trzy... nie, pięć par. Jakiś więzień gwiżdże melodię piętro wyżej. Teraz nagle przerywa. Huk drzwi obok. Odgłosy szamotaniny, dziki skowyt. Ponownie trzaśnięcie drzwi, jeszcze jedno. Podniesione głosy mieszające się z tupotem butów. Trzask rygli. Kapitan Nowych.

– Przejdziemy się na wycieczkę – warknął.

Z korytarza dobiegały głuche klaśnięcia uderzeń. Śledczy obejrzał się przez ramię.

– Idziemy – powiedział.

Wyszli na korytarz. Przez drzwi na jego końcu wychodziło właśnie sześciu więźniów. Szli apatycznie, jak automaty, ręce mieli skute na plecach ciężkimi kajdanami. Pilnowało ich kilku strażników. Wyszli z budynku. Świeże powietrze. Paweł pił je łapczywie dużymi haustami. Po duchocie panującej w celi było cudownie rześkie. Ruszyli brukowaną uliczką w ślad za konwojem. Droga biegła wzdłuż muru twierdzy. Wzniesiono go z czerwonej cegły. Młody więzień zmierzył wzrokiem jego wysokość. Sporo...

– Nawet o tym nie myśl – warknął kapitan. – Nie tacy próbowali.

– I tak nie uciekłbym z kulą u nogi – odgryzł się.

Słoneczko nieźle przygrzewało i ból ucha się nasilił.

– I tak byś nie uciekł, bo tam niżej mamy jeszcze jeden fort i jeszcze jedną linię murów nad Wisłą.

Więźniowie weszli w prześwit bramy. Kapitan przyspieszył kroku. Paweł musiał co kilka chwil zmieniać uchwyt na kuli. Zaczynały go boleć palce. Stanęli w prześwicie. Więźniowie zeszli po schodach i gdzieś na lewo.

– Ładny widok – powiedział kapitan.

Faktycznie. Dołem płynęła szeroko rozlana rzeka. Na jej brzegu stał niewielki fort, po drugiej stronie znajdował się identyczny.

– Nikt nie przepłynie – powiedział Nowych, odgadując myśli Pawła. – Zresztą to i tak bez znaczenia. Zobacz. – Wskazał mu ręką nieduży parostatek.

Prom kursujący pomiędzy fortami.

– Zabiorą ich na tamtą stronę i sformują konwój na Sybir – wysunął przypuszczenie Paweł.

– Ach nie, konwoje na Sybir to poważna operacja. Najpierw zbiera się więźniów od nas i z więzienia na Pawiej, potem przeprawia w grupach po dwudziestu, tam spędzają noc, a rano przykuci do jednego łańcucha ruszają w stronę Ostrołęki. Czasem nawet dwa lata trwa, zanim dojdą nad Bajkał. Chodźmy i my. Oczywiście nie nad Bajkał. Tu, bliziutko.

Zeszli po schodach i zakręcili za załom muru. Pod ścianą długa szubienica. Sześciu więźniów stało już na długiej ławie z pętlami na szyjach. Kat w czarnym mundurze z dwoma rzędami złotych guzików i w masce zakrywającej górną część twarzy spokojnie zaciskał węzły pętli.

Naprzeciw szubienicy stanął wysoki oficer i odczytał z kartki długi i zawiły wyrok po rosyjsku. Pojawił się pomocnik kata, też ubrany na czarno. Ustawili się po obu stronach i oparli nogi o ławkę, na której stali skazańcy. Czekali. Oficer skończył odczytywanie wyroku. Wysoki jasnowłosy mężczyzna o dłoniach zdradzających robotnika uniósł dumnie głowę.

– *Wyklęty powstań ludu ziemi...* – zaintonował.

Kat i pomocnik kopnęli jednocześnie. Ławka przewróciła się. Zaciskający się sznur zdusił śpiew w gardle socjalisty.

Paweł zamknął oczy. Ciągle jednak słyszał skrzypienie belki, gdy powieszeni szarpali się w agonii jak ryby na haczyku. Wreszcie wszystko ucichło. Otworzył oczy i zaraz spuścił wzrok. Nie mógł patrzeć na posiniałe, nabrzmiałe twarze. Przez niektóre ciała przebiegały jeszcze ostatnie dreszcze.

– Możemy wracać – powiedział kapitan.

– Po co to wszystko?

– Oni? Należało im się. To terroryści z PPS. Natomiast pokazałem ci to, żebyś nie miał wątpliwości. Jesteśmy w stanie złamać każdego i unicestwić tych, którzy nie dadzą się złamać. Możesz być po naszej stronie albo przeciw nam. Jak kończą ci, którzy stają przeciw nam, miałeś właśnie okazję się przekonać. Postaraj się więc wyciągnąć wnioski. Nie masz żadnych możliwości ucieczki. Nie możesz wrócić do swojej epoki. Jeśli nam pomożesz, przeskoczymy całe dziesięciolecia postępu technicznego. Dostaniesz od tego procenty...

– Jak chcecie przeskoczyć te dziesięciolecia? – zapytał. – Owszem, dotarłem tu, a wy skutkiem pechowego splotu wypadków weszliście w posiadanie kilku drobiazgów przydatnych w podróży. Chcecie mieć postęp techniczny? Żaden problem. Komputer to skomplikowana technologia, na początek spróbujcie czegoś prostszego. Niech pan weźmie swój zegarek, zaniesie do jubilera albo zegarmistrza i każe im go skopiować...

– Jak mamy kopiować, jeśli nie znamy technologii wytwarzania tych wspaniałych materiałów? – kapitan zaczął się wściekać.

– A jak niby mam wam pomóc? – zdziwił się chłopak. – Nie jestem chemikiem ani technologiem. Wiem, że plastiki i stopy metali wytwarza się w specjalnych fabrykach. Wiem, że tworzywa sztuczne robi się między innymi z ropy naftowej, ale skąd niby mam wiedzieć jak?

– Kłamiesz.

– A czy pan wie dokładnie, na jakiej zasadzie działa lokomotywa?

– Ogólnie chyba tak. Węgiel, para...

– A jak się uzyskuje utwardzaną stal na osie do jej kół?

– Tego już nie. Stal wytapiana z dodatkiem jakiegoś metalu i odpowiedniej proporcji węgla...

– Ale nie zna pan szczegółów temperatury topienia, ilości dodawanych substancji?

Śledczy umilkł. Chyba uwierzył. Przeszli koło wartowni, kuźni i minęli dziedziniec. Weszli w ciemne korytarze X Pawilonu. Kapitan ciągle milczał.

– W zasadzie, jeśli to, co mówisz, jest prawdą, nie ma powodów, byś dalej żył – powiedział, zatrzaskując drzwi celi.

Paweł pozostał sam. Napił się wody, aby choć częściowo złagodzić ssanie pustego żołądka. Być może śledczy Siergiej Nowych liczył na to, że widok egzekucji wstrząśnie nim i nakłoni go do współpracy, ale uzyskał efekty całkowicie odwrotne. Paweł, siedząc na krześle, rozmyślał o przyszłości. Materiał zawarty na płytach DVD, prognoza na najbliższe dziesięć lat oraz opracowania historyczne zapisane w pamięci komputera prawdopodobnie wystarczyłyby, aby dokumentnie zmienić historię. Carska Rosja wygrywa wojnę w Mandżurii. Nie przystępuje do pierwszej wojny światowej. Nigdy nie dojdzie do rewolucji, wystarczy powiesić wszystkich jej organizatorów. Nigdy nie dojdzie do odzyskania przez Polskę niepodległości. A z X Pawilonu warszawskiej Cytadeli przez następne dwieście, trzysta lat wyprowadzani będą skazańcy...

Siedząc na krześle, czuł niemal fizycznie napięcie w otaczającej go czasoprzestrzeni.

– To nie w porządku – powiedział. – Jestem za młody, by trzymać w ręce los ludzkości.

Biblijny Kain, zabijając swego brata Abla w pojedynkę, jednym ciosem unicestwił jedną czwartą ludzkości. 16 września 1896 roku zamknięty w pojedynczej celi carskiego więzienia podróżnik w czasie był w stanie powtórzyć ten wyczyn. W sumie wystarczyłoby, że zastuka do drzwi i poprosi strażnika czuwającego na korytarzu o wezwanie kapitana Nowycha. Wystarczyłoby pokazać mu, jak działa czytnik DVD. Pięć minut nauki. Historia potoczy się innymi torami. Miliardy ludzi nigdy się nie urodzą. Przestaną istnieć we wszystkich czasach, bo prawdopodobieństwo ich zaistnienia spadnie do zera.

Nigdy nie prosiłem o taką władzę, pomyślał.

* * *

Kolejny dzień, wczesne popołudnie. W pokoju przesłuchań było jasno mimo zamalowanej biało szyby. Stary, znajomy fotel z paskami do krępowania. Kapitan Nowych ustawił sobie krzesło naprzeciw przesłuchiwanego. Bawił się krążkiem DVD.

– Wiedziałem, że jesteś twardy, ale nie sądziłem, że aż tak – powiedział. – Doba bez pożywienia. Tyle wytrzymują nasi chłopi, przyzwyczajeni do jedzenia na przednówku brzozowej kory, ale nie wiedziałem, że też tyle zniesiesz.

– Może jestem po prostu odporny?

– Może... A może macie sztucznie ograniczone uczucie łaknienia. Ludzki mózg to dla nas zagadka, choć kilka lat temu angielscy chirurdzy usunęli z niego guz raka, a pacjent przeżył potem miesiąc. Wiemy, że urazy głowy mogą zmieniać odczuwanie pewnych stanów. Skoro w waszych czasach nauka poszła bardzo do przodu, może umieli wprowadzić ci do czaszki nożyk i przyciąć odpowiednie nerwy. To hipoteza...

Spojrzał pytająco na aresztanta. Ten wzruszył ramionami.

– Sądzę jednak, że nie mogli przeciąć nerwów odpowiedzialnych za uczucie bólu – ciągnął kapitan w zamyśleniu – gdyż w takim przypadku straciłbyś władzę w rękach i nogach, a nawet jeśli zdołałbyś nimi poruszać, to myślę, że brak kontroli siły nacisku bardzo by ci przeszkadzał w codziennych czynnościach. Pytam po raz ostatni. Pokażesz mi, jak to uruchomić? – Podniósł płytę do góry.

– Nie.

– Sam tego chciałeś.

Wyszedł na korytarz i zawołał czekających tam dwu strażników. Odwiązali więźnia od fotela i poprowadzili na dziedziniec. Wczorajsza egzekucja przypomniała mu się ze wszystkimi szczegółami. Natychmiast jednak się uspokoił.

Jestem dla Nowycha zbyt cenny, żeby mnie zabił, pomyślał.

Myśl była kojąca. Zbyt cenny, by ginąć... Poprowadzili go w kąt podwórza, gdzie za przepierzeniem z desek wkopany był w ziemię solidny drewniany pal.

Gliniasta ziemia upstrzona plamami pochodzącymi z krwi i wody. Duże, ospałe jesienne muchy siedziały wokoło, jakby czekały na kolejną ucztę. Słup pociem-

niał ze starości, miał pewnie kilkanaście, może kilkadziesiąt lat. Był gruby, zapewne co najmniej do połowy
tkwi w ziemi. Do wysokości około trzydziestu centymetrów był czarny. Pomalowano go smołą lub starym
olejem kuchennym, aby nie gnił. Zresztą dębowe drewno w wilgotnej ziemi może przetrwać całe milenia. Wokoło podstawy ubito sporo niedużych kamieni. Zapewne mają go dodatkowo stabilizować.

Spętali aresztantowi ręce w nadgarstkach i zaczepili
o wysoko wbity hak. Musiał tkwić w tym miejscu od
dziesięcioleci – dolna jego część, wypolerowana, lśniła
jak lustro. Paweł, patrząc w górę, uświadomił sobie, że
to dziesiątki zarzucanych nań sznurów lub łańcuchów
nadały żelazu tak wspaniały blask. Skoro nie szpeciła
go najmniejsza nawet plamka rdzy, widocznie używany
był bardzo często.

Zawieszone ciało napięło się, stopami ledwie dotykał ziemi. Nogi też mu przywiązali do pręgierza, grubym konopnym sznurem. Pal cuchnął potem i stra-
chem, woń głęboko wgryzła się w drewno. Ciemne plamy znaczące pień były zapewne krwią.

– Pięćdziesiąt nahajek – polecił Nowych.

Paweł zacisnął zęby. Napiął mięśnie pleców, przygo-
towując się na cios. Zobaczył oślepiający rozbłysk przed
oczyma, a z gardła wydarł mu się rozpaczliwy skowyt.
Plecy zapłonęły bólem, jak przypalone. Drugie uderzenie było jeszcze mocniejsze. Świadomość gasła przed
oczyma, po rozbłysku bieli pojawiła się ciemna plama.

Chluśnięcie wodą. Musieli użyć całego kubła, i to
chyba prosto ze studni. Wstrząs był prawie tak przy-
kry jak ból po ciosie. Trzecie uderzenie. Zaciskał zęby

z całej siły, a mimo to krzyk narodził się gdzieś w jego
trzewiach. Czwarte. Piąte. Nie sądził nigdy, że ludz-
kie gardło jest w stanie wydawać takie dźwięki. Znowu
ciemność. Światło. Kubeł wody.

– Pilnujcie, żeby cały czas był przytomny. – Dopiero po chwili z opóźnieniem zrozumiał słowa wypowie-
dziane w języku Puszkina. Szóste uderzenie. Poczuł
strumyk krwi spływający po plecach.

– Nie dożyje do pięćdziesiątego – zauważył po rosyjsku strażnik, który walił go plecioną z rzemieni nahajką.

– To mu rozłożymy na raty – warknął Nowych. –
Ale co najmniej dwadzieścia pięć musi dzisiaj zebrać.

Siódme. Zachłysnął się wypitą rano wodą. Razem
z sokami żołądkowymi podeszła do gardła. Wymioto-
wał. Ósme. Poczuł, że leci w tył, i przez chwilę, zanim
zgasła świadomość, sądził, że pręgierz się wywalił i teraz go przygniecie. Doszedł do siebie. Ciągle wisiał na
palu. Woda lała się z niego strumieniami. Całe ubranie miał mokre. Spazmy rodziły się gdzieś w jego gardle
bez udziału świadomości. Słyszał swoje jęki, dobiegające jakby zza gęstej mgły.

Wykończą mnie, pomyślał. Dobrze... Ktoś zmieni
historię i będę żył, a oni... Oni umarli sto lat temu.

Dziewiąty cios. Wył jak dzikie zwierzę. Nie, żadne
zwierzę nie jest w stanie wydać takich dźwięków.

– Słabo walisz – warknął Nowych do oprawcy. –
Niech naprawdę poczuje...

Dziesiąty. Szum w uszach.

Ból ma w tym przypadku sens, pomyślał. Cierpię,
ale w słusznej sprawie.

Jedenasty. Ciemna plama. Tym razem wydawało mu się, że wynurza się z głębokiej studni. W ustach smak krwi.

– No i jak, będziesz współpracował? – usłyszał obok siebie głos Nowycha.

– Nigdy...

– Widzisz, źle bijesz – śledczy zwrócił się do oprawcy. – Jeszcze nie ma dosyć. Daj no mi ten bacik...

Cios. Uczucie bólu było stłumione, jakby dobiegało z daleka. Jeszcze jeden. Polali go wodą, ale nie czuł już nic. Świadomość wyłączyła się definitywnie. Odpływał. Kolejne kubły wody sprawiały, że budził się na kilka sekund i znowu zapadał w nicość. Nie wiedział, czy polewają go wodą, czy dalej biją. Nic już nie wiedział. Zapomniał, jak się nazywa, zapomniał, kim jest, zapomniał, gdzie się znajduje. Przed oczyma przepływały mu zielone plamy. Wyglądały jak chmury, chciał się nimi bawić, ale ręce coś mu podtrzymywało gdzieś w górze.

– Przesadziliśmy – głos dobiegał jakby z innego wszechświata.

– Dojdzie do siebie i będzie mięciutki. Nie takich łamaliśmy.

Zawroty głowy, wrażenie unoszenia się w powietrzu. Mózg nie radzi sobie z bólem, wytwarza więc endorfinę – naturalny narkotyk, który pozwala oszukać świadomość. Euforia i utrata przytomności.

* * *

Oślepiający blask. A więc jest dzień. Upiorny ból pleców, odbitych płuc, nerek, chłodne dotknięcia...

– Leż spokojnie – głos po rosyjsku.

Miły głos. Z trudem otworzył jedno oko. Koło pryczy na krześle siedzi anioł. Nie, anioły nie mają brązowych włosów i nie mówią po rosyjsku. A może to anioł z cerkiewnego fresku? Tak, zdecydowanie. Na szyi anioła kołysze się prawosławny krzyżyk. Świadomość gaśnie. Jak dobrze. Jestem już w niebie...

Przebudzenie. Ból skatowanych pleców. Paweł leżał na pryczy, bez koszuli. Jej kawałki musieli powyciągać z głębokich ran pozostawionych przez rzemienie nahajki. Spodnie jeszcze wilgotne, ktoś zdjął mu buty z nóg. Poruszył ręką. Żyje. Dotknął pleców. Lepka substancja splamiła opuszki palców. Zbliżył dłoń do nosa. Zapach charakterystyczny, w zasadzie nie do pomylenia. Ktoś posmarował mu rany jodyną. Spróbował się poruszyć.

– Leż spokojnie. Niech dobrze przyschnie.

Odwrócił głowę.

Na krześle siedziała dziewczyna w prostej szarej sukni. W dekolcie na tle jasnej bluzki wisiał nieduży prawosławny krzyżyk wycięty z szarego metalu. Popatrzył na jej twarz. Wydatne kości policzkowe, mały nosek, łuki brwi cienkie i mocno wygięte, oczy duże, o migdałowym wykroju, brązowe i sprawiające wrażenie wilgotnych. Rosjanka z Syberii.

– Kim jesteś? – jęknął.

– Mam na imię Tatiana – powiedziała spokojnie.

Myśli plątały mu się w głowie.

– Za co cię zamknęli? – sformułował, jak mu się wydawało, sensowne pytanie.

– Jestem córką kapitana Nowycha – powiedziała z dumą. – Kazał mi się tobą zająć.

Zamknął oczy. Co ona ma na głowie? Pielęgniarski czepek.

– Ile czasu? – wykrztusił pytanie.

– Byłeś nieprzytomny jakieś dwie godziny. Masz szczęście, to tylko powierzchowne rany. Skóra przecięta w kilku miejscach, ale nie połamali ci żeber. Za dwa dni będziesz zdrów. Przyniosłam dzbanek wody. Chcesz się napić?

Wargi miał spieczone, ale pokręcił przecząco głową.

– Poproszę ojca, żeby dał ci z walizki świeżą koszulę. Tamtą niby można pozszywać, ale nie dopierze się z tej krwi. – Wyjęła z kieszeni buteleczkę i srebrną łyżkę. – Dasz radę przełknąć lekarstwo?

Kiwnął głową. Nalała nie więcej niż naparstek i delikatnie przyłożyła mu łyżkę do ust. Przełknął. W smaku było bardzo dziwne i jakoś mu się kojarzyło z makiem.

– Co to jest? – zapytał.

– *Laudanum.*

Wysilił pamięć. Gdzieś słyszał tę nazwę. *Laudanum...* Opium! Ból powoli gasł.

– Na stole zostawiłam ci talerz rosołu – powiedziała.

Wstała. Patrzył na nią zachwycony. Suknia opięła jej sylwetkę. Była niewysoka, ale bardzo zgrabna. Usłyszał huk zasuw i uświadomił sobie, że wyszła. Opadł na siennik. Trochę go mdliło, ale nie tak strasznie. Walcząc z osłabieniem, usiadł na pryczy. Ból pojawiał się po każdym gwałtowniejszym ruchu, więc starał się jak najmniej poruszać. Łomot otwieranych drzwi. Do celi wszedł strażnik.

– Koszula dla ciebie – powiedział.

Na widok pociętych pleców więźnia w jego oczach odmalowało się coś na kształt współczucia. Paweł przyjął płócienne zawiniątko i ostrożnie założył na siebie. Szorstki materiał był chłodny i przyniósł ulgę. Powoli, opierając się ramieniem o ścianę, podszedł do stołu. Pierwszy łyk gęstego, zawiesistego rosołu spowodował gwałtowny skurcz żołądka. Zupełnie jakby ktoś mu wbił śrubokręt. Po chwili jednak wraz z kolejnymi łykami poczuł ciepło. Zupa przywracała mu siły. Z trudem zogniskował wzrok na stole i odkrył niewielką pajdę. Pieczywo było zbite, miało konsystencję zbliżoną do kitu. Ciemny wojskowy rosyjski chleb, tak zwany komiśniak. Po blisko trzech dobach głodówki smakował jak ambrozja.

Z trudem dowlókł się z powrotem do łóżka. Koszula w jednym miejscu przykleiła mu się do pleców. Oderwał ją delikatnie i położył się tak, żeby nie dotykała ciała. Zapadł w nerwową drzemkę.

* * *

Ponura pieśń rygli. Celę wypełnia szary półmrok. Drzwi uchylają się ze zgrzytem. Blask świecy w metalowym lichtarzu. Kapitan Siergiej Nowych.

– Widzę, że doszedłeś do siebie – mruknął, siadając ciężko na krześle. – Muszę przyznać, iż nie spodziewałem się, że chłosta wywoła u ciebie aż takie obrażenia. Masz wyjątkowo słabą skórę. Widocznie znak twoich czasów. Wydelikatnieliście... Ale może tym lepiej. Tak czy inaczej, sądzę, że teraz będziesz bardziej skłonny do współpracy. Pamiętasz, ile razy oberwałeś?

Pokręcił w milczeniu głową.

– Czternaście. Zostało jeszcze trzydzieści sześć.

Ciało zareagowało niezależnie od woli. Zimny pot na plecach, lęk zdusił gardło. Drżenie rąk.

– Możemy anulować resztę kary, ale, jak się zapewne domyślasz, musisz nam pomóc.

– Nie.

Kapitan pokręcił głową, a w jego oczach odmalowało się uznanie.

– Opór nic ci nie da. Złamiemy cię bardzo szybko. Dopiero trzy dni jesteś w naszych rękach. Biciem i głodem można dokonać cudów. Jest też metoda, żebyś nie tracił przytomności. Do następnego bicia powiesimy cię głową w dół. Za tydzień będziesz śpiewał jak kanarek. Oczywiście, twój los w twoich rękach. Jestem gotów ci pomóc. Dobre wyżywienie, spacer pół godziny dziennie, żadnego bicia. Książki w celi, mamy dość bogatą bibliotekę.

– Nie...

Nowych wzruszył ramionami.

– Jak uważasz. Zapytam jeszcze jutro rano. Czasem bywa tak, że noc przynosi dobrą radę. Nie wiem, czym się łudzisz. Twoi przyjaciele sądzą, że nie żyjesz, a na pewno nie przyjdzie im na myśl, że aresztowany gimnazjalista mógł trafić do najcięższego więzienia politycznego w tym kraju. Nawet gdyby się zorientowali, to i tak nie mają szans ci pomóc. A gdyby jakimś cudem odbili cię z konwoju, to i tak nie wrócisz do przyszłości, bo rozwaliłem ci bransoletę. Zresztą sądzę, że twoja przyszłość już nie istnieje. Wiem na razie niewiele, ale to, czego się dowiem, pozwoli zmienić historię.

Masz wybór. Możesz na tym zyskać. Możesz stać przy mnie, gdy zabierzemy się za budowę potęgi Rosji, możesz zdechnąć jako zapomniany więzień twierdzy w Petersburgu. Więzień, o którym nie będzie wiadomo, ani jak się nazywa, ani za co został skazany. Z tobą czy bez ciebie, poradzimy sobie. Ale lepiej będzie, jeśli nam pomożesz.

Wyciągnął z kieszeni chustkę do nosa. Na podłogę poleciały klucze, monety i jeszcze jakieś drobiazgi. Zaklął i schyliwszy się, pozbierał je szybko. Wyszedł, trzaskając drzwiami. Huknęły zasuwy. Paweł leżał i patrzył na migoczącą świecę pozostawioną na stole przez śledczego. Minie kilka tygodni lub miesięcy i ktoś z grupy C dokona korekty historii. Ustanie przyczyna, dla której się tutaj znalazł. Zniknie i ocknie się w swoich czasach. A jeśli nie? Jeśli przeszłość jest bardziej złożonym tworem, niż wydawało się profesorowi Rawiczowi? Jeśli tam wszystko wróci do normy, jeśli wojna zostanie wymazana, a on pozostanie tutaj, zapomniany, uwięziony w carskim więzieniu? Wytrzymał dopiero trzy dni. W sumie, pomijając dzisiejszą chłostę, nie był torturowany. Czy zniesie to jeszcze raz? A może wymyślą coś gorszego? Co zdołają z niego wycisnąć? Polimerów im nie zrobi. Samolotu im nie zbuduje. Nawet gdyby zaprojektował z pamięci dwupłatowca, to i tak ich silniki są za słabe, by oderwać go od ziemi. Silniki odrzutowe? Co się w nich spala? Tlen z wodorem? Nawet tego nie wie. Nie ma ryzyka. A więc nieuctwo czasem się przydaje, pomyślał prawie wesoło.

A potem znowu się zasępił. Historia. Jeśli będą go torturować, może podać im bardzo wiele szczegółów.

Jeśli zacznie kłamać, to i tak zmienią przyszłość, podejmując działania wedle jego błędnych wskazówek. A może...? Może uda się ich przechytrzyć i podawać im takie wskazówki, żeby dzieje potoczyły się dokładnie tym torem, którym powinny? Nie, za słabo zna historię, żeby mogło się to udać.

Coś zalśniło w kącie. Nie wierząc własnym oczom, Paweł podniósł z podłogi sondę. Tytanowy sztyft zawierający miniaturowy dyktafon, nadajnik radiowy i atomową baterię wystarczającą na ponad sto lat działania radioboi. Widać wypadła kapitanowi z kieszeni! Jak można ją ukryć, aby nie znaleźli jej przez ponad sto lat? Musi jakoś wydostać się z budynku, wykopać dołek... Nagle spłynęło olśnienie. Przecież wcale nie trzeba jej zakopywać. Wystarczy... Wystarczy wywiercić dziurkę w ścianie. Wsadzić tam urządzenie i zaklajstrować. Sygnał przebije się przez mur. Wolność...

W jednej z desek tworzących materac pryczy tkwił długi zardzewiały gwóźdź. Wyprostowanie go i wyciągnięcie z łóżka okazało się niespodziewanie trudne, ale po kilkunastu minutach szarpaniny miał go w ręce. Odsunął łóżko od ściany. W tym miejscu tynk położono cienką warstwą. Widać było cegły. Spojrzał na drzwi. Prycza stała tak, że nawet jeśli strażnik czuwający na korytarzu popatrzy przez judasza, nie zdoła zajrzeć w ten kąt. Paweł podniósł z podłogi strzępek zakrwawionej koszuli.

Wywiercił dziurkę, starannie zbierając pył z tynku na szmatkę. Zaprawa pomiędzy cegłami była dość miękka. Dłubał, wygarniając pył na drugi skrawek materiału. Wapno było stare, ostatecznie gmach magazynu siodeł i mundurów zbudowano jeszcze w czasach Mikołaja I. Przez te lata stwardniało niemal na kamień, ale żelazo gwoździa było twardsze. Dłubał pracowicie. Jednocześnie nasłuchiwał uważnie, czy z korytarza nie dobiegnie go odgłos kroków czujnego strażnika.

Trzy razy przerywał pracę, słysząc skradanie się koło drzwi. Jednak ani razu nie szczęknęła klapka judasza. Wreszcie dziura była odpowiednio głęboka. Dalej i tak nie wystarczyłoby gwoździa. Wyjął sondę. Rozkręcił, podał szeptem namiary, uruchomił i wetknął aż do końca. Pył ze szmatki zmieszał ze śliną i urobiwszy na błotko, starannie poupychał w otworze. Oddzielnie zmieszał tynk z drugiej szmatki i zaklajstrował dziurę. Miał nadzieję, że do rana wyschnie na tyle, że nie będzie się różnić kolorem. Teraz wystarczyło zaczekać. Niedługo, trochę ponad sto lat...

Rozdział 5

Cichy brzęk budzika. Filip otworzył oczy. Wyjął ręce spod cienkiej kołdry i przyjrzał się własnym dłoniom. Nie drżały. Wygramolił się z łóżka.

– Nie mogę się zdecydować, czy boję się skoku, czy nie – powiedział do lustra w łazience.

Usiłował wyczytać w swojej twarzy lęk, ale go tam nie było. Umył się i spokojnie ruszył do jadalni. Sławek siedział przy stole, Magda jeszcze się nie pojawiła. Bez Pawła i Michała pomieszczenie wydawało się puste.

– Lecicie dzisiaj? – zapytał Sławek.

Rzucił cokolwiek, żeby tylko przerwać świdrującą w uszach ciszę. Obaj wiedzieli, że to dziś.

– Tak.

– Szczęściarz z ciebie – mruknął.

– Dlaczego?

– Wskoczysz tam w towarzystwie fajnej dziewczyny, ona będzie się bała, a ty ją pocieszysz i uspokoisz. Do tego przystojny z ciebie facet, lotnik...

– I może jeszcze sądzisz, że jej pokażę, jak się od-czytuje dziewiętnastowieczny licznik gazu? – parsknął Filip.

– Dlaczego nie?

– Puknij się. Michał pewnie mógłby jej pokazać masę ciekawych szczegółów, Paweł, jak wróci... Ja je-stem zielony, tak samo jak ona.

– W takim razie poczuje, że jedziecie na jednym wózku, i też wyjdzie na twoje.

– Jak ci się tak podoba, to sam ją podrywaj. Jak dla mnie jest ciut za młoda.

– Ja nie jestem przystojnym lotnikiem z muskulatu-rą jak antyczna rzeźba. Poza tym to za tobą wodzi cielę-cym wzrokiem.

– Co?!

Sławek nie zdążył wyjaśnić. Usłyszeli lekkie kroki na korytarzu. Weszła Magda, na twarzy miała uśmiech, a jej oczy płonęły podświetlane przez jasne iskierki, które zapalić może tylko radość.

– Co takie grobowe miny? – zapytała.

Spojrzeli po sobie bezradnie.

– Ty nie masz się czego bać! – huknęła żartobliwie na Filipa. – Polecimy i wrócimy. Ty też nie masz się cze-go bać – zwróciła się do Sławka. – To nie ciebie będą wystrzeliwali w przeszłość.

– Widzisz? – Filip spojrzał wymownie na przyjaciela.

Zjedli szybko, popili herbatą.

– Następną wypijemy już tam. – Wskazała kciukiem podłogę. – O rany, jaka jestem podekscytowana!

Do stołówki wszedł profesor.

– Jak samopoczucie? – zapytał z troską.

– Trudno o lepsze. – Magda poderwała się tak energicznie, że krzesło upadło na podłogę.

Rawicz przeniósł wzrok na studenta. Filip wstał i przełknął ślinę.

– Nie wiem – powiedział. – Od rana usiłuję ustalić, czy się boję, czy nie...

– To dobrze. Nadmiar pewności siebie nie zawsze jest wskazany. Siadajcie.

Sam zajął krzesło naprzeciw nich.

– Mieliście odbyć dziś skok szkoleniowy. Niestety, zaszły pewne komplikacje.

W milczeniu czekali na wyjaśnienia.

– Michał wrócił nad ranem. Miał już wcześniej problemy z wątrobą, teraz wzięło go na całego. Musieliśmy położyć go w klinice, będzie operowany.

– Paweł został sam – Filip domyślił się natychmiast.

– Tak. Nasze programy analityczne wskazują, że jest w stanie sam wykonać misję, ale pomyśleliśmy, że przyda mu się wsparcie.

– No to go wesprzemy – uśmiechnęła się Magda. – Zlokalizowali tego Citkę?

– Prawie. Jeśli jesteście gotowi, to chodźcie.

Zjechali windą na poziom –7. Znajome betonowe ściany poznaczone kolorowymi kodami. Cicha, chłodna ciemność. Dotarli do magazynów. Czekali tu kapitan, doktor Sperański i magister Miotła. Był też doktor Stanisławski. Badanie lekarskie, Magda pierwsza, chłopak czekał na korytarzu. Dziewczyna wyszła po kilku minutach.

– Wszystko w porządku – powiedziała i z magister Miotłą zniknęły w magazynie z ubraniami.

Filip wszedł do pokoju zabiegowego.

– Samopoczucie? – zapytał doktor.

– W porządku. Trochę jestem jakiś przymulony.

Lekarz zbadał mu odruch źrenic, a potem kolanowy. Okleił ciało elektrodami i długo patrzył na wyniki.

– Zdrów jak byczek – stwierdził. – Serce jak dzwon, reszta też działa prawidłowo. Co do przymulenia, masz tu tabletkę kawy. Powodzenia.

Filip ruszył dalej. Przed magazynem się zatrzymał. Nie chciał wchodzić, Magda mogła się właśnie przebierać. Wyszła po chwili ubrana w płócienną sukienkę. Piersi zaskakująco sterczały jej do przodu. W talii dla odmiany była podejrzanie cienka.

– Co się stało? – zapytał, patrząc na nią zdumiony.

– Z czym? – nie zrozumiała.

Wykonał dłonią gest obrysowujący jej sylwetkę.

– To gorset – wyjaśniła.

– I tak bardzo luźno zesznurowany – powiedziała magister Miotła. – Szykuj się.

Wszedł do magazynu. Ktoś przygotował mu sort ubraniowy, wszystkie potrzebne części garderoby leżały na stołeczku. Ubierał się pospiesznie. Po chwili stał naprzeciw lustra. Mundur studenta uniwersytetu leżał na nim idealnie.

Doktor Sperański wydał Magdzie torebkę do zawieszenia przez ramię, a Filipowi wręczył teczkę z kilkoma książkami. Garść drobiazgów do upchnięcia po kieszeniach. Wreszcie weszli do silosu. Technicy kończyli już swoją krzątaninę. Wehikuł był gotów.

– Damy mają pierwszeństwo. – Filip kurtuazyjnym gestem wskazał koleżance platformę startową.

Agabe

– Polecisz pierwszy i będziesz na nią czekał – profesor sprowadził go na ziemię. – Wszystko ustawimy tak, żeby przyleciała z opóźnieniem około pięciu minut.

– Tak jest – spoważniał.

Po chwili stał już na miejscu. Anteny rozgrzały się do czerwoności, pozieleniały. Otoczył go bąbel szmaragdowego światła. Czas przestał istnieć. A potem znowu się pojawił. Nagle pojawiła się pod stopami ziemia i niemal natychmiast uciekła spod nóg. Filip upadł ciężko na grubą warstwę liści. Wciągnął z ulgą powietrze. Jesień, przeszłość...

Rozejrzał się wokoło. Brzozowe zagajniki, takie jak na fotografiach. A więc był w dobrym miejscu. Tylko czy w dobrym czasie?

Wśród krzaków rozległo się ciche brzęczenie. Przypadł do ziemi, ale nadal obserwował okolicę. Bąbel Magdy pojawił się tuż nad ziemią jakieś dwadzieścia metrów od niego. Eksplodował z hukiem, wyrzucając na wszystkie strony piach i kawałki darni. Dziewczyna wywinęła orła.

Student poderwał się z liści i już biegł w jej stronę. Leżała na plecach. Na jego widok uśmiechnęła się.

– Witamy w odległej przeszłości – powiedział, wyciągając dłoń.

Pomógł jej wstać. Pręgowany kot przebiegł przez polanę.

– Jak tu ładnie – szepnęła, rozglądając się po zagajniku. – *Tipiczno podmoskownyj pejzaż* – zażartowała.

– Odpukaj w niemalowane drzewo. – Popchnął ją delikatnie w stronę pnia.

Postukała posłusznie w korę. Podniosła z ziemi torebkę i czarny futerał.

– A to co? – zdumiał się.

– Altówka. – Uśmiechnęła się.

– Po co?

– Przecież nie będę paradowała z karabinem przewieszonym przez plecy.

– Świetne!

– Kapitan mi dał. W ostatniej chwili, zapomnieli na śmierć. A jeśli ten Citko to faktycznie przodek prezydenta, może się przydać.

– Pupilka kapitana – zażartował. – I to może jeszcze ty będziesz strzelać?

– Nie, profesor polecił, żeby strzelał Paweł.

Spojrzał na nią zdziwiony.

– Dlaczego on?

– Tego nie wiem, ale nie odniosłeś wrażenia, że w jakiś sposób on jest ważniejszy od nas? Zobacz, że pierwsze wyprawy mieliśmy odbywać szkoleniowo, na zasadzie oswojenia się z przeszłością, a tymczasem on już przy pierwszym skoku otrzymał tak skomplikowane zadanie. A teraz, po tym jak Michał zachorował, ma je kontynuować. Sam.

Filip uśmiechnął się lekko.

– Z pewną dozą niechęci muszę przyznać, że góruje nade mną intelektualnie – powiedział ze sztuczną powagą. – A co do zadania, to nie jest ono przesadnie skomplikowane.

Wyjął kompas i sprawdził kierunek.

– W drogę.

Ruszyli przez las. Nieoczekiwanie ich uwagę przykuły dwa kręgi jasnego piasku. Liście i ściółka zostały zdmuchnięte z dużą siłą. Krzaki i gałęzie drzewek połamane.

– Oho, nasi tu byli – mruknęła.

– I to niedawno. – Popatrzył na ślady. – Zobacz, że w sumie niewiele liści leży.

– Mieliśmy tu wylądować cztery dni po nich.

– I chyba trafiliśmy precyzyjnie.

Wieś Koło. Wysoki mężczyzna wysiadł z dorożki, która zawróciła w stronę miasta. Filip pobiegł za nią.

– Wolny? – krzyknął do furmana.

– Wolny. – Ten ściągnął lejce.

Usadowili się na tylnej kanapie.

– Gdzie jedziemy? – zapytał konkretnie woźnica.

– Pod uniwersytet – zadysponował Filip.

Strzał z bata sucho zabrzmiał w ciepłym jesiennym powietrzu. W dorożce leżała gazeta pozostawiona przez poprzedniego pasażera. Rozwinął ją. „Kurier Warszawski". Musiał być dziś kupiony, bowiem papier zachował charakterystyczną sztywność i miły zapach farby.

– Jesteśmy tydzień później – stwierdziła Magda.

Wokoło nich przesuwało się miasto. Nieduże fabryczki, kamienice czynszowe w budowie. Ulicą przeciągnął prawosławny kondukt pogrzebowy. Kare konie ustrojone w czarne strusie pióra ciągnęły karawan. Zaraz potem minęły ich dwa patrole kozackie.

– Jakie to wszystko nierealne – szepnęła. – Aż nie mogę uwierzyć.

– Błękitne niebo, powietrze, którym można się delektować bez filtrów w nosie – odpowiedział. – I jednocześnie wszyscy, którzy nas mijają, należą do naszej przeszłości. Ci ludzie nie żyją od pięćdziesięciu, sześćdziesięciu, stu lat...

Dorożka zatrzymała się we wskazanym miejscu. Filip podał woźnicy rubla. Otrzymał resztę, garść srebrnych i miedzianych monet. Wysiedli i zanurkowali w ciemną bramę.

– Jest trzecia po południu, Paweł z pewnością jest już w domu. – Student spojrzał na zegarek.

– Skąd wiesz, która jest godzina? – zdziwiła się jego towarzyszka.

– Mijaliśmy witrynę zegarmistrza – wyjaśnił. – Nastawiłem wedle zegara z wystawy.

Na podwórzu nie było nikogo, wdrapali się szybko po stromych, cuchnących schodach.

– To tutaj. – Zapukał w rozłażące się drewno.

Nikt nie odpowiedział. Nacisnął klamkę i drzwi otworzyły się ze skrzypnięciem. Pomieszczenie wyglądało, jakby toczyła się w nim jakaś walka. Wszędzie poniewierała się słoma z rozprutych sienników, jedno z łóżek było przewrócone. Część desek podłogi wyrwano.

– Cholera, coś jest nie tak – szepnął sam do siebie.

– Psyt – rozległo się z pokoju obok.

Przez uchylone drzwi kiwał na nich palcem jakiś typek w drucianych okularach. Zanurkowali do niego bez słowa. Pokój był jeszcze mniejszy niż sąsiedni. Okularnik miał na sobie mundurek gimnazjalisty, mógł mieć jakieś czternaście lat, ale wychudzona twarz wydawała się starsza.

– Jesteście przyjaciółmi tych dwóch? – zapytał, wskazując palcem ścianę.

– Tak – odpowiedział Filip. – Co się z nimi stało? Michał zachorował...

– Parę dni temu o świcie, noc jeszcze była, przyszli po nich. – Okularnik ściszył głos. – Ochrana, kilku ich było, wywalili drzwi i wywlekli jednego.

– Czy zostały po nim jakieś rzeczy? – zapytała Magda.

– Nie, zabrali wszystko. Dwie walizki i jeszcze jakiś worek. Może przydałbym się na coś. – Spojrzał na nich płonącymi oczami.

– Do czego? – nie zrozumiał Filip.

Zakaszlał w rękaw.

– No wiecie, ulotki, druki? Nie udawajcie, nikt nie aresztuje gimnazjalisty, jeśli ten nie zajmuje się czymś zakazanym.

Magda parsknęła perlistym śmiechem.

– Nawet jeśli mój przyjaciel Paweł pracował dla niepodległości, nic mi o tym nie wiadomo – wyjaśnił Filip.

– Rozumiem, zanim mnie przyjmiecie, musicie mnie sprawdzić – uśmiechnął się okularnik. – Nazywam się Piotr Citko – przedstawił się nieoczekiwanie.

Wymienili automatycznie imiona i fałszywe nazwiska przybrane na czas akcji. Spojrzeli po sobie zdumieni. W oczach Magdy zapaliły się drapieżne ogniki.

– Wiesz, dokąd go zabrali? – zapytała.

– Sądzę, że do Cytadeli.

Pożegnali się i ruszyli w dół po schodach.

– Gdybym mógł wam się jakoś przydać – zawołał, przechylając się przez barierkę – wiecie, gdzie mnie znaleźć.

– Będziemy pamiętali – odparł Filip.

Wyszli z bramy i znaleźli się na ulicy. Chłopak wyjął z kieszeni małą książeczkę. Wszystkie dostępne zdjęcia prezydenta Pawła Citki.

– Jest pewne podobieństwo – powiedziała Magda. – Ale trzeba zrobić badania genetyczne. Co robimy dalej? Wracamy do domu? Trzeba zameldować, że Paweł wpadł...

Teraz dopiero zauważył lęk i troskę w jej twarzy.

– W zasadzie chyba tak należałoby zrobić. Wrócić, poczekać, aż Michał wyzdrowieje, skoczyć znowu tutaj. O ile da się tak wycelować. Oni mieli ponad rok rozrzutu – my, lecąc wedle ich koordynatów, tydzień. Zakopiemy sondę i poczekamy na rozkazy. A na razie musimy ustalić, gdzie trzymają Pawła. Najpierw jednak trzeba znaleźć jakąś kwaterę.

Naprzeciwko, koło delikatesów, była nieduża rosyjska herbaciarnia. Stoliki rozdzielone ażurowymi przepierzeniami zapewniały pewną intymność. Magda usiadła, jej towarzysz zamówił dwa ciastka i dwie herbaty.

Gości było niewielu. Trzej oficerowie podrywali jakieś kobiety. Po chwili kelnerka ustawiła na stole świecę i talerz z ciastem. Na tacy przyniosła herbatę. Filip zapłacił jej siedemdziesiąt kopiejek. Wyjął z teczki lokalizator.

– Zaraz go namierzymy – mruknął.

Urządzenie milczało. Teoretycznie sygnał emitowany przez bransoletę powinien zostać odnaleziony natychmiast.

– Coś jest nie tak – szepnął zaniepokojony.

– Może coś zagłusza? – zapytała.

– W zasadzie nie ma co... Radio zostanie wymyślone za kilka lat. Eter jest całkowicie pusty.

Włączył automatyczne wyszukiwanie na wszystkich pasmach. Aparat zasygnalizował ich bransolety, określił odległość z dokładnością do metra i kierunek, w którym się znajdowali.

– Myślisz, że został zabity? – zapytała.

– Jeśli nawet, to musiało się to stać między jego aresztowaniem a naszym skokiem. Czyli w ciągu ostatnich dwu godzin. Sądzę, że raczej żyje.

– Nie mógł wyjechać poza zasięg?

– Nie w tak krótkim czasie. Ta zabawka jest w stanie namierzyć radioboję bransolety z odległości sześciuset kilometrów. Cholera, nie podoba mi się to.

Pokręcił gałką. Usłyszał pikanie, ale to tylko aparatura powrotna ukryta w tunelach pod fortem sygnalizowała swoją obecność.

– Czy daliby radę ekranować jakoś ten sygnał?

– Nie sądzę. Chyba żeby wsadzić go do stalowej skrzyni. Wtedy powstaje naokoło tak zwana klatka Faradaya. Poza tym jeszcze nie znają fal radiowych, więc mogliby to zrobić tylko przypadkiem.

– Zostajemy czy wracamy?

– Trzeba rzucić sondę. Myślę, że ty powinnaś wrócić do przyszłości, a ja zostanę i będę czekał na instrukcje.

– Nie ma mowy – powiedziała stanowczo. – Sam nie dasz rady. No i jeszcze tamten. – Przygryzła wargę. – Czemu nie dałeś mu od razu w łeb? Pobralibyśmy krew, zrobili analizy, w razie czego fiolkę z wirusem mamy.

– Nie. – Pokręcił głową. – Nie możemy zmieniać historii teraz. Najpierw trzeba ustalić, co z Pawłem. Ten smarkacz nam nie ucieknie. Wiemy, gdzie mieszka i jak wygląda.

Dla uspokojenia nerwów ugryzł kawałek ciasta. Było znakomite. Herbata w blasku świecy miała lekko czerwonawy odcień.

– Pewnie przywożą ją z Chin – wysunął przypuszczenie, delektując się każdym łykiem. – Saniami przez zamarznięty rosyjski step...

– Wiesz, doktor Sperański mówił o tym. Prasują liście herbaciane w kostki wielkości cegieł, dzięki czemu w długiej podróży pleśnieje tylko po wierzchu.

Aromatu nie mącił żaden obcy posmak. Wypili i zjedli.

– W drogę – zadecydował.

Przy hotelu Bristol złapali dorożkę i pojechali na Koło. Woźnica wiózł ich inną trasą, wzdłuż Osi Saskiej. Obejrzeli pomnik, który kilka dni temu tak zafascynował Pawła. Przecięli plac Bankowy, potem jechali ulicą Leszno.

– W zasadzie to nawet nie zobaczyłam, co mają w sklepach – westchnęła Magda.

– Ale zjedliśmy po kawałku ciasta. – Uśmiechnął się smutno. – Z prawdziwymi, niepuszkowanymi owocami.

Dochodziła szósta, gdy znaleźli się w lesie. Filip nagrał informację w dwu sondach i zakopał je głęboko w piasek.

– Teraz to miejsce wcale nie wydaje mi się szczególnie dobre – powiedział. – W XX wieku będą tu ogródki działkowe.

Magda westchnęła cicho.

– Rozrzut kilka dni. Jak myślisz, co zrobią?

– Myślę, że zrzucą nam kontener, a w środku będzie list z instrukcją – powiedział niepewnie. – A może Sławka wyślą z listem?

Zapadał zmrok. Robiło się coraz zimniej.

– Niedobrze. – Lotnik spojrzał na zegarek. – Widocznie jest rozrzut i przesyłka będzie dopiero za kilka godzin.

– Zmarzniemy – westchnęła.

– Nie, trzeba sobie tylko zrobić szałas i rozpalić ognisko.

Przeszli w głąb zagajnika. Leżała tu spora brzoza. Prawdopodobnie spróchniały jej korzenie i przewróciła się. Filip wyjął z kieszeni nóż ultradźwiękowy, przeciął pień na kilka dwumetrowych kawałków. Potem pociął je na grube deski. Wbił w ziemię dwie rozwidlone gałęzie, połączył długim drągiem i poukładał dranice, tworząc jednospadowy daszek. Kilka wetknął na końcach, robiąc prowizoryczne ścianki. Wystarczyło też materiału na podłogę.

– Chyba brakuje połowy dachu – zauważyła Magda.

– To celowo. Od tej strony rozpalę mały ogieniek.

Rozszczepił kłodę wzdłuż, bateria w nożu już się kończyła. Podparł górną część belki kamieniami, a pomiędzy nie napakował drobnych patyczków i liści.

– Będzie się paliło do rana – powiedział. – Postaraj się zdrzemnąć, a ja posiedzę przy ogniu.

– Ciekawe, co by moja mama powiedziała, jakby się dowiedziała, że dałam się namówić na nocleg w szałasie z przystojnym słuchaczem szkoły lotniczej. – Uśmiechnęła się.

– Pomyśl lepiej, co by powiedziała, gdyby się dowiedziała, że ten szałas zbudowano ponad sto lat przed twoimi narodzinami.

– Zastanawia mnie jeszcze jedno. Te nasze skoki... Jakim cudem zawsze trafiają w Warszawę? Przecież Ziemia się obraca.

– Nie tylko. Punkt na powierzchni planety ma kilka składowych ruchu.

– To znaczy?

– Ziemia obraca się wokół swojej osi. Oś odchyla się w płaszczyźnie ekliptyki, teraz dodaj ruch planety po orbicie wokół Słońca. A Słońce też leci. I do tego okrąża jądro galaktyki. Sama galaktyka też nie stoi w miejscu.

Kiwnęła głową. Podłożyła sobie zamiast poduszki futerał altówki z karabinem snajperskim w środku. Słońce zaszło i zapadła ciemność. Filip usypał po drugiej stronie ognia wysoki wał z piasku, a potem dłuższą chwilę chodził wokoło, przypatrując się z różnych odległości. Żar wewnątrz belki praktycznie nie świecił. Trzeba było przejść blisko szałasu, żeby dostrzec obozowisko. Nie będzie żadnych zwabionych blaskiem tubylców z kłonicami.

Czuwał przez jakieś dwie godziny, a potem znużony ułożył się obok koleżanki i zapadł w głęboki sen. Huk materializacji i tak ich obudzi.

Rozdział 6

 Wysoko, przeszło pięć kilometrów nad gruzowiskami Warszawy, wisiał nieduży samolot. Miał tylko dwa metry rozpiętości skrzydeł i ważył cztery kilogramy. Dziób, końce skrzydeł i ogon połączone były drutem, który działał trochę jak antena paraboliczna, a trochę jak cewka wykrywacza metali. Aparat oczywiście był bezzałogowy. Jeśli ktoś dysponował dostępem do rządowych sieci łączności, mógł spojrzeć z góry za pomocą kamer. Widać w nich było wyraźnie cały obraz zrujnowanego miasta. Jego południowe i zachodnie dzielnice ucierpiały najbardziej. Widać tam głębokie kratery po wybuchach bomb wodorowych dużej mocy. Kraterów było sześć, najmniejszy miał sto metrów średnicy, największy przeszło dwa kilometry. W ich wnętrzu nie rosło nic. Nie z powodu promieniowania, po prostu dno pod wpływem wysokiej temperatury zamieniło się w tafle błękitnawoszarego szkła. Leje otaczają wysokie na kilkanaście metrów wały złożone z piachu, gle-

by, pogruchotanych budynków, kawałków jezdni, płyt chodnikowych – słowem, wszystkiego, co fala uderzeniowa zdołała wyrwać z ziemi i przemieścić.

Wokoło widać było rozległe pola zasłane popękanym betonem lub cegłą. Podmuch przy eksplozjach powalił bloki i niższe domy. Północne dzielnice także ucierpiały. Zniszczyła je przechodząca wielokrotnie fala sejsmiczna wywołana eksplozjami bomb. Tam żyją ludzie. Na Żoliborzu był jeszcze jeden krater. Miał trzysta metrów średnicy i ponad pięćdziesiąt głębokości. Tu uderzyła rakieta przeznaczona dla sztabów wojskowych w Cytadeli. Jej zadaniem było całkowicie zniszczyć podziemne centra dowodzenia i schrony przeciwatomowe. Do wyznaczonego celu zabrakło kilku kilometrów.

Profesor Rawicz siedział w swoim gabinecie i w zadumie patrzył na ekran. Wczoraj aparatura samolotu zanotowała nagły skokowy wzrost gęstości powietrza w okolicach Cytadeli. Jednak charakter zjawiska, choć niewyjaśniony, nie był materializacją. Żadna bransoleta nie pojawiła się tam jesienią 2014 roku.

Uczony nudził się jak mops, ale siedział twardo. Zasady są takie, że jeśli ktoś odbywa misję w czasie, dyżur przy aparaturze prowadzony jest non stop.

Brzęczyk sygnału ostrzegawczego. Profesor uniósł głowę. Gdzieś na terenie Cytadeli pojawił się krąg. Aparatura samolotu nie była w stanie precyzyjnie namierzyć sondy. Ręka automatycznie zacisnęła się na słuchawce.

– Pani magister? Proszę natychmiast do mnie!

* * *

Dziesięć minut później magister Miotła weszła do biblioteki. Sławek, siedzący przy czytniku mikrofilmów, słysząc skrzyp drzwi, uniósł głowę.

– Twoi przyjaciele mają chyba kłopoty – powiedziała spokojnie. – Nasza aparatura zarejestrowała pojawienie się sondy. Jadę ją wykopać. Masz ochotę pooddychać trochę powietrzem na zewnątrz? Przydałaby mi się twoja pomoc.

– Oczywiście! – Poderwał się.

Pobiegł do swojego pokoju i założył kombinezon. Po kilku minutach siedzieli w instytutowym jeepie.

– Już samo miejsce znalezienia sondy jest dziwne – powiedziała, dodając gazu. Ciężki samochód potoczył się ulicą.

– Gdzie jest?

– Na terenie Cytadeli, konkretnie przy jej północnym krańcu – wyjaśniła. – Znasz historię Warszawy?

– Słabo, urodziłem się i wychowałem w Krakowie.

– Ta lokalizacja... W czasach, do których skakali, było to bardzo paskudne miejsce – streściła pokrótce.

– Sądzi pani, że Paweł, Magda albo Filip trafili do X Pawilonu? – zapytał zaniepokojony. – Czego ochrana może chcieć od przypadkowego gimnazjalisty?

– Jedyne wyjaśnienie to odkrycie fałszywej tożsamości – powiedziała. – Tak czy siak, to fatalnie. Jeśli złapali Pawła, a Filip i Magda wlezą na przykład w kocioł postawiony w jego mieszkaniu, to też wpadną jak śliwka w kompot.

Zagryzł wargi.

– Wtedy ja będę musiał ich wyciągnąć. Bo chyba trzeba...

– Zasada naszej organizacji jest taka, że podejmuje się próby ratunku aż do skutku. Albo do znalezienia ciała.

Wzdrygnął się. Za Dworcem Gdańskim wjechali na estakadę. Wiadukt na skutek trzęsienia ziemi po wybuchach przekrzywił się paskudnie i trochę popękał, ale ciągle był przejezdny. Zjechali na dół. Żoliborz. Słońce zachodziło krwawo, zapalając ognie w warstwach radioaktywnych pyłów rozpylonych w atmosferze. Pani magister włączyła długie światła.

Budynki po obu stronach ulicy ucierpiały dość poważnie, na jezdni leżały stosy gruzu. Jakieś cienie rzuciły się w półmrok.

– Dlaczego uciekają? – zapytał Sławek.

– Nie wiem. – Wzruszyła ramionami. – Penetrowanie ruin nie jest zakazane. W zasadzie nic już nie jest zakazane. Zginęło tyle ludzi, że można, plądrując mieszkania, natrafić na prawdziwe cuda. W dowolnych ilościach... Może to wariaci? Po wojnie liczba osób chorych umysłowo to ponad dziesięć procent ocalałych.

Zakręciła płynnie i po chwili zatrzymali się na niedużym placyku. Przed nimi wyrastała wysoka brama w spękanym murze z czerwonej cegły. Wysiedli. Przez ramiona przerzucili torby ze sprzętem. Podeszli do stalowych wrót. Widniała w nich niewielka furtka. Magister Miotła uderzyła w nią pięściami, budząc echa i żołnierza, który przybiegł po chwili, wyraźnie przestraszony.

– Kim jesteście? – zapytał zdumiony, widząc przed sobą dziewczynę w dziwnym kombinezonie i podobnie ubranego licealistę.

Wyjęła z kieszeni przepustkę.

– Kapitan Anna Miotła – powiedziała. – Specjednostka ochrony prezydenta.

– Przepraszam, muszę zadzwonić po dowódcę warty.

Cofnął się kawałek i usłyszeli pikanie telefonu. Po chwili nadszedł starszy mężczyzna w mundurze kapitana.

– To jednostka wojskowa – powiedział po wymianie zwyczajowych grzeczności. – Nie możemy pani wpuścić.

– Po drugiej stronie mojego identyfikatora jest numer do ministra obrony narodowej i prezydenta, który jest naczelnym zwierzchnikiem sił zbrojnych – powiedziała. – Zresztą nie potrzebujemy zwiedzać żadnych waszych tajnych obiektów. Musimy dostać się w okolice dziesiątego pawilonu. Tam gdzie kiedyś było muzeum. A może jest nadal?

Wojskowy ważył przez chwilę decyzję.

– Muszę to skonsultować z dowódcą jednostki – powiedział wreszcie, wyjmując z kieszeni telefon.

Zadzwonił gdzieś i dłuższą chwilę ustalał szczegóły.

– Macie pozwolenie na wejście – powiedział. – Wjechać się nie da, sami nie odblokujemy bramy, ale szeregowy Misiak popatrzy na wasz samochód.

Wartownik klepnął kolbę kałasznikowa.

– Nikt go nie ruszy – powiedział. – Moja w tym głowa.

Ruszyli brukowaną uliczką. Jeśli wojsko chciało coś ukryć, to w tych ciemnościach i tak nie byli w stanie wypatrzyć żadnych sekretów. Mijali jakieś nierozpoznawalne w półmroku budynki. Kapitan zapalił latarkę i oświetlał nią drogę. W pewnej chwili zakręcili na północ i szli długo szpalerem wysokich kikutów drzew. Za nimi majaczyły jakieś dość rozległe pola. Podmuch wiatru przyniósł gdzieś z daleka urywek żołnierskiej piosenki.

– Niski stopień zasilania – wyjaśnił ich przewodnik. – Większość prądu żrą urządzenia alarmowe. Kim właściwie jesteście?

– To tajemnica państwowa – powiedziała spokojnie magister Miotła, obdarzając go smutnym uśmiechem.

– Robicie jakiś szeroko zakrojony projekt związany z licealistami? Ludzie gadają...

– Robimy. – Kiwnęła głową. – Ale wybaczy pan, to ściśle tajne. Wy macie swoje tajemnice, my mamy swoje.

Wzruszył ramionami.

– Faktycznie, nie moja sprawa.

Nieoczekiwanie przed nimi zapaliło się kilka pogiętych latarni.

– Poprosiłem, żeby włączyli prąd w tym sektorze – powiedział.

– Dziękujemy – odezwał się Sławek.

– O, cholera – warknęła magister Miotła.

Wstrząs sejsmiczny nie oszczędził dwusetletniego budynku więzienia. Mury zawaliły się, tworząc wielką hałdę gruzów.

– Będziemy tego szukać do usranej śmierci – westchnął Sławek, patrząc na rumowisko.

Magister wyjęła z torby przenośną ramową antenę i detektor.

– Sygnał jest bardzo silny – powiedziała.

Chłopak zapalił halogenowy reflektor i weszli na rumowisko. Machała anteną jak cewką wykrywacza metali i po stosach cegieł i zbutwiałych desek odnajdywała drogę.

– Tutaj. – Zatrzymała się na stosie wysokim na co najmniej dwa metry. – Trzeba to wszystko przekopać. Sonda musi być dość głęboko.

Kapitan poskrobał się w głowę.

– Przyjedźcie rano – powiedział. – Za dnia weźmie się z dziesięciu chłopa i dobierzemy się do tego, czego szukacie. Tu moi ludzie już trochę kopali, wyciągaliśmy zabytki, obrazy i książki z muzeum, mamy je w magazynie. Może chcecie obejrzeć?

Pokręciła głową.

– Kapitanie – powiedziała – potrzebujemy pańskich ludzi teraz, a nie rano. Przykro mi. Mogę jednocześnie obiecać, że to zajęcie zostanie im wynagrodzone z funduszy prezydenta. Zapłacimy za tę nadprogramową robotę. Musimy wygrzebać nasz detal jak najszybciej. Rano może być już za późno.

Spojrzał na nią, jakby oceniał, czy mówi poważnie, a potem ujął telefon.

– Fryderyk? Gibaj na kompanię, poderwij wszystkich, niech wezmą saperki i kłusem do dawnego muzeum. To jest rozkaz. Zabierzcie reflektory, taczki też by się przydały.

Usiedli na kawale betonu. Kapitan zapalił papierosa. Patrzył zaciekawiony na Sławka.

– Co robicie z tymi biednymi łebkami? – zapytał kobietę.

– Zabijamy – powiedziała bez uśmiechu. – Większość z nich ginie. Ale jeśli to, co planujemy, powiedzie się, wszystkim będzie lżej.

Nie pytał już o nic więcej. Po chwili nadbiegło dwudziestu żołnierzy. Mieli taczki.

– Chłopcy – odezwał się do nich kapitan – ta pani życzy sobie, żeby wywalić cały ten gruz w powietrze. – Wskazał stos ziemi. – Obiecała, że się odwdzięczy.

Spojrzeli na nią zainteresowani.

– Na przykład jak? – zapytał jeden z nich.

– A czego potrzebujecie? – zapytała.

– Ze dwa lata nie piłem piwa – poskarżył się jeden.

– Jeśli pan kapitan wyrazi zgodę, to mogę wam załatwić stulitrową beczkę – powiedziała z uśmiechem. – Ale powiem od razu, że to z przedwojennych zapasów.

– Chyba musi być już zepsute – zmartwił się któryś. – Puszki tośmy znajdowali w ruinach, ale prawie wszystko skwaśnieć zdążyło.

– Z chłodni – dodała.

– Zgadzam się – rzucił kapitan.

Od latarni przyciągnęli kable i zapalili dwa tysiącwatowe reflektory. Po chwili zrobiło się jasno jak w dzień. Sławek też im pomagał. Magister Miotła wyjęła telefon i wystukała numer.

– Dzień dobry, panie prezydencie. Mam prośbę. Potrzeba mi sto litrów piwa z rezerwy specjalnej. Za, powiedzmy, godzinę – oceniła tempo pracy żołnierzy. – Pod Bramę Straceń Cytadeli. Dziękuję.

Jej słowa słyszało tylko kilku pracujących. Ich oczy rozszerzyły się zdumieniem. W kilkanaście minut odrzucili deski stanowiące kiedyś dach i kilka dużych calizn z sufitów. Niżej były grube kawały gruzu pochodzące ze ścian. Odwalali je z trudem i spychali w dół zbocza.

Sławek wszedł na hałdę z wykrywaczem.

– Nadal głęboko – powiedział zafrasowany.

Zdwoili wysiłki. Wreszcie spod cegieł wynurzyły się ściany, które przetrwały wstrząs. Zachowały się do wysokości mniej więcej półtora metra od ziemi.

– Odkopywać z obu stron? – zapytał któryś.

Weszła na mur i pomachała cewką.

– Nie, wybierzcie tylko gruz ze środka, tak żeby odsłonić podłogę przy tej ścianie. Uwaga, proszę o uwagę.

Przerwali pracę.

– Szukamy takiego detalu. – Pokazała sondę. – Może być szary z wierzchu.

Przeryli gruz, odsłaniając pokrytą zapleśniałymi, połamanymi deskami podłogę. Sławek zeskoczył do wykopu i omiótł wykrywaczem najpierw posadzkę, potem ścianę.

– Tutaj. – Machnął ręką. – Musi siedzieć dość płytko pod tynkiem.

Ktoś podał mu młotek murarski. Ostrożnie skuł wapno i odsłonił cegły. W ostrym świetle niewiele było widać, ale pomiędzy dwiema rysowała się ciemniejsza plamka. Dłubał w niej chwilę, aż wreszcie triumfalnie wydobył sztyft i pokazał otaczającym go żołnierzom. Magister Miotła odebrała detal od niego.

Nadbiegł wartownik.

– Obywatelu kapitanie, posłusznie melduję, że agenci BOR-u wyładowali przed bramą beczkę piwa i jeszcze jakieś rzeczy.

– Pięciu za nim. Przydźwigać tu ten skarb. – Kapitan zatarł ręce.

Magister Miotła odeszła kawałek dalej i umieściła sondę w czytniku. Włożyła słuchawkę do ucha i wcisnęła czerwony guzik. Na jej twarzy odmalowało się zdumienie, a potem przerażenie. Wrócili żołnierze. Jeden dźwigał blaszanego grilla i worek węgla drzewnego, drugi niósł w siatce kilka kilogramów zamrożonej białej kiełbasy, pozostali toczyli ciężką oszronioną beczkę.

– Zostaniecie z nami? – zapytał kapitan. – Zaraz urządzimy imprezę, jakiej ta twierdza nie widziała od czasów przedwojennych.

Uśmiechnęła się z przymusem.

– Z przyjemnością zostalibyśmy, ale, niestety, obowiązki wzywają – powiedziała.

– Odprowadzę was. – Kapitan z niechęcią oderwał wzrok od beczułki. – Trzeba będzie odlać parę litrów dla tych, co teraz mają wartę – przypomniał żołnierzom. – Najlepiej poczekajcie, zaraz wrócę.

Ruszyli znowu przez ciemną przestrzeń w środku fortecy.

– Widziałem kiedyś takie bolce – powiedział. – To sondy, dostawali je dowódcy na wypadek rozbicia oddziału. Można nagrać wiadomość i zakopać, wewnętrzne baterie pozwalają im emitować sygnał przez dwieście lat. Nawet jeśli gdzieś spadnie bomba atomowa, można wykopać i stwierdzić, że dany teren był w naszych rękach...

Magister uśmiechnęła się, ale nic nie powiedziała.

– W sumie to dość dziwne – kontynuował kapitan. – Te sondy dostaliśmy na wyposażenie na kilka miesięcy przed wojną. Ciekawe, dlaczego jedna z nich zamurowana została w tym właśnie muzeum. I dlaczego tak wam zależało, by ją odszukać...

– Bez komentarza – westchnęła. – Tajemnica państwowa.

– A ja tak sobie myślę: radioboja takiej sondy jest dość silna i nasi spece od nasłuchu wykryliby sygnał. Gdyby odezwała się wcześniej...

Milczała.

– A może wczoraj jej wcale nie było, a dziś jest i ma już dwieście lat – powiedział zaczepnie.

Spojrzała na niego uważnie.

– Lepiej, żeby zachował pan swoje przypuszczenia dla siebie, kapitanie – odparła ostro.

Umilkł, a w jego oczach odmalował się niepokój. Wsiedli do samochodu i ruszyła z piskiem opon w ciemność.

– Nie wygada się? – zapytał Sławek.

– Nawet jeśli – wzruszyła ramionami – kto mu uwierzy? Ludzie gadają o tym od dwu lat. W kilku przypadkach ciała zmaterializowały się w środku miasta. Przynajmniej dwa razy na oczach ludzi. To bardzo źle. Ale nie zdołamy utrzymać tego w ścisłej tajemnicy.

– Jak wygląda sytuacja tam? – Wskazał kciukiem ziemię, ale oboje rozumieli ten gest.

– Tragicznie. – W jej gardle coś zadrgało. – Paweł wpadł w łapy oficera śledczego carskiej ochrany. Drań wcześniej już jednego złapał. Przypuszczam, że Eryka. – Zmarszczyła brwi, przypominając sobie coś. – Wiedział, jak unieszkodliwić bransoletę. Paweł jest torturowany. Szybko się załamie...

– Jest twardy – powiedział Sławek.

– Nie tak jak ty. Wytrzyma dużo, ale w końcu zacznie śpiewać.

– Ja jestem twardy? – Wytrzeszczył oczy. – Skąd to przypuszczenie?

– Testy pokazały.

– To co zrobimy?

– Zobaczymy. Jeśli Filip i Magda wrócili, trzeba będzie wysłać ich chyba raz jeszcze. Zawsze staramy się wyciągać naszych agentów z kłopotów. Tylko że dotąd nie było jeszcze aż takich kłopotów... – Jej twarz spochmurniała.

Patrzył na profil kobiety. Nie była bardzo ładna, ale teraz, w odblasku reflektorów, wyglądała bardzo tajemniczo.

– Pomożemy mu jakoś?

– Spróbujemy – powiedziała. – Tylko że z tego koszmarnego pudła nie uciekł żaden więzień. Jest pod tym względem lepsze niż Alcatraz. To znaczy gorsze. Dla nas... W najgorszym wypadku pozostanie nam jedno.

Poczuł chłód na karku.

– Zabijecie go?

– Gorzej. To któreś z was będzie musiało tego dokonać – westchnęła. – Trzeba będzie dostarczyć truciznę.

– I podać mu, mówiąc, że to cudowny środek zapewniający niewidzialność?

– Mówiąc, że to trucizna. Nie okłamujemy was, choć pewne sprawy utrzymujemy w tajemnicy.

– Zażyje ją?

– On na pewno. Połknie bez wahania.

– Skąd wiecie? Też z tych cholernych testów?

– Tak.

Wiedział, że powiedziała prawdę. Nigdy nie kłamała.

– W sumie nie ma to większego znaczenia – dodała.

– Tak. O ile w Dniu Wskrzeszenia faktycznie ożyją wszyscy uczestnicy naszej operacji.

– Podanie trucizny traktujemy jako absolutną ostateczność.

Patrzył na nią. Jej oczy błyszczały. Czuł, że nie zawaha się wydać takiego rozkazu.

W niezłe gówno wdepnąłem, pomyślał. Chyba lepiej było zostać w szkole.

A potem przypomniał sobie, że nikt mu nie dał wyboru. Nie pytali go, czy chce. Wydali rozkaz. Zacisnął dłonie, aż zbielały mu kostki.

– Najgorsze jest to, że nie ma swojej bransolety – powiedziała.

– A gdybym ja skoczył, mając po jednej na każdej ręce? – zaproponował. – Wtedy jedną mogę oddać jemu.

– Zgromadzą tylko połowę energii.

– Więc przy skoku do przodu wyląduję, powiedzmy, w latach czterdziestych XX wieku?

– Nie. Po prostu przy skoku do przyszłości przestaniesz istnieć... Ale to nie problem. Wyślemy bransoletę luzem. I worek kostek lodu, bo bąbel nie powinien być pusty.

W oknach instytutu paliły się światła. Brama ze zgrzytem odjechała w bok.

* * *

Paweł ocknął się nad ranem. Gdzieś piętro wyżej huczały wściekle odsuwane rygle. W celi było zupełnie ciemno. Kogo i gdzie wleczono o tej porze? Na tortury czy pod szubienicę? A może po prostu strażnicy sprawdzają, co robią więźniowie? Łomot zasuw wyrywający ze snu po kilka razy w ciągu nocy. Niewolnicy rosyjskiego imperium wleczeni rankiem przed oblicza śledczych. Wykończeni przez brak snu, słabi... A może to kontrola, czy ktoś nie popełnił samobójstwa?

Przybysz z XXI wieku leżał w dziewiętnastowiecznym więzieniu. W celi było szaro, ale jeszcze nie na tyle jasno, by mógł widzieć pajęczyny na suficie. Ponura muzyka rygli trwała. Echo niosło się w korytarzach. Nie był w stanie zasnąć. Całe ciało bolało go po wczorajszym skatowaniu. Miał gorączkę, a gardło wyschnięte na wiór. Z trudem podniósł się z łóżka. Nagły zawrót głowy pchnął go na ścianę. Zamknął oczy. Dłuższą chwilę stał z policzkiem przytkniętym do chłodnego tynku. Przekręcił twarz. Chłód na czole. Oderwał się z wysiłkiem. Zataczając się jak pijany, dowlókł się do stołu. Dzbanek z wodą. Wypił chciwie kilka łyków. W głowie przestało mu szumieć. Koszula co najmniej w kilku miejscach przyschła do ran. Będzie musiał spróbować ją odkleić. Czuł, że cuchnie potem i krwią. Powinien się umyć, ale nie miał siły ustać na nogach.

Spojrzał na ścianę nad pryczą, w miejsce, w którym ukrył sondę. Plamka tynku nie różniła się niczym od otaczającej ją ściany. Odetchnął ciężko i dowlókł się do łóżka. Opadł na dechy, omal nie rozbijając sobie czoła o zagłówek. Kroki na korytarzu. Zasuwa przesunęła się cicho. Zgrzytnął zamek.

Poczuł lekki zapach perfum. Tatiana? Dziewczyna siadła obok niego na pryczy. Dotknęła dłonią jego czoła.

– Jak się czujesz? – zapytała szeptem.

– Kiepsko – westchnął. – Czemu nie zapalisz świecy?

– Cii... Lepiej, żeby nikt nie wiedział, że tu jestem.

Czego ona, u licha, chce? – zdumiał się. I nagle poczuł, że to nie dzieje się naprawdę, że to jedynie urojenie, rodzące się na styku snu i jawy.

– Żal mi ciebie – szepnęła. – Wykończą cię jak poprzednich.

Usiadł obok niej, zwiesił nogi. Posadzka była zimna, ale czuł jej chłód jakby z daleka.

– A co niby mam zrobić? – westchnął. – Sypnąć wszystko, co wiem? Nie jest tego dużo. Sądzisz, że uda mi się kupić życie? I czy warto w ten sposób kupować życie?

– Życie jest piękne – szepnęła. – A jednocześnie bywa pełne smutku, kiedy nie ma z kim porozmawiać.

Przylgnęła do niego. Odruchowo objął ją ramieniem. Skoro to tylko sen... Miał jej policzek tuż obok swojej twarzy.

– Smutno mi tak samej – szeptała. – To więzienie jest jak grób, sami tępi żandarmi i szaleni spiskowcy. Czasem jakiś student się trafi, ale nie mogę zamienić z nim nawet kilku słów. Nikt nigdy mnie nie pocałował. Nawet nie wiem, jak to jest.

Pogładził dłonią jej policzek, a potem delikatnie musnął wargi Tatiany swoimi.

– Dziękuję – szepnęła.

– Żyjemy w różnych czasach.

– Ale ty zostaniesz tutaj – powiedziała bezradnie. – Twoja bransoleta została zniszczona. To teraz
twój świat. Twój dom i twoja mogiła. – Gestem obję-
ła wnętrze celi. – Możemy raz jeszcze? – Oczy zalśniły
w półmroku.

Miała delikatne, miękkie wargi. Przytulił ją mocniej,
nie stawiała oporu. Gładził delikatnie jej plecy, wsunął
dłoń pod bluzkę. Pod palcami czuł sznurowanie gorsetu, a między tasiemkami gładką skórę jej pleców.

Co ja, u diabła, wyprawiam, przemknęło mu przez
myśl. To nie sen. To się dzieje naprawdę!

Opanował się z największym trudem.

– Musisz już iść – szepnął. – To niebezpieczne.

– Tak. – Nerwowo poprawiła ubranie. – Ojciec by
mnie zabił...

Ich wargi zetknęły się jeszcze na chwilę i już jej nie
było. Zgrzytnął klucz w zamku, a potem zachrobotała
zasuwa. Paweł położył się na pryczy.

Ona nie żyje od kilkudziesięciu lat, pomyślał. A przecież... Z drugiej strony może mieć rację. Chyba zostanę
tu już na zawsze.

Zapadł w nerwową drzemkę. Kilka razy łomotały
gdzieś zasuwy, żandarmi, maszerując korytarzem, tu-
pali, by nie pozwolić więźniom spać. Kroki zatrzymały
się pod drzwiami celi.

Kapitan Nowych, wesoły, tryskający dobrym humorem, przybył w towarzystwie jakiegoś ubranego na biało człowieka. Obaj trzymali w ręce blaszane latarki ze
świecami w środku. Postawili je na stole.

– O, widzę, że już nie śpimy? – Kapitan uśmiechnął
się sadystycznie. – Doktorze?

Lekarz jednym ruchem zdarł z Pawła koszulę. Kilka strupów zeszło razem z materiałem. Przyschnięte rany ponownie zaczęły krwawić. Doktor obmacał kości cienkimi, mocnymi palcami. Odwrócił chłopaka jednym ruchem na plecy. Dwoma palcami rozwarł powiekę lewego oka i przyświecając sobie latarką, sprawdził odruchy źrenic.

Przydałby się zastrzyk przeciwtężcowy, pomyślał więzień. Ale to jeszcze nie ta epoka. Dopiero przed kilkunastu laty Koch ujrzał pod mikroskopem prątki wywołujące gruźlicę. Armauer Hansen w dalekim Bergen odkrył bakterie trądu, ale do surowicy jeszcze daleka droga. Czy pocięte rzemieniami nahajki plecy wygoją się, czy też wda się zakażenie? A jeśli tak, to czy z tą dziewiętnastowieczną wiedzą medyczną zdołają mnie uratować?

– Lekka gorączka, to normalne po solidnym biciu – powiedział lekarz. – Ale poza tym nic specjalnego. Źrenice reagują prawidłowo, plecy się nie zaogniły. Możecie, kapitanie, zaczynać od początku.

– No i znakomicie. No to jak, będziesz współpracował? – zagadnął.

Paweł pokręcił głową. Nie był w stanie wypowiedzieć słów odmowy. Czuł, że głos uwiązłby mu w gardle. Nowych westchnął, jak gdyby ze współczuciem.

– Brać go – polecił stojącym na korytarzu strażnikom.

Nie był w stanie ustać na nogach, więc wzięli go pod ramiona i powlekli. Korytarz, zakręt, lodowate jesienne nocne powietrze. Pręgierz. Żołnierze zapalili cztery pochodnie. Jeden wyjął nahajkę z cebrzyka z wodą.

– Trzydzieści sześć – powiedział beztrosko śledczy.

Paweł spojrzał na niego wyzywająco.

Gdybyś wiedział, dupku, co godzinę temu robiliśmy z twoją córką... – kompletnie irracjonalna myśl dodała mu sił.

Przynajmniej na jednym polu wygrał z tym bydlakiem. Z drugiej strony, czy to wydarzyło się naprawdę? Czy rzeczywiście całował się z Tatianą, czy też jej wizyta była tylko urojeniem? Takie rzeczy się przecież nie zdarzają.

Uderzenie przecięło koszulę i skórę pod spodem. Z gardła Pawła wydobył się dziki skowyt. Kolejny cios. Ciemność. Kubeł wody. Trzeci. Zwisł po nim bez przytomności. Czwarte uderzenie przywróciło świadomość. Ktoś mu zaświecił w oczy świeczką. Lekarz. Zbadał mu puls.

– Nie jest źle – powiedział po rosyjsku. – Można kontynuować.

Kolejny raz, zadany z całej siły. Poznał rękę kapitana. Lęk.

– Będziesz współpracował? – zapytał Nowych i nie czekając na odpowiedź, walnął ponownie.

Koszula, skóra, mięśnie... Paweł miał wrażenie, że rzemienie zatrzymały się dopiero na kościach. Ciemność. Blask karbidowej latarki w otwartym przemocą oku.

– Wraca – powiedział lekarz. – Ale chyba wystarczy tego bicia.

– Jeszcze nie – powiedział kapitan.

Więźniowie, udręczeni śledztwem, śpią najczęściej kamiennym snem. Niewiele rzeczy jest w stanie wyrwać ich ze snu. Tego jesiennego poranka obudził ich dziki okrzyk bólu. Słysząc go, ocknęli się wszyscy zajmujący cele od strony podwórza. Krzyk się urwał, zgasł, gdy torturowany stracił świadomość. Aresztanci powoli zapadli w sen.

Dopiero czwarty kubeł wody przywrócił mu przytomność. Plecy paliły jak ogniem. Nie, ogień nie boli aż tak strasznie. Lekarz znowu zbadał źrenice.

– Żyje – mruknął. – Można kontynuować. Ale lepiej go teraz powiesić głową w dół, to nie będzie mdlał przy każdym uderzeniu.

Kapitan nachylił się nad leżącym. W prawej ręce trzymał pękaty woreczek z gęstego płótna. Woreczek przyprószony był białym nalotem. Paweł poczuł jego woń. Zdziwił się, do tej pory nie zdawał sobie sprawy, że sól ma zapach. I że można go poczuć z odległości pół metra. Szarpnął się, ale lekarz bezceremonialnie przydusił go do świeżego błota.

– Będziesz gadał? – syknął śledczy.

Z gardła Pawła wyrwał się cichy szloch.

– Dawać go na pal – rozkazał Nowych.

Związali mu nogi w kostkach i poderwali do góry. Po plecach spłynął mu strumień krwi. Nowych oddał woreczek z solą lekarzowi, a sam wyjął nową nahajkę z cebrzyka. Paweł zadrżał. Jego umysł przestał kontrolować swoje reakcje. Zadygotał jak małe przerażone zwierzątko. Czuł panikę, ogarniała każdą komórkę ciała.

– Powiem! – krzyknął.

Okrzyk narodził się gdzieś poza świadomością. Wyrwał się przemocą zza zaciśniętych zębów. Poczuł dziwną, pierwotną, dziką ulgę i jednocześnie palący wstyd.

Cios nie spadł. Na wargach Nowycha wykwitł szeroki, szczery słowiański uśmiech.

– Widzisz? I po co było się jak durny upierać? Obudźcie Tatianę – polecił komuś. – Trzeba opatrzyć.

Zanieśli go na noszach i rzucili na łóżko w celi. Dziewczyna przyszła po chwili. Była jeszcze nieco zaspana, a może tylko udawała?

– Znowu się stawiałeś? – zapytała ze smutkiem. – Po co? Nie takich łamali. Nie ma siły, żebyś nie sypnął.

Miała przy sobie miskę z wodą, szmatki i jakąś maść. Czuł jej dłonie, jak wyrywała mu z ran strzępki koszuli i przemywała wodą plecy. Palenie wywołane przez sól stopniowo ustępowało. Woda była lodowata, zapewne świeżo zaczerpnięta ze studni. Mózg powoli budził się z letargu.

– Co się z nim stało? – zapytał.

– Z kim? – nie zrozumiała.

– Z poprzednim, który nosił bransoletę?

– Powiesił się w tej celi – powiedziała. – Pierwszego dnia.

Zamknął oczy. To też jest wyjście. Linka upleciona z prześcieradła... A gdy nadejdzie Dzień Wskrzeszenia, znowu będzie żywy, tam, w swojej epoce. Ale to niczego nie rozwiąże. Nowych ma laptopa i resztę sprzętu. Poza tym samobójstwo to grzech. Za to się idzie do piekła. Z drugiej strony to chyba mniejszy grzech niż...

Obudził go zapach. Niezwykły, gęsty, nieomal namacalny. Ciało nadal bolało go przy każdym ruchu, ale przekręcił głowę, szukając źródła niezwykłej woni. Na stole stał metalowy talerz, a na nim leżały kanapki. Dźwignął się z łóżka, zatoczył jak pijany i oparł o ścia-

nę. Rany na plecach zabezpieczone miał maścią, naj-
głębsze zszyto. Musiał być nieprzytomny, bo zupełnie
tego nie pamiętał. Przymknął oczy. Uśmiech dziewczyny. Wilgotne oczy. Policzył do trzech, a potem ruszył do stołu. Usiadł na krześle i uważając pilnie, by nie
dotknąć oparcia plecami, wbił wzrok w talerz. Kanapki. Nie jakieś zwyczajne kanapki, ale grube pajdy białego chleba posmarowane grubą na pół centymetra warstwą masła, do tego płaty świeżo uwędzonego jesiotra.
Nim się obejrzał, pozostało po nich tylko wspomnienie.
Popił świeżym, gęstym mlekiem z dzbanka. Poczuł się
silny.

Trzask rygli. W drzwiach stanął kapitan.

– Popracujemy? – zapytał.

Paweł kiwnął głową. Wszelkie myśli o kontynuowa-
niu oporu go opuściły. Jedyne, co mógł zrobić, to prze-
ciągać sprawę tak długo, jak się da. Śledczy wyjął z kieszeni butelkę.

– Jeśli cię boli, mam tu *laudanum* – powiedział przyjaźnie. – Lekarz sądzi, że wygoi się prawie bez blizn.

Paweł miał ochotę splunąć mu w twarz, ale się opanował. Opium, wodny roztwór... Cóż, w tych czasach
nie znano innych środków przeciwbólowych. Wypił
ostrożnie pół łyżeczki. Bał się zażyć więcej. Zrezygno-
wany powlókł się do pokoju przesłuchań. Teraz dopiero
zauważył, że nie ma kuli przyczepionej do nogi.

– No to od czego zaczniemy? – zapytał kapitan.

– Od fotografii. – Jak najdalej chciał odwlec fatalne
w skutkach zaznajomienie się z płytami DVD.

– Zgoda. A więc wasz aparat fotograficzny. I klisze
do niego. – Położył na biurku paczkę kart pamięci.

– To niezupełnie klisze – wyjaśnił chłopak. – To dodatkowa pamięć.

– Pamięć? Możecie magazynować wiedzę lub wspomnienia w takich kostkach? – zdumiał się śledczy.

– To pamięć dla urządzeń – wyjaśnił jeniec.

– Wasze maszyny umieją myśleć?!

– Nie, ale to trudno wytłumaczyć. Bierzemy czystą kartę i umieszczamy ją w aparacie. – Wycelował w stronę Tatiany, stojącej w drzwiach na korytarz, i wcisnął guzik. Po chwili pojawiła się na ciekłokrystalicznym wyświetlaczu.

– Teraz możemy to przenieść do komputera – wyjaśnił.

Wyjął kartę i umieścił ją w czytniku. Ten podłączył do portu laptopa. Otworzył odpowiedni program i skopiował fotografię. Gdy pojawiła się na ekranie, kapitan klasnął w dłonie.

– Rewelacja. Dużo ich się tu zmieści? – klepnął obudowę.

– Kilka tysięcy – wyjaśnił Paweł. – W naszych czasach możemy się podłączyć do Internetu, to taki nasz telegraf, i wysłać taki obrazek nawet na drugi koniec planety. W ciągu kilkunastu minut może go odebrać nasz przyjaciel na przykład w Australii.

– Poczekaj. Pokaż jeszcze raz. Mało tych klisz.

– Nie szkodzi. Można przegrywać zdjęcia do pamięci komputera, a karty czyścić i używać jeszcze raz... Czyścić programem – dodał z politowaniem, widząc, jak kapitan trze kartę o spodnie.

– Co to jest program? – zapytał śledczy.

– Zestaw poleceń dla urządzenia. Taki jak to. – Kliknął ikonę. – To służy do obsługi komputera.

Zadowolony śledczy wziął aparat i sfotografował więźnia siedzącego za stołem. Następnie sam krok po kroku przeniósł zdjęcie do pamięci urządzenia. Paweł musiał mu pomagać.

– Genialne – powiedział Nowych. – Jakie jeszcze możliwości ma ta maszyna?

– Grywa pan w szachy?

– Jestem najlepszym szachistą w całej Cytadeli – powiedział z dumą.

– Komputer posiada pewien program, dzięki któremu można grać z nim w różne gry. – Paweł wywołał szachownicę.

– Jak się przesuwa pionki?

Pokazał mu. Kapitan zatarł ręce. Przesuwał pionki z ogromną wprawą, ale już po piętnastym ruchu komputer go pokonał.

– Przeciwnik jak żywy – pochwalił. – Co się dzieje, jak przegrałem?

– Żaden problem. Można zacząć jeszcze raz.

Pokazał mu, jak zrestartować grę. Nowych, zadowolony, rozegrał kolejną partię. Tym razem był dużo ostrożniejszy, namyślał się dłużej, zanim wykonał kolejne posunięcie. Mimo to ponownie przegrał. Zacisnął zęby i po raz kolejny od nowa uruchomił szachownicę.

– Odprowadź go do celi – polecił córce.

Korytarz był pusty. W zasadzie przez chwilę był prawie wolny. Mógł ogłuszyć dziewczynę uderzeniem pięści i puścić się biegiem. Tylko jak daleko by uciekł?

Drzwi dzielące budynek na sektory były zatrzaśnięte. Być może miała przy sobie klucze, ale raczej to strażnik czekający po drugiej stronie otwierał drzwi. Zresztą wyjście z budynku prowadzi na dziedziniec. A tam dalej stoją strażnicy. Więzienie leży w samym sercu wielkiej twierdzy. Drgnął, gdy Tatiana dotknęła jego ramienia.

– Jak się czujesz? – zapytała.

Chwilę zadumy wzięła za objaw osłabienia.

– Lepiej. – Uśmiechnął się.

Nie odwzajemniła uśmiechu. Patrzyła zupełnie obojętnie. A więc tamto, wtedy w nocy, przyśniło mu się tylko... Przeszli przez korytarz. Pomogła mu usiąść na łóżku.

– Przyjdę później – szepnęła, spuszczając z zawstydzeniem wzrok, a potem nieoczekiwanie pocałowała go szybko i zaraz odsunęła się na środek celi, rzucając trwożne spojrzenie w stronę drzwi.

Po chwili przeciągły huk zasuwy rozbrzmiał echem na korytarzu. Paweł wciągnął powietrze nosem. Czuł jej zapach. Odrobina pudru i jaśminowych perfum. Westchnął ciężko. A więc to jednak nie był sen. Z pokoju przesłuchań dobiegła wiązanka rosyjskich przekleństw. Kapitan przegrał po raz trzeci.

Rozdział 7

Pomiędzy brzozami snuły się wilgotne języki mgły. Pod daszkiem było jednak sucho i prawie ciepło. Kłoda wypaliła się już całkowicie, płomień przegryzł korę, ale każdy podmuch wiatru przynosił falę ciepła. Filip i Magda ocknęli się jednocześnie. Leżeli twarzą w twarz, przytuleni ciasno. Spojrzeli na siebie i uśmiechnęli się. Filip odsunął się kawałek.

– Mamo, a w moim łóżku leży jakiś mężczyzna – zażartowała. – I co, nic nie spadło w nocy z nieba?

– Nie. – Pokręcił głową. – Huk jest na tyle głośny, że na pewno bym się obudził.

Wypełzła z szałasu i przeciągnęła się. Rozczochrana, z zeschniętymi liśćmi i innymi śmieciami we włosach nadal wyglądała uroczo.

– Co robimy? – zapytała.

– Przejdę się do wsi, chyba jest tam jakiś sklepik, kupię chleba i kiełbasy i zjemy śniadanie. A potem będziemy czekali dalej.

– Może puścimy kolejną sondę?

– Nie, jeśli wystrzelili już instrukcję, nie ma to większego sensu. Przecież nie przyspieszą jej lotu w naszą stronę.

– Racja.

Nabrała w dłonie rosy z krzaka i przetarła twarz. Poszedł w jej ślady. Rozdmuchał na nowo ognisko, żeby było cieplej. Chyba zanosiło się na deszcz.

– Spróbuję raz jeszcze go wywołać – powiedział, wyciągając z kieszeni namiernik.

Uruchomił. Na paśmie bransolet odezwały się tylko dwie. Jego i Magdy. Pokręcił. Inne pasmo, równe, spokojne piskanie radioboi aparatury powrotnej. Pokręcił jeszcze trochę i usłyszał kolejny sygnał.

– Oj...

– Jest coś?

– Tak. Radioboja, nie mam wątpliwości, ale jest – spojrzał na skalę – sto dwadzieścia metrów na zachód. Ciekawe, co to?

Ruszyli przez las. Spod nóg wyrwał im się spłoszony dziki królik.

– Wedle przyrządu jesteśmy dokładnie na miejscu – zauważył, rozglądając się wokoło.

Ściółka była rozgarnięta jak od podmuchu materializacyjnego, a pomiędzy połamanymi krzakami leżał spory głaz. Meteoryt? Nie, one są szare. Podeszli jak na komendę i uklękli. To nie był kamień.

– Malowany gips albo coś podobnego – stwierdziła. – Musi tu leżeć od kilku tygodni.

– I dlatego nie usłyszeliśmy huku – domyślił się.

Oglądali znalezisko, dopóki nie wypatrzyli cienkiej linii. Niedoszły lotnik wsadził tam nóż i przekręcił. Kamień rozdzielił się na dwie połówki i ich oczom ukazał się zasobnik. Na pokrywie biegły napisy po rosyjsku i po polsku:

> *Uwaga. Skrzynia ta jest własnością Armii Cesarstwa Rosyjskiego. Próba otworzenia spowoduje wybuch i śmierć wszystkich w promieniu osiemdziesięciu arszynów.*

Filip gwizdnął przez zęby. Magda wzruszyła ramionami i przyłożyła bransoletę do czytnika. Wieko odskoczyło z cichym cmoknięciem.

Wewnątrz było kilka pakunków. Na wierzchu leżała kartka papieru:

Witajcie.

Sytuacja skomplikowała się zasadniczo. Nie wiemy, dlaczego bransoleta Pawła nie działa. Jednak nie mamy wątpliwości, że żyje. Przed godziną znaleźliśmy jego sondę w ruinach X Pawilonu warszawskiej Cytadeli. Był torturowany. Sytuacja jest niezwykle poważna. Tylko Wy dwoje możecie mu pomóc. Nie wiemy jak. W najgorszym razie przemyćcie mu truciznę. Wysyłamy Wam wyposażenie, które, jak sądzimy, pomoże w wypełnieniu tej misji. W razie potrzeby rzućcie kolejną sondę, udzielimy Wam wszelkiego możliwego wsparcia technicznego. Jeśli uznacie, że przyda Wam się Sławek, dajcie znać. Wyślemy go.

Drugi problem. Wedle informacji przekazanych przez Pawła, istnieje specjalna komórka ochrony przeznaczona do wyłapywania podróżników w czasie. Na jej czele stoi kapitan Siergiej Nowych. W miarę możliwości należy podać mu neurotoksynę powodującą wymazanie pamięci. Wszelkie ślady ingerencji w postaci artefaktów naszej techniki należy bezwzględnie zniszczyć. Po ewakuacji Pawła sprawdźcie cel podstawowy. Nie możecie zatrzymać się w żadnym hotelu, niewykluczone, że są pod obserwacją ochrony.

Powodzenia,
Igor Rawicz

– Cudownie – mruknął Filip. – Mamy wydostać naszego przyjaciela z najlepiej strzeżonego pudła w całym imperium rosyjskim, zniszczyć wszystkie ślady naszego pobytu, zaszczepić lekiem na zapomnienie faceta, który się czegoś domyśla. Czy nikt profesorowi nie powiedział, że to niemożliwe?

– Profesor po prostu nas docenia – odparowała z błyskiem w oku.

– To miło z jego strony. Zobaczmy, co też nam przysłali.

Wydobył z kontenera spore zawiniątko. Namiot o grubych ocieplanych ściankach w jesiennych barwach maskujących. Kilka metalowych pudełek z racjami żywnościowymi i koncentratami oraz spora blaszana skrzynka.

– Nie jest źle. Wprawdzie nie przysłali nam rosyjskiego czołgu T-2004, abyśmy mogli wjechać do twierdzy, ale za to mamy co jeść i gdzie spać.

– Trzeba znaleźć miejsce, gdzie nie wpadnie na nas nikt niepowołany – zauważyła Magda.

Kiwnął poważnie głową. Jego towarzyszka przypaliła niepotrzebną już skorupę głazu zapalniczką. Płonął jak papier i po chwili zostało po nim tylko nieco gryzącego dymu i odrobina popiołu. Student ruszył w las. Po kilkunastu minutach wrócił.

– Chyba mam. – Zarzucił sobie kontener na ramię.

Przeszli kilkaset metrów na północ. Rósł tu rozległy gąszcz sosenek. Zagłębili się między nie. Pośrodku kępy znalazła się niewielka polanka. Tu rozstawili namiot. Był całkiem spory, nawet przestronny. Magda wróciła do szałasu, w którym spędzili noc, i przyniosła część desek. Wyłożyli nimi podłogę. W kontenerze znalazły się dwa cieniutkie, ale ciepłe śpiwory z goreteksu podszytego polarem. Namiot dodatkowo zamaskowali kilkoma świerkowymi gałęziami. Spore pomieszczenie główne, dwa mniejsze. Rzucili w nich śpiwory. Zadomawiali się.

Magda otworzyła niedużą blaszaną skrzynkę. W środku, w warstwie trocin, leżał niekształtny pakunek. Wydobyła go i otrzepała. Rozpruła szary papier. W jej ramionach leżała piękna sowa uszata. Pokryta była sztucznymi piórami, ale wykonano je niezwykle starannie. Wyglądała jak żywa. Obok, także zawinięte w papier pakowy, spoczywały dwie jaskółki.

– No proszę, nawet zabawki nam przysłali, żebyśmy się nie nudzili – powiedziała zdziwiona.

– Jaskółki to takie małe samolociki szpiegowskie – wyjaśnił. – Widziałem to kiedyś, jeszcze przed wojną. Zaraz zobaczysz.

– Hm, jeśli jaskółki są samolotami szpiegowskimi, to sowa w takim razie jest zapewne bombowcem strategicznym.

– Niezupełnie. Zabiera ładunki do kilograma masy. Można nią przesłać przesyłkę, skoro twierdzisz, że to bombowiec, to na przykład półlitrową flaszkę nitrogliceryny, albo list.

– Czy ja jestem Hermiona, żeby listy sową wysyłać? – zażartowała.

Roześmiał się.

– Zacznijmy od śniadania – zaproponowała.

Pobiegł do pobliskiego strumyka i przyniósł w butelce wody. Wrzucili do niej kapsułkę ekstraktu pomarańczowego. Zjedli po kostce koncentratu i popili sporą ilością oranżady.

– Nie ma czasu do stracenia. – Założył opaskę VR na oczy. Dotknął palcem czerwonego guzika na sterowniku. Jaskółka ożyła.

– Będziesz widziała na laptopie to samo co ja – powiedział – tylko, niestety, w dwu wymiarach. Wypuść ptaka na zewnątrz. Po prostu rzuć w powietrze.

Ujęła jaskółkę w dłoń. Wyglądała jak żywa, ale czegoś brakowało. Magda kiedyś znalazła na ziemi jerzyka i pomogła mu wystartować. Wtedy czuła pod palcami szaleńcze bicie małego ptasiego serduszka. To, co trzymała w ręce, ruszało łebkiem i skrzydłami, ale nie miało serca.

– Jak to... – Bezradnie wzruszyła ramionami.

Wyszedł z namiotu i spokojnie rzucił ptaszka w powietrze. Robot rozłożył skrzydła i poleciał przed siebie, zręcznie lawirując pomiędzy pniami drzew. Student wrócił do kryjówki. Na ekranie laptopa widać było obraz uchwycony z dziwnej, ptasiej perspektywy. Jaskółka wykorzystała polanę, by wzbić się ponad nią. Las przemknął dołem i pozostał w tyle. Rozległe pola, częściowo przeorane na zimę, drewniane baraki jednostek wojskowych i znowu drzewa, a pomiędzy nimi setki nagrobków i kopczyków ziemi z wetkniętymi krzyżami.

– Powązki – zauważył. – Cmentarz założony jeszcze w osiemnastym wieku.

– Chyba tak – potwierdziła Magda.

Za murem oddzielającym nekropolię od świata żywych ciągnęły się pola, gdzieniegdzie wzdłuż błotnistych uliczek zabudowane domkami. Przypomniał sobie wypalone ruiny wysokościowców przy rondzie Babka. W miejscu blokowisk przy ulicy Inflanckiej – drewniane chałupki. I zaraz potem otwarta przestrzeń. Esplanada. Nieduży okrągły fort artyleryjski drzemał otoczony fosą przyporową.

– Fort Paweł, sądząc z mapy – zauważyła.

– Nie zachował się do naszych czasów?

– Był z grubsza w tym miejscu, co dworzec Warszawa Gdańska – wyjaśniła. – Rozebrano go chyba w latach dwudziestych XX wieku. Ale to dobrze, jesteśmy już niedaleko.

Zaraz później po prawej pojawił się kolejny fort – Georgij. Ptaszek łagodnie zakręcił w lewo. Po chwili pojawiła się pod nim szeroka fosa i mury wzniesione z czerwonej cegły.

Warszawska Cytadela.

– Widzisz zamknięty kościół? – Na ekranie pojawiła się sylwetka budowli. Obok wznosiła się ładna drewniana cerkiew. – To kościół po zakonie pijarów. Zamknięty od czasu, gdy Cytadela wchłonęła tę część miasta, czyli gdzieś od 1831 roku. Ale zakon rozwiązano chyba wcześniej. Teraz na północ – polecił.

Jaskółka przemknęła koło głowy pomnika cara Aleksandra I.

– Przed nami dwa budynki tynkowane na biało – zaraportował. – Pierwszy to dziewiąty pawilon.

– Ten nas nie interesuje?

– W zasadzie nie. Wprawdzie w okresach szczególnie gorących trzymano tam więźniów, ale w tej chwili mieszczą się w dziesiątym pawilonie.

Gmach wzniesiony na planie kwadratu znalazł się pod ptaszkiem.

– Szkoda, że nie podali nam dokładniejszych namiarów – westchnęła. – Trzeba chyba zaglądać po kolei w okna. Można by wprawdzie wlecieć do środka budynku, ale to chyba całkiem bez sensu.

– Masz rację.

Sztuczny ptaszek przysiadł na blindzie, kamery zarejestrowały widok pierwszej celi. Trzech mężczyzn o zgaszonych spojrzeniach siedziało na krzesłach.

– Moglibyśmy posłuchać, o czym rozmawiają – powiedział. – Włączę audio.

Pstryknął przełącznikiem i umieścił koniec przewodu od słuchawek w gniazdku. Głosy więźniów były jednak zbyt słabe, by marny mikrofon mógł je wychwycić przez szybę.

– Tu go nie ma.

Ptak przeleciał do sąsiedniego okienka. Wewnątrz znowu więźniowie, w kolejnym i kolejnym.

Wypatrywali Pawła, ale jego twarz nie pojawiała się na ekranie. Kilka cel było pustych.

– Spróbuję od drugiej strony.

Znowu cele, więźniowie, więźniowie, oficer ochrany w mundurze bez dystynkcji pracuje na komputerze, kolejna cela, więźniowie.

– O rany – jęknął Filip, uświadamiając sobie, co zobaczyli przed chwilą. – Wróć.

Jaskółka siada na desce blindy. Oficer carskiej ochrany pracuje przy komputerze!!! Anno Domini 1896!

– Szlag by trafił – syknęła Magda. – Możesz wyostrzyć obraz?

Wcisnął zoom. Okno było uchylone, więc wyraźnie słyszeli mruczenie Nowycha. Na ekranie wyświetlała się szachownica.

– Zaraz cię załatwię – sapnął oficer.

– Szach i mat – oświadczył mechanicznym głosem komputer. Trzasnęło przewrócone krzesło.

– Znowu oszukujesz! – wrzasnął kapitan, palcem oskarżycielsko celując w ekran.

Z trudem powstrzymali chichot.

– Niezły świr – podsumował Filip.

– Czy mamy możliwość zniszczyć laptopa?

– W zasadzie tak. Wprowadzimy jaskółkę do środka, posadzimy na obudowie i włączymy zapłon. Urządzenie jest ze stopu łatwopalnego, nie zostanie prawie nic. Wykonać?

Poczuła zaskoczenie. Jakoś przyzwyczaiła się do myśli, że to on kieruje tą operacją.

– Poczekaj. To zawsze zdążymy. Trzeba znaleźć Pawła.

Ptaszek wystartował z blindy i pofrunął dalej. Po drugiej stronie skrzydła natrafili wreszcie na odpowiednią celę. Paweł siedział na krześle i widocznie o czymś rozmyślał. Wyglądał kiepsko. Był blady, zmęczony, a jego twarz nosiła ślady ciężkich przeżyć.

* * *

Twarde krzesło. Plecy obite, pokryte ranami, nie dotykają oparcia. Nawet lekka koszula, wyprana i pocerowana przez Tatianę, przylegając do poszarpanej skóry, sprawia ból. Sznur pozostawił otarcia na przegubach. Bolą uszkodzone nerwy, nie ze wszystkich ran udało się do końca wypłukać sól. Każdy ruch powoduje kolejne paroksyzmy cierpienia.

Ale gorsze od bólu fizycznego są tortury psychiczne. Czy sonda zamurowana w ścianie przetrwa do 2014 roku? Bateria z pewnością wytrzyma tak długo, ale przecież każdy budynek przechodzi, jak kot, wiele wcieleń. Z pewnością kilka razy wykonany tu zostanie generalny remont. Czy żaden z robotników, kując ścianę, nie natrafi na metalowy bolec? Czy pobliski wybuch jądrowy nie uszkodzi zapisanej informacji? Potarł nadgarstek, na którym kiedyś miał bransoletę, jedyny element łączący go z przyszłością.

Bransoleta została zniszczona. Rzeczywistość, rozciągnięta jak guma w doświadczeniu, które pokazywano im na szkoleniu, wróciła do swojego naturalnego położenia. Twarda teraźniejszość i niedosiężna przyszłość. Uznali go za zmarłego lub zaginionego. Bez bransolety nie odnajdą go nigdy. A w sąsiednim pokoju kapitan

Nowych szybko znudzi się grą w szachy i zażąda pokazania pozostałych możliwości komputera.

Reakcja na lęk była czysto fizjologiczna. Zimno w żołądku, na poharatanych plecach strużki potu. Wygrał jeden dzień. Może trochę dłużej. Nie znajdzie już dość odwagi, by przeciwstawić się otwarcie. Może próbować stosować bierny opór, tłumaczyć źle i niedokładnie, ale nie wątpił, że jeśli kapitan się domyśli prób sabotażu, Paweł znowu poczuje na plecach uderzenia nahajki. I ponownie lęk ogarnia ciało.

– Dlaczego jestem taki słaby? – szepnął i uderzył pięścią w stół. – Dlaczego nie potrafię znieść zwykłego bicia i głodzenia?

Zamknął oczy. Step w Kazachstanie. Kilkanaście owiec, które oddano mu pod opiekę. Archaiczny pięciostrzałowy karabin i stado głodnych wilków. Wystrzelił wszystkie trzy naboje. Owce beczą, a on stoi między nimi a watahą. Ma jedenaście lat. Tylko jedenaście. Wie, że za chwilę zginie. W jego stronę rusza wilk, przodownik stada. Basior, który przewodzi hordzie i zaczyna każdy atak. Wielka włochata bestia, kłąb mocnych mięśni, potężne szczęki i ostre zębiska. Maszyna do zabijania, stworzona przez przyrodę i testowana przez miliony lat ewolucji. I nagle lęk odpływa. Bestia skacze. Paweł podrzuca karabin, łapie go jak maczugę za lufę i zadaje straszliwy cios kolbą. Nie myśli o tym, że jeśli nie trafi prosto w łeb, skończy na ziemi z przegryzionym gardłem.

Basior zatrzymuje się w powietrzu, a potem pada na ziemię. Martwy. Jedenastolatek podrywa ciężką kolbę do kolejnego uderzenia. Patrzy wilkom w oczy. Harde, pełne nienawiści spojrzenie mówi im: „Spróbujcie, który następny?". Dzikie zwierzęta nie mogą wytrzymać jego wzroku. Podwijają ogony jak podwórzowe burki i chyłkiem jeden po drugim znikają w stepie. Bał się wówczas czy nie? Chyba nie. W chwili, gdy wiedział, że nie zdoła się już uratować, w chwili, gdy poczuł na twarzy tchnienie śmierci, ogarnęła go szaleńcza wściekłość. Odwaga. A teraz? Teraz nie może znieść myśli o kolejnych razach nahajką.

– Złamał mnie – szepnął. – Ludzie są widocznie gorsi od wilków.

Szukał rozwiązania. Skasować kilka programów? Nowych się zorientuje. Cały czas patrzy mu na ręce. Bateria laptopa kiedyś się wyładuje, ale w tym modelu wytrzyma kilkadziesiąt godzin. Co zrobi kapitan, gdy ekran zgaśnie? To domyślna bestia. Zdaje sobie sprawę, że siłą napędową naszej cywilizacji jest elektryczność. Wie, że nasze urządzenia czerpią ją skądś. Znają ogniwa galwaniczne, znają aparaty elektrostatyczne, znają kondensatory. Domyśli się, że laptop miał wewnętrzne źródło zasilania. Nie zabije go, ale zmusi torturami do zbudowania prostownika albo innego urządzenia i naładowania baterii.

A on wie, jak zbudować zasilacz. Wie, jak dostosować napięcie, żeby przy ładowaniu nie zniszczyć komputera. Ta wiedza tkwi w jego głowie i stosując odpowiednie „metody perswazji", można ją wydobyć. A nawet jeśli nie, na baterii napisane jest, w jakich zakresach napięcia pracuje. Kapitan wezwie inżyniera elektryka, na przykład Rychnowskiego ze Lwowa, i każe mu zbudować ładowarkę. W ostateczności poradzą sobie nawet bez niego.

Drobny cień padł na stół. Na krawędzi blindy siadła jaskółka. Ptaszek z furkotem skrzydeł wpadł do celi. Zatoczył krąg i wylądował przed nim na stole.

Pewnie więźniowie oswoili, pomyślał Paweł. Czym by ją poczęstować? Nie ma tu much, które mógłbym złapać, a przecież jaskółki nie jedzą okruchów chleba.

– Pawle.

Drgnął i rozejrzał się zaskoczony.

– Przed tobą.

Jaskółka... Jaskółka mówi do niego głosem Magdy. Rany, przecież na szkoleniu pokazywali mu takie coś.

– To wy? – zapytał ze zdumieniem.

– Tak. Znaleźliśmy cię. Widzimy cię. Spróbujemy cię stamtąd wyciągnąć. Filip jest ze mną.

– Rany Julek... – wyszeptał.

– Profesor znalazł twoją sondę, a my dowiedzieliśmy się, że cię aresztowali. Co się stało z twoją bransoletą?

– Kapitan Nowych ją rozwalił – wyjaśnił Paweł.

Ptaszek przekrzywił głowę, ale nie padło ani jedno słowo.

– Halo? – zagadnął.

– Nie mamy pojęcia, jak cię wyciągnąć – powiedziała Magda. – I co gorsza, nie mamy pojęcia, jak cię wysłać do przyszłości. Bez energii zawartej w cewce to chyba niemożliwe. Bardzo trudne – poprawiła się natychmiast, zapewne zauważyła, jak na jego twarzy maluje się rozpacz. – Coś wymyślimy. Co u ciebie?

– O... – Odwrócił się, pokazując plecy. Krew przesiąkła na wylot, plamiąc koszulę. – Staram się jakoś trzymać.

– Co za ścierwo.

– Trzy dni nie dał mi nic do jedzenia – rozżalił się Paweł, ale zaraz się opanował. – Kombinujcie, jak mnie stąd wyciągnąć – powiedział. – W najgorszym wypadku przyślijcie mi truciznę. Ten bydlak jest w stanie wszystko ze mnie wycisnąć. – Spuścił głowę. – Przepraszam, okazałem się większym mięczakiem, niż sądziłem. Boję się bólu.

– Nie przejmuj się. – Magda próbowała go pocieszyć. – Trzymaj się, postaramy się przylecieć jutro. Może do tego czasu coś wymyślimy.

Uśmiechnął się smutno.

– Nowycha należy zneutralizować, zlikwidować – uszczegółowił. – Facet nie dość, że sporo wie, to jeszcze jest pierońsko inteligentny i domyślny.

– Wstrzykniemy mu neurotoksynę. To powoduje rozpad białek krótkopamięciowych, wymaże mu jakieś dwa tygodnie życia – powiedziała. – Trzymaj się, do jutra.

Jaskółka strzepnęła skrzydłami i wzbiła się w powietrze. Okrążyła celę i pomknęła przez lufcik na szeroki świat.

Magda, uśmiechnął się do siebie.

Szczęknęły rygle w drzwiach. Kapitan.

– Szachy – westchnął. – Te wasze maszynki szybko umieją kombinować. Pobawiłem się, teraz pora znowu popracować.

Popatrzył z sympatią na więźnia. Paweł nieoczekiwanie uświadomił sobie, że ten człowiek uśmiecha się zupełnie szczerze. To wynikało z jego charakteru. Dzielił świat na swoich i obcych. Więzień, który zdecydował się na współpracę, przestawał być obcy. Stawał się swój. Można go było darzyć pewną sympatią. Wzdrygnął się.

Przeszli do celi naprzeciwko. Kapitan wyjął z walizki krążki DVD.

– Od czego zaczniemy? – zapytał przyjaźnie.

– Muzyka?

– Pokazuj.

Paweł włożył do czytnika krążek. Przy zapisie w standardzie mp3 można zmieścić na jednej płytce naprawdę sporo. Uruchomił aplikację. Z wbudowanych głośników popłynęła melodia. „Step" Noskowskiego.

– Niezłe – kiwnął głową Nowych. – Cała filharmonia w walizce. Czyli słusznie podejrzewałem, że na tych krążkach zapisujecie dźwięk. Ano zobaczmy sobie teraz to.

Łagodnie popchnął chłopaka, zmuszając go do zejścia z krzesła, po czym sam usiadł i zamknął program.

A więc i tego się nauczył, pomyślał z pewnym smutkiem Paweł.

– No to wkładamy do magicznej kieszonki coś takiego – mruknął Nowych, umieszczając w napędzie płytę z napisem „Kurier Warszawski 1850-1890". Otworzył jej zawartość, wykonując te same komendy, których użył przed chwilą chłopak, wczytując muzykę. Na ekranie pojawiło się kilkaset ikonek z datami. Kliknął na pierwszą z brzegu, otwierając zeskanowany numer gazety.

– Genialne – ocenił kapitan, podrzucając w dłoni krążek z napisem „1891-1939". – Mogę sprawdzić, co będzie jutro albo za rok.

Paweł poczuł suchość w ustach. Za szybko to poszło. Być może w tej właśnie chwili unicestwił przyszłą historię ludzkości. Nowych zamknął program.

– Pokaż, co jeszcze można z tym zrobić – zażądał. – Jak się wysyła wasze telegramy? Czy da się podłączyć komputer do naszych kabli telegraficznych?

– Teoretycznie chyba tak. Ale to by wymagało podczepienia na drugim końcu identycznego.

Zamyślił się głęboko. Połączenie przez modem. Czy wystarczy kabel, czy potrzebna jest jeszcze centrala telefoniczna? Chyba tak, bo sam komputer nie wytworzy w sieci odpowiedniego napięcia, by przesłać wiadomość.

– Nie da się – powiedział. – Nasze telegrafy potrafią przełączać telegramy tak, aby trafiały wyłącznie do odbiorcy.

– A gdy użyć jednego kabla?

– Nie wiem. – Pokręcił głową. – Chyba jednak nie. Zresztą nie mamy drugiego komputera.

– Szkoda. Niegłupio byłoby móc przesyłać takie treści gazet do Petersburga. No trudno. Może jeszcze zdobędziemy. Zawiozę całe urządzenie. Zresztą pojedziesz ze mną, przedstawię cię imperatorowi. A potem urwiemy się na miesiąc do Saratowa, mam tam majątek, będziemy łowić ryby, jeździć konno, a może ściągnę przyjaciół i urządzimy polowanie. Zabalujemy, wypoczniemy i wracamy do stolicy. Będziemy tam potrzebni jako konsultanci. Przekonam cara, żeby nadał ci szlachectwo. Może jakiś majątreczek i ordery za zasługi też się znajdą. Na Ukrainie mamy sporo rządowej ziemi.

– To brzmi ciekawie. – Paweł spróbował się uśmiechnąć.

Czuł dziwne obrzydzenie i zarazem zdumienie. Osobowość kapitana Siergieja kryła w sobie zaskakujące sprzeczności. Jednego dnia mógł go chłostać, głodzić, torturować, drugiego obsypywać zaszczytami, proponować wakacje. Zastanawiał się, która z tych osobowości jest prawdziwa, i doszedł do wniosku, że obie.

Pokrętna logika oficera ochrony zawierała w sobie i kij, i marchewkę. W dodatku splecione w gordyjski węzeł.

– Pokazuj, co jeszcze można zrobić tą maszyną?

Paweł wybrał z pudełka krążek z filmem. Był to któryś kolejny epizod „Gwiezdnych wojen". Umieścił go w czytniku i puścił. Kapitan z otwartymi ustami patrzył w ekran. Po chwili ocknął się i zatrzymał film.

– Połóż się – polecił. – Powiem Tatianie, żeby zmieniła ci opatrunki.

Paweł posłusznie przeszedł do swojej celi. Wartownik pilnujący drzwi od korytarza odprowadził go czujnym spojrzeniem ciemnych mongolskich oczu. Tatiana przyszła po chwili. Obejrzała rany.

– Zagoi się jak na psie – powiedziała przyjaźnie.

Posmarowała mu plecy maścią. Jej dotyk był przyjemny, łagodny, nawet zmysłowy. Usiadł. Milczeli przez chwilę, patrząc sobie w oczy. Szalenie sympatyczna pielęgniareczka...

– Posiedź ze mną – zaproponował. – Porozmawiamy.

Pokręciła przecząco głową.

– Ojciec by się gniewał...

Zabrała słoik z kremem i wyszła. W progu odwróciła się na chwilę i posłała mu uśmiech.

Przymknął oczy. Na szkoleniu nie mówili nic na temat zakochiwania się w dziewczynach z przeszłości. Leżal, czując, jak rany przestają go boleć. Krem łagodnie wnikał w skórę. Kapitan przyszedł po dwu godzinach. Był blady, a nawet nieco roztrzęsiony.

– Nie sądziłem, że wasza technika poszła aż tak daleko – powiedział. Głos drżał mu, a w oczach widać było lęk. – Nie wiedziałem, że wasze pojazdy potrafią latać w kosmosie i że tyle tam jest innych planet i rozumnego życia.

Paweł ze zdumieniem uświadomił sobie, że Nowych wziął film zupełnie na poważnie.

– To tylko bajka – powiedział.

– Owszem – kiwnął głową śledczy. – Ale żeby utrwalić to przedstawienie, musieliście aktorów zawieźć tam, na inne planety, do gwiazd, wytresować te wszystkie dziwne potwory, znaleźć aktorów wśród tamtych, Marsjan, czy kim oni są.

Paweł wbił zęby w poduszkę, żeby nie ryknąć dzikim śmiechem.

– Musisz opowiedzieć nam wszystko, co wiesz na temat waszej techniki – powiedział kapitan. – Nie mnie, car powoła specjalny sztab złożony z uczonych różnych dziedzin. Twoja wiedza może być dla nas bezcenna. Gdy pułki lejbgwardii wyruszą na inne planety przyłączać je do imperium rosyjskiego, musimy wiedzieć, których potworów należy się strzec.

Tylko ból poranionego ciała przypominał więźniowi, że ten idiotyczny dialog to nie głupi sen. Gdzieś z górnego piętra dobiegł go skowyt. Widocznie kogoś torturowali. Wrzaski były okropne.

– Musimy jeszcze popracować – powiedział Nowych.

Otworzył laptopa i puścił jeszcze kawałek „Gwiezdnych wojen". Zrobił stopklatkę. A więc i tego się nauczył.

– Jak można zbudować takie coś? – Pokazał statek kosmiczny podchodzący do lądowania.

– Potrzebny jest generator tachionów i drugi, do grawitonów – wyjaśnił z kamienną twarzą Paweł.

– To znaczy?

– Cząsteczek szybszych niż cząsteczki światła i fal, które neutralizują przyciąganie ziemskie. Tu, niestety, nie jestem w stanie wam pomóc, to ściśle tajne technologie.

– Cholera! – Nowych walnął pięścią w ścianę. – Tego chyba nie ugryziemy...

Wyjął z walizki przenośny zestaw do badań genetycznych.

– Co to za draństwo? – zapytał, wyjmując pudełko z probówkami.

– To do badań DNA.

– Tyle to i ja z instrukcji wyczytałem. Jak to działa i do czego służy?

Paweł zamyślił się na chwilę. W sumie można powiedzieć. Wyższa genetyka to nie na ich głowy.

– To służy do sprawdzania stopnia pokrewieństwa – wyjaśnił. – Bierze się kroplę krwi podejrzanego i wpuszcza do probówek. A potem ciecze w nich zmieniają kolor. To zresztą jest opisane w instrukcji.

– A gdybym chciał sprawdzić, czy Tatiana naprawdę jest moją córką? – Oczy śledczego zabłysły podle.

– Nie da rady. Roztwory ustawione są na badanie konkretnego pokrewieństwa.

Więzień umilkł. Kapitan przechadzał się po celi, jak gdyby analizował to, co przed chwilą usłyszał. Pięć kroków w jedną stronę, obrót na pięcie, znowu pięć kroków. Cela jest ciasna. Paweł też milczał, obmyślając strategię obrony.

– Wy przybyliście tu z jakąś konkretną misją – odezwał się wreszcie Nowych. – Zamierzacie wyśledzić kogoś i dokonać zmiany historii. Nie chcecie zabijać cara, to musi być coś subtelniejszego. Tak jak w zegarku. Wyjmiecie jeden trybik i przestaje działać. Chcecie dopaść kogoś, a raczej chyba przodka kogoś, kto wam nabruździ. Zabijecie go tutaj, nie będzie miał potomków. I w ten sposób w waszych czasach nie dojdzie do jakichś zdarzeń.

Znowu się przeszedł po celi.

– A żeby precyzyjnie określić, czy trafiliście na właściwego człowieka, używacie tego pomysłowego układu probówek. Żeby zabić na przykład konkretnego brata czy kuzyna, a nie przypadkiem kogoś z tej rodziny.

Wciąż dreptał po celi.

– Jeśli mam rację, to znaczy, że nie macie dostępu do archiwów urzędów zajmujących się ewidencją ludności. Czyli ci, którzy was wysłali, są w opozycji do prawowitej władzy. – Uśmiechnął się.

Paweł milczał, ale jego wyobraźnia pracowała gorączkowo. Nowych ma dostęp do archiwów ochrany i rejestrów policyjnych, gdzie zameldowani są wszyscy w Warszawie, pośrednio ma też możliwość sprawdzenia podobnych wykazów w innych miastach. A to znaczy... To znaczy, że przy współpracy Nowycha można by namierzyć każdego Citkę w całym Królestwie Polskim, czy też, jak to obecnie nazywają, Przywiślańskim Kraju. A gdyby tak go podpuścić? Tylko jak? Wmówić mu na przykład, że pracują dla grupy rosyjskich monarchistów, która chce usunąć z historii jakiegoś Citkę, dzięki któremu nasz kraj odzyskał niepodległość? E, w to nie uwierzy...

– Pal diabli – powiedział kapitan, zamykając pudełko z probówkami.

Wyglądał na zmęczonego. W tej chwili drzwi się otworzyły i stanął w nich inny śledczy. Mundur z przodu miał pochlapany.

– O, przepraszam – mruknął na widok Pawła. – Myślałem, że możesz mi pomóc. Strasznie oporny do współpracy.

– Zniosę tylko te graty do magazynu i zaraz możemy się brać do roboty – uśmiechnął się Nowych. Wyłączył laptopa i podniósł pudełko z próbówkami.

Po chwili drzwi się zatrzasnęły. Paweł usiadł na krześle. Plamy na mundurze drugiego śledczego. Krew.

Zamyślił się. Ciekawe czyja? 1896 rok. „Proletaryat"? Za późno, ich zaczęli zgarniać około 1883, a procesy i egzekucje ciągnęły się przez następne pięć lat. Może jakiś spisek w wojsku, a może i socjaliści. Przymknął oczy i próbował sobie przypomnieć kaźń, której był świadkiem. Tamci nie wyglądali na robotników. Widocznie jakieś studenckie kółko marksistowskie. Podpalacze cywilizacji. W sumie – należało im się, choć oczywiście nie wiedzieli, do czego doprowadzi ich młodzieńcza beztroska. Nie zadali sobie trudu zrozumienia, czym właściwie jest marksizm. I co spowodują próby jego wprowadzenia. A może to PPS?

Gdzieś z góry rozległ się dziki skowyt. Kapitan Nowych wziął się do pomocy koledze po fachu. X Pawilon. Więzienie śledcze. Nieoczekiwanie usłyszał ciche stukanie w ścianę. Przyłożył ucho. Ależ tak. Ktoś zamknięty w sąsiedniej celi nadawał jakąś wiadomość. Ale jaką?

Poskrobał się po głowie. Sygnały długie i krótkie. Podobny do alfabetu Morse'a, ale trudno wymagać od więźniów, żeby znali ten system znaków.

Puknął trzy razy na znak, że słyszy. Kolejna sekwencja sygnałów. Taka sama:

Pięć długich – jedno krótkie, dwa długie – cztery krótkie, cztery długie – cztery krótkie, jedno długie – jedno krótkie, dwa długie – pięć krótkich.

Co to, u licha, może znaczyć? Pięć liter, a może dziesięć? Odszedł od ściany i siadł przy stole. Sygnały Morse'a to mieszanina kresek i kropek lub dźwięków dłuższych i krótszych. Tymczasem tu jest kilka dłuższych, a potem kilka krótszych. Kolejne dłuższe to już widocznie początek kolejnej litery. Jakby zera i jedynki. System dwójkowy Leibniza? Bzdura. Tego się używa do programowania komputerów, a nie do wysyłania wiadomości w pudle.

– Cholera, mogli nam na szkoleniu powiedzieć, jakie są więzienne alfabety – mruknął.

A może... Może to numery kolejnych liter?

– Pięć uderzeń długich i jedno krótkie. – Na głos myślało mu się lepiej. – Długie na oznaczenie dziesiątek, krótkie dla jedności. Pięćdziesiąt dwie litery... Odpada. Chyba że gość jest Japończykiem i posługuje się sylabariuszem, mają tych znaków coś z osiemset. A może chce ze mną pograć w szachy i to oznaczenie pól? Może grał z kimś, kto siedział tu wcześniej?

Ścisnął skronie dłońmi. Ciepło, ciepło. Jakaś myśl uporczywie przebijała mu się z głębi mózgu. Szachy albo... Film widziany kiedyś, stary, radziecki, o jakichś leninopodobnych draniach siedzących w ciupie. Pukali w ścianę, a obok... Obok mieli jakąś kratkę z alfabetem. Jak to szło? W kolejne kratki wpisywali litery i dzięki temu mogli je lokalizować. Coś podobnego do gry w okręty.

Wyjął z kieszeni agrafkę i zamyślił się. Kratka, ale ile pól? Dwadzieścia cztery litery alfabetu. Czyli cztery na sześć. Narysował pospiesznie siatkę końcem agrafki na drewnianym blacie i powpisywał w nią odpowiednie znaki. Zaraz jednak palnął się w głowę. Przecież już pierwszy sygnał składał się z pięciu uderzeń długich. Któryś kolejny miał cztery krótkie. Czyli siatka ma co najmniej pięć na pięć kratek. Wtedy pierwszy rodzaj sygnału oznacza numer kolejnego rzędu, a drugi rodzaj numer litery w rzędzie.

A B C D E
F G H I J
K L M N O
P R S T U
W X Y Z

Popatrzył z zachwytem na swoje dzieło i pospiesznie podstawił odpowiednie litery do sygnałów:

5:1 – W, 2:4 – I, 4:4 – T, 1:1 – A, 2:5 – J

WITAJ. Ten ktoś po drugiej stronie ściany wystukał „witaj". Szczepanik nie cieszył się tak z odkrycia kolorowej fotografii, jak Paweł z rozwiązania matematycznej zagadki. Podszedł do ściany i puknął trzy razy, aby zwrócić uwagę więźnia po drugiej stronie.

WITAJ KIM JESTEŚ – wystukał.

Przyłożył ucho do ściany, aby wychwycić odpowiedź.

ERNEST LICHOCKI – odcyfrował. – STUDENT WYDZIAŁU PRAWA.

Raczej były student...

PAWEŁ KRUKOWSKI – odstukał w odpowiedzi.

Ściana milczała przez chwilę.

JAKA JEST TWOJA PRZYNALEŻNOŚĆ PARTYJNA – odczytał ze zdumieniem.

ŻADNA – odpowiedział zgodnie z prawdą.

JESTEŚ MARKSISTĄ – to chyba było pytanie.

Omal nie parsknął śmiechem. Czy socjaliści umieją gadać tylko o jednym?

NIE – odpowiedział. – JESTEŚ CZŁONKIEM PPS – zapytał.

Sąsiad gniewnie kopnął w ścianę.

– Zdaje się, że zostałem uznany za konfidenta – mruknął chłopak. – Szkoda.

* * *

Noc. Paweł leżał na pryczy, przykładając ucho do ściany. Gdzieś w drugim końcu budynku huknęły zasuwy w drzwiach. Słuch absolutny czasem się przydaje. Nasłuchiwał mowy murów. Gdzieś daleko kilkadziesiąt stuknięć.

RUSTECKI ZDRADZIŁ

Ktoś zdradził, pomyślał Paweł. Ja chyba też. Łatwo jest sądzić innych, a przecież każdy boi się bólu.

Plecy swędziały go nieznośnie, a przy mocniejszym ruchu czuł zbite mięśnie.

TO NIEPRAWDA – oskarżony więzień usiłował się bronić. – NIGDY NIE ZDRADZĘ PARTII

Akurat, każdy w końcu się załamie, sennie pomyślał Paweł.

CZULIŚMY ZAPACH KOTLETÓW KTÓRE CI PRZYNIE-SIONO – wystukał ktoś mściwie.

Ciężkie uderzenia gdzieś wyżej. W każdym uderzeniu czuć było gniew, zimną wściekłość.

ZAMILCZCIE BEZBOŻNICY ALBOWIEM WASZ MARK-SIZM TO NARZĘDZIE SZATANA

Oto głos rozsądku, pomyślał Paweł, zapadając w sen.

Ktoś jeszcze stukał. Chłopak usiłował podstawiać litery, ale nic z tego nie wyszło. Widocznie rozmawiający używali jakiegoś podwójnego szyfrowania. Zasnął.

Obudził go cichy skrzyp sprężyn, miękkie, ciepłe wargi na jego ustach. Tatiana. Położyła się delikatnie obok. Jeszcze na wpół śniąc, objął wysmukłą kibić. Przytuliła się ufnie. To nie sen. Dłonie zawędrowały tam, gdzie poprzedniej nocy, tym razem nie założyła gorsetu.

To szaleństwo, pomyślał. Z drugiej strony... Przecież nie uciekną. Nie opuszczę twierdzy, a przyjaciele nie zdołają mnie stąd wydobyć. Jedyne, na co mogę liczyć, to dawka trucizny. Jeśli przypadkiem wpadnie tu Nowych, zastrzeli mnie. To dobra i szybka śmierć...

Ciało Tatiany leciutko drżało pod jego dłońmi. Była raczej chuda niż szczupła, wyraźnie czuł łopatki. Zew natury był szalenie silny. Kilka razy całował się z dziewczynami, z jedną nawet był dość blisko, ale żadna nie pozwoliła mu na podobne karesy. Środowisko kazachskich górali mimo całych dziesięcioleci sowietyzacji pozostawało dość konserwatywne. Zdziwiło go, że ta Rosjanka jest do tego stopnia uległa.

Jakbym urabiał bryłę ciasta, przemknęło mu przez głowę.

Był pewien, że zaraz natrafi na jakąś granicę, że Tatiana się opamięta i powstrzyma wędrówkę jego niecierpliwych dłoni, ale nic takiego nie nastąpiło.

Na moment oderwali usta, gdy zdejmował jej koszulę przez głowę. W ciemności niewiele widział, lecz dotyk powiedział mu wszystko. Miała niewielkie piersi. Jeszcze dziewczęce, jednak niezwykle kształtne. Odnalazł wargami jeden z sutków.

Jęknęła cichutko i przekręciła się na wznak. Rozpięła guziki i zsunęła spódnicę. W półmroku dostrzegł majtki z długimi nogawkami. Uniosła się lekko. Pociągnął za tasiemkę i jednym ruchem zsunął je z bioder. Leżała przed nim całkiem naga. Przesunął dłonią po brzuchu, musnął palcami jej swawolną kępkę. Umościła się wygodniej i rozchyliła zachęcająco uda. Wystarczyło sięgnąć...

I to właśnie go otrzeźwiło. Wstał i przeszedł na środek celi. Popatrzyła na niego zaskoczona, a potem podniosła się z pryczy. W bladym blasku księżyca sączącym się przez blindę widział ciało Tatiany. Czuł jej zapach. Była piękna. Pożądanie uderzyło niczym fala przyboju. Ale umysł pozostał chłodny, jakby nagle zapadła zasłona.

– Mówiłaś, że nigdy nie całowałaś się z chłopakiem – syknął. – Ale dobrze wiesz, jak wygodnie umościć się na materacu, zanim zaczną się całonocne igraszki. Zawsze byłaś samotna, ale nagość jest dla ciebie czymś tak naturalnym, że stojąc przed mężczyzną, pewnie nie masz nawet rumieńca na policzkach. I ustawiasz się tak, by pokazać swoje wdzięki od najlepszej strony. Udajesz cnotliwą i niewinną panienkę, ale gdy ktoś zdejmuje ci majtki, unosisz biodra do góry i rozchylasz uda, żeby łatwiej i szybciej mu poszło... Dobrze grasz, nieźle was w ochranie szkolą. Tylko że ja nigdy jeszcze nie miałem dziewczyny i wyczułem, kto z nas dwojga ma więcej doświadczenia.

– Masz rację. – Kiwnęła głową.

Zaczęła się ubierać.

– Metoda kija i marchewki? – zapytał. – Czy może raczej dodatkowy argument? Śledczy proponował wakacje w swoim majątku, ordery i zaszczyty. Mówiłaś, że zostanę tu na zawsze, potem próbowałaś mi się oddać. To miała być ostateczna pokusa, by łatwiej było mnie przeciągnąć na waszą stronę? Czy może częściowa nagroda za to, że zacząłem sypać? Nowych jest aż takim łajdakiem, żeby używać własnej córki jako...

Nie odpowiedziała. Wsunęła stopy w chodaki i ruszyła do drzwi. Stojąc już na korytarzu, odwróciła się na chwilę.

– Faktycznie nie jestem dziewicą. Od dwunastego roku życia byłam niewolnicą w tych murach, zabawką w ręku panów oficerów. – Skrzywiła wargi. – A nie pomyślałeś, że to miało być ostatnie pocieszenie? – syknęła. – Że chciałam, byś poszedł odważnie na spotkanie śmierci jako dojrzały mężczyzna, a nie jako zagubiony i niewinny chłopiec?

– Kłamiesz.

Zatrzasnęła drzwi. Zasuwa huknęła ponuro, Paweł został sam ze swoimi myślami. I wątpliwościami.

* * *

Kawałek ziemi między ścianą więzienia a murem Cytadeli otacza wysoki płot z desek. Prywatny spacerniak dla tych spośród więźniów, którym oficerowie śledczy akurat okazują specjalne względy. Pośrodku niewielki klomb. Wygląda dziwnie. Ukwiecona górka wznosi się na mniej więcej metr ponad otaczający ją piasek.

Paweł wolno szedł wydeptaną przez tysiące stóp ścieżką wokół kwietnika. Gdy przymykał oczy, czuł się prawie wolny. Niektóre kwiaty jeszcze kwitły. Pod murami więzienia i twierdzy stali dwaj strażnicy. Czuł ich świdrujące spojrzenia na plecach. Popatrzył spod oka na ogrodzenie. Wyglądało solidnie i miało co najmniej dwa i pół metra wysokości. Od góry niczym go nie zabezpieczono, widocznie w tej epoce nie znano jeszcze drutu kolczastego. A może już znano, ale jeszcze nie stosowano? Nie wiedział.

Przyjmijmy, że strażników nie ma, myślał. Jeśli dobrze się odbiję, to złapię za krawędź. Podciągnę się do góry. Dobrze. Przyjmijmy, że jestem po drugiej stronie. I co mi to da?

W XX wieku, gdy w X Pawilonie funkcjonowało muzeum, teren wokoło porastały krzaki mające zasłonić ciekawskim widok na pozostałą część twierdzy. Stoki wałów także obsadzono drzewami i krzewami, tworząc miłą dla oka kompozycję świerków i murów z czerwonej cegły. Niestety, w tej chwili budynek więzienia otaczały rozległe, puste przestrzenie, omiatane wiatrem i czujnymi spojrzeniami straży. Nawet po sforsowaniu ogrodzenia nie było gdzie się ukryć.

Furtka w płocie skrzypnęła i na spacerniak wyszła Tatiana. Przez ramię przerzucony miała spory wiklinowy kosz. Paweł na jej widok spuścił wzrok. Pamiętał, co powiedziała w nocy, ale był prawie pewien, że jednak kłamała, że jej uległość była elementem gry szalonego śledczego. Przyklękła przy klombie i zabrała się za pielenie.

To może być dobry sposób, pomyślał. Ukradnę Nowychowi pistolet. Przystawię jej pod brodę, będę musiał uważać, to jednak silna dziewczyna. Zażądam podstawienia auta, nie, samochodów chyba jeszcze nie mają. No to bryczki. Czy w tej epoce ktokolwiek może przewidzieć tak klasyczny wzorzec wzięcia zakładnika?

Patrzył przez chwilę na profil dziewczyny. Wyglądała na smutną i zmęczoną. Podszedł do niej. Żandarm pilnujący furtki popatrzył w ich stronę, ale nie zareagował. Córka kapitana podniosła wzrok.

– Zastanawiałem się nad tym, co powiedziałaś – szepnął.

– I do jakich wniosków doszedłeś?

– Kłamałaś. O tym niewolnictwie i o gwałceniu przez żandarmów. Jedynym prawdziwym elementem twojej opowieści mogło być co najwyżej to, że niebawem pójdę do piachu.

Podniosła wzrok. Zaskoczyła go zmiana wyrazu jej twarzy. Uśmiechała się trochę kpiąco, ale przyjaźnie.

– Taka służba – wyjaśniła. – Jesteś całkiem sprytny.

– Aż tak kochasz swojego cara, że gotowa jesteś mieć ze mną dziecko?

Spojrzała na niego tym razem z podziwem.

– Jak się domyśliłeś?

– To przecież najprostsze możliwe rozwiązanie. Gdybyś była w ciąży ze mną, instynkt wziąłby górę, szedłbym na współpracę z tym ścierwem, żeby cię chronić. A potem pewnie pozwoliłby nam się pobrać, bo rodzina na zawsze zagwarantowałaby moją lojalność.

– Wiemy, że za kilkanaście lat będzie wojna – powiedziała. – I domyślamy się, że ją najprawdopodobniej przegramy. Ty skrywasz tajemnice, które pozwoliłyby uzyskać przewagę techniczną i militarną. Kocham mój kraj i jestem gotowa poświęcić dla niego życie, a co dopiero...

Podszedł do płotu i zwymiotował. Torsje trzęsły nim przez długą chwilę. Poczuł dłoń Tatiany na plecach.

– Napij się wody. – Podała mu kankę.

Upił kilka łyków, przemył twarz. Patrzył na nią. Była taka ładna... W tym ponurym miejscu sama jej obecność dodawała mu otuchy.

– Jesteśmy na swój sposób podobni do siebie – powiedziała. – Oboje gotowi do ogromnych poświęceń. Za to, w co wierzymy, damy się nawet zabić.

Ile mogła mieć lat? Szesnaście? Osiemnaście? Nie umiał oceniać wieku ludzi tego stulecia. Zresztą nie miało to większego znaczenia. W jego czasach byłaby młoda. W tych – dorosła. Ale i wśród dojrzałych kobiet nieczęsto zdarza się natrafić na podobny hart ducha.

– Masz rację. Kocham cię, nienawidzę i podziwiam zarazem – powiedział zupełnie szczerze. – Szkoda, że stoisz po drugiej stronie.

– Ja też żałuję. – Smutek w jej oczach tym razem wyglądał na prawdziwy.

Na krawędzi dachu usiadła jaskółka. Jej kamerki przekazywały obraz.

* * *

– Wypuścili go na otwartą przestrzeń – rzucił Filip, patrząc na ekran laptopa. – To jakby zwiększa nasze możliwości.

– Tylko jak to wykorzystać? – westchnęła Magda.

– Przyjmijmy, że nie ma strażników... – nieświadomie powtórzył myśl Pawła.

– To się da zrobić, wystarczy wmontować jaskółce zbiorniczek z gazem obezwładniającym. Za pomocą sowy możemy mu zrzucić nóż ultradźwiękowy, przetnie płot i dokąd ma potem uciekać?

– A może... – zamyślił się Filip. – Paralotnia, napęd plecakowy. Będzie mógł wystartować z płaskiego terenu i odlecieć. Tylko jak to zrzucić? Musiałbym chyba polecieć drugim zestawem.

– Rozwalą was z karabinów – zaprotestowała. – Musielibyśmy załatwić wszystkich strażników. Mówiłeś, że sowa może przenieść spore ładunki?

– Do mniej więcej kilograma.

– Beznadziejne. Samo więzienie otacza szesnaście budek strażniczych. Potrzeba by kilkunastu granatów gazowych.

– Hm, a gdyby ich zgromadzić w jednym miejscu? – zastanawiał się. – Chyba nie wolno im samowolnie opuszczać posterunków, ale...

Student przez chwilę obserwował przyjaciela chodzącego w kółko po piaszczystej ścieżce. Przymknął oczy. A gdyby tak... A gdyby...

– Bingo – szepnął.

– Co wymyśliłeś?

– Przecież my wcale nie musimy go stamtąd wyciągać.

Spojrzała na niego z zaskoczeniem.

– Jak to nie? – zdziwiła się.

– Po prostu. Trzeba mu zrzucić bransoletę. Za pomocą sowy. A potem... Potem wystarczy dać sygnał startowy.

– Jak go nadasz?

– Też sową, oczywiście. Trzeba wmontować w nią przekaźnik. Bo chyba się da?

Magda zdjęła opaskę i popatrzyła na niego z podziwem.

– Ty to masz łeb jak szafa – pochwaliła.

– Jestem geniuszem. – Uśmiechnął się. – Ale w przeciwieństwie do innych geniuszy nie znoszę pochlebstw. Dostanę całuska?

– Za co?

– Za to, że tak ładnie wymyśliłem.

Odepchnęła go, ale bez złości.

– Jeszcze czego się zachciewa. Tylko pytanie, jak można przysłać tu bransoletę.

– Zwyczajnie wystrzelić.

– To chyba nie takie proste. Wyślijmy sondę...

Filip wyjął z pudełka kolejny sztyft. Nagrał wiadomość i zakopał go zaraz koło namiotu.

Minęły może trzy sekundy, gdy powietrzem wstrząsnęła eksplozja. Materializacja musiała nastąpić bardzo blisko.

W powietrzu zawirowały połamane gałęzie, a fala uderzeniowa przydusiła namiot do ziemi. Filip przedzierał się przez krzaki. Nieduży srebrzysty zasobnik leżał w piachu. Obok przytwierdzony linką pękaty worek. Niedoszły lotnik rozwiązał go i zajrzał do środka. Lód. Podniósł pudełko i wrócił do namiotu. Magda właśnie ustawiała przewrócone słupki i zrzędziła:

– Mało nam tego na głowę nie spuścili.

Otworzył zamki i pokazał jej nieduże urządzenie.

– Przekaźnik – powiedział zadowolony. – Jest i bransoleta.

– Zobaczmy.

Założyła opaskę i spojrzała oczami jaskółki na spacerniak.

– Za późno – westchnęła. – Już go zabrali z powrotem do budynku. Musimy czekać, może nawet do jutra.

Wyjęła sowę z pudełka i po kilku próbach rozmontowała. Przekaźnik umieściła zgodnie z instrukcją i sprawdziła za pomocą programu testującego, czy wszystko działa.

– Jest jeden problem – powiedziała, studiując instrukcję. – To da tylko sygnał startowy.

– Bez tego, co stabilizuje pole przy skoku? – zaniepokoił się.

– Właśnie. Stąd odleci, ale do przyszłości Paweł może wrócić jak ci, o których opowiadali...

– Trudno, musimy zaryzykować. Lepsze to niż podanie mu trucizny. Jak baterie jaskółki? – zapytał.

– Ładują się – wyjaśniła. – Te czarne piórka mają właściwości ogniw fotoelektrycznych. Światło słoneczne generuje w nich ładunki elektryczne jak w bateriach słonecznych. Zrób coś do jedzenia.

Z lasu przyniósł kilka drewnianych szczapek. Zagrzał kociołek wody, wrzucił makaron błyskawiczny i kostki koncentratu, zagotował. Niby mógł to samo uzyskać tabletkami podgrzewającymi, ale przyjemnie czasem poczuć woń dymu z ogniska. Po chwili raczyli się ciepłą, aromatyczną zupą.

* * *

Paweł siedział przy stoliku. Solidny posiłek go wzmocnił, spacer, choć krótki, też przywrócił mu siły. Siedział i zastanawiał się, w jaki sposób mógłby drapnąć z tego pudła. Huknęły zasuwy, a drzwi strzeliły o ścianę. Stał w nich kapitan Nowych. Paweł widywał go już rozwścieczonego, ale teraz aż strach było patrzeć. Śledczy aż się gotował.

– Ty ścierwo! – syknął. – Wykiwałeś mnie.

Domyślił się, że film...? A może Tatiana sypnęła, co było w nocy? Nie, przecież wykonywała jego rozkazy...

– „Stopień zasilania krytyczny, zamknij wszystkie aplikacje, umieść akumulator w ładowarce lub podłącz zasilanie z sieci" – zacytował kapitan, a potem walnął na odlew.

Paweł poleciał razem z krzesłem w bok i omal nie rozbił sobie głowy o metalowy koniec pryczy.

– Nie ostrzegłeś mnie, że elektryczność może się tak szybko wyczerpać. Mój zegarek chodzi już dwa lata, a komputer zdechł po kilkunastu godzinach.

– To nie moja wina – jęknął Paweł. – Dostałem widocznie już mocno rozładowany.

W chwili, gdy wypowiadał te słowa, zdał sobie sprawę, że nie brzmią dobrze. Nie wiedział, co o tym zdecydowało, może intonacja, może drżenie głosu, ale brzmiały fałszywie. Śledczy też to wyczuł.

Bolesny kopniak w nerkę odebrał więźniowi oddech. Przed oczyma latały mu czarne plamy. Czy zwykłe kopnięcie może tak potwornie boleć? Kapitan złapał go za kołnierz i powlókł na korytarz.

– Tym razem naprawdę poczujesz – warknął.

Paweł usiłował stawić opór, ale kilka silnych uderzeń odebrało mu wolę walki. Dziedziniec, pręgierz.

– To można naładować – spróbował się bronić. – Poradzę sobie z tym. Potrzebny tylko generator.

– Jasne, że naładujesz, ale najpierw dostaniesz małą lekcję, żeby więcej nie przyszło ci do łba mnie oszukać.

Nowych przydusił Pawła do ziemi i spętał mu ręce. Zarzucił na hak. Nadszedł lekarz.

– Kapitanie, niech pan tego nie robi – powiedział po rosyjsku. – Jeszcze nie doszedł do siebie po poprzednim. Plecy mu się nie wygoiły.

– Zjeżdżaj – warknął śledczy. – Wytrzyma.

W tym momencie zobaczył pikującą w jego stronę jaskółkę. Uchylił się i przemknęła obok. Zaraz jednak zawróciła i poleciała znowu w jego stronę. Machnął nahajką i trafiony ptaszek potoczył się w kąt podwórza.

Pierwszy cios. Dziki skowyt więźnia. Po drugim Paweł stracił przytomność. Kapitan sięgnął po wiadro z wodą. Chlusnął od serca. Więzień nie odzyskał przytomności.

– Cholera.

– Za słaby już – powiedział lekarz. – Teraz będzie mdlał przy każdym uderzeniu. Odczepmy go.

– Zastrzykniesz mu eteru, to się ocknie – zadysponował Nowych.

– To go może zabić.

– Zaryzykujemy.

– Kapitanie, najpierw spróbuję z solami trzeźwiącymi.

* * *

– Co z jaskółką? – zapytała Magda. Miała na oczach opaskę sterującą większym ptakiem.

– Reaguje, ale bardzo powoli. Musi być uszkodzona.

– Włącz jej program autodestrukcji i wysyłamy następną – zadecydowała.

– Gdzie jesteś z sową?

– Już nad fortem Paweł. Zaraz przesyłka będzie na miejscu.

– Uważaj, nie będzie drugiej szansy.

* * *

Lekarz podsunął amoniak pod nos leżącego. Paweł zakaszlał i zwinął się w kłębek. Powoli odzyskiwał przytomność. Ból w plecach odbierał oddech. Uderzenie przecięło skórę, popękały przyschnięte wcześniej rany. Jak uniknąć bólu? Do tej pory sytuacja była doskonale klarowna: jeśli chciał wymigać się od tortur, wystarczyło, że współpracował. Teraz kapitan walił go mimo deklaracji współpracy.

Nowych stał opodal i moczył nahajkę w cebrzyku z solanką. Lekarz spojrzał w źrenice skatowanego i przez chwilę trzymał go za rękę, badając puls. Podniósł się.

– Nalegam na wstrzymanie egzekucji – powiedział.

Jego słowa docierały do leżącego jakby z daleka. Przymknął oczy. Czuł krew spływającą mu po plecach. Ile mógł jej stracić? Chyba w sumie niewiele. Tylko jedna albo dwie rany były głębokie. Tatiana znowu będzie musiała wyprać i pozszywać koszulę, pomyślał.

Wstrząsnął głową. Wzrok lekko się wyostrzył. Widział oficerki z cielęcej skóry na nogach kapitana i trzewiki lekarza. Dlaczego dotąd nie zwrócił uwagi, jakie ładne mieli buty? Doktor znowu podsunął mu pod nos amoniak. Jeniec kaszlał, ale z każdą chwilą bardziej przytomniał.

Wykończą mnie, pomyślał. I to teraz, gdy ratunek być może jest już blisko. Spojrzał w niebo, oczekując cudu.

I cud się stał. Pokrywa szarych deszczowych chmur pękła, przepuszczając snop światła. Piękne żółte słońce wyjrzało przez szczelinę, a jego światło oblało więźnia.

Nad dziedzińcem, wyzłocona promieniami słońca, pojawiła się duża sowa. Jej cień padł na twarz Pawła. Spojrzał na nią zaskoczony. Sowa w dzień? A może...

Ptak zniżył lot. Kapitan też ją dojrzał. Znieruchomiał zaskoczony. Cała scena wydała mu się nierealna. Więzień leżący na wyzłoconym słońcem piasku, zakrwawiony pal i wielki ptak zniżający lot. Coś rozbłysło w jego szponach. Sowa trzymała metalowe kółko. I wtedy kapitan się domyślił. To ptaszysko przyniosło jeńcowi bransoletę!

– Ty ścierwo! – zawył, wyciągając z kabury rewolwer.

Puściła pierścień. Zabłysł w powietrzu. Nowych wystrzelił do ptaka. Chybił. Druga kula wyrwała nieco piór z ogona. Bransoleta uderzyła o kamień tuż koło głowy Pawła i odbiła się. Nie zdążyła po raz drugi upaść na ziemię. Złapał ją. Sowa przekrzywiła głowę. Oczy kamerki wychwyciły błysk w dłoni więźnia. Ten zwinął się w kłębek tak, by środek bąbla wypadł jak najbliżej żołądka. Przekaźnik umieszczony w ptaku podał bransolecie sygnał startowy. Leżącego otoczyła zielona poświata. Kapitan wycelował i klnąc, zaczął strzelać. Za późno. Rozległ się głuchy huk. Kule wzbiły obłoczki złocistego kurzu. Na dziedzińcu nie było już niczego, w co mogłyby trafić. Sowa machnęła skrzydłami i pofrunęła w stronę budynku. Jeszcze chwila i schowa się po drugiej stronie. Wymierzył w nią, ale iglica uderzyła w pustą spłonkę. Koniec amunicji. Zwabieni hałasem nadbiegli wartownicy.

– Zestrzelcie to! – zawył, wskazując ptaka. – To rozkaz!

Huknęło sześć karabinów. Sowa zatańczyła w powietrzu trafiona kilkoma kulami i opadła na dach. Był na tyle stromy, że stoczyła się na ziemię.

Nowych dobiegł do niej pierwszy i z zadowoleniem zauważył, że w miejscu, gdzie kula przebiła skrzydło, błyszczą metalowe wysięgniki.

Nieoczekiwanie przypomniał sobie o jaskółce. Wrócił pod pręgierz i poszukał jej. W kącie pod osmalonym płotem leżała garść szarego, przepalonego pyłu. Z grubsza miała jeszcze kształt ptaka.

Lekarz siedział na ziemi i wąchał amoniak. Podniósł na kapitana puste spojrzenie.

– On zniknął – powiedział trzęsącym się głosem. – On po prostu zniknął.

Na piasku, w miejscu, gdzie więzień zwinął się w kłębek przed dematerializacją, widać było tylko wygnieciony elipsoidalny ślad.

Nowych, trzymając uszkodzoną sowę w objęciach, wszedł do budynku. Minę miał taką, że strażnicy na jego widok cofali się odruchowo. Wszedł do swojego biura. Położył sowę na stoliku koło wyłączonego laptopa.

– Zobaczmy, co masz tam pod piórami – mruknął.

Wyjął z kieszeni składany nóż i poczynając od przestrzelonego skrzydła, zaczął zdzierać sztuczną skórę. Dotykał piór, czuł pod palcami ich fakturę.

– To też nie jest prawdziwe. Czym jeszcze mnie zadziwią?

Wreszcie odsłonił metalowy szkielet. Skrzydła wykonane z cienkich, ale bardzo twardych drutów, wyposażone w niewielkie hydrauliczne wysięgniki. Korpus. W głowie, w miejscu oczu, tkwiły dwie kamerki. Podziwiał lśnienie obiektywów.

– Aparat ewidentnie cięższy od powietrza – powiedział sam do siebie. – A przecież lata.

Przymknął oczy. Choć ciągle dusiła go wściekłość, jego umysł zaczął analizować sytuację.

– Zaatakowała mnie jaskółka. Też była mechaniczna. Dlaczego zaatakowała? Bo taka była wola tych, którzy ją wysłali. A to znaczy... To znaczy, że potrafili wydać jej rozkaz, by tak zrobiła. Ale jak? Maszyny, które myślą? Urządzenia, które poruszane są elektrycznością i które można wytresować.

Kapitan Siergiej Nowych był mimo swojego paskudnego charakteru inteligentnym człowiekiem. Ale idea sterowania na odległość była zbyt nowatorska, by mógł na nią wpaść.

Siedział i myślał.

– Gnojek uciekł do przyszłości – rozważał. – To znaczy, że mogą tu wrócić z większą ekipą i mnie załatwić. Zanim zdążę użyć wiedzy, którą zdobyłem, i zmienić historię. A niech spróbują...

Odkręcił końcem noża śrubki trzymające klapkę na grzbiecie ptaka. Uniósł ją ostrożnie. Jego oczom ukazało się wnętrze. Dziesiątki mikroprocesorów, diody, oporniki, płytki drukowane, reduktory, kondensatory, cewki.

– Zbadanie tego czegoś też nam dużo da – mruczał, świecąc do wnętrza zapałką. – Trzeba posadzić do tego odpowiednich fachowców. Edisona, Hertza, Rychnowskiego, Szczepanika, Popowa. Ściągniemy ich z całego świata, opłacimy złotem, by dla nas pracowali.

Zamyślony nie zauważył jaskółki, która usiadła na blindzie. Jej czarne oczka śledziły każdy jego ruch.

Kapitan myślał. Jeszcze raz, przymknąwszy oczy, przypominał sobie atak ptaszka. Pikuje wprost na niego. Zadaje cios, ptak wykonuje unik, przypada do ziemi, zawraca, on odchyla się w bok i wali nahajką. Trafiony robot toczy się po piasku. Praktyczny umysł kapitana natychmiast przełożył tę sytuację na inne realia. Wojna. W obcym sztabie siedzą oficerowie i planują posunięcia. Głównodowodzący, dowódcy, generałowie. Nagle przez okno wpada sowa. W brzuchu ma kilka kilogramów trotylu. Eksplozja roznosi ich na strzępy. Armia pozbawiona dowództwa cofa się w panice. Kozackie pułki pod łukiem triumfalnym w Paryżu. Poczuł, że musi iść do toalety. Wyszedł tylko na moment. I już wracał. Otworzył drzwi i wtedy to zobaczył. Kolejna jaskółka latała po pokoju. Zatrzasnął drzwi za plecami i zamknął okno. Wydobył z kieszeni rewolwer.

– No, ptaszyno. Policzymy się.

Wystrzelił. Jaskółka wykonała unik i pomknęła lotem pikującym w stronę podłogi. Stały tu walizki zawierające skarby techniki XXI wieku, zdobyte podczas aresztowania Pawła. Nowych skoczył w tę stronę, ale już było za późno. Ptaszek otworzył dziób i spuścił dużą kroplę samozapalającego napalmu. Powierzchnia walizki natychmiast zajęła się płomieniem. Kapitan zaczął strzelać. Jednak nie jest łatwo trafić w ptaka, który ma wbudowany system automatycznego unikania pocisków. Jaskółka spuściła kolejną porcję płynu na obudowę laptopa. Stop magnezu i aluminium z tytanem natychmiast stanął w ogniu. Napalm przegryzł się też przez skórę walizek i liznął wkładki z identycznego metalu umieszczone pod spodem. Kapitan usiłował dojść do stołu, by uratować choć sowę, ale straszliwy żar mu na to nie pozwolił. Z osmalonymi brwiami, w nadpalonym mundurze wybiegł na korytarz.

– Pali się! – wrzasnął rozpaczliwie.

Coś bardzo szybko przemknęło koło jego głowy. Jaskółka! Trzepotała w zamkniętej przestrzeni. Wyjął rewolwer i wycelował w nią. Magda, wiedząc, że ptaszek nie zdoła już uciec, uruchomiła program destrukcji. Jaskółka zapaliła się w powietrzu i spadła na ziemię. Drzwi otworzyły się z rozmachem. Wbiegli strażnicy z wiadrami wody i bosakami.

Godzinę później kapitan wszedł do pokoju przesłuchań. W powietrzu pachniało jeszcze spalenizną. Ściany pokrywała sadza. Ogień strawił wszystko. Optykę, elektronikę, układy scalone, tworzywa sztuczne. Nie zostało nic. Żaden ślad. Tylko na podłodze koło drzwi korytarza, na ceglanej posadzce, pozostał wypalony czarny znak, jak cień rzucony przez jaskółkę.

* * *

– No i koniec – powiedziała Magda, zdejmując opaskę.

Na ekranie laptopa widać było ostatni zarejestrowany przez kamery obraz: ciemny korytarz więzienia i kłęby dymu buchające z otwartych drzwi pokoju przesłuchań.

– Nasza misja zakończona – rzuciła z zadowoleniem.

– Jeszcze nie... – pokręcił głową Filip.

– Wszystkie dowody spłonęły.

– Tak, ale pozostał jeszcze kapitan Nowych. Musimy mu zatrzeć pamięć. No i nie zapominaj o Piotrze Citko. Trzeba sprawdzić, co to za jeden.

Uśmiechnęła się szeroko i pogładziła futerał altówki. W jej oczach zabłysły ogniki.

– Już my drania sprawdzimy.

Rozdział 8

Brama warszawskiej Cytadeli. Chłodna jesienna noc. Dwaj wartownicy, otuleni brezentowymi pelerynami, stoją na koronie murów i rozglądają się po okolicy. Ich czynność jest doskonale bezsensowna. Noc jest bezksiężycowa, niebo zaciągnięte chmurami. Nie widać dosłownie nic. Na dobrą sprawę nie muszą tu sterczeć. Cytadelę otacza pas czujników ruchu, nikt niepowołany nie zbliży się do murów bez alarmowania załogi.

Zresztą czujniki można spokojnie wyłączyć. Nikt nie przyjdzie. Nie ma po co. Gdzieś tam, w schronach wkopanych na dziesiątki kondygnacji w głąb, znajdują się sejfy zawierające rozmaite tajne dane. Plany konfliktów zbrojnych, które nigdy już nie wybuchną. Po trzeciej wojnie światowej potencjalni sojusznicy i potencjalni wrogowie borykają się z innymi problemami. Przez najbliższe dziesięciolecia nie będzie im się chciało ruszać na podbój nowych ziem. Zresztą nie ma już po co. Przeludnienie odeszło do historii. Ocalało dziesięć procent ludzkości. Każdy naród, oczywiście liczymy tylko narody, które jeszcze istnieją, ma terytorium wielokrotnie przekraczające jego potrzeby. Surowce? Wszędzie walają się setki ton surowców. Porzucone samochody rdzewieją. Na prawie każdej stacji benzynowej jest paliwo w podziemnych zbiornikach. Inna sprawa, że po dwu latach stania na wolnym powietrzu samochody niezbyt się już nadają do użytku. Dzieła sztuki? Wystarczy przeszukać opuszczone wille prominentów i skarbce zamkniętych banków.

Byli kloszardzi gromadzą w zakamuflowanych piwnicach fortuny. Znoszą worki banknotów, ściągają walizki obcych walut, akcje, obligacje, sztaby kruszcu. Ludzie mają instynkt zwany potocznie gorączką złota. Jeśli tylko podejrzewają, że coś ma wartość materialną, zgromadzą tego ogromne ilości. Ciekawe, co potem z tym zrobią. Nie ma szans, aby mogło się przydać następnym pokoleniom. Nie będzie już następnych pokoleń. Wiatr niesie radioaktywny pył. Połowa tych, którzy przeżyli wojnę, umrze na chorobę popromienną.

Wartownicy trwają na swoim posterunku.

– Warto by zajarać – wzdycha straszy.

– To skocz do magazynu – radzi młodszy. – Mnie się nie chce.

W pomieszczeniach wieży pod ich stopami tkwi pół tira papierosów. Wystarczy do końca istnienia ludzkości.

– Mnie też nie – wzdycha znowu jego towarzysz.

Właściwie nie wiadomo, dlaczego tu siedzą. W gruzach sklepów można wygrzebać dowolne mundury. Także z bronią nie powinno być problemu. Można założyć i uzbroić własną armię, tylko że nie ma po co. Wojsko Polskie istnieje jednak nadal, jak gdyby siłą rozpędu. Nikomu nie wypłaca się żołdu, nie ma do kogo strzelać, a jednak większość zmobilizowanych pozostała w jego szeregach. Może dzięki temu, że noszą karabiny, chodzą w mundurach i salutują przełożonym, łatwiej jest im znieść to, co się stało ze światem?

* * *

Zielona poświata pociemniała. Paweł zacisnął zęby i sprężył się w sobie. Sądził, że podobnie jak przy skoku w przeszłość zachowa moment pędu. Tymczasem wstrząs był niewielki. Chłopak leżał na warstwie miałkiego pyłu. Była noc. Huk materializacji powrócił echem. Podmuch obalił jakąś nadwątloną ścianę. Wywaliła się z chrzęstem, rozsypała na kawałki. Potrząsnął głową. Plecy paliły go żywym ogniem. Dziesięć minut temu przerwano egzekucję. Pięć minut temu złapał bransoletę upuszczoną przez sowę. Skoczył i zamiast pełnego blasku dnia jest noc.

Wstał i otrzepał spodnie z pyłu. Powąchał ręce. Pachniały cegłą. Widocznie pod miejscem materializacji leżał gruz. Fala powietrza odepchniętego z szybkością dźwięku zmieliła go na proszek.

– Gdzie ja, do diabła, jestem? – zapytał, rozglądając się wokoło.

Wzrok trochę mu już przywykł do ciemności. Rozpoznał zarys gruzowiska i nieliczne ocalałe fragmenty murów.

– Dziesiąty Pawilon.

Minęło raptem parę godzin, od kiedy rozmawiał tu z najbardziej niezwykłą dziewczyną, jaką spotkał w życiu.

Minęło kilka minut, od kiedy leżał tu na dziedzińcu, czekając na śmierć. Widział te szare mury oblane mocnym październikowym słońcem i sądził, że to ostatni obraz, jaki zobaczy w życiu. A teraz była noc i tylko wiatr gwizdał wśród ruin. Kości kapitana Nowycha i jego córki dawno rozsypały się w proch...

W tej chwili oślepiło go światło dwu niewielkich reflektorków.

– Aj, nie po oczach – zaprotestował.

Dwaj wartownicy, zaalarmowani hukiem eksplozji, oglądali tajemniczego przybysza. Fakt, że stoi na dnie niedużego krateru wypełnionego zmieloną cegłą, nie uszedł ich uwagi.

– Jesteś człowiekiem? – zapytał wreszcie młodszy.

– A nie wyglądam? – obraził się Paweł. – Czy to Cytadela?

– Tak – potwierdził starszy.

– Jesień 2014 roku?

– Oczywiście.

– Całe szczęście – odetchnął podróżnik. – Macie tu telefon? Powinienem zadzwonić.

Spojrzeli po sobie zdumieni.

– Chyba będziemy musieli zaprowadzić cię do dowódcy – powiedział wreszcie młodszy. – To teren wojskowy, wstęp wzbroniony. Zabawy materiałami wybuchowymi... – Spojrzał na lej. – W zasadzie nie są tu zakazane, ale tylko nam wolno wysadzać tu różne rzeczy w powietrze – dodał z krzywym uśmiechem.

Przybysz z przeszłości wykręcił pasek od spodni, rozpruł zaszewkę i z wewnętrznej kieszonki wydobył złożoną kilka razy jedwabną szmatkę. Rozprostował ją i zbliżył do światła.

– *Okaziciel niniejszego jest agentem rządowym wykonującym ściśle tajne zadanie* – odczytał starszy z wartowników. – *Wszelkie utrudnianie jego misji uważane będzie za zdradę ojczyzny i karane bez litości.* Uuu. I podpis samego prezydenta.

– To jak, zaprowadzicie mnie do telefonu? – Paweł uśmiechnął się promiennie.

– Jasne. – Żołnierz podał mu komórkę.

Paweł wystukał numer instytutu. Odebrał profesor Rawicz.

– To ja.

– Chwała Bogu. Gdzie jesteś?

– W Cytadeli. Możecie przysłać kogoś, żeby mnie stąd zabrał?

– Wysyłam natychmiast samochód.

Paweł wyłączył telefon i podał strażnikowi.

– I po problemie.

Nachylił się, żeby podnieść walającą się w pyle czapkę. Zobaczyli jego plecy. Pocięta koszula, pozlepiana krwią z głębokich ran.

– O, kurczę – westchnął młodszy. – A to cię ktoś uślicznił...

– Tajemnica państwowa. – Podróżnik w czasie uśmiechnął się raz jeszcze.

I zemdlał.

* * *

Obudzili się o czwartej. Niebo już się rozjaśniało, ale do świtu było daleko. Jeśli dobrze pójdzie, to ostatni dzień, który spędzą tu, w przeszłości. Dzień zamknięcia.

– Sprawdzić Citkę – powtórzyła Magda. – I jeszcze wypadałoby wstrzyknąć neurotoksynę Nowychowi.

– W tej chwili najważniejsze to likwidacja obozowiska – powiedział Filip. – Mamy tu furę sprzętu, który trzeba skasować.

Kiwnęła poważnie głową.

Wyszedł z namiotu, żeby mogła się spokojnie umyć i przebrać. Zajęło to strasznie dużo czasu, ale gdy wreszcie wynurzyła się z namiotu, aż westchnął na jej widok. Suknia z jedwabiu ciepłego, brzoskwiniowego koloru, delikatne koronkowe rękawiczki, ładny kapelusik z przybraniem dopasowanym do barwy sukni, przeciwsłoneczna parasolka.

On też ubrał się w rzeczy przysłane w kontenerze transportowym. Całą resztę umieścili w skrzyni. Załadowali tam wszystko łącznie z laptopem.

– Szkoda – westchnęła.

– Takie instrukcje – przypomniał. – Zniszczyć wszystko, co mogłoby nas zdradzić.

Osobno położyli to, co było im potrzebne, aby wypełnić do końca misję. Futerał z karabinem snajperskim, teczka z modułem powrotnym i kilkoma innymi przydatnymi drobiazgami. Wreszcie Filip podpalił kontener. Wszystkie niepotrzebne już rzeczy spłonęły. Żar zagotował piasek pod spodem. Poczekali, aż szklana tafla zastygnie, po czym starannie potrzaskali ją na drobniutkie kawałeczki i rozsiali po lesie.

– W drogę. – Filip spojrzał na zegarek. Dochodziła siódma rano.

* * *

Świetlisty niedzielny poranek A.D. 1896. Z kościoła pod wezwaniem św. Krzyża wylewa się rzeka ludzi. Właśnie skończyła się msza. Uwagę zwraca para młodych ludzi. On ubrany jest w dwurzędową marynarkę o kroju przypominającym nieco mundur, a na głowie ma marynarską czapkę. Ponad lakierowanym daszkiem połyskuje złotą nicią godło nieistniejącego szwedzkiego *yacht clubu*. Ona, odziana w piękną jedwabną suknię brzoskwiniowego koloru, z gracją przechyla zgrabną główkę ozdobioną szerokim kapeluszem udekorowanym sztucznymi ptaszkami. Jej dłoń w cienkiej białej rękawiczce trzyma uchwyt futerału altówki. W uszach połyskują dyskretnie małe kolczyki z czerwonymi kamyczkami.

Jej towarzysz wykonuje zachęcający gest i oboje przekraczają próg ormiańskiej herbaciarni, leżącej tuż obok kościoła. Gdyby na chwilę skoczyć do drugiej połowy XX wieku, okazałoby się, że herbaciarnia znikła, a w rozległej sali mieści się recepcja instytutu archeologii.

Teraz jednak z wnętrza rozchodzą się zapachy ciastek, kawy, herbaty i grzanego wina. Dzień jest chłodny i z pewnością niejeden z gości zechce się rozgrzać. Powietrze w lokalu jest wręcz gęste, można je pić i nasycić się nim zarazem. Oboje siadają przy nakrytym koronkowym obrusem stoliku koło okna. Podchodzi kelnerka. Wymieniają kilka słów i dziewczyna, przyjąwszy zamówienie, znika na zapleczu. Uważny obserwator, na przykład szpicel carskiej ochrany, przyzwyczajony, by zwracać uwagę na wszystko, co nienaturalne, być może stwierdziłby, że oboje zanadto interesują się bramą po drugiej stronie ulicy.

Ale aby to stwierdzić, najpierw musiałby wejść do lokalu. Nie byłoby to łatwe, bowiem przy stoliku pośrodku sali siedzi kurier carski, kapitan Ałmaz Paczenko, który jakoś nie lubi szpicli, policjantów i żandarmów i wielu już w swoim życiu rozwalił głowy. Kapitan Paczenko w galowym mundurze patrzy na świat z sympatią, a jego figura przywodzi na myśl dobrodusznego niedźwiedzia z rosyjskiej bajki. Szklanka herbaty znika dosłownie w jego potężnej dłoni. Nie wiadomo, o czym myśli kapitan Paczenko, natomiast można chyba podsłuchać, o czym półgłosem rozmawiają nasi przyjaciele.

– Sądzisz, że uda nam się go sprawdzić? – zapytała szeptem Magda.

Filip spojrzał na cyferblat precyzyjnego szwajcarskiego chronometru.

– Nie było go na mszy, nie wiadomo, czy w ogóle chodzi do kościoła. Może wreszcie wróci do swojej nory.

– Szkoda, że zmarnowaliśmy wszystkie jaskółki – westchnęła.

– Szkoda. – Kiwnął głową. – Ale nie rób sobie wyrzutów. Też bym tak zareagował, no a druga nie miała już gdzie uciec. I tak sterowałaś nimi rewelacyjnie.

Magda westchnęła. Kelnerka postawiła przed nimi chałwę w czekoladzie, uczciwe ormiańskie lody, nie żaden *sachar maroż*, herbatę i zawiniętą w błękitny papier głowę cukru wraz ze srebrnymi szczypczykami.

– Prawdziwe lody – zauważyła Magda, nabierając sobie solidną porcję. – Jak to możliwe? Czy już mają lodówki?

– Pierwsze pojawią się około 1910 roku – wyjaśnił. – Obecnie używa się lodu wiślanego. Zimą wyrąbuje się go ogromne ilości i sprzedaje w formie bloczków. Pakuje do piwnic, przesypując grubymi warstwami trocin. Topi się oczywiście, ale pomalutku. Teraz pewnie zostały im jakieś skromne resztki. Ale za dwa, trzy miesiące znowu będzie go pod dostatkiem.

Zamienili się rolami. Teraz ona obserwowała bramę, a on jadł.

– W sumie to nasi przodkowie nie są tacy głupi – powiedziała. – Wiele niedostatków techniki nadrabiają sprytem.

– Na pewno nie należy ich lekceważyć – zgodził się.

Minęła godzina, o której zaczynała się kolejna msza. Piotr Citko nadal się nie pojawił.

– Jak nie wróci do dziewiątej, to chyba złożymy mu wizytę – zaproponował Filip. – Włamiemy się i zaczaimy.

– Może popełniliśmy błąd? Może na weekend jeździ gdzieś do domu?

– Też niewykluczone. W zasadzie to może być ciekawa informacja. Może gdzieś jest ich więcej. Bo jeśli ten nasz to fałszywy trop...

Spojrzała na niego zdziwiona.

– Dlaczego tak myślisz?

– Może się mylę, ale sądzę, że ma zaawansowaną gruźlicę.

– Wyglądał zdrowo.

– Nie bardzo. Błyszczące oczy, lekki rumieniec na policzkach i pokasływanie na to wskazują. Może się wygrzebie, młody jest...

– Nie potrafią tego leczyć?

– Nie. Leczy się ją obecnie objawowo: tabletkami na kaszel i dużymi ilościami ciepłego tłuszczu. Jeśli organizm jest stosunkowo mocny, a przy tym choroba nie poczyniła jeszcze dużych spustoszeń, jest szansa, że się wyleczy. Tłuszcz jest bardzo kaloryczny, wzmacnia. Ale prawdopodobieństwo jest nie większe niż dziesięć procent. Bez antybiotyków ciężko z tym walczyć. A i z antybiotykami nie jest lekko. Za kilka lat wykończy się brat cara Mikołaja.

– Wyglądał raczej na takiego, który nie dojada.

– Owszem.

Zjedli lody i wypili herbatę. W samą porę, bowiem w bramie pojawiła się wysoka, szczupła postać Citki.

– Wychodzi! Jakim cudem?

– Może spał, jak się do niego dobijaliśmy? A może kamienica ma jeszcze jakieś wejście. Obserwuj go. – Filip sięgnął do kieszeni po pieniądze. – Zapłacę rachunek i zaraz cię dogonię.

Wyszła, a on ruszył do lady. Wręczył dziewczynie srebrnego rubla i dostał kilka monet reszty. Zaciskając je w dłoni, wyszedł na ulicę. Magda była niedaleko, dostrzegł jasną sukienkę koło gmachu gimnazjum.

Dziewczętom w jej wieku nie wypada samotnie chodzić po ulicach. Przyspieszył kroku i po chwili ją dogonił. Citko szedł Krakowskim Przedmieściem, przeszedł skrzyżowanie ze Świętokrzyską i ruszył dalej Nowym Światem, oglądając wystawy sklepowe. Tłum na trotuarze był na szczęście dość gęsty, posuwali się w bezpiecznej odległości za celem.

– Co robimy? – zapytała.

– Sądzę, że trzeba zaczekać, aż skręci w jakąś bramę, poczęstować go od tyłu paralizatorem i pobrać krew do badań genetycznych – wyjaśnił szeptem. – Tak czy siak, tu nie możemy go dopaść, za dużo ludzi się kręci.

W latach dziewięćdziesiątych XIX wieku Nowy Świat był ważnym centrum handlowo-usługowym. Znajdowały się tu dziesiątki sklepów i sklepików, mniej i bardziej reprezentacyjnych. W bramach i podwórzach egzystowały dziesiątki warsztatów wytwarzających gorsety, parasolki. Gnieździli się tam krawcy, szewcy, kuśnierze. Druga wojna światowa zmiotła to wszystko, ale pod koniec XX wieku Nowy Świat był znowu jedną wielką promenadą handlową. Jezdnię zwężono, a na parterach kamienic mieściły się najdroższe sklepy w Warszawie.

Po trzeciej wojnie światowej ulicę otaczały ruiny. Wprawdzie żadna z głowic termojądrowych nie uderzyła w pobliżu, ale kamienice nie wytrzymały wstrząsu sejsmicznego o sile przekraczającej osiem stopni w skali Richtera.

Piotr Citko wstąpił do piekarni, z której wyszedł, trzymając w ręce połówkę bochenka chleba. Nie przejmując się niczym, skubał kawałki i pakował je do ust. Gdy przechodził na drugą stronę Alei Jerozolimskich, większa część była już zjedzona.

– Ciekawe, dokąd idzie – zastanawiała się Magda.

– Może do Łazienek? – zamyślił się Filip. – A może tylko na plac Trzech Krzyży?

Śledzony spokojnie minął kościół ozdobiony dwiema wieżami. Filip wiedział, że po drugiej wojnie światowej świątynia zostanie odbudowana w pierwotnej, klasycystycznej formie.

– Może weźmiemy dorożkę? – zaproponował Magdzie.

Dość szybkie tempo marszu dawało im się trochę we znaki. Trudno nabrać kondycji, gdy bez przerwy siedzi się wewnątrz budynku instytutu.

– No co ty, daję radę. – Uśmiechnęła się.

Jej uwagę przykuła wystawa sklepu. Eksponowano na niej domek dla lalek. Westchnęła cicho.

– Zabawki mieli niezłe – powiedziała.

Dotarli na plac na Rozdrożu. W miejscu, gdzie później powstał węzeł komunikacyjny, na skraju parku, trwały prace konstrukcyjne nad jakąś całkiem pokaźną budowlą.

– To pewnie cerkiew pod wezwaniem św. Michała Archistratega – zidentyfikował Filip. – Zostanie zburzona w latach dwudziestych XX wieku podczas czyszczenia miasta z takich pamiątek.

– Szkoda...

Wokoło spacerowali odświętnie ubrani ludzie, przeważnie Rosjanie. Większość była umundurowana, połyskiwały epolety haftowane srebrną i złotą nicią. Ordery zdobiące piersi zdobywców puszczały zajączki światła.

Citko szedł jeszcze kawałek prosto i zaraz za cerkwią ruszył w dół Agrykolą.

– Chyba kieruje się do Łazienek – zauważył Filip. – Bardzo dobrze. W parku bez trudu go dopadniemy.

– Możemy nawet na odległość. – Magda klepnęła futerał altówki. – Mam pocisk ze środkiem usypiającym.

– I dopiero teraz mówisz?

– Przepraszam, zapomniałam...

– Tu nie mamy szans go dziabnąć.

Ulicą w dół i w górę maszerowały mniejsze i większe grupki ludzi. Jakaś niania pchała wózek z dzieckiem. Przez chwilę zdumieni odprowadzali wzrokiem misterną konstrukcję na dużych szprychowych kołach. Citko zniknął w bramie parku. Przyspieszyli kroku. Ulicą przemknął kozacki patrol. Polerowane srebrne ładownice lśniły. Siodła delikatnie skrzypiały, widocznie nowa skóra była jeszcze sztywna. Prawe dłonie jeźdźców spoczywały na rękojeściach kozackich szabel – szaszek. Na głowach mieli, choć dzień był ciepły, karakułowe papachy. Mongolskie rysy nadawały twarzom kawalerzystów nieco dziki wygląd. Śliczne gniade konie stąpały z gracją.

– Nasi okupanci byli może wredni, ale za to pięknie ubrani – zauważył Filip.

Magda parsknęła śmiechem. Przy bramie parku stało dwóch wartowników. Student, przekonany, że za wstęp trzeba będzie zapłacić, sięgnął do kieszeni po bilon, ale oni tylko uważnie przyglądali się wchodzącym.

Para młodych, przyzwoicie ubranych ludzi nie wzbudziła ich podejrzeń. Śledzony zakręcił i skierował się w stronę pałacu. Poszli za nim.

Przy kolumnadzie stała dziewczyna z dużym wiklinowym koszem i sprzedawała czekoladki. Citko zamienił z nią kilka słów. Wręczyła mu kartkę papieru. Rozprostował ją i na jego twarzy odmalował się frasunek.

– Ciężko będzie go zaskoczyć – mruknęła Magda. – Wszędzie masa ludzi...

Faktycznie, park był wręcz zatłoczony. Kobiety w sukniach, w szerokich białych kapeluszach, mężczyźni w garniturach lub mundurach, mundurowych było zresztą więcej.

– Ciekawe, co to za kartka? – zastanawiał się lotnik.

– Sądzisz, że należy do jakiejś konspiracji?

– Hmm. W tych czasach grasował tu PPS. Wykluczyć się nie da.

Łazienki, zespół parkowo-pałacowy Stanisława Augusta Poniatowskiego, założony w miejscu rezerwatów myśliwskich wcześniejszych władców. Kilkadziesiąt budynków, hektary parków, stawy. Po trzeciej wojnie światowej garść ruin i kikuty spalonych drzew, częściowo pokryte ziemią po potężnym spływie błotnym ze skarpy. Pałac na Wodzie, zbudowany na sztucznej wyspie, połączony z lądem stałym dwoma mostkami.

– Byłem kiedyś w Łazienkach – pochwalił się Filip.

– Ja bywałam często, zanim pojechaliśmy z rodzicami do Brukseli. Specjalnie się nie zmieniło. Choć w moich czasach nie było tych doniczek. – Wskazała szpaler drzewek pomarańczowych obiegający taras.

Zasadzono je w solidnych drewnianych cebrzykach. Mosiężne uchwyty wskazywały, że w razie niepogody można je bez problemu przenieść pod dach. Przed pałacem stało kilkanaście stolików, większość była zajęta, kilka wolnych, ale stały na nich proporczyki opatrzone słowem *Reserve*.

– I nie było tu takiej restauracji – zauważył jej towarzysz. – Wygląda na lokal naprawdę wysokiej kategorii.

Obrusy sięgające ziemi były nieskazitelnie białe i obrębione szerokimi kolorowymi haftami. Na stolikach stały porcelanowe nakrycia, gdzieniegdzie lśnił świeżo wypolerowany mosiężny samowar. Pomiędzy nimi sunęli z gracją wyfraczeni kelnerzy. Połyskiwały srebrne tace, którymi z niezwykłą zręcznością żonglowali nad głowami siedzących.

Piotr Citko wszedł między stoliki. Któryś z kelnerów o coś go zapytał, ale on tylko pokazał kartkę od dziewczyny. Zajął jeden ze stolików tuż nad wodą. Z kieszeni wyjął książkę i zagłębił się w lekturze. Podszedł do niego inny kelner, podał mu kolejną kartę. Chwilę rozmawiali. Złożył zamówienie.

– Ciekawe, skąd ma tyle kasy – głośno rozważał Filip. – Mieszka w takiej norze na poddaszu, a w niedziele stołuje się w tak eleganckim lokalu? Zresztą dopiero co pochłonął ćwiartkę chleba, nawet bez omasty.

– Ciekawe – przyznała. – Poobserwujemy, może się domyślimy.

Weszli na taras. *Maitre d'restaurant* podszedł do nich z uśmiechem.

– Mamy jeszcze wolne stoliki – powiedział po francusku.

– Dziękujemy. – Magda odpowiedziała w tym samym języku natychmiast i bez zająknięcia. – Może później.

Uśmiechnął się i ruszył na spotkanie grupki oficerów. Przeszli koło pałacu. Gdzie by się tu dobrze ulokować, skąd można będzie śledzić Citkę?

– Na tamtym brzegu jest wolna ławeczka – wskazał Filip. – Jeśli siądziemy na niej, to będziemy mogli obserwować go i zarazem odpoczniemy sobie odrobinę, bo mi ten spacer trochę wlazł w nogi.

Jego towarzyszka z wdziękiem kiwnęła swoją kształtną główką.

Przeszli przez mostek i usiedli na ławce. Tłum na tarasie przed pałacem gęstniał. Oficerowie z towarzyszącymi im kobietami zajmowali kolejne stoliki. Citko ciągle jeszcze siedział sam. Przynieśli mu zamówienie, jakieś ciastka i herbatę.

– Ładnie tu – westchnęła Magda, rozglądając się wokoło.

Rzeczywiście, park w słoneczny wrześniowy poranek wyglądał uroczo. Liście sypały się z drzew, połyskiwały złotem i czerwienią. Korony drzew odbijały się w błękitnej wodzie. Alejkami po obu stronach stawu przechadzali się odświętnie ubrani ludzie. Magda podziwiała suknie i kapelusze dam. W Teatrze na Wodzie trwały chyba przygotowania do koncertu. Gdy powiał wiatr, dobiegały stamtąd dźwięki strojonych instrumentów. Gdzieś za drzewami ktoś grał na katarynce.

– A niech mnie... – syknął Filip.

Pomiędzy stolikami nadszedł kapitan Nowych. Uśmiechnął się do Piotra Citki i dosiadł do niego.

– Dasz radę złapać fonię? – zapytała Magda.

– Spróbuję.

Z teczki wyjął membranowy mikrofon kierunkowy i nieduży wzmacniacz. Ustawił go koło ławki i wpuściwszy słuchawkę w ucho, przez chwilę kręcił gałką.

– Mam ich. – Podał drugą słuchawkę Magdzie.

Dźwięk nie był najwyższej jakości, rozmowę przy stoliku trochę zagłuszały dźwięki dobiegające z innych stron.

– Widzisz, chłopcze – odezwał się kapitan Siergiej Nowych, nalewając sobie do szklanki odrobinę esencji z czajniczka. Dopełnił wrzątkiem z samowara. – To, co powiem, wyda ci się dziwne, a może nawet szalone.

– Nalegał pan na spotkanie, kapitanie. Wydawało mi się, że podczas przesłuchań w szkole powiedziałem wszystko. Zresztą zawsze staram się współpracować możliwie blisko. Śledczy Jakimiszyn...

– Oczywiście. Twoja lojalność jest nam znana. Tylko że to dopiero połowa problemu. Ci dwaj twoi sąsiedzi, Paweł i Michał Krukowscy, nie przypadkiem trafili do gimnazjum, do którego uczęszczałeś.

– Nie rozumiem...

– Widzisz, przeniknęli do gimnazjum, wtopili się pomiędzy uczniów. I zaczęli pytać o kogoś.

– O kogo?

– O ciebie. Fakt, że byłeś przez ten tydzień nieobecny...

– Leżałem chory. I ciągle jeszcze nie czuję się najlepiej.

– ...prawdopodobnie uratował ci życie.

Citko spojrzał uważnie na swojego rozmówcę.

- Dlaczego niby chcieliby mnie zabić? - zapytał ze zdziwieniem. - Czy ma pan na to jakieś dowody?

- Owszem. Sądzę, że ci dwaj nie byli stąd.

- Podobno przyjechali z Australii. Sądzi pan, że ktoś z tych aresztowanych z siatki szkolnej, którą wyśledziłem, ma na tyle długie ręce, żeby się dowiedzieć, że to ja, i wysłać kogoś, żeby mnie zabił? - zaniepokoił się.

- Powiem ci, ale zachowaj to dla siebie. Oni przybyli z przyszłości.

- Skąd?

- Cofnęli się w czasie. Żyją na początku XXI wieku.

- To niemożliwe.

Kapitan w zadumie spojrzał na park.

- To, niestety, ponura prawda - powiedział. - Przypuszczam, że twój syn, wnuk, a może prawnuk, będzie kimś ważnym. Przybywają tu, by naprawić swoją przeszłość. Wyobraź sobie, że na przykład twój potomek urządzi kolejne powstanie narodowe.

Piotr uśmiechnął się lekko.

- I że ochrana, na przykład w roku 1950, buduje maszynę do przemieszczania się w czasie. Wysyłają kogoś, zabija ciebie tutaj i powstanie nie wybuchnie nigdy.

- To brzmi sensownie - przyznał Citko. - Ale wydaje mi się to mało prawdopodobne. Tak po prostu cofnąć się w przeszłość?

- Mamy dowody. Ochrana zajmuje się tym problemem od dziesięcioleci. Namierzyliśmy paru. Dwóch nawet udało się schwytać. Widzę, że mi nadal nie wierzysz...

- Wybaczy pan, kapitanie, ale to brzmi jak bajka. Dość idiotyczna, za przeproszeniem.

– Zobacz to. – Śledczy odpiął z nadgarstka swój zegarek i podał go rozmówcy.

– Niebywałe!

– Zdobyczny. To przykład ich niesamowitej technologii. Umieją robić nie takie rzeczy. Ruchome obrazki, kolorowe zdjęcia, pozytywki nagrywające głos. Technika bardzo pójdzie do przodu przez następne sto dwadzieścia, sto trzydzieści lat.

Umilkł, a jego twarz ściągnęła się na myśl o straconym laptopie.

– A zatem spróbują mnie zabić? Żeby zmienić to, co dla nas jest przyszłością, a dla nich historią? – Citko nadal podziwiał zegarek.

– Tak sądzę.

– A ci dwaj z mojego gimnazjum, bracia Krukowscy. Dlaczego tego nie zrobili?

– Jeden gdzieś wsiąkł. Sprawdziliśmy, w żadnym z warszawskich szpitali nie pojawił się nikt pasujący do rysopisu. Drugi nie zdążył nic zdziałać, bo kazałem go aresztować. Niestety, mimo wszelkich środków ostrożności zdołał nam uciec.

– Wróci, żeby mnie wykończyć?

– Obawiam się, że nie. Uciekł w przyszłość, a teraz przybędą nowi, których nie znamy ani ty, ani ja. I to oni podejmą misję.

– Co mam robić? Uważać na wszystkich młodych ludzi w zasięgu wzroku?

– Poniekąd. Nie poznali chyba tajemnicy niewidzialności. Musisz po prostu zachować ostrożność, mogą próbować cię zastrzelić albo zarżnąć. Unikaj miejsc odludnych, bram, parków po zmroku. Nie chodź nigdzie sam. Masz broń?

– Mam rewolwer od agenta Gorypina.

– Amunicja?

– Wystarczy.

– Strzelaj zawsze w twarz. Ich ubrania mogą być odporne na przebicie kulą. To doraźne środki ostrożności. Sądzę, że skompletowanie kolejnej ekipy zajmie im kilka dni. Musisz zakończyć wszystkie bieżące sprawy i uciec. Za dwa, trzy dni musisz być w drodze. Najlepiej będzie, jeśli opuścisz Przywiślański Kraj. Prawdopodobnie namierzyli cię, znajdując jakieś dokumenty szkoły. Musisz zmienić nazwisko.

– To bardzo trudne.

Nowych wyjął z kieszeni paczuszkę.

– To proste. Tu są dla ciebie dokumenty. Unikaj ludzi noszących na lewej ręce szeroką srebrną bransoletę. Po tym można rozpoznać tych „gości".

Obaj umilkli. Kelner przyniósł ciastka.

* * *

– Cholera – zaklął Filip. – Nowych rozpowiada wszystkim wokoło o podróżach w czasie.

– Tego nie unikniemy – westchnęła Magda.

– Mamy neurotoksynę. Ile to daje, dwa tygodnie amnezji?

– Tak, ale nie do końca. Będzie pamiętał w ogólnych zarysach, umkną mu szczegóły. To łagodnie działający środek.

– Musimy go tym poczęstować, a potem złapać tego Citkę, zanim zwieje, i sprawdzić, czy to on.

– To się da zrobić. – Otworzyła futerał altówki, wyjęła kolbę i lufę i zaczęła skręcać karabin.

– Zwariowałaś?

– Poczęstuję Nowycha toksyną. To nie więcej niż pięćdziesiąt metrów, pewny strzał. Cofnę się tylko w krzaki. Z tamtego bzu będzie idealnie. Trafię go ampułką w plecy, to będzie proste jak na strzelnicy.

– Wydaje mi się to cholernie ryzykowne. Tu wszędzie są tłumy ludzi. Jak mu się coś wbije w plecy, będą szukać.

– W tych czasach jeszcze nie było snajperów.

Rozejrzał się. Krzak był dość gęsty, by zasłonić Magdę od strony ścieżki. Ale od stawu będzie widoczna jak na dłoni.

– Nie ryzykuj – powiedział. – Zbyt śliska sprawa.

– A gdzie tam. – Uśmiechnęła się.

Karabin wydał cichy szczęk, gdy części wskakiwały na właściwe miejsca. Magda wstała z ławki i stanęła tak, żeby krzaki zasłaniały ją od tyłu i z boków. Wsunęła ampułkę z toksyną do ładownicy. Przeładowała. Spokojnie przyłożyła kolbę do policzka. Pod palcami czuła miłą w dotyku fakturę polerowanego kasztanowego drewna. Zdjęła zabezpieczenie z obiektywu celownika optycznego. Wcisnęła guzik. Laserowy dalmierz, automatyczne ustawienie odległości, ostrości. Na plecach kapitana pojawiła się czerwona plamka. Przesunęła ją odrobinę w bok, żeby przypadkiem nie trafić w kręgosłup, i miękkim, wyćwiczonym ruchem pociągnęła za języczek spustu. Odrzut był minimalny. Za to gwizd rozprężającego się gazu spłoszył kaczki na jeziorze. Pocisk pomknął i...

Na ułamek sekundy przed pociągnięciem za spust pomiędzy nią a cel wszedł kelner, dzierżąc tacę z samowarem. Lotka uderzyła w metalową ściankę i wbiła się do środka. Samowar upadł na ziemię, wokoło chlusnął wrzątek i posypały się węgle. Siedzący poderwali się, odskoczyli z wrzaskiem. Kilku stojących najbliżej, w tym Nowych i Citko, zobaczyli sterczący z polerowanego mosiężnego brzuśca koniec lotki.

Magda stała jak skamieniała, trzymając broń w ręce. Ocknęła się niespodziewanie i wyjąwszy z torby drugi pocisk, zapakowała do ładownicy. Uniosła broń do oka. Trzasnął repetowany zamek karabinu. I wtedy ją zobaczyli.

Kilka osób ze stolików wokoło poderwało się na równe nogi. Filip wiedział, że to, co widzą, całkowicie ich zaskoczyło. Stojąca na brzegu stawu dziewczyna w sukni z morelowej barwy jedwabiu, trzymająca karabin w ręce.

– Sukinsyny z przyszłości – wycharczał Nowych. – Zabić ją! – krzyknął do otaczających go oficerów. Odsłonił odznakę ochrany ukrytą pod klapą kurtki. – Zamachowcy!

Kilka osób wyrwało rewolwery z kabur. Filip, który chwilę wcześniej zerwał się z ławki, skoczył i przewrócił Magdę na ziemię. Huknęło naraz siedem lub dziesięć wystrzałów. Liście i gałązki bzu posypały się na trawę i leżących.

Citko pochylił się nad rozbitym samowarem. Złapał koniec lotki.

– Uważaj z tym – powiedział Nowych. – Może wybuchnąć.

Młody konfident wyrwał tajemniczy pocisk i trzymał go w dłoni. Nieoczekiwanie krzyknął i puścił. Parzyła w palce. Upadła na kamienne płyty dziedzińca i strzeliła płomieniem. Żar był straszliwy. Zatlił się obrus na stole. Blade języki ognia przygasły. Pozostało tylko trochę czarnego pyłu. Żadnych śladów.

Nowych spojrzał na brzeg. Oficerowie nadal razili krzak chaotycznym ogniem.

– Gońmy ich! – krzyknął i roztrącając stoliki, z naganem w dłoni puścił się biegiem w stronę mostka.

* * *

Magda i Filip na czworakach, przypadając do ziemi, przedzierali się przez krzaki. Kule świstały nad głowami. Naraz palba ucichła. Usłyszeli, jak Nowych wywrzaskuje instrukcje. Poderwali się i wypadli na alejkę.

– Masz futerał? – zapytała, unosząc karabin.

Puknął się palcem w czoło.

– Chodu! – wrzasnął.

– Brać ich żywcem! – krzyknął ktoś po rosyjsku.

Tupot podkutych oficerek na alejce. Rzucili się do ucieczki w stronę oranżerii. Dziewczyna przerzuciła sobie broń przez plecy.

Długa, piękna suknia była fatalnym strojem do biegów przełajowych przez krzaki. Minęli pędem Biały Domek – uroczą piętrową willę, w której kiedyś król Staś trzymał swój prywatny harem. Huk wystrzałów zaalarmował spacerowiczów. Mnóstwo osób rozglądało się z niepokojem. Dwójka biegnących nie uszła ich uwadze. Jakiś mężczyzna w mundurze zastąpił im drogę. Rozłożył szeroko ręce, wyraźnie chcąc schwytać oboje za jednym zamachem. Magda, nie przerywając biegu, sięgnęła po karabin, ale Filip był szybszy. Wbił mężczyźnie w brzuch paralizator elektryczny i władował kilkanaście tysięcy wolt. Ścigający dostrzegli ich i znowu huknęły strzały. Jakaś zbłąkana kula roztrzaskała kamienny wazon. Wpadli między drzewa. Pociski, rykoszetując o żwir alejki, wzbijały obłoczki kurzu.

– Do góry – polecił Filip.

Biegli, starając się kluczyć od drzewa do drzewa. Z dołu świstały kule. Okrągły budyneczek wodozbioru. Schyleni wspinali się na skarpę za nim.

Na chwilę zgubili pościg, ale dziesiątki ludzi, którzy widzieli ich ucieczkę, nakierowało Nowycha i jego bandę na właściwy kierunek.

Wybiegli na alejkę prowadzącą trawersem skarpy do góry. Przez chwilę widzieli prześladowców. Kilkudziesięciu wojskowych goniło ich zapamiętale. Dostrzegli uciekających i znowu park wypełniło echo wystrzałów. Kula drasnęła suknię Magdy. Wyszarpnięte przez pocisk jedwabne nitki zawirowały w powietrzu.

Na małym placyku przy górnej bramie stał jeden z porządkowych. Zaniepokojony odgłosem strzelaniny spoglądał w alejkę. Na ich widok ruszył w pościg. Złapał dziewczynę za włosy, strącając jej kapelusz. Nie odwracając się, uderzyła go kolbą karabinu między nogi. Zawył i zwinął się w kłębek.

– Nie tego mieliśmy wysterylizować – zażartował zasapany Filip.

Brama parku była gościnnie otwarta, ale w solidnym zamku kiwał się klucz. Szarpnęli jak na komendę oba skrzydła i zatrzasnąwszy je za sobą, przekręcili klucz. Wybiegli na ciągnącą się wzdłuż płotu ścieżkę do konnej jazdy. Pościg wypadł właśnie na placyk. Oficerowie przeskakiwali nad leżącym ciągle strażnikiem. Przez pręty ogrodzenia znowu otworzyli ogień. Po ścieżce jechali konno ludzie. Mężczyźni w bryczesach, kobiety siedziały w damskich siodłach. Zwierzęta na dźwięk strzałów spłoszyły się. Jeźdźcy ściągnęli wodze. Przyglądali się z zaskoczeniem dwójce zziajanych podróżników biegnących wzdłuż ogrodzenia. Magda kulała coraz bardziej i z rozpaczą uwiesiła się ramienia Filipa.

– Skaczemy do przyszłości – zaproponował.

– Zwariowałeś? Tu jest krater, ten przy zamku Ujazdowskim... – wysapała.

W oczach miała łzy. Siedzący na ładnej kasztanowej klaczy elegant podjechał zaciekawiony, żeby im się lepiej przyjrzeć.

– Co wy za jedni? – zapytał ostro.

Z tyłu znowu rozległo się kilka strzałów i donośny brzęk metalu. Ścigający usiłowali przestrzelić zamek w bramie. Kilku migało za drzewami. Biegli wzdłuż ogrodzenia, chcąc ostrzelać zamachowców z boku. Nie było czasu do stracenia.

Filip bez słowa skoczył i potężnym szarpnięciem zwalił fircyka na ziemię. Przyładował zaskoczonemu z paralizatora i poprawił gazem obezwładniającym. Wybił się ze strzemienia i chwyciwszy Magdę wpół, wywindował ją na kulbakę. Uderzył klacz piętami.

– Wio! – wrzasnął.

Koń sprężył się jakby do skoku i ruszył galopem. W ostatniej chwili. Zamek bramy puścił i pościg wysypał się na ścieżkę. Ścigający, widząc, że zdobycz umyka, znowu zaczęli strzelać. Jedna z kul strąciła Filipowi czapkę z głowy, druga uderzyła go w rękaw kurtki, trzecia zerwała Magdzie obcas buta. Po chwili zakręt ścieżki gęsto obsadzonej drzewami zasłonił ich przed pociskami.

– Dzięki – powiedziała, całując go w policzek.

– To wszystko przez te twoje głupie pomysły – burknął. – Zaraz zdobędą konie i nas dogonią.

Przemknęli koło obserwatorium i pomknęli przez plac obok cerkwi.

– Świetnie jeździsz konno – pochwaliła go.

– Drugi raz w życiu. I nie wiem, czy uda mi się skręcić.

Magda zadrżała, w jej oczach malował się ból.

– Jesteś ranna? – zaniepokoił się.

– Tylko draśnięcie – powiedziała. – Trochę szczypie, ale jest powierzchowne. Chyba...

Obejrzał się. Oficerowie na koniach, widocznie zabranych spacerowiczom, wypadli z parku. Na placu było sporo ludzi wychodzących z cerkwi, więc nie odważyli się strzelać. Filip mocniej uderzył swojego wierzchowca obcasami. Stójkowy odprowadził ich zdumionym spojrzeniem. Na szczęście miał tylko szablę. Kolejny kawałek Alei Ujazdowskich, po obu stronach pojawiały się parki. Filip wahał się tylko chwilę. Szarpnął cuglami, a klacz posłusznie zakręciła w lewo. Obejrzał się i spostrzegł, że do Nowycha i jego bandy przyłączyło się kilkunastu kozaków. Wpadli między drzewa. Przed nimi wyrosła drewniana konstrukcja. Dolina Szwajcarska, letnie teatry i muszla koncertowa.

Zeskoczył z konia i ściągnął z siodła Magdę. Puścił klacz w krzaki i ruszył szybko wokoło budynku. Po drugiej stronie, tak jak to kiedyś widział na zdjęciu, znajdował się postój dorożek. Złapał przyjaciółkę na ręce i podbiegł do pierwszej.

– Do szpitala Świętego Ducha! – krzyknął na tyle głośno, żeby wszyscy usłyszeli. – Moja towarzyszka jest ciężko ranna.

Wskoczył do budy i dorożkarz zaciął konie batem. Pomknęli Koszykową i po chwili wyjechali na Marszałkowską. Przed nimi jechała identyczna drynda.

– Proszę zjechać w prawo – polecił Filip.

Woźnica się odwrócił.

– Ech, wy konspiratorzy – warknął ze złością.

Chłopak bez słowa pokazał mu dziesięciorublowy banknot. Dorożkarz już o nic nie pytał. Posłusznie wykonał polecenie.

– Jest szansa, że polecą zastawić na nas pułapkę przy szpitalu na Elektoralnej – szepnął Filip.

Magda zadrżała w jego ramionach. Zatrzymali się na skwerku pomiędzy kamienicami. Chłopak podał banknot woźnicy.

– Jeśli kochasz ojczyznę i zależy ci na jej wolności, milcz – szepnął cicho, ale poważnie.

– Się wie! – Dorożkarz poskrobał się po głowie.

A potem zawrócił.

– Co zrobimy, jeśli zamkną ulice? – zaniepokoiła się Magda.

– Nie wiem. Też miałaś pomysł z tym karabinem. Gratuluję... – Uśmiechnął się z przekąsem.

Rozkręcił broń i schował do torby. Miał szczęście, że nie zgubili jej podczas pościgu.

– Co z futerałem? – zaniepokoiła się.

– Został na ławce. Szlag by trafił. Ale w sumie to tylko pudło na altówkę. Musimy dorwać Citkę. I zneutralizować Nowycha. Masz jeszcze jeden pocisk z toksyną?

– W ładownicy.

Ruszyli naprzód, Magda trochę kulała. Na ulicy na szczęście nie było widać żadnego stójkowego. Jeden problem z głowy. Oboje zanurkowali w bramę, gdzie mieścił się zakład krawiecki. Musieli jak najszybciej zmienić wygląd.

– Czym możemy służyć? – zagadnęła drobna czarnowłosa dziewczyna.

Była chyba w wieku Magdy. Karnacja sprawiająca wrażenie lekko przydymionej, ciemne oczy, gruby czarny warkocz z kokardą i charakterystyczny akcent zdradzały semickie pochodzenie. Zapewne córka krawcowej albo najęta do pomocy.

– Moja narzeczona rozdarła suknię – wyjaśnił.

Faktycznie, podczas przedzierania się przez krzaki suknia Magdy doznała kilku poważnych uszczerbków. Była też utytłana ziemią.

– Życzycie sobie państwo zacerować?

– Wolelibyśmy kupić coś nowego, jeśli tylko znajdzie się jakaś gotowa.

Panienka uśmiechnęła się i centymetrem szybko obmierzyła jego towarzyszkę.

– Chyba coś zaraz wyszukamy – powiedziała.

Faktycznie, z zaplecza przyniosła niebieską sukienkę, z grubsza pasującą rozmiarem.

– To niestety tylko bawełna – powiedziała, z szacunkiem badając fakturę porwanego stroju Magdy. – Ale na dotarcie do domu powinna się nadać...

Uśmiechnęli się oboje. Dziewczyna poprosiła na zaplecze. Po chwili Magda wynurzyła się odmieniona nie do poznania.

Obok mieścił się też zakład kapeluszniczy, gdzie nabyli gustowne nakrycia głowy. Filip kupił sobie maciejówkę, a w bramie zdjął marynarską kurtkę i wywrócił ją na drugą stronę, zamieniając w czerwoną czerkieskę. Jeszcze tylko buty dla Magdy i mogli znowu wyjść na ulicę.

Niebawem dotarli do placu Trzech Krzyży. Wyglądał jak mrowisko, w które wdepnął dzik. Kilkanaście patroli kozackich przemknęło z tętentem kopyt w stronę Nowego Światu.

– Zaraz nas dorwą – zadrżała.

– Nie ma obawy. Nie widzieli twojej twarzy wystarczająco długo, żeby zapamiętać. Jeśli rozesłano wiadomość, to tylko odnośnie naszego wieku i stroju. Ale jeśli się boisz, to możemy stanąć w jakiejś bramie i wyślę cię z powrotem. Koło Muzeum Narodowego teren jest odkażony.

– Nie. – Pokręciła głową. – Skoro twierdzisz, że ryzyko nie jest duże, to kontynuujmy misję.

Popatrzył na nią z podziwem. Złapali kolejną dorożkę.

– Na uniwersytet – polecił Filip.

– O rany – westchnęła Magda, opadając na miękkie skórzane siedzenie. – Ale była zadyma...

– Na przyszłość musimy być bardziej ostrożni. Ledwo uszliśmy z życiem.

– Dokąd teraz?

– Sądzę, że zaczaimy się na naszego drogiego Piotra Citkę.

– Ale gdzie?

– W jego mieszkaniu.

Było już wczesne popołudnie. Życie na ulicy toczyło się swoim rytmem. Przebiegł chłopiec, tocząc za pomocą patyka fajerkę z pieca. Sprzedawcy zapałek, cygar, papierosów, gazet wędrowali ze swoimi przenośnymi kramikami. Przy ławce stał staruszek i pobierał opłaty za odpoczywanie, pięć kopiejek za kwadrans. Dwie dziewczyny z dużymi wiklinowymi koszami sprzedawały czekoladki. Były też kwiaciarki. Gdzieś w bramie pokątnie sprzedawano wódkę na szklanki.

– Ile w tych ludziach życia! – Magda syciła się atmosferą ulicy. – Aż się nie chce wierzyć, że wszyscy od stu lat nie żyją...

– Teraz jesteśmy tu. W pewnym sensie to nasza teraźniejszość. Jeszcze przez kilka godzin...

– Sądzisz, że jest możliwe, że to właśnie nam uda się odwrócić historię? – zapytała.

– Myślę, że tak. Jeśli ten Citko jest właściwym Citkiem... Citką... Choroba, jak to odmienić? Chyba tylko nasz naród mógł wybrać na prezydenta kogoś o tak idiotycznym nazwisku.

– Nie wiem. Nieważne.

– No, masz rację, nieważne. Jeśli to ten, którego szukamy, to być może dokonamy zmiany. Być może nigdy już nie będzie nam dane odwiedzić tej epoki.

– Żałujesz?

– Tak. Zobacz, że tym ludziom nigdzie się nie spieszy. Umieją się cieszyć spacerem, wolnym dniem. Umieją korzystać z krótkich chwil odpoczynku.

Minęło ich kilka patroli. Parokrotnie oficerowie zatrzymywali na nich wzrok, ale za każdym razem obojętnie jechali dalej. Opis stroju się nie zgadzał.

– Poprosimy na Stare Miasto – Filip zmienił dyspozycję.

– Ta jest – mruknął woźnica.

Magda przechyliła głowę i spojrzała na przyjaciela.

– Dlaczego tam? – zapytała.

– Citko nam nie ucieknie. Pamiętasz, miał zostać jeszcze kilka dni i uporządkować jakieś swoje sprawy. A Nowych siedzi w Cytadeli jak pająk w sieci. Tam, w środku, nie mamy szans go dopaść. Ale przyjmując, że to on poderwał tych wszystkich ludzi, żeby nas złapać, to za kilka godzin powinien zniechęcony wracać do domu. A wtedy go kropniemy.

Uśmiechnęła się szeroko. Zatrzymali się na placu Zamkowym. Filip zapłacił i ruszyli w wąskie zaułki.

– To najkrótsza droga – wyjaśnił. – Przez Krakowskie Przedmieście, Starówkę i Nowe Miasto. Mamy jakieś pięćdziesiąt procent szans, że będzie jechał tędy.

Mury staromiejskie, tak ładnie odsłonięte i zakonserwowane częściowo w okresie międzywojennym, a częściowo po wojnie, w latach osiemdziesiątych XIX stulecia, ukryte były w gęstej zabudowie. Na fundamentach barbakanu też stała spora kamienica czynszowa.

– Tu się kiedyś urodzi Papcio Chmiel – wyjaśnił Filip, klepiąc kiepsko otynkowany mur.

– Ten od Tytusa, Romka i A'Tomka? – zdziwiła się.

– Właśnie.

Filip poprowadził ją ulicą Freta, a potem Zakroczymską. Przy jednej z ostatnich kamienic zatrzymali się.

– Spróbujmy wejść na dach – szepnął.

Weszli w bramę. Na podwórzu kręcił się cieć, ale szczęśliwie ich nie zauważył. Weszli tak cicho, jak tylko się dało, na ostatnie piętro.

– I kicha – westchnął Filip, patrząc na sufit.

Żadnej klapy.

– Co robimy? – szepnęła. – Zaraz ktoś tu może wejść.

Drzwi do pokoju na poddaszu. Pokoju, którego okna powinny wychodzić na ulicę. Filip ostrożnie nacisnął klamkę. Były zamknięte na głucho. Zapukał. Nikt nie odpowiedział. Wyjął z kieszeni komplet wytrychów i błyskawicznie sforsował niezbyt wymyślny zamek.

Weszli do małego, ciasnego pomieszczenia. Gruba warstwa kurzu wskazywała, że było użytkowane jako skład rupieci. Okno też było. Małe, zasnute pajęczynami, ale było. Zamknęli za sobą drzwi. Widok na ulicę znakomity.

– A teraz wystarczy czekać – powiedział lotnik.

Magda siadła plecami do niego i oglądała łydkę. Z torebki wyjęła plaster i zalepiła ranę.

– Chyba powinnaś sobie zrobić zastrzyk przeciwtężcowy, jak już wrócimy – zauważył.

– Chyba masz rację. – Kiwnęła głową. – Płytka rana, ale boli jak diabli.

Czas płynął bardzo powoli. Na zmianę dyżurowali przy oknie. Dziewczyna wyczyściła karabin.

– Mamy go – odezwał się nieoczekiwanie Filip.

Podeszła z bronią do okna. Kapitan Nowych siedział w otwartej bryczce ze złożoną budą. Na kolanach piastował futerał od altówki.

– Walisz z przodu czy z tyłu? – zagadnął.

Zastanawiała się tylko przez chwilę.

– Z tyłu się nie da. Trzymaj mnie.

Wychyliła się nieco za parapet i przyłożyła kolbę do policzka. W krzyżyku celownika pojawił się dorożkarz, na wpół drzemiący na koźle. Przesunęła broń nieco w lewo. Nowych na tylnej kanapie. Wycelowała mu mniej więcej w pępek i przesunęła odrobinę, żeby nie trafić w któryś z guzików munduru. Uruchomiła dalmierz i automatyczne ustawianie. Na mundurze kapitana pojawiła się ogniście czerwona kropka celownika laserowego. On też ją zauważył. Potarł dłonią, a potem uniósł głowę. Syk gazu dzięki tłumikowi był cichy. W brzuch śledczego wbiła się lotka. Złapał ją i usiłował wyrwać. Za późno. Rozprężający się gaz wstrzyknął mu substancję głęboko w mięśnie. Poczuł zawrót głowy i wreszcie wyszarpnął pocisk. Lotka zaczęła się rozgrzewać.

Filip i Magda zbiegli po schodach i wyskoczyli na ulicę. Dorożka zatrzymała się. Nowych, blady jak trup, stał na chodniku, przyciskając dłoń do brzucha. Na ich widok błysk zrozumienia pojawił się w jego oczach. Usiłował sięgnąć po broń, ale bezwładne palce nie mogły poradzić sobie z kaburą. Opadł na kolana. Filip sięgnął nad jego ramieniem i porwał z siedzenia futerał. Kapitan osunął się na ziemię. Magda zdjęła mu z przegubu dłoni zegarek Casio.

– Coście mu zrobili? – Dorożkarz szedł w ich stronę z batem w ręce.

– Wynoś się, bo zabijemy jak tego rosyjskiego psa. – Magda wycelowała w jego brzuch lufę karabinu.

Posłuchał natychmiast. Po chwili uciekali krętymi uliczkami Starówki.

Zapadał zmierzch.

– Co z Nowychem? – zapytał Filip.

– Będzie nieprzytomny przez jakieś osiem godzin – wyjaśniła. – Ale ten woźnica w tej chwili stawia na nogi całe miasto.

– Spokojnie, wymkniemy się.

Na placu Zamkowym wsiedli do tramwaju i po kilkunastu minutach byli koło uniwersytetu. Przemknęli przez bramę i cuchnące podwórze. Wdrapali się na ostatnie piętro.

– Pamiętasz, ma rewolwer – szepnęła.

– Owszem, ale nie sądzę, żeby wystrzelił przez drzwi – mruknął Filip.

Dioda na porażaczu elektrycznym paliła się dość słabo. Energii wystarczy jeszcze na jeden, może dwa razy.

– Może ja powinnam zapukać – zaproponowała. – Nie strzeli chyba do kobiety, tym bardziej w moim wieku.

Pokręcił głową.

– To jakieś ścierwo – powiedział. – Pamiętasz, co słyszeliśmy nad stawem? Konfident ochrany, kogoś już wystawił, widział nas, może rozpoznać. W dodatku sądzi, że przybyliśmy, żeby go zabić. Cofnij się za róg. Zastukał. Milczenie. Zastukał raz jeszcze. Nikt nie otwierał. Nacisnął ostrożnie klamkę. Drzwi pokoju Citki były zamknięte, ale wielofunkcyjny wytrych Filipa pozwolił sforsować i ten zamek. Weszli i zamknęli od środka. Z okna roztaczał się widok na uniwersytet.

– Dziwne – zauważył, podziwiając okolicę. – Jest niedziela, a tam snuje się całkiem sporo ludzi. I to niezbyt wyglądających na studentów.

– Chyba coś kiedyś czytałam. – Magda spojrzała mu przez ramię. – Teren uczelni w tych czasach pełnił podobną rolę jak amerykańskie kampusy. Ludziska, znaczy wykładowcy, mieli tam mieszkania. To pewnie oni i ich rodziny.

Niańki i bony wyprowadziły dzieci na poobiedni spacer. Kilku mężczyzn, siedząc przy wystawionym przed budynek stole, dyskutowało zawzięcie.

– Sądzę, że w tej epoce doceniliby uroki grillowania – uśmiechnął się chłopak.

– Nie nauczymy ich – zażartowała. – Obowiązuje nas zasada nieingerencji. Zresztą mają samowary.

Z nudów zaczęli przeglądać książki leżące na stoliku. Nic ciekawego, jakieś dziełka podróżnicze, dwutomowe wydanie pamiętników Humboldta, trochę rosyjskiej klasyki, widocznie lektury szkolne. Do szafki i walizki leżącej pod łóżkiem nie wypadało zaglądać. I nie było takiej potrzeby.

Była już prawie ósma wieczorem, gdy usłyszeli dreptanie po schodach. Magda przeciągnęła się kusząco i wstała z krzesła. Filip ujął paralizator. Stanęli tak, żeby wchodzący ich nie widział.

Chrobot klucza w zamku. Skrzypnięcie nigdy nieoliwionych zawiasów. Trzask wyładowania elektrycznego. Magda podtrzymała osuwającego się gimnazjalistę, Filip zatrzasnął drzwi i przekręcił klucz w zamku. Citko nie stracił przytomności, ale porażone mięśnie nie pozwalały mu przez dłuższą chwilę odzyskać kontroli nad rękami i nogami. Rzucili go na łóżko i przywiązali starannie kostki i nadgarstki do stalowej ramy. Sznurki naszykowali sobie wcześniej.

– Wrzaśniesz – zabiję – zapowiedział Filip.

Leżący wpatrywał się w nich zdumiony.

– Czego chcecie? – zapytał.

– Zgadnij.

Zamyślił się na dłuższą chwilę.

– Moment – powiedział. – Skoro ci dwaj, co mieszkali obok, byli z przyszłości, to wy, skoro o nich pytaliście, pewnie też. A to znaczy, że skoro oni chcieli mnie zabić, to wy...

Szarpnął się rozpaczliwie.

– Nie będziemy cię zabijać – uspokoił go Filip. – Nie ma takiej potrzeby.

Magda wyjęła z torby zestaw do analiz. Delikatnie wbiła igłę w żyłę leżącego i naciągnęła centymetr sześcienny krwi. Citko przyglądał się temu zdumiony.

– Co wy, u licha, wyprawiacie? – zapytał skołowany.

– Tego nie możemy ci powiedzieć. Nie wolno dostarczać wam wiedzy, do której jeszcze nie dorosła wasza cywilizacja. – Dziewczyna wpuściła po odrobinie krwi do sześciu kolejnych probówek. – Pomyśl sobie, że jesteśmy wampirami, będzie ci lżej.

Roztwory powoli zaczęły zmieniać kolor.

– Jeszcze kilka minut. – Sprawdziła czas na kieszonkowym zegarku.

Ciche skrzypnięcie schodów. Filip gestem nakazał milczenie i przyłożył ucho do drzwi.

– Ktoś się tu skrada – powiedział. – Wiesz coś o tym? Citko pokręcił głową.

– Nowych to ścierwo – powiedziała Magda. – Wystawił go, żeby nas dorwać.

– Nie przypuszczam. Raczej nie przewidział, że możemy się zaczaić w jego mieszkaniu. Sądzę, że jest inaczej. Ktoś tam na ciebie na dole czekał – zwrócił się do jeńca. – Nie wyszedłeś w ciągu kilkunastu minut i wtedy agenci się domyślili.

– Tym razem nie uciekniecie... – Citko uśmiechnął się pogardliwie.

Filip wyjrzał oknem. Na terenie uniwersytetu pojawiło się kilku facetów. Łazili pozornie bez celu, co wyróżniało ich z tłumu.

– Dom jest otoczony. Pora chyba się pożegnać.

– Skaczemy stąd? – zaniepokoiła się Magda.

Przymknął oczy.

– Nie mamy innego wyjścia.

– Stabilizacja pola będzie bardzo słaba – westchnęła. – Wziąć go jako zakładnika, przystawić mu pistolet pod brodę i powinni nas przepuścić.

– To się chyba nie uda – zaoponował jej towarzysz. – Zresztą nie mamy pistoletu.

– On gdzieś ma...

– Ochrana chyba nie zdaje sobie sprawy, że powinna ratować w takim przypadku zakładników. To jeszcze nie jest ten etap rozwoju cywilizacyjnego.

Ktoś strzelił pod zamek. Drzazgi zawirowały w powietrzu. Filip wyjął z teczki przenośny emiter sygnału. Wystukał sekwencję kodu. Położył palec na przycisku.

– Skaczesz pierwsza – polecił.

– Moment. – Pochyliła się nad leżącym i energicznie szarpnęła go za włosy.

Zawył. Odskoczyła, położyła się na podłodze, zwinęła w kłębek. Wcisnął guzik. Huknęło powietrze wypełniające próżnię.

– Lepiej nie opowiadaj o tym nikomu – powiedział Filip do przywiązanego.

Zwinął się również i tuląc skrzynkę do piersi, uruchomił ją. Agenci ochrony wyłamali drzwi. Ale już było za późno. Przybysze z przyszłości zniknęli. Tylko na stole pozostały fiolki, wypełniając powietrze obcym dla tej epoki zapachem odczynników.

* * *

Bąbel zniknął. Wokoło rozciągała się próżnia. Filip poczuł ze zdumieniem, że wisi w powietrzu, a potem zadziałała grawitacja i poleciał w dół. Mijał wypalony, potrzaskany mur kamienicy. Dopiero jakieś sześć metrów niżej uderzył ciężko w kupę gruzu. Na szczęście jakieś przegniłe dechy złagodziły jego upadek.

Poczuł przeszywający ból w kostce, zardzewiały gwóźdź rozdarł mu łydkę. Rozejrzał się wokoło. Wstrząs sejsmiczny po wybuchach jądrowych zerwał podłogi. Mury popękały. Poddasze, z którego skakali w przyszłość, już nie istniało. Podobnie jak dach. Cały pion zapadł się i dopiero w połowie wysokości budynku jakiś szczególnie mocny strop zatrzymał obwał. Magdy nigdzie nie było widać. Czekał. Wreszcie wysoko nad nim rozległo się znajome brzęczenie. Magda. Bąbel eksplodował. Z nadwerężonych murów posypały się cegły. Fala powietrza rozchodzącego się z potworną szybkością rzuciła studenta na gruzowisko, a w chwilę później z nieba spadła na niego dziewczyna. Odrobinę zdołał złagodzić jej upadek. Niebieska sukienka zaczepiła o jakiś wystający element, rozdarła się z trzaskiem i została na górze. Mury zadrżały, ale nic więcej się nie stało.

Był chyba wieczór. Spojrzał na przyjaciółkę, aby sprawdzić, czy nic jej nie jest. Zamarł zaskoczony. Spojrzał jeszcze raz. I ryknął śmiechem, nie mógł się powstrzymać. Trzymał Magdę w ramionach i dziko chichotał.

Majtki z nogawkami do kolan i z kokardką na tasiemce, haftowana w różyczki jedwabna krochmalona halka, spod której prześwitywał fiszbinowany gorset, na nogach pończochy do kolan ściągnięte grubymi aksamitnymi wstążkami. Na rękach koronkowe rękawiczki sięgające łokci, zapinane na kilkanaście drobnych guziczków.

– No co, dziewczyny w bieliźnie nie widziałeś? – zapytała i też się roześmiała.

Siedzieli na rumowisku, nad ich głowami sunęły różowe chmury, przez wybite okna dmuchał wiatr. Trzymali się za ręce i chichotali. Wrócili do domu.

– Żyjemy – westchnął. – Szkoda tylko, że nie spóźnili się kilka minut. Nie zrobiliśmy analiz, nie wiemy, czy...

– Co się odwlecze, to nie uciecze. – Rozchyliła zaciśniętą dłoń, pokazując mu swój łup: kilkanaście włosów wyrwanych podejrzanemu. – To wystarczy, żeby przeprowadzić badania DNA.

Rozdział 9

Filip i Sławek siedzieli w gabinecie profesora Rawicza. O szyby dobrze uszczelnionego okna bił ciężki jesienny deszcz.

– Spodziewaliśmy się tego. – Uczony w zadumie nabił fajkę i odłożył niezapaloną na blat.

– Czy zmiany są aż tak poważne?

– Zrobiliście niezłą zadymę na pół miasta. Choć i tak spodziewaliśmy się gorszych następstw. W naszych bazach brakuje około dwudziestu ludzi. Nie urodzili się. Paradoks dziadka.

– Myśmy ich zabili – zasępił się Filip.

– Tak. Ale trudno mi ciebie obwiniać. Ratowałeś przyjaciół, nie myślałeś o konsekwencjach.

– Więc doszło do zmian historii? – zapytał Sławek.

– Kto był dowódcą w czasie bitwy warszawskiej w 1921 roku? – profesor zwrócił się do studenta.

– Generał Rozwadowski.

– O Jezu... – szepnął młodszy chłopak. – O rany boskie... Przecież Józef Piłsudski...

– Kto?!

– W naszej wersji historii – uczony znowu bawił się fajką – strategiem, który wymyślił plan bitwy, był faktycznie Rozwadowski, jednak wodzem naczelnym i człowiekiem, któremu przypisano całą zasługę, był Piłsudski. Z twojego DVD dowiedzieliśmy się, że poległ jeszcze w 1914.

– Dlaczego w takim razie nie zadziałał efekt insekta? – Filip spojrzał Rawiczowi w oczy.

– Nie wiem. Może takie zmiany są jeszcze dopuszczalne?

– Może cały ten efekt to bzdura, a Igor zginął, bo nastąpił defekt bransolety – podsunął Sławek.

– Raczej nie, efekty fizyczne byłyby inne.

– Czy będziemy kontynuowali misję? – zapytał student.

– Nie wygląda to najlepiej. – Uczony zmarszczył czoło. – Magda ma zwichnięty staw kolanowy, nastawiliśmy, ale przez kilka dni będzie kulała. Paweł... Sami wiecie. Też musi odpocząć. Michał ciągle w szpitalu.

– Zostaliśmy my dwaj – powiedział Filip. – Mamy skakać sami?

– Tak. Myślę, że zdołacie wykonać zadanie. Wiemy już, że Citko mieszkający u Giracujewej to ptaszek, którego szukamy. Wyniki badań DNA tych kilku włosów dostarczonych przez Magdę dowodzą tego jednoznacznie.

– Dopadniemy go i zaszczepimy wirusem. I to wszystko? – zapytał Sławek.

– Tak. Zadanie proste jak drut. Lądujecie, przechodzicie przez miasto, wchodzicie do kamienicy, wyłamujecie drzwi, walicie go czymś po głowie i wstrzykujecie co trzeba. A potem lochem do fortu i powrót do domu. Jest tylko jeden problem – dodał cicho. – Straciliśmy oba moduły umożliwiające skok awaryjny. Pierwszy zniszczył Nowych, drugi uległ uszkodzeniu podczas testów. Nowy będzie gotów za kilka, może kilkanaście tygodni.

– Furda. – Sławek machnął ręką. – Skoczymy z powrotem, używając stacjonarnego.

– Kiedy mamy lecieć? – zapytał student.

– Generatory już się naładowały. Wyśpijcie się i bądźcie gotowi jutro na ósmą rano.

* * *

Sławek przetoczył się, znieruchomiał, ostrożnie uniósł głowę i rozejrzał się. Chłód powietrza, jakiś upiorny smród, mokra ziemia. Pot na całym ciele. Uczucie, jakby zsiadł z karuzeli. Mroczki przed oczami. Przeszłość. Złapały go mdłości. Ogród otoczony krzywym kamiennym murem. Teren opadał wyraźnie. Zabolały dziwnie podrażnione opuszki palców. Gęsto rosnące drzewa pokryte żółtymi liśćmi ograniczały widok. Nigdzie nawet śladu Filipa.

– Rozrzut – wydedukował. – Wystartowałem drugi, przyleciałem pierwszy.

W tym momencie rozległo się ciche brzęczenie. Obejrzał się i spostrzegł czerwonawą kulę wielkości piłeczki pingpongowej. Kula wisiała pomiędzy gałęziami jabłonki. Pod drzewem siedział szary pręgowany kot o zielonych oczach. Przez chwilę patrzył na tajem-

nicze zjawisko, po czym umknął w podskokach. Sławek przywarł do ziemi, nakrywając głowę dłońmi. Fala
uderzeniowa wyrwała drzewka z korzeniami, kawałki
gałęzi świsnęły wokoło jak odłamki granatu. Filip padł
na jedno kolano, ale po chwili podniósł się i rozejrzał.
Widok szkód, jakie spowodował swoim przybyciem,
wyraźnie go zafrasował. Sławek dźwignął się z ziemi.
Uścisnęli sobie ręce.

– Gdzie my, u diabła, jesteśmy? – mruknął starszy
podróżnik.

Sławek też się rozejrzał.

– Mieliśmy wylądować w brzozowym zagajniku –
powiedział zaniepokojony.

– Właśnie. Cholera, to jakiś ogród w środku miasta.
I chyba jest początek października. – Spojrzał uważnie
na złote liście.

Na ścieżce rozległ się tupot wielu par butów. Popatrzyli. Z góry nadbiegali zakonnicy w brązowych habitach. W dłoniach dzierżyli groźnie wyglądające sękate
kije.

– Chodu! – Filip szarpnął Sławka za ramię, wyrywając go z transu.

Dobiegli do muru. Był wysoki na co najmniej dwa
i pół metra, ale nie mieli innego wyjścia. Sławek splótł
dłonie, robiąc „nóżkę" Filipowi. Ten wybił się, a potem
stanął na ramieniu przyjaciela i wywindował się na ko-
ronę ogrodzenia. Schylił się i, dobrze zaczepiony nogami, podał rękę. Sławek pospiesznie wspinał się na górę.
W ostatniej chwili. Zakonnicy dopadli muru i zaczęli
dźgać ich kijami. Obaj podróżnicy zeskoczyli po drugiej stronie.

– A gdzie chrześcijańska miłość bliźniego? – jęknął Sławek, podnosząc się z połamanych krzaków. – Mnisi...

– A jak byś zareagował, gdyby ci w ogródku klasztornym wylądowały moce nieczyste? – Filip wzruszył ramionami. – Zwróć uwagę na to, jak przybyliśmy: huk, eksplozja łamiąca drzewka. Dobrze, że nie poczęstowali nas kulami, pewnie nie wolno nosić broni.

– Mieli drewniaki na nogach – przypominał sobie Sławek.

– Tym gorzej. To wskazuje na jakiś zakon żyjący w ścisłej regule... O kurde!

Zatrzymał się gwałtownie. Stali na krawędzi skarpy. Poniżej rozciągała się spora wieś zabudowana drewnianymi chałupami. Pomiędzy nimi ciągnęły się płotki z faszyny. Dalej toczyła wody rzeka. Nigdzie nie rosło ani jedno drzewo, po błotnistych uliczkach wędrowali dziwnie odziani ludzie. Koroną skarpy ciągnęły się mury obronne z czerwonej cegły. Na północy widać było sporą budowlę.

– Zamek Królewski – zidentyfikował Filip.

– Dlaczego jest biały, przecież zawsze był tynkowany na czerwono? – zdziwił się Sławek.

– Nie, dopiero po odbudowie, po drugiej wojnie światowej. Ale gdzie my, cholera, jesteśmy?

– Chyba w Warszawie – mruknął Sławek. – Strasznie syfiasta była w tych carskich czasach.

– To nie są czasy zaborów! – Filip sprowadził go na ziemię. – Jesteśmy wcześniej!

Wyjął z torby lornetkę i przez chwilę lustrował okolicę.

– Cholera – zaklął. – Jasna cholera...

Podał ją Sławkowi.

– Popatrz na ogrody zamkowe – polecił.

Zamek, poniżej rozległy park opadający w stronę rzeki. U podnóża wzgórza ciągnęły się jakieś chałupy.

– Widzisz koło zamku drewnianą budowlę?

– Aha. Coś jakby dworek.

– To jest, jeśli się nie mylę, drewniany pałacyk letni, w którym mieszkał Jan Kazimierz, gdy był jeszcze następcą tronu. Skarpa nie jest podparta arkadami Kubickiego, nie ma tam śladu oficyny saskiej, czyli jesteśmy, kurde, w siedemnastym wieku! Albo i wcześniej.

Sławek popatrzył na osadę leżącą u stóp skarpy.

– To Marieensztat?

– Tak mi się wydaje. To przyszły Marieensztat.

Sławek zamyślił się. Przerażające pytanie, zrazu nieśmiało, zaczęło mu się dobijać do świadomości.

– To jak wrócimy do domu? – zapytał. – Punkt kontrolny jest w forcie wzniesionym dopiero w 1850 roku.

Filip popatrzył na niego zgaszonym wzrokiem.

– Właśnie się nad tym zastanawiam – powiedział. – Nie chcę cię martwić, ale może się złożyć tak, że utkniemy tu na dłużej albo nie zdołamy wrócić wcale.

Chłopak usiadł i objął głowę rękami. Urodzony w 1996, zmarły w XVII wieku...

– Musi być jakiś sposób – jęknął.

– Spokojnie. – Filip ścisnął mu ramię. – Bez paniki. Mamy aż dwa sposoby, by się stąd wydostać. Po pierwsze, może się zdarzyć, że mamy gdzieś w tym mieście aparaturę startową.

– Przecież nikt nie skakał do tej epoki – jęknął znowu Sławek.

– Skup się. Nikt nie skakał z naszych czasów. Niewykluczone jednak, że jest tu aparatura zainstalowana w naszej przyszłości.

– Jeśli znajdziemy się w odległości stu metrów od niej, bransolety zareagują – przypomniał sobie Sławek.

– Właśnie. Trzeba przeszukać okolicę. Stare i Nowe Miasto mają łącznie powierzchnię około stu hektarów. Wystarczy przejść wszystkimi ulicami. Działki miejskie są na tyle małe, że któraś ulica na pewno biegnie wystarczająco blisko zamurowanego modułu, aby bransoleta nas o tym powiadomiła. Jeśli nie znajdziemy urządzenia, będziemy martwili się dalej.

– A co jeszcze możemy zrobić?

– W najgorszym razie zakopiemy sondę z informacją, gdzie utknęliśmy. – Spochmurniał. – Tylko że nikt poza nami nie został przeszkolony i nie pospieszy nam na ratunek.

– Do tego musimy ustalić dokładną datę – dodał Sławek. – Czy w tej epoce są już gazety?

– Z tego, co wiem, ukazywał się „Monitor", i może już „Merkuriusz Polski". Zaczęły wychodzić w 1661 roku, ale możemy być wcześniej. Coś wymyślimy. Jeśli nie wrócimy za trzy godziny, będą wiedzieli, że coś się stało.

– Więc co robimy? Idziemy do miasta? W tym stroju? – Strzepnął grudki ziemi i zaprawy z mundurka dziewiętnastowiecznego gimnazjalisty.

– Obawiam się, że nie mamy innego wyjścia. Ale trzeba spalić wszystko, co może zdradzić nasze pochodzenie. Książki i zeszyty.

Ułożyli je w stosik i wsunęli pomiędzy nie pręcik termitu. Filip podgrzał jego koniec zapalniczką. Na wierzch rzucili odznaki gimnazjalne, odpruli tarcze.

– Dobra, to chyba wszystko – westchnął student. – Torby chyba strasznie się różnią od tych z epoki, ale miejmy nadzieję, że nikt nie zwróci na nie uwagi.

– Sądzę, że gdybym zobaczył na ulicy człowieka w kombinezonie z XXIII wieku, zorientowałbym się, że coś jest nie tak...

– Nie kracz.

Książki płonęły. Filip rzucił teczki na wierzch. Zasypali pogorzelisko ziemią.

– No to chodźmy do miasta. – Sławek przeciągnął się.

– Słusznie, chodźmy – westchnął Filip. – Prawdopodobnie aparatura będzie wmurowana w jakiś kościół albo inną budowlę o grubych, mocnych ścianach.

– Zejdziemy tam na dół?

– Nie ma sensu. Pójdziemy górą skarpy, przez miejsce, gdzie zbudowano Krakowskie Przedmieście. To znaczy gdzie kiedyś wybudują Krakowskie Przedmieście – poprawił się. – Wejdziemy do Warszawy przez Bramę Krakowską.

– Potrafisz odgadnąć, w jakim klasztorze nastąpiło nasze wyczepienie? – zapytał Sławek.

– W tych czasach tu, na skarpie, były trzy klasztory – zamyślił się Filip. – Bernardynki skreślamy, bo ścigali nas mnisi, a nie zakonnice. Zostają nam bernardyni albo karmelici. Sądzę, że bernardyni, bo jesteśmy niedaleko zamku.

Powędrowali wzdłuż murów klasztornego ogrodu i niebawem wyszli na rozległy plac. Po jego drugiej stronie ciągnął się rząd domów, przeważnie drewnianych, piętrowych, pomiędzy nimi tkwiły jak rodzynki w cieście budowle murowane.

– Wygląda na to, że ktoś już zbudował Krakowskie Przedmieście – zauważył Sławek.

Przez plac przejechał wóz na dwu dużych kołach, załadowany jakimiś sporymi przedmiotami zawiniętymi w szare szmaty. Pchało go trzech wychudzonych wyrostków o przygaszonych spojrzeniach.

Podróżnicy stanęli i w milczeniu kontemplowali obraz. Nikt nie pomyślał o wybrukowaniu czy choćby splantowaniu terenu. Wszędzie ciągnęły się muldy i wyboje. Gleba była czarna, tłusta, sprawiała wrażenie lepkiej. Ludzie i pędzone przez nich zwierzęta wymiesili błoto własnymi nogami i kopytami, naznaczyli tysiącami śladów stóp i odciskami racic. Tu i ówdzie stały kałuże. Plac przecinało też kilka rynsztoków, nad najszerszymi przerzucono kładki. Także ścieżki biegnące na ukos przez ulicę wyłożono dechami lub chociaż pękami jakichś łętów. Pod ścianami domostw ułożono długie pomosty z dranic.

W chłodnym jesiennym powietrzu unosił się iście porażający smród. Woń była trudna do zaklasyfikowania. Składały się na nią głównie wyziewy gnijących odpadków wdeptanych w błocko, ludzkich i zwierzęcych odchodów, ale przez to wszystko przebijał się dziwny trupi odór.

– Coś jest nie tak – mruknął Filip. – Jest południe, tu powinny być tłumy ludzi.

Uliczka biegnąca pomiędzy domami zastawiona była palisadą ze świeżo okorowanych belek. Za płotem poruszała się jakaś sylwetka.

– Coś jest mocno nie tak – powtórzył. – Ale trzymajmy się planu. W drogę.

Ruszyli w ślad za tajemniczym wózkiem. Słodkawy zapach rozkładu stawał się coraz bardziej intensywny.

– Cuchnie – zauważył Sławek.

– To normalne. Nie mieli jeszcze kanalizacji, a resztki rzucało się na ulicę. Ci przy furmance pewnie sprzątają śmieci.

Plac kończył się u stóp muru. W lewo prowadziła utwardzona gruzem droga, w prawo teren opadał w stronę Wisły. W dole widać było spory kompleks budynków, a jeszcze niżej drewniane budy osady, którą podziwiali ze skarpy. Wszędzie było pusto, tylko gdzieniegdzie przesuwały się sylwetki szybko przemykających ludzi.

– Dziwne... – Filip był coraz bardziej zaniepokojony. – Naprawdę dziwne.

– To zapewne plac Zamkowy. – Sławek zatoczył ręką krąg.

– Na to wygląda. Za tym murem jest Stare Miasto.

Ruszyli w ślad za wózkiem. Brama była otwarta. Trzej obszarpańcy, milcząc, przepchnęli swój ekwipaż pod kratą. Obaj podróżnicy podążyli za nimi. W bramie stali dwaj strażnicy. Mieli na sobie półpancerze i skórzane portki, halabardy oparli o ścianę. Sławek zauważył na blachach zbroi brązowe zacieki z rdzy. Z boku, pod ścianą, na żeliwnym ruszcie stał kociołek, w którym coś się gotowało. W powietrzu unosił się zatykający, odbierający oddech smród gorącego octu. Obaj strażnicy zakrywali twarze kawałkami płótna. Sławek się rozkaszlał.

– Rany, co oni gotują? – jęknął.

– To pewnie narkomani – wyraził swoje zdanie Filip. – Podgrzewany ocet wywołuje halucynacje. Oczywiście nie taki jak ten, którego używamy w kuchni, tylko silniejsze stężenia.

– Narkomani w XVII wieku? – zdziwił się jego towarzysz. – Zresztą niewykluczone.

Wózek przejechał pomiędzy strażnikami. Nie poświęcili mu zbyt wiele zainteresowania. Skupili za to uwagę na dwóch przybyszach z przyszłości.

– Czułem, że nasze stroje tu nie pasują – szepnął Sławek.

– Spokojnie, nie zwracaj na siebie uwagi, idziemy – powiedział półgłosem Filip.

Przeszli przez bramę. Strażnicy odprowadzili ich zdziwionym spojrzeniem. Podróżnicy byli już prawie na placyku za murem.

– Stój! – z tyłu padło groźne słowo.

– Co robimy? – szepnął Sławek.

– Nie odwracaj głowy. Udajemy, że to nie do nas. W razie czego uciekamy – poinstruował go towarzysz.

Ale już było za późno. Ciężkie dłonie w skórzanych rękawicach spadły im na ramiona. Filip szarpnął nadgarstek, tak jak go uczono w wojsku, założył dźwignię i w pięknym stylu przerzucił przeciwnika przez bark, ale niewiele to pomogło. Po chwili leżeli przyduszeni do cuchnącego moczem bruku, a strażnicy wiązali im wykręcone na plecy ręce.

– Zostawcie nas, u licha! – wrzasnął Filip. – Nic złego nie zrobiliśmy!

– Pójdziecie pod sąd – powiedział wyższy ze strażników, stawiając ich brutalnie na nogi. – Tam was nauczą, by nie łamać prawa burmistrza.

– Jesteśmy niewinni! – zaprotestował Sławek.

– Cichaj, durniu! – wrzasnął niższy strażnik. – Magnusie, dawaj ich do loszku!

Próbowali się wyrywać, ale kilka ciosów pięściami po karku złamało ich opór.

Zawleczono ich w bok od bramy i otworzono małe drzwiczki okute żelazem, popchnięto gdzieś w ciemność. Obaj przyjaciele zaliczyli upadek z wysokich schodków i spoczęli na czymś śmierdzącym i włóknistym. Drzwi zatrzasnęły się za nimi i zapadła ciemność.

– Rany – syknął Filip. – Chyba rozbiłem sobie kolano. Jesteś cały? – zapytał z niepokojem.

– Mam wrażenie, że tak. Co tu się, u licha, dzieje?

– Zapewne niebawem się dowiemy – westchnął jego towarzysz. – Trzeba się pozbyć tych więzów.

Leżąc na brzuchu, sięgnął skrępowanymi dłońmi do podeszwy lewego buta. Wysunął cienkie ostrze i po kilku nieudanych próbach przeciął sznur krępujący mu nadgarstki. Po chwili uwolnił Sławka. Siedzieli w ciemności, rozcierając ręce.

– Dorwali i załatwili nas bardzo sprawnie – mruknął młodszy. – Widać od razu, że to nie pierwszy raz. Zawodowa rutyna. Tylko za co?

– Właśnie. Co mówił ten człowiek? Że złamaliśmy prawo burmistrza? Tylko jakie prawo?

– Przecież nie zrobiliśmy nic złego. Przeszliśmy przez bramę. Może trzeba uiścić jakąś opłatę albo należało okazać jakieś dokumenty?

– Nie, gdyby chcieli opłaty, toby jej zażądali, a dokumenty tożsamości wprowadzą za dwieście lat albo jeszcze później. Coś musiało im się nie spodobać. Może stroje? – zastanawiał się Filip.

– Ale ci z wózkiem przeszli bez problemu?

– Widocznie znają ich z widzenia. Nie wiem, ilu tu jest mieszkańców, pewnie zaledwie kilka tysięcy. Nie można wykluczyć, że strażnicy kojarzą wszystkich.

Sławek pociągnął nosem. W powietrzu unosił się upiorny smród zgnilizny, stęchlizny i jeszcze do tego woń dawno niesprzątanego wychodka.

– Śmierdzi – zauważył.

– Owszem. To pewnie ta słoma. Zmieniają raz na kilka lat, a takie cele nie mają najczęściej kanalizacji. Trzeba szybko coś wymyślić, bo to się może źle skończyć. Proponuję następującą linię obrony...

Aresztowanie nastąpiło po południu. Jasna szpara koło drzwi pociemniała, na zewnątrz był już wieczór. Zmieniły się warty, zapadła noc, a nadal nikt nie interesował się ich losem.

– Może uciekniemy? – zaproponował Sławek. – Wyraźnie o nas zapomnieli.

– Tylko jak? – westchnął Filip. – Solidne mury, ciężkie drzwi.

Wdrapał się po schodach i obmacał deski.

– Dębowe dranice – powiedział. – Gdyby mieć piłę mechaniczną... W dodatku to żelazo. Solidna, naprawdę porządna robota.

– Może przeciąć skoble?

– Ba, nie mamy piły – westchnął.

– Wysyłamy wiadomość? – podsunął Sławek. – Może jeśli wetkniemy ją pomiędzy cegły...

– Nie, Brama Krakowska została zburzona, fundamenty, jak sądzę, rozebrano, gdy w latach czterdziestych XX wieku budowano pod spodem tunel trasy W-Z. Poza tym nie wiemy nawet, który jest rok.

Znaleźli względnie suchy kawałek słomy i ułożyli się na tyle wygodnie, na ile się dało. Podłoga była nierówna, sterczały z niej kamienie.

– Prześmierdniemy na wylot – westchnął Sławek.

– Po kilku dniach i tak przestaniemy zwracać na to uwagę – odparł Filip. – Trzeba się wyspać, nie wiemy, co nas jutro czeka. Rany, jeszcze takiego rozrzutu nie było. Trzysta lat w stosunku do zakładanego momentu wyczepienia...

– I chyba ładne kilka kilometrów w przestrzeni. A może się i zdarzyło? Ostatecznie nie mówią nam wszystkiego, a byli i tacy, którzy w ogóle nie wrócili!

– Niewykluczone...

Mimo że był bardzo zdenerwowany, szybko zaczął zapadać w sen.

– A to się profesor zdziwi – mruknął jego towarzysz. – O ile się dowie. O ile wrócimy...

Na zewnątrz rozlegały się kroki strażników pilnujących bramy.

* * *

Nieznośne swędzenie nie dawało spać.

– Cholera, co się dzieje? – zapytał Sławek, drapiąc się intensywnie po głowie.

– Nic takiego, zwyczajne wszy – wzruszył ramionami Filip. – U was, w obozie dla uchodźców, ich nie było?

– Nie. Cholera, nigdy jeszcze nie byłem zawszawiony. O, skacze!

– Pchły też tu są. I co gorsza, nie mamy jak się ich pozbyć.

– Kurczę!

– Spokojnie. W tej epoce nie ma się czego wstydzić. Wszyscy mają wszy i pchły. Nawet królowie.

– Co?!

– Nawet królowie – powtórzył Filip. – Bardziej niepokoi mnie, czym możemy się zarazić, nie byliśmy szczepieni przeciw większości chorób. A nie wiadomo, czyją krew wcześniej piły. Szkoda, że nie ma z nami Magdy. – Uśmiechnął się do swoich myśli.

– Dlaczego?

– Widzisz, mniej więcej do połowy XIX wieku wzajemne iskanie się z insektów było dla zakochanych pieszczotą o bardzo silnym wydźwięku erotycznym.

– Ja cię kręcę. To co, chłopak najpierw dziewczynie wybierał robactwo z włosów, a potem szli się ryćkać?

– Swaźbnić. Tak się to nazywa w tej epoce.

Roześmieli się. Minęło jeszcze kilka godzin. Sławek w słabym świetle usiłował odczytać znaki pozostawione na ścianach przez więźniów, jego towarzysz drzemał. Napisy były rozmaite, nawet herby się trafiały. Czym je wyryto? Nożem? Raczej nie, strażnicy z pewnością rewidowali zatrzymanych. Chłopak zaczął macać ziemię pod murem. Chęć zostawienia po sobie jakiegoś śladu stawała się wręcz obsesją, jednak opuszki palców natrafiały tylko na błoto i słomę. Jeśli więźniowie przemycili tu kiedyś gwóźdź, musiał zostać starannie ukryty.

– Wilgoć tych murów włazi mi w kości – powiedział Filip, otwierając oczy.

– Miałeś rację, że do smrodu można się stopniowo przyzwyczaić – westchnął jego towarzysz, przeciągając obolałe ciało. – Szlag by trafił, czuję się jak oblizany.

– Stare ceglane mury, niezaizolowane od drugiej strony. – Filip dotknął dłonią ściany. – Wilgotność powietrza pewnie niemal sto procent. Murowany reumatyzm, kto wie, może i artretyzm. Na dłuższą metę gruźlica lub zapalenie płuc. Ale nie przejmuj się, to nie wcześniej niż za kilka tygodni.

Na bruku gdzieś ponad ich głowami rozległ się stukot podkutych butów.

– Chciałoby się odetchnąć czystym powietrzem – westchnął Sławek.

– Nie wiem, czy to dobry pomysł – odparł jego przyjaciel. – Ale chyba tego nie unikniemy.

Podbite buciory zatrzymały się i wnętrze lochu wypełnił łomot odsuwanych zasuw. Drzwi otwarto, wpuszczając do środka strumień światła.

– Wy dwaj, wychodzić! – krzyknął strażnik w półpancerzu.

Dźwignęli się ze słomy i wdrapali po stromych schodkach. Świeże powietrze w pierwszej chwili ich odurzyło, ale zaraz poczuli wstrętną woń gotowanego octu i jeszcze czegoś w rodzaju palonych szmat. Czterej strażnicy założyli więźniom ciężkie kajdany zamykane na wyjątkowo prymitywne zamki.

– Naprzód! – zakomenderował dowódca rontu.

Sławek zatoczył się od silnego uderzenia drzewcem halabardy i z trudem utrzymał na nogach.

– Ruszać się!

Ulica św. Marcina. Kamienice wyglądały nieco inaczej niż wypalone ruiny, koło których kilka dni temu, czy też za kilkaset lat, przejeżdżali jeepem prowadzonym przez profesora. Boczne zaułki odgrodzone były palisadami. Rynsztoki cuchnęły, a w pewnej chwili omal nie oblano ich zawartością nocnika opróżnianego wprost przez okno. Ziemię pokrywały oślizłe, gnijące, spróchniałe deski. Ulica Piwna. Błoto zaschniętą skorupą pokrywało fasady kamieniczek do wysokości około półtora metra nad ziemią.

– Dziwne – mruknął Filip. – Tu jest zupełnie pusto. Gdzie się podziali ludzie?

– Milczeć! – Strażnik znów uderzył ich drzewcem po plecach, zrobił to jednak jakby od niechcenia, w każdym razie nie zabolało specjalnie.

Na końcu Piwnej ustawiono palisadę, za którą czuwało dwóch ludzi uzbrojonych w piki. Na widok strażnika i jego jeńców podeszli do płotu.

– A dokąd? – zapytał jeden z nich niskim, gardłowym głosem.

– Więźniów prowadzę.

Sławek poczuł dreszcze na plecach. W żołądku zrobiło mu się zimno, jak gdyby połknął kostkę lodu.

– A naokoło trza było iść.

– Tędy droga najkrótsza. A przy rynku nie puszczą.

– I my nie puścimy – warknął drugi z pilnujących.

– Puścicie albo nałożycie głowę – zniecierpliwił się. – No już.

Otworzyli niechętnie wąską furtkę zbitą z sosnowych dranic. Gdy tylko więźniowie i prowadzący ich strażnik przeszli, zamknęli ją starannie i założyli belkę. Ulica Szeroki Dunaj. Przez jej środek płynął szeroki ściek i niknął w kanale przebitym pod zamykającym uliczkę murem obronnym. W błoto wdeptano sporo potłuczonych kawałków garnków. Poniewierały się tu jakieś cuchnące okrawki mięsa. Woń zepsutej ryby kręciła w nosie. Sławka zemdliło, ale żołądek miał zupełnie pusty.

– Ruszać się, ruszać – poganiał pilnujący ich mężczyzna, ale więcej nie uderzył.

Pośrodku muru zamykającego ulicę znajdowała się baszta. Dowódca załomotał w ciężkie, obite żelazem drzwi. Na drugim piętrze otworzyło się małe okienko.

– Kto tam? – rozległ się z góry starczy, gderliwy głos.

– Dzień dobry, mistrzu Piotrze! Więźniowie doprowadzeni. Zakaz burmistrza powietrznego złamali.

– U, na psa urok – mruknął ten z góry. – Który, u licha, zakaz?

– Bramą przejść chcieli. Gardłem ukarani być powinni.

– Zaraz schodzę.

Faktycznie, po kilku chwilach drzwi otworzyły się z przeraźliwym skrzypieniem zardzewiałych zawiasów i stanął w nich stary człowiek. Miał na sobie czarny płaszcz założony na gołe ciało. W rozcięciu widać było pokryty bliznami tors. Twarde mięśnie napinały się pod cienką, pomarszczoną skórą. Mężczyzna miał długą siwą brodę, a górną część twarzy zakrywała mu maska z otworami. Popatrzył na nich uważnie. Jego oczy były błękitne, połyskiwały groźnie. Sławek z przerażeniem uświadomił sobie, że ma przed sobą prawdziwego kata.

– Dwaj naraz? – zdziwił się gospodarz wieży. – Być to nie może. Chodźcie, nic gorszego od śmierci nie może was spotkać – zarechotał ponuro.

– Muszę oddać łańcuchy – stwierdził człowiek, który ich przyprowadził.

– A to zdejmij – przyzwolił łaskawie. – Poradzę sobie. Zresztą dokąd by mieli chłopcy uciekać? – Jego uśmiech był prawie sympatyczny.

Po chwili rozcierali nadgarstki. Kat popchnął ich w głąb wieży.

– Można by was wrzucić do loszku pod spodem, ale lepiej będzie w celi na górze. Sucho i przyjemniej. A waszą sprawę rozpatrzy burmistrz, bo asesora wczoraj pochowali...

Minęli niewielką, wysoko sklepioną komnatę wyposażoną w rozmaite narzędzia. Na ścianach wisiały kleszcze, piły, łańcuchy, jakieś ostrza i inne urządzenia, których przeznaczenia Sławek nie mógł odgadnąć.

– Bogata kolekcja – pochwalił się mistrz. – Niektóre z krain niemieckich i Niderlandów sprowadziłem, inne z wołoskiej ziemi pochodzą. Mam też i księgi ciekawe, gdzie eksperymenta nader interesujące opisano, będzie chyba okazja spróbować tego i owego. A to wasze mieszkanko. – Otworzył wąskie drewniane drzwiczki. Weszli posłusznie do ciasnej klitki. Zgrzytnął dawno nieoliwiony zamek.

– Z deszczu pod rynnę – westchnął Filip.

Cela miała wymiary mniej więcej dwa na półtora metra, za to co najmniej cztery wysokości. Pod samym sufitem znajdowało się wąskie okienko.

– Podsadzę cię, to się trochę rozejrzysz – zaproponował Sławek.

– Raczej ja podsadzę ciebie. Jesteś lżejszy.

Filip stanął pod ścianą. Po chwili przyjaciel wspiął się na jego ramiona. Zaczepił się dłońmi o dolną krawędź otworu i podciągnął z wysiłkiem.

– Widzę drugi mur – powiedział. – Stoi na nim strażnik.

– A co pomiędzy murami?

– Błoto i ścieżka utwardzona drewnem. Uwaga, złażę.

Zeskoczył na ziemię.

– Błoto, to dobrze – mruknął Filip. – Gdy tylko się upewnimy, który jest rok, zrzucimy tam pierwszą sondę. Może dotrwa do naszych czasów.

– Wiesz już, gdzie jesteśmy? To znaczy kiedy jesteśmy?

– Na razie tylko w przybliżeniu. Ale słyszałeś, co powiedział. Złamaliśmy zarządzenie burmistrza powietrznego.

– Co to znaczy „burmistrz powietrzny"? – nie zrozumiał Sławek. – Facet zajmujący się wentylacją w domach, czy może taki do walki ze smrodem rynsztoków?

– Burmistrz powietrzny to ktoś w rodzaju koordynatora służb miejskich powołanego do walki z zarazą. Podlegało mu całe miasto, mógł swobodnie karać i nagradzać wszystkich, których chciał. I ustanawiać dowolne przepisy. Czyli to czas jednej z wielkich plag, które nawiedziły Warszawę w XVI lub XVII wieku. To by się zgadzało. Miasto pocięte palisadami na kwartały, okadzanie wyziewami octu.

– Zaraza, jaka zaraza? – jęknął Sławek.

– Nie chcę cię martwić, ale prawdopodobnie chodzi o dżumę. Mamy więc podwójny problem. Zapewne zechcą nas przesłuchać.

– Jeśli będą nas torturować, to nic nie wyśpiewam.

– Wydaje ci się. Wybacz, nie chciałem cię urazić, ale po prostu nie jesteśmy w stanie wytrzymać. Mogą się nad nami naprawdę poznęcać. Takie już czasy zezwierzęcone...

– To może powiemy prawdę? Że przybywamy z przyszłości i trafiliśmy tu przez przypadek? – popisał się wisielczym humorem Sławek.

– To bardzo dobry pomysł, ale nie sądzę, żeby uwierzyli. A jak uwierzą, to będzie jeszcze gorzej. Przecież to koncepcja, jak na te czasy, rewolucyjna.

Zdjął z nogi but i wyczepiwszy wkładkę, otworzył skrytkę ukrytą w obcasie. Wyjął dwie białe tabletki.

– Co to jest?

– Silny środek przeciwbólowy – wyjaśnił. – Połknij jedną, zaczyna działać po trzech minutach. Likwiduje ból, a przy tym pozwala zachować przytomność i trzeźwość umysłu.

– Dlaczego mi o tym nie mówili na szkoleniu?

– Nie będę cię oszukiwał. To przy okazji dość paskudny narkotyk na bazie syntetycznej heroiny. Można to łykać tylko w razie absolutnej ostateczności.

Chłopak założył z powrotem but na nogę. Z korytarza rozległ się dźwięk kroków. Łyknęli pospiesznie tabletki. Jak się okazało, w ostatniej chwili. Do celi weszli, schylając się, dwaj ponurzy mężczyźni. Szybko spętali im ręce na plecach rzemieniami.

Filip próbował się szarpać, ale silny, choć niedbały cios w głowę sprawił, że zaniechał oporu. Pomocnicy kata zawlekli ich bez ceregieli do salki obok. Za stołem siedział już jakiś urzędnik miejski z szeroką białą kryzą pod brodą. Na blacie leżała karta papieru, dwa przycięte gęsie pióra i stała buteleczka z atramentem. Mistrz też był obecny. Zamienił czarną maskę na piękny kaptur z czerwono barwionej skóry. Wachlując kawałkiem deski, rozpalał spory stos węgla drzewnego w drucianym koszyku. Dym wypływał przez wąskie okienko, ale w sali tortur unosiło się go i tak tyle, że oczy zaraz zaczęły im łzawić.

– Coście za jedni i dlaczego złamaliście rozkaz burmistrza powietrznego? – zapytał surowo urzędnik.

– Jesteśmy sługami imć pana Budziakowskiego – wyjaśnił Filip. – Rozkazał nam udać się do Warszawy w tych dniach i polecenie jego wypełnić musieliśmy. Nie wiedzieliśmy, że zakaz przybywania do miasta wydany został.

– Jak to? – Oczy urzędnika zwęziły się. – Nie słyszeliście, że morowe powietrze przyszło?

– O tym słyszeliśmy oczywiście, ale że wchodzić nie wolno, tego nie...

Kat skończył wachlować deską i teraz z uśmiechem patrzył, jak płomień liże coraz wyższe warstwy węgla. Urzędnik zamyślił się na chwilę.

– A jak weszliście przez bramę w wale? – zapytał.

– Nocą nad Wisłą obok się przemknęliśmy – wyjaśnił Filip.

Rany, pomyślał Sławek, przecież to pułapka. Gdybyśmy nie znali zarządzeń o zakazie wstępu, złapaliby nas przy tamtej bramie, a nie dopiero na Starówce.

Urzędnik zdawał się nie zwracać uwagi na tę niekonsekwencję.

– Rozkaz pana rzecz święta – mruknął, jak gdyby ich usprawiedliwiając. – Ale prawo burmistrza powietrznego w czas zarazy moc ma większą. A prawdę aby powiedziałeś?

– Tak – zapewnił Filip.

– A sprawdzimy, sprawdzimy. – Urzędnik skinął na kata. – Mistrzu Piotrze, czyńcie swoją powinność.

– Lina? – upewnił się.

– Lina. Po co im członki psować, jak niewinni być mogą?

Przez wbity w sufit hak kat przerzucił długi sznur. Przywiązał go do rzemienia pętającego ręce chłopaka, a potem pociągnął energicznie za drugi koniec.

Wygląda niewinnie, pomyślał Sławek.

Twarz Filipa stężała z bólu. Zacisnął szczęki. Męka musiała być naprawdę straszna, skoro nawet tabletka nie zdołała całkowicie stłumić cierpienia. Kat ciągnął za linę, aż więzień zawisł na wykręconych rękach. Na czoło wystąpił mu pot. Kat się zdziwił.

– O, to twardy basałyk – powiedział do urzędnika. – Inny by już z bólu wył jak wilk.

– Jestem niewinny. Powiedziałem prawdę – wycharczał, zaciskając zęby, Filip.

– Opuścić – polecił urzędnik.

Stopy torturowanego spoczęły na podłodze.

– A więc twój pan cię posłał. – Popatrzył w papier. – A jak się nazywa?

– Imć Budziakowski.

– Z jakiej ziemi?

– Z Dąbia opodal Krakowa.

– Podciągnijcie go, mistrzu, raz jeszcze.

Tym razem ból był na tyle silny, że Filip wrzasnął. Wisiał przez kilka minut. Opuszczono.

– Budziakowski z Dąbia – mruknął urzędnik. – Ano sprawdzimy, co nam drugi powie.

Kat odczepił Filipa i pchnął go obojętnie na podłogę. Sławek zadrżał, strach sparaliżował go niemal całkowicie. Po chwili był już przywiązany do liny. Mistrz ciągnął za drugi koniec sznura. Ból był bardzo stłumiony, ale to, co przenikało do jego świadomości, sprawiło, że zawył jak zwierzę. Nie wiedział, ile czasu wisi. Nieoczekiwanie odkrył, że jeśli wrzeszczy na całe gardło, lżej mu znosić mękę.

– Opuścić – zażądał przesłuchujący.

Znowu posadzka pod stopami. Ból odpływał, zanikał.

– Kto was wysłał do Warszawy?

– Imć Budziakowski – wychrypiał chłopak.

Czy uwierzą, czy dalej będą go torturować?

– Dajcie mu łyk wody – polecił urzędnik.

Kat przyłożył do ust torturowanego miskę z wodą. Chłopak wypił chciwie kilka łyków i odchrząknął.

– I raz jeszcze – padły straszne słowa.

Znowu zawył. Nie mógł się powstrzymać. Krzyk rodził się gdzieś poza jego świadomością.

– Powiadasz, że Dębowski? – usłyszał pytanie.

Widocznie stracił na chwilę świadomość, bo leżał na ziemi cały mokry.

– Nie, jego nazwisko Budziakowski – zaprzeczył.

– Też twardy łebek – powiedział kat. – Prawdę obaj gadają. A może stopy jeszcze im przypalimy? E, chyba nie warto – sam wycofał propozycję.

– Tedy przesłuchanie zakończone – powiedział urzędnik. – Wedle prawa gardłem pokarani być musicie, ale że nie z własnej woli tu przybyliście, a na rozkaz swego pana, sprawę waszą burmistrzowi przekażę.

Zwinął papier i wyszedł. Pomocnicy kata dźwignęli ich z podłogi. Pod Sławkiem kolana się ugięły i znowu upadł. Cierpliwie postawili go jeszcze raz. Filipowi dali się napić wody z dzbanka. Kat z żalem popatrzył na koszyk z węglami.

– Szkoda, zmarnuje się – westchnął, wyciągając z płomieni szczypce na długiej rączce. Ich rozżarzony koniec przybrał piękną, głęboko malinową barwę. Kat z rozrzewnieniem podziwiał ich blask, a potem westchnął raz jeszcze i odłożył narzędzie na parapet. Pomocnicy zawlekli ich do celi i rozwiązali ręce. Drzwi zatrzasnęły się z hukiem. Filip wykonał kilka wymachów ramionami.

– Mogło być gorzej – mruknął.

– Sądziłem, że przesłuchanie będzie bardziej skomplikowane – odparł Sławek. – A tu od razu uwierzyli...

– Jesteśmy w epoce, gdy ludzie starali się zawsze mówić prawdę. No, może odrobinę przesadziłem. Zresztą nie mają żadnych dowodów przeciw nam, a dzięki tabletkom mężnie znieśliśmy męki.

Przypomniał sobie słowa urzędnika: „Prawo burmistrza powietrznego w czas zarazy moc ma większą", „Gardłem pokarani być musicie". Kiepsko to rokowało na przyszłość. Milczał jednak, nie chcąc straszyć przyjaciela.

* * *

Działanie środka przeciwbólowego powoli słabło. Teraz dopiero poczuli rwanie powykręcanych stawów.

– Co dalej? – zapytał Sławek.

– Cóż, trzeba poczekać, co zdecyduje burmistrz – westchnął Filip. – Na razie nam się upiekło, ten z kryzą i kat wydawali się być przyjaźnie nastawieni. W każdym razie podeszli ze zrozumieniem.

– O, jak cholera – syknął Sławek, masując łokieć. – Jeśli to było przyjazne nastawienie...

– Przyjazne. Zobacz, że nam tylko pokazali ten koszyk z węglami. Nie było łapania rozżarzonymi szczypcami za ptaszka, zgniatania stawów w imadłach ani innych tego typu rozrywek. Tylko lina.

– Czyli właściwie możemy być zadowoleni ze swojego losu? – zakpił podróżnik.

Jego towarzysz spokojnie skinął głową.

– Na razie żyjemy. I nawet nie zainteresowali się naszymi bransoletami, choć ja na ich miejscu... Nawet nie przeszukali nam kieszeni. At, nieważne.

– A jeśli burmistrz zdecyduje się nas powiesić? Czy nie powinien się zebrać najpierw sąd i nas osądzić?

– Obawiam się, że nie. Jest epidemia. W takim przypadku, dla lepszej walki z zarazą, burmistrzowi podlegały wszystkie instytucje. Miał nieograniczoną władzę ustawodawczą, wykonawczą i sądowniczą. Władzę absolutną.

– Hmm. Czy nasz młody wiek nie jest okolicznością łagodzącą?

– Niestety nie. W XVII stuleciu nawet nieletnich złodziejaszków wieszano całymi pęczkami. A my narozrabialiśmy gorzej. Dobrze, że nie jesteśmy chorzy na dżumę, bo w ogóle by się nie patyczkowali, tylko zlikwidowali nas za roznoszenie zarazy.

Za oknem powoli zapadał wczesny jesienny zmierzch. W celi było chłodno.

– Jeśli zostaniemy skazani, co się stanie?

– Ktoś zmieni historię i to wszystko nigdy się nie wydarzy – powiedział Filip. – Będziemy żywi i nasza planeta będzie się nadawała do życia.

– Może tak nam mówią tylko po to, żebyśmy lepiej przykładali się do wypełnienia misji?

– Nawet jeśli, to lepiej uwierzyć. W razie czego będzie nam lżej.

– Lżej oddać życie za ich szalone pomysły?

Znowu umilkli.

– Boję się – westchnął Sławek.

– Ja też. Trudno się nie bać. Nie tłum w sobie lęku. Nie ma sensu. Pozwól, by ogarnął cię strach. Dreszcze potrwają godzinę lub dwie. A potem przerażenie zacznie mijać.

– Jak nas zgładzą?

Filip zamyślił się.

– Jeśli ci powiem, to pewnie będziesz się bał jeszcze bardziej – westchnął. – Ale dobra. Nie jesteśmy szlachcicami, cholera, trzeba było się za nich podać, więc nie zostaniemy ścięci mieczem ani toporem. Rozstrzelania jeszcze w tych czasach nie znano, więc sądzę, że zostaniemy powieszeni.

– To boli?

– Nie wiem, jeszcze nigdy nie byłem wieszany.

Czarny humor trochę rozładował sytuację. Roześmieli się.

– Są dwa rodzaje wieszania, zwane powszechnie rosyjskim i niemieckim. Pierwszy polega na tym, że stawiając delikwenta na stołku, zakładają pętlę na szyję i wykopują stołek spod nóg. Lina zaciska się na gardle i odcina dopływ powietrza. Po trzech, czterech minutach mdlejesz, po dziesięciu następuje uduszenie, po dwudziestu kończą się objawy agonii.

– Trzy minuty. To może trwać całą wieczność.

– Kat, jeśli ma miękkie serce, łapie w takim przypadku za nogi i mocno szarpie. To skraca mękę... Razem z życiem. Drugi sposób jest szybszy. W szubienicy jest zapadnia. Zakładają pętlę, ale lina ma spory zapas. Klapa się otwiera, spadasz kawałek i pętla cię nieoczekiwanie zatrzymuje. Wszystko obliczone jest tak, żeby ciężar zerwał rdzeń kręgowy. Wtedy śmierć następuje momentalnie. Przynajmniej natychmiast skazaniec traci świadomość, bo zanim ustanie praca serca, mija zazwyczaj kilka minut.

Sławek się wzdrygnął.

– Jest jeszcze jeden paskudny aspekt takiej egzekucji. Z chwilą zgonu rozluźniają się zwieracze, mięśnie, które utrzymują ci siuśki w pęcherzu, i...

– Wystarczy – przerwał. – Nie znasz weselszych tematów?

– Jasne. Znam anegdotkę z XVII wieku. Był zwyczaj, że gdy kobieta nakryła skazańcowi głowę chustką i krzyknęła, że bierze go sobie za męża, uwalniano go.

– Też o tym słyszałem. Tylko że my nie znamy tu żadnej dziewczyny, więc nie mamy na co liczyć.

– No cóż, tak bywa – westchnął jego przyjaciel. – A więc pewnego razu mieli powiesić zbója. Stał już pod szubienicą, gdy jakaś kobieta, mocno posunięta w latach, przedarła się przez tłum, nakryła faceta chustką i zaczęła krzyczeć, że bierze go sobie za męża. Koleś zdjął chustkę z głowy, popatrzył na babę, a potem zwrócił się do kata: „Wieszaj, mistrzu Jakubie".

Dzień minął szybko. Leżeli w milczeniu, patrząc na mury z surowej cegły palcówki, pokryte tu i ówdzie wykwitami soli, poznaczone gmerkami i inicjałami ludzi, których kiedyś wyprowadzono stąd na szafot. Niektóre znaki wyskrobano czymś ostrym, inne tylko narysowano węglem łuczywa. Dziesiątki i setki ludzkich istnień, po których nie zostało nic poza ulotnym śladem na źle wypalonej, osypującej się cegle.

Niebawem zasnęli na cienkiej warstwie słomy. Brak gomółki w okienku sprawił, że do rana przemarzli prawie na kość.

* * *

Obudził ich skrzyp drzwi. Jeden z pachołków kata postawił na podłodze miskę z kawałkami chleba i dzban. Wyszedł i znowu usłyszeli zgrzyt starego, dawno nieoliwionego zamka.

– Znowu mamy dzień – ziewnął Filip, przeciągając się.

Sławek pociągnął nosem. Ich ubrania, niezdejmowane od trzech dni, woniały już bardzo nieciekawie.

– Przywykniesz – uspokoił go starszy kolega.

– Szczać mi się chce.

– Sądzę, że do tego celu służy tamta dziura. – Filip wskazał otwór ziejący w kącie podłogi. Faktycznie, sądząc po zaciekach i zapachu wydobywającym się z głębi, był to rodzaj ubikacji.

– Cela z kanalizacją, nie jest źle – zachichotał Sławek, opróżniając pęcherz. Zużył nieco wody z dzbana i umył dłonie. – Włosy mi się przetłuściły – westchnął.

Filip poszedł w jego ślady.

– A zatem siadajmy do śniadania.

Chleb był w miarę świeży, najwyżej trzydniowy. Odrobinę czuć go było stęchlizną, ale na dnie miski znaleźli grubą na palec warstwę zjełczałego smalcu, którego woń skutecznie zabiła ten zapach.

– Świat nie jest taki zły – stwierdził Sławek, przecierając brzegiem rękawa niemyte od wyruszenia w przeszłość zęby.

Z zewnątrz dobiegały odgłosy jakichś robót ciesielskich.

– Ano wyjrzyjmy, co słychać na szerokim świecie. – Filip stanął pod ścianą i oparł się o nią rękami. Przyjaciel wdrapał mu się na ramiona i podciągnąwszy do okienka, wyjrzał na zewnątrz.

– Kurde – jęknął.

– Co się stało?

– Szubienicę stawiają.

Faktycznie, pomiędzy murami wbito w ziemię grube belki, połączone na górze jeszcze jedną. Zmienili się. Teraz Filip podciągnął się do okna, oglądał ją dłuższą chwilę.

– To chyba nie dla nas – stwierdził. – Górna poprzeczka jest bardzo długa i mocna. Co najmniej na czterech, może sześciu klientów. Chyba że na zapas przygotowali.

Na korytarzu rozległy się kroki. Ktoś minął ich celę. Ale tupot butów wystarczył, by plecy podróżników pokrył lodowaty pot.

– Niedobrze mi – jęknął Sławek. – Mdli.

– To pewnie z nerwów, choć z drugiej strony po tym śniadaniu... Napij się wody.

Chłopak przełknął kilka łyków. Żołądek powoli się uspokoił. Teraz dla odmiany zaczęły drżeć mu dłonie.

– No cóż – mruknął Filip. – Nie jest to wesoła sytuacja, ale z drugiej strony nie jest też przesadnie zła.

– Dlaczego tak myślisz?

– Gdyby nas chcieli powiesić, to przyprowadziliby księdza, żebyśmy mogli się wyspowiadać i przyjąć ostatnie namaszczenie. Cholera...

– Co się stało?

– Właśnie sobie uświadomiłem, że spowiedź chyba w tym czasie odbywać należało po łacinie. Może udamy unitów, wtedy można by po starocerkiewnosłowiańsku?

– Przestań!

– Wybacz.

Czas wlókł się niemiłosiernie. Cieśle zakończyli pracę. Sądząc po przesuwającym się na ścianie cieniu, nadeszło południe. Nieoczekiwanie na korytarzu rozległy się ciężkie kroki. Huknęły zasuwy. Drzwi skrzypnęły i stanęły otworem. Dwaj pachołkowie kata. Obrona na nic się nie zdała. Wykręcili im ręce i skrępowali na plecach rzemieniami. Szarpnięciem postawili na nogi i wyprowadzili z celi. Ceglany korytarz prowadzący na zewnątrz baszty. Ciężkie, okute zardzewiałym żelastwem drzwi. Powiew zimnego październikowego powietrza na twarzach. Blask nieba.

A więc tak będzie wyglądał ostatni widok, który zobaczę w życiu, pomyślał niedoszły lotnik. Dwa mury z czerwonej cegły i błotnista uliczka pomiędzy nimi. Koło szubienicy w zewnętrzny mur wbite były metalowe pierścienie. Pachołkowie przywiązali ich i odeszli.

– No i wybiła godzina – westchnął Filip.

Sławek szarpnął się, ale więzy były wyjątkowo solidne.

– Cholera – zaklął.

– Dżuma – sprostował jego towarzysz ze smutnym uśmiechem. – Nie wiem, co się powinno robić w takim przypadku. Może powspominać coś albo pomyśleć o czymś wzniosłym?

Młodszy podróżnik ponownie się szarpnął. Panika. Jak przez mgłę dobiegł go głos przyjaciela:

– Najbardziej boli mnie to, że nasza śmierć nie przybliży nas ani o krok do rozwiązania problemu. W niczym nie przyczyniliśmy się do powodzenia operacji „Dzień Wskrzeszenia". Ale nie przejmuj się. Gdy tylko komuś się powiedzie, będziemy żyć.

Powoli panika ustępowała. Ogarnęło ich zimne, obezwładniające zniechęcenie.

– Chrzanię – parsknął Sławek. – Mam w dupie Dzień Wskrzeszenia i instytut. Wszystko. Ja chcę do domu, do mojego kochanego zasyfionego promieniotwórczo obozu dla uchodźców.

Na murze pojawiło się kilku strażników.

– Uspokój się, ludzie patrzą – powiedział łagodnie Filip.

– Nie chcę się uspokoić. Boję się i mam prawo to okazywać. – Szarpał się jeszcze chwilę.

– Właśnie na tym im zależy. Przyszli na widowisko. Więc zróbmy im na złość i zachowujmy się godnie.

Pachołkowie wywlekli z baszty mężczyznę w koszuli i samodziałowych spodniach. Za nim kroczył kat. Przez ramię przerzucony miał zwój liny. Były student zrobił się blady jak ściana. Mistrz małodobry spokojnie przerzucił sznur przez hak wbity w belkę. Drugi koniec przywiązał do palika wbitego w ziemię. Pod szubienicą postawił stołek. Zwisający koniec stryczka uformował zręcznymi ruchami w pętlę. Sprawdził z troską, czy dobrze się zaciska. Działała.

Pachołkowie szarpnęli przywleczonego skazańca. W chwili, gdy stanął pod szubienicą, uspokoił się. Mistrz ukłonił się przed nim. Skazaniec oddał ukłon. Oprawca uprzejmym gestem wskazał mu stołek i podtrzymał za ramię, by łatwiej mu było wejść. Założył pętlę na szyję. Pojawił się ten sam urzędnik, który poprzedniego dnia uczestniczył w przesłuchaniu. Zza pasa wyciągnął jeden z czterech rulonów i rozwinąwszy go, odczytał:

– *Paweł zwany Wilkiem za nieobyczajne obchodzenie się z trupami na śmierć skazany został. Podpisano: Łukasz Drewno, burmistrz powietrzny.*

Kat wykopnął spod skazańca stołek. Lina się naprężyła. Nogi powieszonego kopały w powietrzu, prawie muskając czubkami palców ziemię. Przez ramiona przebiegł dreszcz. Powoli szarpanina ustała, ciało zwisło bezwładnie. Kołyszące się na wietrze, wstrząsane ostatnimi drgawkami, odwróciło się w ich stronę. Filip zacisnął natychmiast powieki, ale i tak zdążył zobaczyć oczy wywrócone białkami do góry, język wystający spomiędzy otwartych ust, strugę piany ściekającą po brodzie. Sądził, że zemdleje, ale, o dziwo, nawet nie zrobiło mu się słabo.

To nie może być prawdziwe, pomyślał. Śni mi się, a może zwariowałem.

Pachołkowie przywlekli drugiego więźnia. Kat przerzucił kolejną linę. Znowu związał ją w pętlę. Powtórzył się rytuał stawiania na stołku. Urzędnik zaczął czytać kolejny wyrok.

– *Filip* – przestraszony student poderwał głowę, ale to tylko skazaniec był jego imiennikiem – *sługa rodu Przeździeckich, za kradzież majątku zmarłych państwa swoich na śmierć skazany został. Podpisano: Łukasz Drewno, burmistrz powietrzny.*

Kolejne kopnięcie i znowu na końcu sznura skonał człowiek. Trzeci skazaniec, czwarty, piąty. Skończyła się belka, skończyły się haki. Urzędnik wyjął ostatni papier.

– *Sławomir i Filip, słudzy imć Budziakowskiego, za złamanie zakazu pobytu w mieście Warszawie na śmierć skazani być powinni, atoli karę tę zamieniamy im na przypisanie do bractwa kopaczy na czas do wygaśnięcia zarazy. Jeśli dnia tego dożyją, wolni być mają* – odczytał. – *Podpisano: Łukasz Drewno, burmistrz powietrzny.*

Kat podszedł do nich i rozplątał rzemienie, uwalniając im ręce. Stali przez chwilę, odczuwając to dziwne zagubienie, które nawiedza człowieka, gdy uniknie fatalnego losu. Urzędnik podszedł do nich.

– Zaprowadzę was – powiedział. – Mieliście szczęścia dużo. Burmistrzowi wczoraj syn zmarł. Dlatego litość jego serce ogarnęła, inaczej wisielibyście teraz tam. – Wskazał szubienicę, na której wolno kołysało się pięć ciał.

Odwrócili się. Na niższym murze stało kilkudziesięciu mieszczan i strażników miejskich, widać ciekawych egzekucji. Urzędnik stanął na podwyższeniu i zwrócił się w ich stronę.

– Zwłoki wisieć będą, aż się zaśmiardną – oświadczył gromko. – Chyba że szubienica wcześniej potrzebna będzie. Naukę z tego dla siebie wyjmijcie – zakończył groźnie.

Miał donośny głos. Musiał taki mieć w tej epoce, kiedy megafony jeszcze nie były znane. Ruszyli za nim. Szli przez chwilę między murami, potem przeszli furtką i znaleźli się w barbakanie. Wyszli na Nowe Miasto, przewodnik poprowadził ich drogą w dół, nad Wisłę. Osadę otaczały tu mury, choć znacznie bardziej liche niż te obiegające Starówkę. Przez kolejną furtę wyszli na brzeg rzeki. Z umoszczonego płotkami faszyny nabrzeża prowadziła grobla, wzmocniona tu i ówdzie drewnianymi palami. Kończyła się na piaszczystej łasze obmywanej przez leniwe wody rzeki. Urzędnik wyraźnie zaczął się spieszyć z powrotem.

– To wasz wyrok. – Wręczył Filipowi kartę papieru. – Znajdziecie tam mistrza Sebastiana, jest przełożonym nad bractwem. On wam powie, co dalej robić będziecie.

Odwrócił się na pięcie i odszedł.

– Bóg zapłać! – zawołał za nim Sławek.

Odwrócił się na chwilę i uśmiechnął.

– Ostańcie z Bogiem, chłopcy.

– Hm, niby jest okazja do wywiania – mruknął Filip, patrząc na bezludny brzeg ciągnący się wzdłuż domów. Mur przechodził tam w wał.

– No to może... – Sławek sprężył się do biegu.

– Jedyną szansą odnalezienia aparatury jest pozostanie w mieście – spokojnie odpowiedział starszy. – Dlatego musimy tu zostać. Co do okazji, to pewnie, jeśli będzie trzeba, uda nam się zwiać. Na razie trzeba będzie rzucić sondę. Wiemy już, kiedy jesteśmy.

– Kiedy?

– Łukasz Drewno był burmistrzem powietrznym podczas tak zwanego Wielkiego Powietrza, zarazy z 1624 roku. Chyba mamy październik. Kurczę, że też na wyrokach, jak ogłaszał, nie było daty.

– Może jest na naszym? – podsunął mu przyjaciel.

Filip bez słowa rozwinął kartę.

– *Osiemnasty October Anno Domini 1624* – odczytał.

– To jeszcze sprawdź, czy nie ma jakichś zaleceń w rodzaju, żeby nas utopić w Wiśle.

– Nie da rady, po łacinie wszystko. Ale przecież by nas nie oszukiwał.

– Dlaczego nie?

– Bo po pierwsze, oszustwo jest grzechem, po drugie, nie miał żadnych powodów.

– Co to jest bractwo kopaczy?

– Nie mam zielonego pojęcia. Cech facetów od robót ziemnych? Ktoś musi sypać wały i kopać rowy. Chodźmy. Najgorsze już za nami.

Mylił się.

* * *

Zatrzymali się na chwilę pośrodku grobli, by obejrzeć się na miasto, które od strony rzeki wyglądało jak zbiorowisko drewnianych bud. Ściany były krzywe i przechylały się w różne strony, deszcze od lat rozmywały obwałowania.

– Szkoda, że nie mam aparatu fotograficznego – powiedział Sławek. – Nikomu się nie śniło, żeby w tej epoce robić zdjęcia. Byłby dokument historyczny olbrzymiej wagi.

– Zwłaszcza że niedługo będzie potop szwedzki i spora część tych ruder spłonie w trakcie oblężenia, podpalona najpierw przez Szwedów, potem przez Polaków – kiwnął głową Filip.

Odwrócili się w stronę wyspy. Z miejsca, w którym stali, widać było kilkanaście szop. Pomiędzy nimi sterczała w niebo nieco przechylona szubienica.

– No chodźmy, chodźmy – zachęcił Filip. – Obozy pracy w tej epoce nie były jeszcze znane.

Znowu się pomylił.

Przeszli ostatni kawałek grobli. U wejścia na teren wyspy stali dwaj strażnicy miejscy z halabardami. Na widok nadchodzących jeden uniósł kuszę. Na prowadnicy miał już bełt.

– Wstęp na wyspę zabroniony pod karą śmierci! – krzyknął groźnie, celując w ich stronę.

– Ale my mamy się tu znaleźć! – odkrzyknął student. – Z rozkazu burmistrza powietrznego.

Mężczyzna opuścił broń. Podeszli. Filip podał mu papier. Strażnik ujął go w dłoń i rozprostował. Długą chwilę wpatrywał się w tekst, ale po ruchach jego źrenic, a raczej ich braku, poznali, że nie umie czytać.

– Możecie wejść – ocenił wreszcie.

Usunął się z drogi. Przeszli. Przez środek wyspy biegła błotnista droga utwardzona gruzem i kamieniami. Przy niej stały szopy, jedne stare, inne widocznie świeżo postawione. Pomiędzy nimi dreptało kilku wynędzniałych ludzi w habitach.

– Klasztor czy ki diabeł? – zdziwił się Sławek.

– Ośrodek izolacji dla chorych na dżumę – powiedział spokojnie, choć ponuro Filip. – Gdzie znajdziemy mistrza Sebastiana? – zawołał do przechodzącego opodal zakonnika.

Ten nie odpowiedział, ale wskazał ręką jedną z szop. Zapukali do krzywych drzwi zbitych z grubych desek.

– Wejść – rozległ się ze środka władczy głos. Przestąpili spróchniały próg.

Wnętrze baraku wypełniał gęsty opar gorącego octu. Zaczęli kaszleć. Stopniowo oczy przyzwyczajały się do półmroku. Światło wpadało przez okna zasłonięte półprzejrzystą masą. Pod ścianami ciągnął się rząd rozklekotanych łóżek. Leżały na nich sienniki i jakieś brudne derki. Sufit podtrzymywał las słupków wykonanych z pni młodych brzózek. Człowiek, który rozkazał im wejść, siedział na drewnianej ławie w końcu pomieszczenia. Obok znajdowało się podwyższenie wykonane z kamieni pospajanych gliną. Na nim stał gar z octem obłożony płonącymi patykami.

– Kim jesteście? – zapytał.

Ubrany był w samodziałowe portki, na nogach miał łapcie z brzozowej kory, najwyraźniej własnej roboty. Nagi umięśniony tors pokrywały mu blizny. Sądząc po sieci zmarszczek na twarzy, mógł mieć około sześćdziesiątki. Grzywa mlecznobiałych włosów opadała mu na czoło, ale błękitne oczy płonęły pod grubymi brwiami.

– Filip i mój brat Sławomir – przedstawił ich starszy z podróżników. – Mamy się tu stawić.

Wręczył siedzącemu papier. Mimo kiepskiego oświetlenia ten przeleciał go szybko wzrokiem.

– Do czarta – mruknął. – No, robota ciężka i prawdopodobnie wiosny nie dożyjecie – powiedział. – Ale cóż, to wam teraz pisane...

– A co właściwie mamy robić? – zapytał nieśmiało Sławek. – U nas na wsi nigdy nie było zarazy... tak wielkiej – dodał, kopnięty dyskretnie przez Filipa.

– Nasze bractwo zwożeniem z miasta trupów i chorych się zajmuje – wyjaśnił mistrz Sebastian. – Tu, pod opieką zakonników, umierają, trupy na wzgórzach za miastem grzebiemy. Poza tym zajmujemy się okadzaniem budynków, gdzie wszyscy zmarli.

Cudownie, pomyślał lotnik.

– Te dwa łóżka są wolne – mistrz wskazał najbardziej rozklekotane, pokryte dziurawymi siennikami. – Tu spać będziecie. I jeszcze jedno: nie myślcie nawet o ucieczce. Nikt w okolicy nie nakarmi teraz wędrowca. Wszystkie zajazdy zamknięte. A tu jedzenie dostaniecie. Młodzi jesteście, a ciała młode są bardziej na powietrze odporne. Może wiosną zaraza ustąpi, a wy jeszcze żyć będziecie? Wszystko w ręku Boga.

Dołożył jeszcze kilka patyków i zagłębił się w lekturze księgi.

– Teraz powinniśmy rzucić bagaże na łóżka i pójść sobie pozwiedzać – westchnął Sławek. – Nie mamy bagaży, to może pójdziemy zwiedzać.

– Dobrze. Musimy przecież zakopać sondę.

Wyszli przed barak. Świeże powietrze po oparach octu prawie ich odurzyło. Filip zdjął but i wyciągnął z podeszwy krótki tytanowy sztyft. Odkręcił jego koniec. Wyjął ze środka mikrofon, wcisnął czerwony przełącznik.

– Osiemnasty października 1624 – powiedział. – Żyjemy, wcielono nas do bractwa kopaczy. Wyciągnijcie nas stąd. Osiemnasty października 1624 roku – powtórzył.

Wcisnął zielony guzik i wsunął mikrofon na miejsce. Zakręcił wierzch i ściągnął cienką plastikową osłonkę otaczającą sztyft. Podniósł z ziemi garść piasku i starannie utytłał nim sondę. Pod zabezpieczeniem musiał być jakiś klej, bowiem pył przylgnął dość grubą warstwą. Filip rozejrzał się, a potem cisnął sondę w zamulone koryto Wisły, koło grobli między wyspą a miastem.

– Jeśli dobrze utkwi w mule, to zostanie z grubsza na miejscu – mruknął.

– I teraz wystarczy czekać, aż powietrze zamigocze i zmaterializuje nam się moduł powrotny – uśmiechnął się Sławek.

– W zasadzie i to nie jest wykluczone. Jutro gdzieś w mieście, może w fosę pomiędzy murami, rzucimy drugą sondę. Tę może mimo wszystko szlag trafić. Będzie też problem z bateriami. Są obliczone teoretycznie na trzysta lat, z niewielkim marginesem, a tu mamy prawie czterysta. Mogą się po prostu wyczerpać.

– Trzysta lat? – zdziwił się Sławek. – Jak to możliwe?

– Źródłem zasilania jest odrobina promieniotwórczego pierwiastka. Rozpada się powoli, uwalniając energię cieplną. Ona za pomocą ogniwa termoelektrycznego przetwarzana jest na prąd. Gdy kondensator naładuje się odpowiednio, układ wysyła sygnał. Oczywiście w miarę jak substancji jest mniej i coraz mniej ciepła wydziela, ładowanie się wydłuża, a sygnały następują coraz rzadziej. Ale dzięki temu, że wysyła je dopiero po zebraniu odpowiedniej mocy, zawsze są jednakowo silne. Sądzę, że w naszej epoce pierwiastek jeszcze ciągle się będzie rozkładał. Okres połowicznego rozpadu to sto lat.

– Z tego, co mnie uczyli fizyki, wynika, że po stu latach będzie go połowa, po dwustu jedna czwarta, po trzystu jedna ósma, a po czterystu jedna szesnasta.

– Właśnie. Nie wiem, jak są skonstruowane te ogniwa i czy jedna szesnasta to wystarczająca ilość, by je podgrzać. Ale bądźmy dobrej myśli. Skoro przy skokach w zasięgu stu lat sonda wysyła jeden sygnał dziennie, to musimy się liczyć z tym, że w naszej epoce wyśle jeden sygnał co szesnaście dni, albo i jeszcze rzadziej. Pioruńsko trudno będzie im ją namierzyć. Dlatego trzeba rzucić więcej.

Spomiędzy baraków trzech obdartusów wytoczyło dwukołowy wózek. Piętrzyła się na nim sterta zwłok, siedem albo osiem trupów, pozawijanych byle jak w stare płótno mające zastąpić całuny. Z baraku wyszedł mistrz Sebastian.

– No! – huknął tubalnym głosem. – Do roboty. Pomożecie, przydacie się na coś.

Posłusznie wstali i razem z trzema wyrostkami zaczęli pchać pojazd. Ciała zaczęły się już rozkładać, w powietrzu unosiła się upiorna słodkawa woń. Przejechali przez groblę i pchali teraz pojazd wzdłuż miasta.

– Jestem Jan – przedstawił się najwyższy. Miał może dwadzieścia lat. Jasne włosy opadały mu na czoło i w jakiś nieuchwytny sposób przypominał im Pawła. – Jestem tu za starszego. To Zygfryd i Piotr.

– Miło nam – odparł Sławek.

Wymienili swoje imiona.

Pchanie wózka było ciężką robotą. Wąskie drewniane koła zapadały się w błoto, zwłoki od czasu do czasu zsuwały się nieco i trzeba je było poprawiać. Słońce grzało całkiem mocno jak na tę porę roku. Ominęli Nowe Miasto i znaleźli się w zagajnikach. Tu chyba za kilkaset lat powstanie rosyjski fort. Stąd będzie można skoczyć do przyszłości. Na rozległej polanie pomiędzy drzewami ziała w ziemi potężna dziura. Wokoło unosił się zapach śmierci.

– Pomódlmy się za spokój duszy tych, których ciała oddamy ziemi – powiedział Jan.

Zatrzymali wózek na krawędzi dołu. Obnażyli głowy. Odmówili modlitwę po łacinie. Następnie brali po dwóch ciała i ciskali je do dołu. Zwłoki padały ciężko. Całuny okręcone były sznurkiem, tylko czasem spod materiału wysuwała się noga pokryta czarnymi krostami albo czubek głowy. Sławek też nie mógł wymigać się od roboty. Zacisnął dłonie na szorstkim płótnie. Namacał przez nie kościste stopy nieboszczyka. Zygfryd złapał koszmarny pakunek z drugiej strony. Wspólnie przerzucili go nad burtą wózka i rozhuśtawszy, cisnęli do dołu.

Jeszcze kilka łopat piasku, aby nakryć zwłoki, i mogli ruszać z powrotem. Nad rzeką Sławek umył dokładnie ręce. Mimo to niemal czuł, jak miliony bakterii wgryzają mu się w skórę.

– To na nic – szepnął do niego Filip. – Już i tak zarwaliśmy potężną dawkę. Pozostaje mieć nadzieję, że ratunek przyjdzie w miarę szybko.

Gdy wrócili na wyspę, było już późno. Słońce zaszło. W szopie siedziało kilka osób. Na polepie nadal dymił stojący w żarze gar z octem. Obok palił się kaganek napełniony oliwą. Żółty płomyk pełgał po knocie. Blask wydobywał z półmroku zmęczone twarze kopaczy.

Oprócz trzech poznanych już wcześniej wózkowych w ciasnym pomieszczeniu rozsiedli się jeszcze członkowie dwu podobnych ekip. Wśród nich uwagę zwracał młody, wesoły Żyd, cuchnący na kilometr siarką. Zapamiętali jego imię, gdy się przedstawiał. Aaron. Mistrz nałożył im kaszy jaglanej do glinianych misek.

– Powiadają, że głód to najlepszy kucharz – powiedział do siebie Filip.

Kasza była kiepsko zrobiona, nieoczyszczona, poniewierały się w niej łupiny z ziarna, ale mimo to zjedli ze smakiem.

– A teraz od burmistrza niespodzianka. – Mistrz wyciągnął z sakwy nieduży żółty owoc. – To limona. Kto zje kawałek, ten wedle medyków mniej ryzykuje, że go powietrze dopadnie. Owoce te wspaniałe rosną aż w Italii.

Wyciągnął iście rzeźnicki majcher i pociachał ją starannie na plasterki. Każdy dostał po jednym.

– Uderzeniowa dawka witaminy C – mruknął Filip, ale tak, aby tylko Sławek go usłyszał. – Nie tacy głupi byli ci nasi przodkowie.

– A teraz modlitwa i spać – zarządził mistrz, gdy wszyscy, krzywiąc się niemiłosiernie, zjedli zamorski przysmak.

Uklękli i obnażyli głowy. Aaron wyszedł na ten czas z baraku. Wreszcie mistrz zdmuchnął kaganek. Sławek sądził, że po wszystkich przejściach tego dnia nie będzie mógł zasnąć, ale był tak zmęczony, że gdy tylko dotknął głową poduszki, świadomość natychmiast mu się wyłączyła.

* * *

– Coś mnie oblazło w nocy – powiedział Sławek, otwierając oczy. – Coś nowego.

Filip już nie spał. Siedział na swojej pryczy i zapinał mundur dziewiętnastowiecznego studenta. Reszta kopaczy też się obudziła. Wygrzebywali się spod derek, niektórzy przecierali oczy. Aaron klęczał pod ścianą i trzymając w ręce niedużą książeczkę, rytmicznie kiwał się na złączonych nogach. Widocznie modlił się po swojemu.

– Pokaż. – Starszy podróżnik odebrał insekta, którego jego towarzysz trzymał w palcach. – To zwyczajna pluskwa. W tych czasach normalka. Gnieżdżą się w drewnianych łóżkach, dlatego w słomie gryzły nas tylko wszy i pchły.

– Cudownie. Czy w tej epoce zakichanej żyją jeszcze jakieś pełzające paskudztwa?

Jego przyjaciel zamyślił się na chwilę.

– Chyba nie. Pchły, wszy, pluskwy... Nic więcej nie przychodzi mi do głowy. Oczywiście karaluchy, prusaki, mole, wołki zbożowe, ale one nie gryzą ludzi. Najniebezpieczniejsze są pchły, bo przenoszą dżumę. Nie wiem, jak inne owady. Myślę, że natarcie ciała octem podziała na nie choć trochę zniechęcająco.

Śniadanie. Mistrz Sebastian postawił na kulawym stole misę z jakimś mazidłem, nakroił grubych pajd chleba. Zmówili modlitwę poranną i zasiedli do śniadania. Zasiedli to może za dużo powiedziane, bowiem tylko mistrz spoczął na ławie, reszta stała wokoło stołu. Brali chleb z drewnianego talerza i maczali go w misie. Sławek spróbował nieufnie. Olej lniany. Szybko znikło uczucie głodu.

– Jedzcie na zapas – pouczał stary. – Do wieczerzy zgłodnieć zdążycie.

Pożywiano się pospiesznie, w milczeniu. Popili posiłek odrobiną wody z octem i ziołami.

– No to do roboty.

Przydzielił ich do tej samej grupy, co poprzedniego dnia. Podczas gdy dwa inne zespoły pojechały z wózkami do miasta, oni ruszyli na obchód wyspy. W szopach, tych nowszych, stojących nad wodą, leżeli pod opieką zakonników chorzy. Gdy podróżnicy weszli do pierwszego z brzegu budynku, upiorny smród prawie ich obezwładnił. Umierający spoczywali pokotem na poplamionych siennikach, pokryci wrzodami. Niektórzy, bredzący w gorączce, byli przywiązani do drewnianych drągów. W powietrzu unosiły się wonie krwi, ropy, ekskrementów oraz dym i dziwny odór buchający z garnków w końcu pomieszczenia. W jednym gotował się ocet, z drugiego zakonnik cedził coś przez szmatę do dzbanka. Wyglądało jak szary kisiel. Wreszcie wycisnął to zręcznym ruchem i wytłoki wysypał obojętnie na stos. Zobaczyli nieduże makówki. Drugi z zakonników przelał część wywaru do kubka. Podszedł do leżącego pod ścianą mężczyzny. Chory jęczał cicho. Mnich podtrzymał mu głowę i przyłożył kubek do ust. Nieszczęśnik wypił kilka łyków, a potem opadł na posłanie. Działo się coś dziwnego. W ciągu kilku chwil napięcie znikło z twarzy. Opiekujący się nim zakonnik otarł mu pot z czoła. Na ustach zadżumionego pojawił się głupkowaty uśmiech.

– Chyba się domyślam – mruknął Filip.

– Zabierzcie ich. – Mnich wskazał cztery ciała leżące pod ścianą. Tylko twarze mieli nakryte chustkami. Brali ich we czterech, każdy za jedną kończynę, wyno-

sili na zewnątrz i układali na wózku. Sławek wzdrygnął się, gdy po raz pierwszy musiał dotknąć pokrytej
czarnymi wrzodami skóry nieboszczyka. Szybko jednak przestało to mieć jakiekolwiek znaczenie. Z kolejnej szopy – tam, gdzie leżały kobiety – zabrali jeszcze
trzy ciała. I dwa z następnej. Dziewięć trupów. Powieźli
je znaną już sobie trasą do lasu.

– Co oni gotowali w tym garnku? – zapytał Zygfryd. – Medykamenta jakieś?

– To taki płyn do uśmierzania boleści – powiedział
Jan, pchając wózek nieco bardziej w lewo, by ominąć
dziurę w drodze. – Z makówek się go gotuje. Łagodzi
każdy ból.

– Coś jak kompot dla narkomanów – dopowiedział
Sławek. – Może zawierać do dwudziestu procent czystej
heroiny.

Filip kopnął go w kostkę, ale już było za późno.

– Co to jest heroina? – zainteresował się Zygfryd.

– Tak w krajach niemieckich nazywają *laudanum*,
czyli opium – Filip uratował sytuację.

– Jesteście, widzę, uczeni – uśmiechnął się Jan.

– Nie, ale nasz pan tak właśnie lek ten nazywał.

– Ja słyszałem, że jeszcze z ziaren buka się nalew-
kę na ból dobrą robi. I z konopi ogrodowych – dorzucił
Piotr. – Nas też to czeka. Limona i ocet nikogo jeszcze
nie uratowały przed morem.

– Zobaczymy – warknął Jan.

Jego twarz miała zacięty wyraz. Dotarli do lasu.
Zbliżali się powoli w stronę dołu. Wreszcie znaleźli się
przy jego krawędzi.

– A niech to – sapnął Sławek.

Na dnie grobu uwijali się dwaj osobnicy. Wykopali sporą dziurę, aby dobrać się do nieboszczyków. Teraz jeden penetrował kieszenie, a drugi ściągał ze zmarłego kaftan. Byli odwróceni tyłem i pracowali gorączkowo, więc nie zauważyli nadchodzących.

Jan bez słowa sięgnął pod deskę wózka i wydobył kuszę. Założył bełt na prowadnicę i strzelił do pierwszego z rabusiów. Strzała wbiła mu się między łopatki. Sławek usłyszał obrzydliwy, mlaszczący odgłos, gdy zagłębiała się w ciało, i z miejsca zaczął wymiotować. Szarpały nim torsje. Miotał się po ziemi, a jego żołądek w przerażającym tempie pozbywał się śniadania. Ktoś podtrzymał mu głowę, ktoś złapał za ramiona. Usłyszał jakieś wrzaski z dołu, terkot zębatki, gdy ich przywódca naciągał ponownie cięciwę, i głuchy odgłos, gdy druga strzała uderzała w żywy cel. Zemdlał.

Doszedł do siebie powoli.

Leżał na wilgotnej ziemi. Pachniało jesienią i lasem, ale w powietrzu unosił się ciągle słodkawy zapach rozkładu. I woń świeżej krwi. Ktoś delikatnie nim potrząsał. Filip.

– Wstań – poprosił.

Dźwignął się z trudem na nogi. Obie cmentarne hieny spoczywały na dnie dołu. Kopacze zrzucali z furki ciała.

– Dlaczego on to zrobił? – jęknął chłopak.

– To zarządzenie burmistrza. Rabujący zwłoki mają być karani natychmiast gardłem.

– Gdzie my jesteśmy? To wszystko jakieś chore, okropne, gorsze niż w koszmarze sennym. Kiedy wrócimy do domu?

– Nie wiem. Zostawiłem tu w lesie drugą sondę. Miejmy nadzieję, że ją znajdą. Wtedy spróbują nam jakoś pomóc.

– Ale jak? Michał w szpitalu, Paweł po szyciu grzbietu, Magda ma przestrzeloną łydkę. Wiesz, co pomyślałem? Efekt motyla. Jeśli ktoś zniknął dlatego, że kupił torbę cukierków, to być może my narozrabialiśmy tak, że tam, w przyszłości, nie ma już naszego instytutu. Kto wie, może nasz kraj wygrał trzecią wojnę światową albo już nastąpił Dzień Wskrzeszenia?

– Ale nie zniknęliśmy, co znaczy, że nie ustała przyczyna, dla której się tu znaleźliśmy – mruknął niepewnie Filip. – Zresztą będziemy się tym martwić później. Na razie wpadliśmy w gówno, więc musimy jakoś się z tego wygrzebać. Dasz radę iść?

Kiwnął głową. Ich towarzysze skończyli już pracę.

– No, nie przejmuj się tak. – Jan klepnął Sławka po ramieniu. – Psom psia śmierć przypisana.

Ruszyli, ale nie nad rzekę, tylko do bramy miasta. Strażnicy przepuścili ich obojętnie. Nowe Miasto. Ulice co kilkadziesiąt metrów przegrodzone były drewnianymi palisadami. Sławek przypomniał sobie, że widzieli już takie w dniu przybycia i gdy byli prowadzeni do katowskiej baszty.

– W jakim celu te płoty? – zapytał Jana.

– To zarządzenie burmistrza. Żeby ludzie nie mogli się przemieszczać i roznosić zarazy. Dzięki temu w niektórych ulicach nikt jeszcze nie zachorował.

Pomysłowe, pomyślał student. Może nie umieją leczyć samej dżumy, ale profilaktykę mają na dość wysokim poziomie. Kwarantanna chorych na wyspie, zakopywanie ciał daleko od miasta, izolacja miejsc, gdzie ludzie są zdrowi.

Przy jednej z kamienic spotkali Aarona.

– Tutaj. – Wskazał drzwi.

Weszli do niskiej, cuchnącej sieni. Posadzka wyłożona kamieniami, ceglane ściany obrzucone byle jak wapiennym tynkiem. Jakieś szmaty i szpargały walające się po kątach. W głębi – wąskie drewniane schody na piętro. Znowu czuć było koszmarny zapach rozkładających się zwłok. Weszli do pomieszczenia po lewej stronie. Warsztat szewski. Kawałki skóry, buty, narzędzia. Po drugiej stronie korytarza był magazyn. Schodkami na górę. Po lewej stronie kuchnia i jadalnia zarazem, na nalepie stały jeszcze garnki. Gliniane dzbany na ławie, cynowy kufel tłoczony w sceny mitologiczne. Drzwi do pokoju. Potężne łoże, w łożu rozkładające się już ciało mężczyzny. Tym razem Filip nie wytrzymał. Zbiegł na dół i słychać było, jak wymiotuje. Zawinęli zwłoki w prześcieradło i znieśli we czterech na dół. Kolejny pokój. Kobieta i dzieci. Sławek poddał się bez walki. Coś w nim pękło.

Doszedł do siebie w ogrodzie. Ktoś polewał mu twarz chłodną wodą z drewnianego cebrzyka. Aaron.

– Leż spokojnie – powiedział. – Widać od razu, że to nie dla was robota. Za młodzi jesteście, za słabi.

Jego głos działał dziwnie kojąco. Miał śmieszny akcent, ale bardzo dobrze mówił po polsku. Przyjrzeli mu się dokładniej. Semickie rysy, ciemne oczy, mógł mieć nie więcej niż siedemnaście lat.

– To bez sensu. Powiem Sebastianowi, żeby przydzielił was do mnie.

– A co ty robisz? – zapytał Filip.

– Wyganiam zarazę z domów, gdzie wszyscy już zmarli – powiedział z dumą. – Byłem czeladnikiem u prochownika.

Nic im to nie mówiło. Nadszedł Jan.

– Przepraszam – powiedział. – Bez potrzeby wchodziliście na górę.

– Chcę, żeby pomagali odtąd mnie – odezwał się Żyd.

– Trza pogadać z Sebastianem. Nam by się ktoś do pomocy przy wózku przydał – westchnął starszy ekipy. – Ale nie ci dwaj. Nerwy za słabe, zerwały się, a humory w ciele zabełtały od tych widoków.

– Skończyliście już?

– Tak. Możesz czynić swoją powinność.

Weszli do kamienicy. Wózek, turkocząc na wybojach, oddalał się. W domu pozostała woń śmierci.

– Co mamy robić?

– Spalić to wszystko – wyjaśnił ich nowy zwierzchnik. – Wszystkie rzeczy.

Zabrali się za wyrzucanie oknami na podwórze całego wyposażenia. Pościel, ubrania, skrzynie, skóry ze ścian. Po łachach skakały pchły, gryzły ich od czasu do czasu. Sławek wolał nie myśleć, ile z nich piło wcześniej krew chorych. Wreszcie zwalili wszystko na wielki stos pośrodku podwórza. Puchowe pierzyny, resztki jedzenia, kilimki. Z szopy stojącej w głębi podwórza przynieśli słomę i podłożyli pod stos. Aaron wyjął z kieszeni krzesiwo oraz hubkę i zręcznie skrzesawszy ognia, podłożył go pod spód. Niebawem płomień objął cały zgromadzony na podwórzu dobytek. Kawałki skóry z warsztatu zajęły się powoli. W niebo buchały kłęby czarnego dymu.

– Pilnujcie – przykazał Żyd i zniknął w kamienicy.

– Chcę do domu – westchnął Sławek.

– Ja też – stwierdził Filip. – Zakopię tu trzecią sondę.

Kilka minut później wrócił do przyjaciela. Ogień płonął sam, tylko od czasu do czasu drewnianymi widłami przesuwali bardziej wilgotne ubrania, aby gorący żar osuszył je, nim spłoną.

– Jeszcze kilka dni i dżuma nas wykończy – odezwał się Sławek. – Pogryzło nas zdrowo, dotykaliśmy trupów gołymi rękami, a tu nawet nie ma się jak umyć.

– Może nie będzie aż tak źle. To trochę słabszy szczep niż czarna śmierć, która w XIV wieku wyludniła Europę. Mamy jakieś pięćdziesiąt procent szans, że zarazimy się na skutek kontaktu z bakteriami.

– Pięknie. Czyli jeden z nas pójdzie do piachu, a drugi nie?

– To też nie do końca tak. Dżuma zazwyczaj jest chorobą śmiertelną, ale jeśli nie dostaniesz lekarstw, to i tak masz szansę wrócić do zdrowia.

– Jaką szansę?

– Mniej więcej trzyprocentową. Lepsze to niż nic.

Ognisko powoli dogasało.

– Popatrzmy na to od strony humorystycznej – mruknął Filip. – Spaliliśmy właśnie kupę wspaniałych zabytków. Tłoczony pasek ze skóry... – Przegarnął żar widłami, aby dokładnie dopaliły się przedmioty dotychczas tylko liźnięte przez ogień. – Komplet siedemnastowiecznych ubrań, całą kupę mebli, i to nie mebli pałacowych, których trochę przetrwało nawet ostatnią wojnę, ale mebli prostych, zwyczajnych ludzi, jakich nigdy nie zgromadzono w żadnym muzeum.

– Siedemnastowieczna książka... – Sławek uderzył pogrzebaczem niedopalony grzbiet. W szare jesienne niebo buchnął kłąb iskier. – Zabawki dzieci... – Drewniany konik spłonął prawie cały. Tylko jedna noga poniewierała się w popiele. – Nie widzę w tym nic zabawnego.

Było chłodno, więc wycofali się do kuchni. Koło drzwi stała duża beczka. Sławkowi chciało się pić, wziął z pieca cynowy kubek i zanurzył w cieczy.

– Oj... – wyrwało mu się.

– Co się stało? – Filip obejrzał się, lekko marszcząc brwi.

– To nie jest woda.

Przechylił kubek i substancja z pluśnięciem polała się z powrotem.

– Coś jakby kisiel.

– Niemożliwe, kisiel robi się z mąki kartoflanej, a u nas pierwsze ziemniaki pojawiły się dopiero gdzieś za Sobieskiego. Czekaj, próbowałeś tego?

Sławek prawie dotknął nosem brzegu naczynia. Ostrożnie trącił językiem wylew.

– Jakby mydło – powiedział. – W zasadzie bez smaku, ale parzy w język. Galareta jakaś chemiczna czy ki diabeł.

– Już wiem – mruknął starszy podróżnik. – To jest ług.

– A cóż to takiego?

– Używano go jeszcze w początkach XX wieku do prania. Trzeba nabrać popiołu z drzew liściastych i walnąć go w beczkę. Potem zalać wodą i odczekać kilka dni. Na powierzchni tworzy się warstwa takiej jakby galarety. To właśnie ług. Jakiś wodorotlenek, jeśli dobrze pamiętam. Zostaw to.

Z piętra zszedł Aaron.

– Pomożecie z prochem – powiedział.

Spojrzeli na siebie zdumieni, ale posłusznie poszli za nim. Wszystkie okna kamienicy były otwarte.

– Zaczniemy od góry – wyjaśnił ich nowy szef.

Na poddaszu stał już spory dzban siwak wypełniony czarnym pyłem.

– Rozsypcie na całej podłodze cienką warstewką – polecił.

Ujęli gracki i zaczęli rozciągać tajemniczy proszek po drewnianych klepkach podłogi.

– Co to za draństwo? – zastanawiał się Sławek. – Cuchnie siarką. Może to jakiś proszek odkażający?

– Proch armatni. – Student pokręcił głową. – Tak zwany czarny. Mój kumpel miał krócicę, strzelało się czasami.

Aaron pracował w sąsiednim pomieszczeniu. Po chwili przyszedł i ocenił ich pracę.

– Bardzo ładnie. Ty jesteś Filip? Dobrze zapamiętałem? A więc pójdź na podwórze i przynieś ze studni wody. Cebrzyk stoi w bramie.

Chłopak poleciał.

– Podpalamy. – Żyd wyjął z kieszeni krzesiwo i zręcznie skrzesał ognia. Coś strzeliło z ogłuszającym

sykiem i przez chwilę cała podłoga pokryta była języ-
kami wijących się płomieni. Powietrze wypełnił gryzący dym. Nadbiegł Filip z dzbankiem wody. Aaron wyjął go z rąk studenta i wszedł do zadymionego pokoju,
wypatrując, czy gdzieś pomiędzy deskami podłogi nie
skrył się żar.

– Podpalajcie obok. – Rzucił młodszemu krzesiwo.

Przeszli do drugiego pomieszczenia. Tu także na
podłodze leżała warstewka prochu.

– Umiesz? – Sławek spojrzał bezradnie na krzesiwo,
a potem na przyjaciela.

– To nie powinno być trudne.

Zaczęli bezskutecznie krzesać.

– Cholera, przydałaby się paczka zapałek...

Aaron stanął w drzwiach.

– Co się stało? – zapytał. – Dlaczego nie podpalacie?

– Jakoś nie możemy sobie z tym poradzić. – Sławek
oddał mu krzesiwo.

Szef obejrzał je uważnie. Wzruszył ramionami.
Ukląkł nad podłogą i ścisnął je w palcach. Dwie sztabki
otarły się o siebie, tworząc piękną, długą iskrę. Padła na
proch, który momentalnie zapłonął.

– Krzesiwo w porządku. Może siły w palcach wam
brakuje?

Na szczęście nie drążył tematu.

Zeszli piętro niżej. Znowu powtórzyło się to samo.
Rozsypywanie prochu po podłodze, podpalanie, gasze-
nie miejsc, gdzie zaczęły się palić deski. Ogień zostawiał
na deskach ślady, szerokie, rozgałęziające się ścieżki
zwęglenia, podobne do kwiatów mrozu pokrywających
zimą szyby. Gdzieniegdzie na ścianach oklejonych gliną

i pobielonych pozostawały smugi kopcia. Wreszcie skończyli. Aaron wyjął z parcianej torby młotek i kilka gwoździ. Były kowalskiej roboty, ręcznie kute, kwadratowe w przekroju. Zatrzasnął bramę i starannie zabił ją gwoździami.

– Aby złodziei nie kusiło – mruknął.

Ruszyli ulicą w stronę barbakanu. Brama była zatrzaśnięta na głucho. Załomotał pięścią.

– Kto tam? – rozległ się zza żelaznych wrót wyraźnie niechętny głos.

– Aaron wyganiacz i dwaj pomocnicy.

– Z rozkazu burmistrza powietrznego wszyscy Żydzi mieli być z miasta wypędzeni! – warknął strażnik.

– Z rozkazu burmistrza powietrznego mam obowiązek kamienicę w rynku oczyścić. A ty obowiązek mnie przepuścić masz. Łamanie zarządzeń czasu moru karane jest gardłem. – Aaron nawet nie podniósł głosu.

Z drugiej strony rozległ się łomot odsuwanych sztab i w bramie otworzyła się furtka. Weszli do środka. Strażnik cofnął się, by być jak najdalej od nich. Zasłaniał przy tym twarz rękawem.

– Ucieka przed nami, jakbyśmy byli zapowietrzeni – mruknął Filip.

– Bo i jesteśmy – zażartował szef. – Za mną.

Zeszli w dół, pomiędzy mury. Szubienica jeszcze stała, ale wisiał na niej nowy komplet ciał. Minęli basztę katowską. Student poczuł dotknięcie chłodu na karku. Zaledwie wczoraj siedzieli tam w celi, czekając na egzekucję. Szli między murami tylko chwilę. Zatrzymali się koło okrągłej baszty w murze zewnętrznym. Tu, na poziomie międzymurza, w ścianę wpuszczono drzwi, solidnie okute zardzewiałą blachą. Aaron zapukał. Otworzyły się ze zgrzytem.

– Dwa dzbany prochu – zażądał. – Tylko żeby był dobrze wysuszony.

Mężczyzna w skórzanym fartuchu zniknął w głębi. Zaskrzypiały schodki, gdy wchodził gdzieś na górne poziomy. Po chwili wrócił, niosąc dwa duże gliniane naczynia. Do uszu miały przywiązane taśmy plecione ze sznurków. Aaron oddał dwa puste. Pełne przewiesił swoim pomocnikom przez lewe ramiona.

– Jak idzie fabrykacja? – zapytał człowieka w fartuchu.

– Nadążamy – odpowiedział tamten grobowym głosem.

Drzwi zatrzasnęły się z hukiem.

– Wszyscy boją się zarazić – rzucił Aaron. – Brak im pokory i zaufania Bogu, którymi tak bardzo lubią się szczycić.

Powędrowali w stronę rynku. Po drodze musieli pokonać palisadę przegradzającą ulicę. Kamienica stała milcząca. Na murze koło bramy namalowano czarną farbą znak „X". Filip się obejrzał. Na placu koło ratusza rozłożono kilka straganów.

– Chciałbym coś kupić – powiedział. – Wrócę za chwilę.

– Dobrze. Idź – Aaron zgodził się natychmiast.

Otworzył grubym kluczem drzwi i weszli do środka budynku. Dom był bardzo wąski, za to miał aż cztery piętra. Pomieszczenia były niewielkie i zagracone. Małe okienka oszklone oprawionymi w ołów gomółkami wychodziły na rynek i na maleńkie podwórko na tyłach.

Żyd zostawił dzbany z prochem na dole. Po chwili nadbiegł Filip. Postawił w sieni dzban z jakimś płynem.

– Wywalamy wszystko na podwórze – zdecydował Aaron.

Ruszyli naprzód. Meble, ubrania, zasłony, ręcznie tkane kobierce na podłogach. Bogaty mieszczański dom. A przecież i tu uderzyła śmierć. Sławek rozglądał się, starając dociec, czym trudnili się mieszkający w nim ludzie, ale nie był w stanie. W wielu pomieszczeniach unosiła się upiorna woń rozkładu. Widać zwłoki leżały kilka dni, zanim przybyli ich towarzysze z wózkiem i wywieźli je za miasto do wspólnych grobów.

Pozostawili tylko przedmioty z metalu. Kufle, talerze, świeczniki i lichtarze. Drewniane i gliniane misy leciały oknem. Stos na podwórzu rósł szybko.

– Po co właściwie palimy w tych domach proch? – zapytał Sławek szefa.

Aaron cisnął oknem całe naręcze koszul.

– Oczywiście dlatego, że gryzący dym prochu wypędza jadowite powietrze – wyjaśnił. – Ogień oczyszcza. To zarządzenie burmistrza.

– A ocet? Ciągle wszędzie cuchnie octem.

– Ocet dzięki swojej silnej woni też oczyszcza powietrze z zarazy. Czyżbyście o tym nie wiedzieli?

– A, słyszeliśmy u nas na wsi – wyjaśnił Filip. – Ale woleliśmy wiedzę naszą potwierdzić.

Gdy Żyd przeszedł do drugiego pokoju, student przywołał Sławka gestem.

– Nie pytaj – szepnął. – Zdradzasz się z naszą cholerną niewiedzą. Lepiej milczmy i obserwujmy, a potem najwyżej doczytamy w książkach historycznych.

Aaron został w domu, by rozsypywać proch, a ich wysłał na podwórze, żeby spalili stos gratów wywalonych przez okna. Zeszli do sieni.

– Umyj szybko ręce i twarz. – Filip zdjął drewnianą pokrywkę z dzbana, który kupił. Polał Sławkowi dłonie. – Uważaj, żeby nie dostało się do oczu.

Woń płynu nie budziła wątpliwości. Sławek przypomniał sobie obozową gorzelnię.

– Bimber? – zapytał.

– Wódka, ale masz rację, w tej epoce można powiedzieć, że to bimber, i to bardzo podłej jakości. Ale ma co najmniej trzydzieści procent mocy, więc do odkażenia rąk się nada.

Sam też umył się pospiesznie. Zużyli około litra. Poszli na podwórze.

– Skąd miałeś pieniądze?

– Znalazłem talara w jednej ze skrzyń, jak porządkowaliśmy tamten dom na Nowym Mieście. Tylko nikomu ani słowa, bo nas powieszą za rabowanie majątku zmarłych – powiedział ostrym szeptem. – No to chwila prawdy – westchnął.

Wyjął z kieszeni krzesiwo i małe drewniane pudełeczko, w którym tkwiło coś brązowego.

– Mamy krzesiwo i hubkę. Teraz pora na przyspieszony kurs używania.

Ułożył żelazo w palcach tak jak Aaron, gdy podpalał proch na podłodze.

Iskrę udało mu się skrzesać już za siedemnastym razem.

– Pokaż mi. – Sławek wziął urządzenie. Zacisnął w dłoni. Iskry powstawały różne, ale wszystkie dość marne. Wreszcie po dalszych dziesięciu minutach zdołali wyprodukować kilka naprawdę niezłych.

– Dobra, skieruj teraz jakąś tu. – Filip otworzył pudełko i podsunął blisko. Sławek puścił do środka kilka iskier i udało się. Substancja wewnątrz zaczęła się żarzyć. Filip ostrożnie rozdmuchał ją w płomień i przytknął do wiechcia słomy ze starego siennika leżącego u spodu stosu. Ogień powoli lizał słomę i wreszcie się zajęła.

– Uff – westchnął, gasząc płomień w pudełku.

– To huba? – zainteresował się Sławek. – Czytałem w książkach.

– Hubka. Niezupełnie. Z drzew zrywa się hubę, suszy, potem namacza w jakimś roztworze i raz jeszcze suszy – wyjaśnił Filip. – Tak czy siak, trzeba będzie potrenować z krzesiwem. Tu, w tej epoce, po prostu musimy umieć, zwłaszcza że zajmujemy się pracą przy ogniu.

Z okien na górnych piętrach buchały już kłęby czarnego prochowego dymu. Filip zaczerpnął cebrzykiem wody z dużej kadzi stojącej w kącie ogrodu i pobiegł z tym do kamienicy. Sławek pozostał sam przy ogniu. Po chwili lotnik wrócił.

– Jak się roznosi dżuma? – zapytał jego towarzysz. – Jakie jest ryzyko, że się zarazimy?

– Już mówiłem. Pięćdziesiąt procent przy kontakcie z bakteriami. Co do sposobów przenoszenia, to najczęściej droga jest taka: szczury zaczynają chorować i zdychać. Gdy wyginą, wszystkie pchły, które dotąd żywiły się ich krwią, ruszają szukać nowych żywicieli. I znajdują ludzi. Przez dotyk raczej nie można tego złapać, ale na wszelki wypadek trzeba ręce odkażać wódką, żeby bakterii nie przenieść z pożywieniem do ust. Jest jeszcze jeden problem. Dżuma może rozwijać się na skórze, może też w płucach. Ten drugi rodzaj jest bardzo podstępny, bo nie daje prawie żadnych objawów poza gorączką i kaszlem. Ale można się tym zarazić na drodze kropelkowej. Jak gruźlicą.

– Powinni nas zaszczepić przed skokiem. Przecież są szczepionki?

– Są, ale po pierwsze, każdy szczep jest trochę inny i szczepionka nie zawsze działa. Po drugie, mieliśmy lecieć do 1901 roku, a tu jesteśmy przez czysty przypadek. Niemniej, jak wrócimy, zwrócę na to uwagę profesorowi.

Aaron wyszedł z domu. Biła od niego silna woń prochowego dymu. Przesiąkł nim na wylot.

– Kamienica oczyszczona z powietrza – powiedział. – Jak tutaj? Dużo jeszcze?

– Pali się jak złoto – uśmiechnął się Sławek.

Ogień bił w ciemniejące wieczorne niebo. Był wysoki na co najmniej dwa metry. Nie dawało się podejść blisko, żar był nie do wytrzymania.

– Bardzo dobrze. – Szef kiwnął głową. – Wypali się w jakieś trzy kwadranse.

Podszedł do szopy na końcu ogrodu i otworzył drzwi. Ze środka wyskoczył mały biały psiak. Zawarczał.

– Jego państwo nie żyją, a on ciągle broni ich dobytku. – Delikatnym szarpnięciem uwolnił nogawkę. – Nie wiadomo, ile czasu był tam zamknięty, ale pewnie ze dwa dni. Trza mu dać coś do jedzenia.

Przechylił cebrzyk, aby pies mógł się napić wody. Pił tak łapczywie, że mało się nie zadławił.

– Pudel albo jakaś podobna rasa – zauważył Filip. – Co z nim zrobimy? – zapytał z niepokojem.

– Zabierzemy ze sobą. Przyda się mistrzowi Sebastianowi do prób powietrza.

Nie wiedzieli, o jakie próby chodzi, ale woleli o to nie dopytywać. Znaleźli kawałek sznurka, by móc prowadzić zwierzątko.

Ognisko dogasało. Zalali je wodą, żeby niechcący nie podpalić miasta, i zamknąwszy bramę na klucz, poszli. Aaron miał w torbie niedużą blaszaną latarkę z tkwiącą wewnątrz świeczką. Przydała się bardzo, bo miasto było zupełnie ciemne. Tylko gdzieniegdzie zza okna sączył się żółty blask kaganka lub łojówki. Pies początkowo nie chciał iść z nimi, ale gdy dostał skórkę chleba, ruszył posłusznie. Nim dotarli na wyspę, zrobiło się zupełnie ciemno. Kopacze już porozkładali się na swoich pryczach, a mistrz Sebastian siedział jeszcze ciągle przy stole i przy świetle pojedynczej świecy czytał modlitewnik.

– Co tak długo? – zdziwił się na ich widok.

– Dwie kamienice musieliśmy oczyścić – wyjaśnił Aaron. – Zeszło przy robocie.

– Już mi powiedzieli wózkowi, że wziąłeś ich na pomocników. Skoro tak słabi na nerwach, to lepiej niech u ciebie robią – mruknął mistrz.

– Psa przyprowadziliśmy. Pomyśleliśmy, że sprawdzić by powietrze warto. Kto wie, może zaraza już ustępuje?

Mistrz kiwnął głową.

– Macie kaszę. – Wskazał trzy miski stojące na ławie. – Zimna już niestety...

Jedli. Dopiero teraz poczuli, jak bardzo są głodni. Pies też trochę dostał. Pożerał łapczywie, widać długo nie jadł. Mistrz wyszedł przed barak. Zza paska wydobył dużą lnianą chustę i rozpostarł ją na zroszonej trawie. Poczekał, aż namoknie, i wycisnął wodę do niedużej miski. Znowu zebrał rosę i znowu wycisnął. Powtarzał to tak długo, aż napełniła się do połowy. Następnie postawił ją przed psem i obserwował, jak zwierzę chłepcze wodę.

Psina ugasiła pragnienie i zaczęła się łasić. Cisnął w kąt szopy kawał starej derki i wymościł zwierzęciu legowisko. Kilka minut potem zdmuchnął świecę. W ciemności słychać było oddechy śpiących, a niekiedy lekkie pochrapywanie. Sławek przymknął oczy. Budził się parę razy w ciągu nocy. Śniły mu się koszmary, ale po takim dniu nie było w tym nic dziwnego.

* * *

Delikatne potrząsanie wyrwało Sławka ze snu.

– Chodź... – To Filip pochylał się nad jego posłaniem. – Umyć się trochę trzeba. Jak uczył pewien krwawy bandzior o ksywie Lenin: „Czystość jest pierwszą oznaką intelektu".

Chłopak wygrzebał się spod cienkiej derki i posłusznie ruszył za przyjacielem. Była może piąta rano. Nad Wisłą snuły się białe mgły. Rozebrali się i weszli po pierś w lodowatą wodę. Chłód zatykał, przeszkadzał oddychać, ale po kilku chwilach przywykli. Z dna rzeki nabierali garście piasku i tarli nim mocno skórę. Student przyniósł ze sobą nieduży garnczek.

– Pamiętasz ług, który znaleźliśmy? – zapytał.

– Aha. Po co nam?

– Włosy można tym umyć, ale uważaj, żeby się do oczu nie dostało. I szybko spłukuj, bo wyżre do gołej czachy.

Wyszorowali się, wyprali bieliznę i założyli wilgotną na gołe ciała. Na to wierzchnie ubrania. Lotnik miał też dzban z wódką. Polali nią włosy w nadziei, że uda się w ten sposób wytępić choć część wszy i pcheł. Powrócili do szopy. Mistrz Sebastian już się obudził. Oglądał teraz pieska. Zwierzę było martwe.

– Nadal zaraza jest w powietrzu – powiedział uroczyście.

– Skąd wiesz, mistrzu? – zapytał Filip.

– To stara metoda, zapisana jeszcze przez uczonego człowieka Umiastowskiego przeszło sześćdziesiąt lat temu. Trzeba wieczorem zebrać czystą lnianą chustą rosę i wycisnąwszy do miski, dać do picia psu. Jeśli jest powietrze morowe, to pies zdechnie. A jeśli zaraza już ustała, to będzie żył.

Zabrał małe ciałko i z rydlem w dłoni powędrował gdzieś na kraniec wyspy.

– To niemożliwe – stwierdził Sławek.

– Pies pewnie zdechł z przyczyn naturalnych, kto wie, może nawet z przejedzenia – zawyrokował Filip. – Albo od tej brudnej szmaty, którą rosę zebrano. Ale dla Sebastiana to jak potwierdzenie.

Zjedli przydział chleba z olejem lnianym na śniadanie. Do popicia było około litra dziwnego płynu zajeżdżającego mocno drożdżami. Sławek obwąchał go uważnie.

– To piwo – wyjaśnił szeptem Filip.

Płyn w kubku był zupełnie inny niż to, do którego przywykli. Gęsty jak zupa, ciemny, słodkawo-gorzki, bez bąbelków, prawie bez piany. Wszyscy wypili i rozeszli się już do swoich zajęć, tylko Aaron siedział w kącie i zszywał dratwą dziurę na łokciu.

– Po takiej ilości będę pewnie zdrowo pijany – mruknął Sławek. – Zwłaszcza że na prawie pusty żołądek.

– Nie sądzę – odszepnął Filip. – Zawiera nie więcej niż trzy procent alkoholu. W tych czasach jest słabe, ale za to bardzo gęste i pożywne. Zawiera też witaminy, co nam się bardzo przyda.

Aaron też już wypił. Układał w swojej torbie jakieś narzędzia. Wreszcie wyruszyli. Dzień był chłodny i po chwili zmarzli. Szybki marsz rozgrzewał tylko trochę. Poznali już nieźle tę część miasta. Wiedzieli, dokąd prowadzą kręte błotniste uliczki, nauczyli się wybierać tę stronę ulicy, po której drewniane bruki były w lepszym stanie.

– Co będziemy dziś odkażać? – zapytał Sławek.

– Od... co? – zdziwił się Aaron.

Widać znowu użyli słowa, które jeszcze nie zostało wymyślone.

– Okadzać. – Filip uratował sytuację.

– Aha, przy rynku. Musimy się pospieszyć. – Narzucił ostre tempo marszu. – Pewnie za kilka dni spadnie śnieg – zauważył po chwili. – Tak się zanosi. – Spojrzał w niebo.

– E, chyba jeszcze za wcześnie – odparł beztrosko student. – Dwudziesty października, śniegi przyjdą pod koniec listopada albo i w grudniu.

– W zeszłym roku był przecież pierwszego listopada – zauważył Aaron. – A zimy teraz coraz wcześniej przychodzą.

Tu nawet klimat jest inny, pomyślał młodszy z podróżników.

Filip milczał. Znaleźli się w epoce o czterysta lat wcześniejszej i niemal na każdym kroku natrafiali na coś obcego ich doświadczeniom. Na każdym kroku wychodziła ich totalna nieznajomość realiów tego świata.

Po wyjściu na rynek zakręcili w lewo i niebawem znaleźli się przed niewielką kamienicą. Obaj bywali w Warszawie przed wojną, ale żaden nie pamiętał tego gotyckiego portalu, widocznie została przebudowana po którejś z licznych wojen. Czekali tu wózkowi poznani poprzedniego dnia. Mieli wózek do wywozu zwłok i jeszcze jeden, na oko znacznie czystszy. Z okien sąsiednich domów przyglądali się ludzie.

– Na co czekamy? – Filip zagadnął Piotra.

– Lekarz przyjdzie. Tam nie tylko ciała, ale jeszcze żywi ludzie ostali. Musi wybadać, którzy są chorzy.

– I co z nimi zrobicie?

– Pod strażą na wyspę. Chyba że któryś na nogach ustać mógł nie będzie, to go na wózku powieziem. Burmistrz Drewno kazał, żeby każdy, kto zachoruje, *quarantannie* podlegał.

Lekarz nadszedł niebawem. Podróżnicy w czasie mało nie parsknęli śmiechem. Wysoka postać była ubrana w czarne powłóczyste szaty, niczym czarownik z bajki. Na twarzy miał maskę z metalowym dziobem, który wyglądałby jak bociani, gdyby nie był zakrzywiony ku dołowi. Wokoło snuła się upiorna woń siarki, jałowcowego dymu i octu. Od czasu do czasu lekarz zanurzał dziób maski w trzymanej w dłoni puszce i wydawał dźwięki jak lord Vader z „Gwiezdnych wojen". Filip z trudem powstrzymał chichot.

– Po co mu ten dziób? – zapytał Aarona.

Żyd spojrzał na niego lekko zdziwiony.

– Dla oczyszczenia powietrza, które wdycha – wyjaśnił cierpliwie. – Wewnątrz jest pasek z borsuczego futra z sierścią, który octem czterech złodziei musi być zwilżony.

Lekarz podszedł do bramy i zapukał energicznie kołatką. Na piętrze otworzyło się okno. Wychylił się z niego mężczyzna ubrany w kontusz. W ręce trzymał krócicę.

– Odejdźcie! – wrzasnął histerycznie.

Czterej strażnicy miejscy, siedzący dotąd bezczynnie pod murem ratusza, powstali i zbliżyli się do bramy. Starali się stać możliwie daleko od ekipy z wózkiem. Trzej zasłaniali twarze szmatami, czwarty wyjął zza półpancerza papier.

– *Z rozkazu burmistrza powietrznego Łukasza Drewno nakazuje się wszystkie zwłoki zmarłych skutkiem zarazy niezwłocznie z miasta usuwać i w dołach na wzgórzach czem prędzej grzebać. Takoż i chorych z miasta na wyspę się przenosi, gdzie pod opieką mnichów bernardynów dokonać swego życia mają* – odczytał.

Student wzdrygnął się lekko.

– Nie bawią się w dyplomację – mruknął.

– A jeżeliby kto cudem do zdrowia powrócić zdołał, ten na okres pół roku do miasta wstępu nie ma. To rozporządzenie powyższe wszystkich mieszczan, niezależnie od stanu i praw przyrodzonych, obowiązuje – strażnik czytał dalej. *– A jeżeliby kto sprzeciwiać się jemu zechciał, gardłem natychmiast karany będzie. Zarządza się także, by szlachcice na śmierć skazani miast przewidzianej kary miecza wieszani na oczach gawiedzi byli.*

– Ten ostatni punkt to chyba sobie wymyślił – zauważył półgłosem Żyd. – Na coś takiego chyba się najpierw musi zgodzić sejm. Zresztą kto wie...

Groźba zadziałała. Szczęknęły rygle i brama stanęła otworem. Weszli do środka. Ekipa zaraz ruszyła na piętro, skąd po chwili wynieśli trzy ciała. Strażnicy przeszukali wszystkie pomieszczenia i spędzili mieszkańców na podwórze. Ustawili ich pod ścianą jak na egzekucję. Lekarz szedł wzdłuż nich i wskazywał laską wszystkich, którzy mieli na twarzy oraz rękach czarne plamy.

– Chory jest – wygłaszał formułę.

Sławkowi znowu puściły nerwy. Musiał pobiec na koniec działki i obficie zwymiotował do wykopanego tam dołu kloacznego.

Ktoś podtrzymał go za ramiona.

– Uspokój się – usłyszał głos starszego kolegi. – I tak im nie pomożemy. Oni wszyscy nie żyją od czterystu lat.

– Właśnie że żyją! – jęknął chłopak. – Jesteśmy tu i teraz. Jeśli nikt nie przybędzie z modułem, to jest nasza rzeczywistość. To jest miejsce, gdzie przyjdzie nam wegetować.

Strażnicy szamotali się z chorymi, wyprowadzając ich na ulicę. Przymusowa kwarantanna w barakach. Znowu chwyciły nim torsje.

Podszedł Aaron.

– Łyknij. – Podał mu metalową manierkę. – To powinno uspokoić żołądek.

Chłopak posłusznie wypił. Śliwowica. Przełyk zapłonął mu ogniem, w oczach stanęły łzy. Rozkaszlał się. Lotnik wyjął butelkę z jego ręki i zakorkowawszy, oddał właścicielowi.

– On nieprzywykły do trunków – powiedział z naganą.

– Ale to dobre. Koszerna pejsachówka, jeszcze ze starych zapasów. Dobrze żołądek rozgrzeje.

– On nie z choroby żołądka, tylko z nerwów wymiotuje – wyjaśnił. – Tak jak wczoraj...

Żyd kiwnął głową.

– Takaż i moja wiedza – powiedział spokojnie. – Ale ciepło od środka wypędza humory. Gotowi? Pora popracować.

To były bardzo ciężkie godziny. Musieli uprzątnąć cztery pokoje. Zwłoki leżały w nich kilka dni. Szerokie otwieranie okien niewiele pomagało, bowiem z rynku każdy powiew wiatru przynosił smród rynsztoków.

– Pociesz się, że w lecie cuchnie tu jeszcze gorzej – szepnął Filip.

Wreszcie pokoje były puste. Zeszli na podwórze. Zdrowi mieszkańcy, ciągle pilnowani przez strażników, stali pod ścianą. Na widok wielkiego stosu ubrań, kożuchów i mebli zaczęli zdradzać oznaki niepohamowanej chciwości. Student wyjął z kieszeni swoje krzesiwo i podpalił stos.

Z gardeł uwięzionych wydarł się ryk zgrozy, rozczarowania, a zaraz potem straszliwe wiązki przekleństw. Strażnicy uspokoili ich, waląc drzewcami halabard.

Wrócili do domu i rozsypali proch w pokojach. Buchnęły kłęby znajomego żółtawego dymu. Ale tym razem zapach był dużo gorszy.

– Kazałem dać więcej siarki, mniej węgla – wyjaśnił Aaron, gdy zwrócili mu na to uwagę.

Piece były we wszystkich pomieszczeniach. Do każdego na żarzące się węgle sypnęli grubą garść czystej siarki z woreczka, który Żyd miał w torbie. Upiorny, duszący smród wypełnił całą kamienicę. Opary snuły się po pokojach, korytarzykach, na schodach. Nawet w bramie z trudem dawało się wytrzymać.

– Ciekawe, czy to coś pomoże – mruknął Sławek.

– W zasadzie chyba nic. – Filip wzruszył ramionami. – Od tego dymu może zginą karaluchy, ale na pewno nie pchły i wszy, bo te mieszkańcy wynieśli ze sobą. Może szczury mieszkające w murach uciekną na kilka dni i ich pchły nie będą spadały ludziom na głowy przez szpary w suficie. Ale sądzę raczej, że część ludzi na podwórzu uległa zarażeniu, tylko jeszcze nie pojawiły się objawy. Tak czy inaczej, chyba są już skazani. Może wrodzona odporność uratuje niektórych...

– A wystarczyłoby wytępić robactwo i byliby bezpieczni.

– Po pierwsze, obowiązuje nas zasada nieingerencji. Wyobrażasz sobie, co by się stało, gdybyśmy podsunęli im taki pomysł? Niechby to zwiększyło ilość uratowanych o pięć procent. Efekt motyla w połączeniu z paradoksem dziadka...

– O ile wcześniej nie przestalibyśmy istnieć podczas przekazywania takiej informacji – uzupełnił ponuro młodszy podróżnik.

– Poza tym jest jeszcze kilka źródeł zarazy – westchnął Filip. – Odchody szczurów. Chore zwierzęta żyją tam między belkami stropów i ich gówna sypią się przez szpary w deskach. Nie wiem, ile czasu zarazki dżumy mogą przetrwać, ale, zdaje się, nawet kilka lat. Po to między innymi są baldachimy nad łóżkami. Coby śmieci i robaki podczas snu na głowę nie spadały.

Aaron wyszedł z piwnic.

– Kamienica wykadzona – oznajmił. – Na dzisiaj koniec roboty. Wracamy się posilić.

Stos na podwórzu już się dopalał. Rozgarnęli żar, aby starannie spopielić wszystkie resztki, i powlekli się w stronę barbakanu.

Na wyspie byli około drugiej po południu. Ekipa z wózkiem też już ściągnęła, ale nie dane im było odpocząć. Pakowali na furę zwłoki tych, którzy zmarli w barakach. Filip zaoferował im pomoc w dociągnięciu ponurego ekwipażu do lasu.

Szli noga za nogą, podróżnicy ciągnęli linę, a reszta pchała wózek od tyłu. Wiał silny, zimny północny wiatr, więc prawie nie czuli woni upiornego ładunku.

– Sądziłem, że przyzwyczaiłem się podczas wojny do widoku zwłok – odezwał się lotnik. – Ale widocznie to wcale nie takie proste.

– Chciałbym wrócić wreszcie do domu. Ile sond zostawiłeś?

– Sześć. Mamy jeszcze dwie ostatnie. Skoro ekipa ratunkowa nie pojawiła się jeszcze, w grę wchodzą dwie możliwości. Albo mamy za słabe baterie, albo też...

– Albo fakt, że pracujemy tu, w przeszłości, jako grabarze zadżumionych, doprowadził do unicestwienia historii i zniknięcia instytutu.

– Właśnie. Tego obawiam się najbardziej. Być może nie ma już przyszłości, do której moglibyśmy wrócić. Choć, szczerze mówiąc, mam nadzieję, że prawdziwa jest pierwsza teoria. Wyczerpanie baterii.

– A może nie mogą skalibrować maszyny, żeby trafić w nasze czasy? Sam wspominałeś, że nikt tu wcześniej nie skakał.

– To też możliwe, ale sądzę, że mało prawdopodobne. Nikt nie skakał wstecz tak daleko, bo nie było takiej potrzeby.

Rozładowanie wozu poszło szybko i już można było wracać. Las w jesiennej szacie był piękny. Żółte i czerwone liście sypały się z drzew, pokrywając drogę barwnym kobiercem.

– Szkoda, że przed wojną nie zdawaliśmy sobie sprawy, jak piękna może być jesień – westchnął Filip. – Żywe drzewa, czysta ziemia, można się było położyć na ziemi pokrytej liśćmi. Pomyśleć, że brzydziliśmy się leżeć w czymś tak cudownym i bezpiecznym jak błoto.

Na wyspie Filip wyciągnął z jakiejś dziury dzbanek z wódką i starannie umyli ręce i twarze. Wtarli po pół kubka we włosy. Dziesiątki ranek zostawionych przez wszy zapiekły żywym ogniem. Ale mieli nadzieję, że insekty po takiej kąpieli też na trochę dadzą im spokój.

– To chyba zbyteczne – stwierdził Sławek. – Pogryzły nas już zarażone pchły. Bakterie żyją w naszej krwi. Teraz wszystko zależy od wrodzonej odporności.

– Obawiam się, że masz rację, ale niczego nie można zaniedbać. Nawet częściowa, mało skuteczna profilaktyka jest lepsza niż całkowity brak zapobiegania. Miejmy nadzieję, że się nie zarazimy.

– Nadzieja jest matką głupich – uśmiechnął się z powątpiewaniem młodszy podróżnik.

– Ale głupi ma zawsze szczęście – odparował. – Chodźmy coś zjeść.

Tym razem była ryba. Mimo że od rana nic nie mieli w ustach, ledwo ją przełknęli. Solone śledzie, nieco nadpsute, ugotowane w dużej ilości wody. Sławek był ciekawy, czy zdoła to strawić, czy też żołądek znowu mu się zbuntuje.

Po posiłku mistrz Sebastian wezwał ich do siebie.

– Pomożecie mi przy occie – powiedział. – Umiecie się z wagą obchodzić?

– Umiemy – potwierdził Filip.

Mężczyzna wydobył ze skrzyni bezmian i kilka skórzanych woreczków. Na każdym napisano tuszem, co jest w środku. Wyjął też duży mosiężny moździerz z grubym tłuczkiem. Aaron przyszedł po chwili, dźwigając ogromny szklany gąsior. Baniak mógł mieć około trzydziestu litrów pojemności.

Mistrz Sebastian wyjął z kufra starą księgę.

– Ty będziesz ucierał – zwrócił się do Sławka. – A ty odważał – wskazał Filipa.

– Pączki piołunu wielkiego – odczytał z księgi.

Aaron przez chwilę grzebał w woreczkach, aż znalazł odpowiedni.

– Ile? – zapytał konkretnie, rozsupłując rzemyk.

– Trzy łuty. Tu pisze, że trzeba świeżego użyć, ale o tej porze roku takiego nie najdziem.

Filip przesunął odważnik, położył woreczek na jednej szalce. Aaron pokręcił z politowaniem głową i pchnął przeciwwagę znacznie bliżej.

– Łuty, a nie funty – mruknął karcąco.

Nasypał odpowiednią ilość suszonego zielska.

– Piołunu małego, rozmarynu, szałwi i ruty, miękiszu... – wyliczał po kolei mistrz.

Aaron odnajdywał odpowiednie woreczki.

– Po tyle samo? – zapytał.

Sebastian spokojnie kiwnął głową. Odważone zioła zsypywali z szalki do moździerza i Sławek zaczął je ucierać.

– Kwiatu lawendowego łutów cztery.

Dodali. Młodszemu podróżnikowi było coraz trudniej ucierać. Poczekali dłuższą chwilę. Sebastian ujął szczyptę mieszaniny i przesiał ją przez palce. Była miałka jak popiół.

– Wystarczy – ocenił. – Przesyp do gąsiora.

Ostrożnie, żeby nie rozsypać cennego proszku, Sławek wypełnił polecenie.

– Teraz czosnku pół łuta.

Kilka ząbków trafiło na wagę. Ucierane napełniły powietrze silną wonią.

– Dzięglu dwa łuty.

Dodawali kolejne składniki. Po pół łuta tatarskiego ziela, cynamonu, goździków, gałek muszkatołowych...

Sławek ucierał i ucierał, aż wreszcie wewnątrz moździerza składniki roztarły się na ostro pachnącą pastę. Wrzucili to do baniaka i teraz Aaron sięgnął po dwa wielkie dzbany stojące w kącie. Ich pokrywki były uszczelnione po bokach wałeczkami wosku. Gdy je otworzył, w powietrze buchnęła silna woń octu winnego. Powoli przelał zawartość naczynia do gąsiora i długo, dokładnie mieszał. Potem dodał, lejąc powoli, jeszcze jeden dzbanek. Na szyjkę założył kawał jakiejś błony i okręcił starannie nasmołowanym sznurkiem.

– No, parę dni w cieple postoi, skiśnie odpowiednio i lekarstwo gotowe będzie – uśmiechnął się mistrz.

– A nie zapomnijmy kamfory dodać – przestrzegł Żyd. – Ze dwa łuty wystarczyć powinno.

– Trza będzie do aptekarza po kamforę iść – stwierdził Sebastian. – Jeśli jeszcze mają, oczywiście. Czas zarazy, sprzedana być mogła.

Na żar, pozostały jeszcze z gotowania obiadu, położył kawał blachy, sądząc na oko, płaskie umbo jakiejś tarczy z dawnych, dobrych rycerskich czasów, i wylał na to resztę octu z dzbana. W powietrze buchnął kłąb ostro śmierdzącego dymu.

– To preparat starożytny bardzo, zwany octem czterech złodziei – wyjaśnił Żyd.

– Skąd ta nazwa? – zainteresował się Filip.

Określenie „ocet siedmiu złodziei" znał, jego babka nazwała tak wino, które kiedyś zrobił.

– Wedle legendy w czasach, gdy Europę nawiedziła czarna śmierć, gdzieś w dalekich krajach czterej złodzieje, okradając zmarłych, wielkich bogactw doszli. Pochwyceni zostali, ale sędziowie zrozumieć nie mogli, czemu mając z zarazą kontakt, zdrowi pozostali. Wtedy jeden z nich zaproponował, że zdradzi skład eliksiru, który ich przed zgubą chronił, jeśli tylko życiem darowani będą. Tak też się i stało...

Woń octu w powietrzu stawała się nie do zniesienia.

– Chodźmy się przejść – mruknął Filip, trąc załzawione oczy.

Wyszli przed szopę. Między barakami biegł Jan.

– O, tu jesteście. Chodźcie, pomożecie! Każda para rąk się przyda.

Ruszyli za nim pełni niedobrych przeczuć, ale, jak się okazało, niepotrzebnie martwili się na zapas. Do brzegu wyspy przybiło kilka tratw wykonanych z grubych pni drzewa związanych linami. Teraz flisacy i wózkowi rozplątywali sznury i wyciągali belki na brzeg. Praca była niezwykle ciężka. Do jednej belki zaprzęgali się wszyscy. Musieli zrzucić spodnie oraz buty i wejść do połowy uda w lodowatą wodę. Sławek szybko stracił czucie w palcach, łydki szarpały mu skurcze. W ciągu godziny uporali się z pierwszą tratwą, zabrali do drugiej. Wreszcie, gdy mogli wyjść na brzeg, na piasku leżało czterdzieści belek, a oni nie czuli stóp.

Jan pomyślał i o tym. Ognisko było już gotowe. Teraz wystarczyło je podpalić. Mieszkańcy wyspy rozsiedli się po jednej stronie ognia, flisacy po drugiej. Koło płomieni grzały się spore dzbany z jakąś zawartością. Nogi lizane ciepłem żaru powoli wracały do naturalnego koloru. Siność ustępowała, wracało czucie. Piotr polał z dzbanka parującego płynu do kubków. Było to grzane wino, nieco skwaśniałe, ale dodatek miodu zabijał skutecznie posmak. Nie żałowano też cynamonu, kawałki wonnej kory unosiły się w cieczy. W żołądkach rozlało się przyjemne ciepło. Naciągnęli spodnie.

– Ani chybi zostanę w tej przeszłości alkoholikiem – szepnął Sławek. – Niby niewiele tych drinków, ale regularnie, dzień po dniu.

– Masz rację, lepiej nie pijmy tego za dużo – odszepnął student.

– Po co ta szubienica? – spytał jeden z flisaków, wskazując urządzenie wystające spoza szop.

– To ostrzeżenie dla nas, co grozi za obdzieranie zwłok – rzekł poważnie Piotr. – I dla ludzi z miasta przypomnienie, że wstęp na wyspę zabroniony jest im pod karą śmierci.

– Oni się nie zarażą? – zagadnął Sławek, wskazując siedzących po drugiej stronie. – Po co tu przybyli?

– Coraz więcej chorych jest – mruknął Jan. – Trzeba nową szopę zbudować. Co do nich, oddzielnie od nas mieszkali będą, więc chyba tylko z powietrza chorobę załapać mogą.

– My tu jesteśmy skazani wyrokiem – powiedział Filip. – A oni co zrobili?

– To chłopi z Ujazdowa. Sami do tej roboty się zgłosili – wyjaśnił Piotr. – Burmistrz powietrzny po pięć talarów im obiecał. Ano zostawmy ich. Poradzą sobie teraz bez nas. Lepiej, żeby się z nami nie stykali.

Dopili wino i odeszli.

– Ile to jest pięć talarów? – zapytał Sławek studenta. – Czy to wystarczająca suma, by zaryzykować życie?

– Talar zazwyczaj liczył dziewięćdziesiąt groszy, choć nie jestem pewien, czy w tych latach nie było innego przelicznika. Czyli pięć to czterysta pięćdziesiąt. Cielę kosztuje jakieś czterdzieści pięć groszy, kura od grosza do dwu, garniec, czyli trzydzieści litrów piwa, trzy, tyle samo wódki od sześciu do dziewięciu. Sądzę, że i krowę za tę sumę mogą kupić. To biedni ludzie, myślę, że im się opłaci. O ile przeżyją...

– Jeśli umrą, to burmistrz pieniądze ich rodzinom przekaże i jeszcze dziesięć dukatów za głowę dodatkowo dołoży. – Piotr usłyszał chyba koniec ich rozmowy. – Dobry zarobek mieli będą. Nie to, co my. Chyba że wiosną coś nam za ten krwawy trud zapłacą. Łukasz Drewno to porządny człowiek. Pamiętam go z czasów, jak pisarzem miejskim był. Nikogo nie ukrzywdził, a komu mógł pomóc, to zawsze pomógł i zapłaty za to nie chciał.

Powędrował w stronę grobli.

– Mam jeszcze jakieś osiemdziesiąt groszy – powiedział Filip, pobrzękując w kieszeni srebrnymi blaszkami. – Może część ci dam?

– W zasadzie czemu nie – uśmiechnął się Sławek. – W każdym razie pokaż, bo jeszcze nie widziałem pieniędzy z tej epoki.

Blaszki były cieniutkie. Osiemnastogroszowe orty, szóstaki, trojaki, półtoraki, grosze, szelągi. Podzielili stos monet na pół.

– Tylko że tu niezbyt jest co kupować – westchnął starszy z podróżników. – Poza tym w zasadzie nic nam nie trzeba. Mamy gdzie mieszkać, jedzenie jest za darmo, nie musimy się martwić o nasze rzeczy, bo mamy na własność tylko to, co na grzbiecie. Jak w utopijnym komunizmie. I też nie ma jak uciec...

Roześmieli się. Wzmagający się lodowaty północny wiatr zmusił ich w końcu do powrotu do szopy. Tu było nieco cieplej, choć przez szpary w ścianach wiało całkiem zdrowo. Zygfryd siedział w kącie i utykał pomiędzy belkami słomę.

– Pomożecie? – zapytał.

Przyłączyli się. Brali po kilka źdźbeł i skręcali z nich cienkie powrósła, a potem wpychali w szparę, dobijali młotkiem i drewnianym klinikiem. Na nalepie płonął niewielki ogieniek podgrzewający gar z octem. Przyszedł Piotr i bez słowa przyłączył się do roboty. Robiło się coraz ciemnej, więc zapalili jedną ze świec. Wreszcie zapas słomy się skończył. Teraz od tej strony nieco mniej wiało.

– Trzeba z kory brzozowej nadrzeć pasów – mruknął mistrz Sebastian, wchodząc do szopy – i polepić ścianę, bo inaczej zimą uświerkniemy. Jutro trzcinę będziecie wycinać – zwrócił się do Sławka i Filipa.

Kiwnęli głowami. Tej nocy chłód naprawdę dał im się we znaki. Ogień płonął cały czas, ale temperatura na zewnątrz bardzo spadła. W powietrzu unosiły się białe chmurki z oddechów. Zakutani w cienkie derki, starali się jak najlepiej chronić własne ciepło, ale ulatywało, ginąc bezpowrotnie w mroku. W końcu zmęczenie wzięło górę i zapadli w płytki sen.

* * *

Rano zbudził ich dźwięk uderzeń. Sławek wygrzebał się z niechęcią spod cienkiej derki i wyszedł przed barak. To chłopi, którzy wczorajszego dnia spławiali drewno, zabrali się za jego obróbkę. Chłopak stanął na niedużym pagórku i obserwował, jak zręcznie posługują się długą metalową piłą i niewielkimi siekierkami. Dwaj zdzierali korę strugiem. Dwaj inni rozszczepili belkę na końcu i teraz młotami wbijali w nią klin. Stopniowo oddzielili długą, w miarę równą deskę.

Ktoś stanął za jego plecami. Filip.

– Aż by się chciało dostarczyć im piły mechaniczne – westchnął. – Ale zobacz, całkiem szybko im to idzie. – Opodal na stosiku leżało już kilka dranic.

Wrócili do środka na śniadanie. Po posiłku Aaron zabrał studenta ze sobą, a Sławek dostał sierp i ruszył do innej pracy. Zamulona przez usypanie grobli odnoga Wisły pomiędzy wyspą a lądem stałym zarośnięta była gęsto trzcinami. Teraz, na jesieni, te ich części, które wystawały ponad wodę, były suche. Sierp nie był mu właściwie potrzebny. Brodząc do połowy uda w lodowatej wodzie, chłopak łamał je jedną ręką i utykał pod pachą drugiej. Gdy naręcze miało grubość snopka, odnosił je na brzeg. Szybko znowu stracił czucie w stopach. Błoto na dnie, które początkowo przyjemnie łaskotało go w podeszwy, teraz było tylko ciastowatą substancją oblepiającą nogi. Pracował tak dobre trzy, może cztery godziny, nim mistrz zaszedł nad wodę i uznał, że wystarczy. Łydki od kontaktu z zimną wodą, tak jak poprzedniego dnia, stały się zupełnie sine. Skóra, początkowo niewrażliwa, powoli się rozgrzała i teraz bolała jak oparzona. Nacięte już trzciny trzeba było powiązać w pęczki. Sebastian siedział na zydelku i ostrzył brzozowe gałązki. Wrócił Filip.

– I jak tam? – zapytał zachrypniętym głosem Sławek.

– Nowy przypadek był na mieście – wyjaśnił starszy podróżnik. – W uliczce, gdzie dotąd nie odnotowano żadnego. Przeszedłem całą, ale bransoleta się nie odezwała.

Mistrz wyszedł z szopy i obrzucił nowego pomocnika uważnym spojrzeniem.

– Nakopiesz gliny – polecił.

Wręczył mu drewnianą łopatę i cebrzyk. Na szczęście złoże było opodal. Filip kursował pomiędzy glinianką a ścianą. Urobek wrzucał do sporego dołu. Co jakiś czas mistrz szedł nad rzekę i dolewał kilka cebrzyków wody. Wreszcie uznał, że wystarczy. Miesili błoto bosymi nogami, aż zaczęło przypominać konsystencją ciasto na pierogi.

– Wystarczy – zdecydował.

Następne dwie godziny były nawet przyjemne. W ścianę szopy wbijali zaostrzone gałązki, konkretnie wciskali je w szpary między dranicami. Na nich wieszali pęczki trzciny, a gdy budynek był nimi pokryty, zabrali się za tynkowanie tego gliną. Mistrz wygładzał kawałkiem deski pecyny błota. Wrócili wózkowi, ale nie dane im było odpocząć. Mistrz wydzielił im po pajdzie chleba z olejem i posłał, aby wywieźli zmarłych z baraków po drugiej stronie wyspy. Sławek cieszył się, że są zajęci przy naprawie ścian. Myśl o dołach w lesie za miastem napełniała go przygnębieniem. Wózek mijał ich kilka razy, za każdym razem wywożąc koszmarny ładunek.

– Około czterdziestu osób dziennie – mruknął Filip. – To jeszcze nie jest apogeum zarazy.

Trzciny zabrakło i powędrowali znowu nad rzekę wycinać. Ostre krawędzie źdźbeł kilka razy pokaleczyły im dłonie.

– Mam dosyć – jęknął Sławek. – Kompletnie dosyć. Dlaczego nikt nas nie wyciąga?!

– Nie wiem. Rzuciłem dziś ostatnią sondę. Jeśli jej nie znajdą, to przepadliśmy. A raczej nie... Będziemy musieli znaleźć jakąś robotę w Warszawie i mieszkać, uważnie słuchając, czy nie rozlegnie się huk materializacji.

– Czy nie dałoby się dorobić brakującego modułu? Skoro bransoleta to najważniejsza część, a ta skrzynka ma tylko dać jej sygnał, że pora wracać...

– Też o tym myślałem. Bransoleta ma wbudowany odbiornik fal radiowych. W zasadzie zbudować nadajnik, no, mocno dziadowski nadajnik, nie byłoby bardzo trudno. Potrzebujemy kawała miedzianego drutu i źródła prądu elektrycznego. Gdy popłynie przewodnikiem i zbliżymy do niego drugi przewodnik, to na styku ich pól elektrycznych powstanie ładna interferencja fal o różnych zakresach. Tylko że od wzbudzenia przypadkowego impulsu elektromagnetycznego do przekazania szyfru startującego bransoletę daleka droga.

– Może jednak warto spróbować?

– Trzeba by mieć źródło prądu. Baterię można niby zrobić ze zwykłego glinianego garnka. Wystarczy zanurzyć pręt z miedzi i drugi z żelaza i wlać kwasu, na przykład siarkowego. Może być też ocet. Wyjdzie z tego półtora wolta. Można zrobić „stos Volty", czyli połączyć w szereg kilka, kilkanaście ogniw.

– Skąd weźmiemy kwas?

– Alchemicy już go znali. Trzeba tylko odszukać któregoś z nich. I kupić gąsiorek. Ale, jak już mówiłem, urządzenie podaje bransolecie kod startowy. Bez niego, choćbyśmy zbudowali tu nadajnik telewizyjny, nic nie wskóramy.

Wrócili z naręczem trzciny. Zygfryd i Jan byli już na miejscu. Pomogli im dzielić ścięte rośliny w wiązki. Chłopi opodal ciągle oddzierali od bali drewna kolejne deski.

– I znowu minął dzień – mruknął Sławek, zasypiając.

W szopie było nieco cieplej, ale i tak w nocy zdrowo nim trzęsło. Godziny spędzone przy wyciąganiu belek na brzeg, a potem kolejne przy wycinaniu trzcin zrobiły swoje. Gardło go bolało, a dotykając dłonią czoła, mógł stwierdzić, że chyba bierze go gorączka.

* * *

Następnego dnia od rana czuł się kiepsko. Złapały go dreszcze. Jak na złość pogoda nieco się popsuła, sporą część poranka padał deszcz. Tego dnia mieli pracować nad oczyszczeniem kamienicy przy ulicy Krzywe Koło. Przemokli prawie na wylot. Zanim doszli na miejsce, dostał takich dreszczy, że nawet Aaron poczuł się zaniepokojony. Kamienica była zupełnie pusta. Posadzili Sławka przy piecu w kuchni i solidnie napalili kawałkami dębowego krzesła. Siedział koło ciepłych kafli i trząsł się jak osika.

– Niedobrze z nim – mruknął Filip. – Byle tylko nie nabawił się zapalenia płuc.

– Czego? – zdziwił się szef.

– Choroby piersiowej – sprostował.

Aron namyślał się chwilę.

– Miodu, wódki i sadła – zadysponował. – Masz pieniądze?

Student pobiegł na rynek. Potem wedle wskazówek Żyda stopił sadło, dodał do niego miodu i wódki, wymieszał dokładnie. Gdy odrobinę przestygło, dali choremu do wypicia. Płyn miał potworną moc, Sławkowi zaraz zrobiło się gorąco i zaczęło kręcić w głowie. Biły z niego poty. Aaron z Filipem zabrali się za dewastowanie wnętrza. Meble i ubrania leciały oknem na małe, brudne podwórze. Po kilku godzinach płonął tam już wielki stos, a w pokojach żarzyły się proch i siarka, wypełniając powietrze gryzącymi wyziewami.

Sławek siedział. Stopniowo zrobiło mu się nieco lepiej. Przestało nim trząść. Za to cuchnął potem na kilometr.

– Jak tam? – zapytał Filip. – Jak się czujesz?

Aaron stał na dworze przy ognisku i grzał dłonie.

– Trochę lepiej – westchnął młodszy z podróżników. – Sądzisz, że to tylko przeziębienie?

– Nie wiem. Nie jesteśmy przyzwyczajeni do takich temperatur. Ci ludzie są zahartowani, twardzi, jak zrobieni z drewna. Dla nich wycinanie trzcin, gdy się stoi po pas w lodowatej wodzie, nie jest niczym nadzwyczajnym. Podobnie jak nocowanie w październiku w szopie przepuszczającej wiatr jak sito. Od małego żyją w innym zakresie temperatur. Zimą w domach mają tylko około szesnastu stopni Celsjusza, podczas gdy dla nas normą jest ponad dwadzieścia dwa. Spróbuję pogadać z Sebastianem, żebyś mógł kilka dni posiedzieć w cieple. I wracaj do zdrowia, bo jeśli złapiesz tu zapalenie płuc, to leżymy. Nie mamy witamin, nie mamy antybiotyków. Cholera, dali nam tylko środki przeciwbólowe. Po co tracić cenne miejsce na lekarstwa, skoro wszystko można wyleczyć w przyszłości.

– Może sami zrobimy penicylinę z pleśni – zaproponował Sławek.

Filip nie podchwycił żartu.

– Może tutejsi aptekarze mają chininę. To bardzo silny alkaloid. Ale chyba nie pomoże na przeziębienie. Cholera, tego nas nie uczyli na szkoleniu.

Zagrzał na piecu kolejną porcję tłuszczu z miodem i wódką.

– Sądzisz, że to coś da?

– Myślę, że tak. Miód jest, ogólnie rzecz biorąc, bardzo zdrowy, ma działanie bakteriobójcze, a nawet pomaga na żołądek. Z kolei tłuszcz dobrze robi na płuca. Chorych na gruźlicę tym kurowali, czytałem w książkach historycznych. Alkohol wywoła silne poty.

Nadszedł Aaron.

– Parę dni powinieneś odpocząć – powiedział, patrząc z niepokojem na Sławka. – Załóż. – Rzucił mu barani serdak, nieco zawszony i cuchnący, ale nie miało to znaczenia. Był cudownie gruby i ciepły. – Szkoda palić, tobie przyda się bardziej. Obwędziłem go nad siarką, nie zarazisz się.

– Powieszą nas za to – rzucił ponuro Filip. – Zarzą-dzenie burmistrza zakazuje.

– A... – Szef machnął ręką. – Chodzi o to, żeby nie kraść dobytku zmarłych, a jeden kubraczek to drobiazg. Zresztą i tak nie wiadomo, czy wszyscy nie pomrzemy, więc co za różnica, wcześniej czy później. No i nikt tego nie rozpozna. Właściciele już w ziemi.

Sławek z wahaniem otulił się w baranicę.

– Chodźmy jeszcze na plac Zamkowy – zaproponował Żyd. – Może kupimy suszonej mięty, to na choroby gardła i płuc bardzo dobrze robi.

Poszli. Minęli katedrę św. Jana. Piotr i Zygfryd wynosili ze środka zwłoki. Wózek stał przed bramą.

– Zmarło mu się w kościele – wyjaśnił starszy z wózkowych. – Przynajmniej blisko Boga.

– Leży jeszcze jeden trup w uliczce obok – powiedział Aaron.

– Nie, uprzątnęliśmy go za poprzednim kursem – wyjaśnił Zygfryd. – No, na nas czas. A wy dokąd idziecie?

– Jeszcze na plac Zamkowy – wyjaśnił Żyd. – Zobaczyć, co tam na straganach kupić można.

Poszli. Straganiarze już się zwijali, żaden nie miał mięty. Filip kupił dla siebie sukienną kamizelkę i zaraz się w nią ustroił. Z kilku okien zamku buchały kłęby żółtego dymu.

– Oho, i tam widać wykadzają – zauważył Sławek.

Czuł się nieco osłabiony, ale było mu właściwie ciepło. Tylko po nogach wiało. Materiał spodni był bardzo cienki.

– Tak – mruknął Aaron. – Gadają, że medyk królewski zmarł... Miłościwie nam panujący Zygmunt III zostawił go, aby swoją radą wspierał burmistrza powietrznego. Niestety, też uległ zarazie.

– A królowi nic nie grozi? – zaniepokoił się Filip.

– Król przebywa na zamku w Ujazdowie. Schronił się tam zaraz, gdy pojawiły się pierwsze zwiastuny klęski. Miejmy nadzieję, że nic złego go nie spotka.

Ruszyli z powrotem. Wózek wypełniony zwłokami dogonili przy rynku Nowego Miasta.

– Pomożecie? – zapytał Jan. – Ciężko tak pchać.

Aaron bez słowa położył dłoń na desce. Także Filip zaprzągł się z przodu. Sławek, osłabiony gorączką, która znowu zaczęła mu dokuczać, szedł za nimi. Od wypitego z sadłem alkoholu osłabł i kręciło mu się w głowie. Wyjechali za obwałowania i w lesie strącili koszmarny ładunek do nowej dziury w ziemi. Kolejny grób wykopano opodal starego. Tamten, widać już całkowicie wypełniony, przykrywały kamienie i drewniane belki, mające chronić go przed dzikimi zwierzętami i zdziczałymi ludźmi.

Zmęczeni powlekli się na wyspę. Po drodze minęli drugą ekipę pchającą wózek wypełniony ciałami. Przy grobli spotkali kilku strażników eskortujących grupę nieszczęśników, u których pojawiły się pierwsze objawy. W milczeniu obserwowali, jak kilkunastoosobowy szereg przeprawia się na łachę.

– Nie wytrzymam tego dłużej – jęknął Sławek, gdy w ślad za nimi przebyli groblę.

Filip delikatnie ścisnął jego ramię.

– Bądź twardy – poprosił. – Wydostaniemy się stąd jakoś. Obiecuję.

Na wyspie odprowadził przyjaciela do szopy. Sebastian akurat warzył obiad.

– Co z nim? – zapytał z niepokojem, patrząc na Sławka.

– Od zimnej wody gorączka go wzięła – wyjaśnił Filip.

Mistrz obejrzał uważnie chłopaka i przyłożył mu rękę do czoła. Wsłuchał się w kaszel.

– Tak, to od zimna – potwierdził. – Już się bałem, że mór...

– Myśleliśmy, że kupimy dla niego mięty na rynku, ale nie mieli – powiedział Aaron zafrasowany.

Mistrz uśmiechnął się lekko.

– Ja mam cały woreczek – powiedział. – Zaraz zrobię dla niego naparu.

Filip zostawił przyjaciela pod ich opieką, a sam ruszył pomóc wózkowym. Chłopi wznieśli nowy, ładny barak i teraz pokrywali jego ściany gliną zmieszaną z sieczką. Spieszyli się przy tym bardzo. Świeżo przybyli chorzy zostali na razie ulokowani w starych szopach. Zmarli, których łóżka zajęli przybysze, leżeli koło ścieżki przecinającej łachę. Zwłoki były zesztywniałe. Załadowali wózek i wywieźli do lasu. Nim zapadł zmrok, obrócili jeszcze dwa razy. Dopiero gdy słońce zaszło, zmordowany Filip wrócił do szopy. Sławek, napojony wywarem z mięty, spał już głęboko otulony w barani kożuch i nakryty wyprawioną krowią skórą. Reszta kopaczy zebrała się przy stole. Wieczorna miska kaszy ze skwarkami i po grubym plasterku cytryny. Do popicia była tym razem aromatyczna nalewka na ziołach. Starszy podróżnik wypił tylko odrobinę. Po oblepieniu ścian gliną wewnątrz było znacznie cieplej.

– Trza jeszcze sufit od drugiej strony ziemią posypać i będzie jak w uchu – mruknął mistrz, odgadując jego myśli.

Aaron w zadumie przesunął dłonią po czole i podrapał się w szyję. Na zewnątrz zawodził zimny północny wiatr.

* * *

Sławek, zakutany w kożuch, stanął opodal szopy i wysikał się. W nocy spadł pierwszy śnieg. Było może ze dwa stopnie mrozu. Ścieżka przez obóz, już wysypana piaskiem i popiołem, ciemno odznaczała się od nieskazitelnej bieli. Chłopi mieszali glinę do polepienia ścian.

– Wracaj, nie marznij – upomniał go mistrz.

Chłopak posłusznie wrócił do ogrzewanego baraku. Zdjął półkożuszek i usiadłszy na łóżku, zaczął iskać go z wszy.

Mistrz zagotował mu kolejną porcję mięty i sadła z miodem. Żołądek trochę się buntował, ale podróżnik łyknął kilka kawałków węgla drzewnego i miał nadzieję, że podrażnione dziwaczną dietą wnętrzności jakoś wrócą do normy. Dotknął dłonią czoła. Było już nieco chłodniejsze niż poprzedniego dnia, ale i tak miał gorączkę. Wysmarkał się w szmatkę. Jednorazowe chusteczki do nosa tu nie istniały.

Rozległo się pukanie do drzwi i do wnętrza szopy wszedł wysoki mężczyzna. Ubrany był w czarną, powłóczystą szatę, a na głowie miał blaszany lejek. Mistrz Sebastian pospieszył mu na spotkanie. Usiedli razem koło nalepy i dłuższą chwilę rozmawiali po łacinie. Wreszcie przybysz wstał i wyszedł. Sławek podrzemywał. Zmierzchało już, gdy wrócił Filip.

– Jak się czujesz? – zapytał z troską.

– Już mi lepiej. Co ciekawego widziałeś?

– Jeszcze jeden dom. Tym razem aż przy Krakowskim Przedmieściu – wyjaśnił Filip. – Aaron coś kiepsko się czuje. A co u ciebie?

– Widziałem jakiegoś cudaka. – Sławek opisał tajemniczego gościa.

– To lekarz – wyjaśnił mu starszy kolega. – Ściślej rzecz biorąc: psychiatra.

– Z lejkiem na głowie?!

– To był znak ich profesji. Wierzono, że szaleństwo bierze się z niedoboru oleju, stąd też i chorych leczyli, głównie lejąc im olej w uszy. Stąd powiedzenie „siedzieć u czubków" oznaczało nie towarzystwo wariatów, ale wręcz przeciwnie – lekarzy.

Roześmieli się obaj cicho.

– Czego mógł tu szukać psychiatra? – zamyślił się Sławek. – Przecież nie przyszedł obserwować, jak chorzy lub zagrożeni zarażeniem popadają w obłęd?

– Sądzę, że psychiatrzy w tych czasach mieli sporą wiedzę na temat środków psychoaktywnych. Warzyli rozmaite narkotyki do oszałamiania pacjentów. Ponieważ spora część chorych na dżumę może oszaleć...

Aaron przyszedł dopiero w porze kolacji. Stanął w drzwiach.

– Pora się pożegnać, chłopcy – powiedział.

Spojrzeli na niego zaskoczeni. Wyglądał raczej kiepsko. Był blady, w jego ciemnych oczach malowała się dziwna troska. Ale najbardziej uderzał w wyglądzie Żyda inny szczegół. Po obu stronach szyi, pod uszami, tam gdzie kończy się szczęka, miał dziwne opuchnięcia.

– Dopadło mnie – powiedział spokojnie. – To ropa znalazła sobie gniazda. – Musnął opuchliznę czubkami palców. – Bądźcie zdrowi.

Wyszedł. Milczeli ponuro. Wiedzieli aż za dobrze, co się stało. Ponad połowa zwłok, które codziennie trafiały do masowych grobów w lesie, miała rozległe rany na szyi. Ropa zbierała się w zaatakowanych przez bakterie węzłach chłonnych i narastała tak długo, aż wyrwała się na zewnątrz.

Wreszcie Sławek wtulił twarz w wypchaną słomą poduszkę i zapłakał.

Filip siedział obok, milcząc. Żadne słowa nie były w stanie wyrazić tego, co czuł. Wydawało mu się, że po ostatniej wojnie zobojętniał całkowicie, ale teraz, gdy zaraza uderzyła w człowieka, który był dla niego prawie obcy, w człowieka, z którym spędzili tylko kilka dni, czuł dziwne, dogłębne zniechęcenie.

* * *

Następnego ranka obudzili się przygnębieni. Z zewnątrz dobiegały odgłosy rąbania drewna. Filip, który jako pierwszy wygrzebał się z ciepłego łóżka, wyszedł przed szopę. Chłopi wznosili pośrodku wyspy wielki, kilkumetrowy krzyż z belek.

Dawno już trzeba było tak zrobić, pomyślał.

Usiadł i zaczął obliczać dni tygodnia. Chyba dzisiaj wypadała niedziela.

Faktycznie, po śniadaniu nikt nie poszedł na miasto do pracy. Za to na wyspę przyszedł ksiądz i pod świeżo postawionym krzyżem odprawił mszę. Stawiło się na niej kilkadziesiąt osób. Lżej chorzy, którzy mogli jeszcze ustać na własnych nogach, przynieśli ciężko chorych na noszach. Wszyscy kopacze z baraku, strażnicy pilnujący wyspy, chłopi wznoszący budynki, mnisi. Każda grupka stała oddzielnie, w miarę możliwości jak najdalej od sąsiadów. Nabożeństwo odprawiane było oczywiście po łacinie, ale kazanie było w języku polskim. Ksiądz rozwodził się długo na temat świętych chroniących przed zarazą. Szczególny nacisk położył na Tadeusza Judę, patrona rzeczy niemożliwych. Na zakończenie mszy rozdał wszystkim odbijane ze stalorytu obrazki tego świętego. Ich noszenie miało pomagać w ustrzeżeniu się choroby tym, którzy jeszcze byli zdrowi, a chorym w powrocie do zdrowia.

– Jest to pewien pomysł – mruknął Sławek, chowając swój obrazek w kieszeni na piersi.

– Jaki pomysł? – zaciekawił się Filip.

– Patron spraw niewykonalnych – westchnął chłopak. – Może on nam zapewni powrót do domu.

Filip nic nie odpowiedział, ale wieczorem modlili się do tego właśnie świętego. Popołudnie wszyscy spędzili na odpoczynku. Młodszy podróżnik siedział w szopie i wygrzewał się, popijając mikstury uwarzone przez mistrza Sebastiana, Filip razem z innymi kopaczami na brzegu wyspy łowił ryby na wędkę.

Chłopi wygrzebali sobie dwie półziemianki. Wryli się półtora metra w piach, tworząc prostokątne doły o wymiarach trzy na cztery metry. Ściany wzmocnili kijami, a za nie powtykali wiązki trzciny. Wreszcie w połowie krótszej ściany wbili belki i połączyli je górą kalenicą. O to oparli dziesiątki drągów i obłożyli wszystko potrójną warstwą darni. Potem musieli już tylko zadbać o wzniesienie ścian z obu końców. Wewnątrz rozpalili ognisko i schronienie było gotowe.

Obejrzał ich domostwo, jednak wolał nie podchodzić bliżej. Zapewne i tak zachorują, ale gdyby to on ich zaraził, nie wiadomo, jak wiele ścieżek przeznaczenia by zmienił. To właśnie gryzło go najbardziej. Myśleli o przyszłości, a nie wiedzieli, co z niej zostało. Być może fakt, że pomagali zwozić zwłoki do masowych grobów, spowodował, że na przykład Rosja wygrała pierwszą wojnę światową? Gdy o tym myślał, robiło mu się słabo.

W poniedziałek poszli z chłopami do lasu ścinać brzozy. Robota była nieprawdopodobnie ciężka, ale na szczęście Sławek czuł się już lepiej. Powalili całą masę drzew i na miejscu pocięli je na krótsze belki. Mistrz Sebastian zdobył gdzieś nieużywany jeszcze wózek i chłopi zaczęli zwozić je na wyspę. Obrócili chyba ze trzydzieści razy. Buty mimo natarcia ich łojem przemiękły. Znowu prószył śnieg, ale było kilka stopni poniżej zera, więc był w miarę suchy.

– Po co im tyle żerdzi? – zastanawiał się Sławek, gdy tego wieczoru kładli się spać.

– Pewnie na nowe baraki dla chorych. – Filip, nieludzko umęczony, przełknął pospiesznie chleb, który dostali na kolację, i teraz marzył tylko o tym, by wreszcie zasnąć. Nie przeszkadzał mu ani zaduch panujący w szopie, ani gryzące go robactwo. Zmęczenie brało górę.

– Nowe szopy, ale nie dla chorych – odezwał się Zygfryd ze swojego posłania. – Jest nowe zarządzenie burmistrza, aby wszyscy, w których domach ktoś zachoruje, byli umieszczani na wyspie na czterdzieści dni dla obserwacji.

* * *

Rano do baraku zaszedł jeden z mnichów opiekujących się chorymi. Zagadnął o Sławka i Filipa.

– Aaron chce się z wami widzieć – powiedział.

Jego głos był głuchy, jakby rodził się nie w gardle, tylko gdzieś głębiej.

– Nie możemy odmówić – mruknął starszy podróżnik.

Podbiegli w stronę baraków dla chorych. W nocy spadło trochę śniegu, a mróz ścisnął jeszcze mocniej i teraz czuli, jak z każdą chwilą kostnieją im palce pod cienką skórą butów. Rękawice też by się przydały.

Weszli do baraku. Zaduch w pomieszczeniu pełnym umierających na dżumę był potworny. Zakonnicy uwijali się pomiędzy pryczami, podając chorym wodę lub środki uśmierzające ból. Aaron leżał niedaleko pieca. Twarz pokrywały mu krosty, a ropa rozerwała węzły chłonne, tworząc rozległe rany po obu stronach szyi. Umierał. Mięśnie twarzy zwiotczały, rysy złagodniały. Błyszczące oczy zmatowiały, przygasły. Przysiedli na stołkach. Patrzył zupełnie przytomnie.

– Chciałeś się z nami pożegnać? – zapytał łagodnie Sławek.

– Poniekąd – odezwał się. Mówił powoli, jakby każde słowo sprawiało mu ból. – Chcę was zapytać i chciałbym, abyście odpowiedzieli szczerze. Skąd jesteście?

Popatrzyli po sobie zdumieni.

– Jak to skąd? Spod Krakowa...

– Takie bajki możecie opowiadać mistrzowi Sebastianowi. Jesteście tu obcy.

– W jakim sensie? – nie zrozumiał Sławek.

– My, Żydzi, od stuleci żyjemy pośród innych narodów, jesteśmy jak kamyk wrzucony do beczki z dziegciem. Trwamy wewnątrz i jednocześnie obok. Mamy swój język, swoją religię, swoje zwyczaje. Obserwowałem was od pierwszego dnia. Mówicie inaczej niż mieszkańcy Warszawy.

– Widać język, którym mówi się w Małopolsce, trochę się różni od tego z Mazowsza. – Sławek odzyskał nieco pewności siebie.

– Nie aż tak. Używacie wyrazów, których nie ma w języku polskim. Zwłaszcza gdy mówicie do siebie. Zwłaszcza gdy wam się wydaje, że nikt nie słucha. Posiadacie wiedzę, która jest niedostępna nam. Myjecie dłonie wódką, jak gdyby mogła ona zabijać jad zmarłych. A może posiada taką moc? Może choroba idzie nie z powietrzem, a przez skórę? Tak czy inaczej, wiecie o tym. Myjecie się bez przerwy, co najmniej raz na dwa dni. Boicie się pcheł. Dziwią was rzeczy zupełnie zwyczajne, a nie okazujecie zdziwienia, widząc coś niezwykłego. Nie wiecie, po co okadzamy domy octem, po co palimy proch i siarkę. Nie umieliście użyć zwykłego krzesiwa. Na każdym kroku wychodzi wasza niewiedza. Nie znacie nawet odważników. Nie wiecie, jak się trzyma tłuczek od moździerza. Śmieszą was rzeczy poważne... Musieliście przybyć z bardzo daleka. Oglądałem was, stojąc z boku. Widziałem wasze buty. Tu na podeszwy używa się grubej skóry, a wasze zrobione są z dziwnej czarnej masy, która zgina się, ale nie pęka. Oglądałem wasze kurtki. Szyte są z płótna, ale nie widziałem nigdy, by płótno miało tak doskonałe nitki. Każda w każdym miejscu jest tej samej grubości. My nie umiemy takich robić. Nasze są grubsze, nierówne. Nici układają się doskonale, a przecież niemożliwe jest tkać i ani razu nie pomylić wątku...

Milczeli. Aaron uśmiechnął się lekko kącikami ust.

– Na przegubach nosicie bransolety. Oglądam je od dawna. Byłem czas jakiś czeladnikiem u złotnika, uczyli mnie rozpoznawać próbę srebra po kolorze metalu. To nie jest srebro, to nie jest też żelazo. Nie ma metalu, który miałby taki połysk przy takim kolorze. A przynajmniej ja nigdy takiego nie widziałem. Przylegają ciasno do skóry, a nie ma na nich śladów zapięcia. Jak gdyby założono je, gdy dłoń jeszcze przez nie przechodziła. I jeszcze to... – Z kieszeni na piersi wyjął sondę.

Popatrzyli na siebie zdumieni.

– Długo zastanawiałem się, co to jest. Widziałem, jak zakopujecie lub wrzucacie do ziemi kilka takich przedmiotów. Wydobyłem jeden, dużo czasu mi zajęło, zanim go odnalazłem. Rozkręciłem. I wtedy to coś przemówiło do mnie. W pierwszej chwili myślałem, że to duch, ale wyciągnąłem wszystko ze środka. To zrobiły ręce człowieka, tylko jakim cudem zdołaliście uwięzić

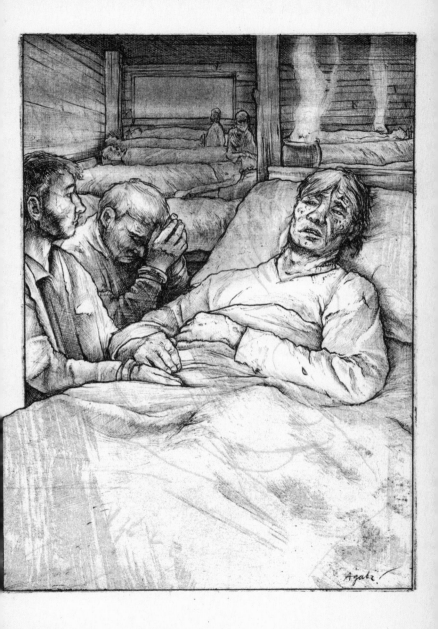

w tym swoje głosy? Nigdy nie widziałem takiej sztuczki tutaj ani w innym kraju, choć byłem w Italii i Niemczech. Widziałem eksperymenty alchemików i pracownie szlifierzy kryształu...

Umilkł, tylko jego oczy płonęły gorączką.

– Powiedzcie mi. Umrę za kilka godzin i nie powiem. Nikomu...

Spojrzeli po sobie nieco bezradnie.

– Musimy zachować tajemnicę – westchnął Filip.

Umierający przymknął oczy.

– Zachowam dla siebie to, co usłyszę. Ale chciałbym wiedzieć.

– Dobra – zdecydował się Sławek. – Zaryzykujemy. Zawdzięczamy ci wiele. Wiesz, czym jest czas? Wyobraź sobie, że minęło prawie czterysta lat...

Aaron spojrzał na niego zaskoczony. Jego oczy zabłysły silnie.

– Czas – szepnął. – Czyżbyście żyli w innych czasach? W przyszłości? Czy urodzicie się dopiero, gdy nasze kości rozsypią się w proch?

– Tak – potwierdził Filip. – Wyruszyliśmy w przeszłość oddaloną o stulecia od epoki, w której żyjemy. Stąd nasze ubiory. Mamy specjalne urządzenia, które tkają płótno i robią nici. Zawsze takie same. Zawsze jednej grubości. Mamy maszyny, które potrafią dokładnie zatrzasnąć bransolety na naszych dłoniach i zatrzeć miejsca łączenia. Mamy przedmioty, które są w stanie przechować nasz głos, a nawet obraz. Mamy urządzenia, dzięki którym możemy latać w powietrzu...

Aaron milczał, powoli trawiąc to, co usłyszał.

– Jakie czary przyniosły was tutaj?

– Nie czary. Potęga wiedzy gromadzonej przez stulecia – wyjaśnił Filip.

– Medycyna poczyniła duży krok do przodu za ludzkiej pamięci – powiedział umierający. – Dawniej leczono, przykładając szlachetne kamienie, teraz robi się wyciągi z ziół w mocnej wódce. Zapewne wasza sztuka leczenia ludzi też poczyniła postępy wielkie?

– Tak. Umiemy usuwać chore części ciała i na ich miejsce przeszczepiać zdrowe. Umiemy leczyć większość chorób.

– A dżumę?

– Dżumę też. Ale nie możemy ci pomóc. Nie mamy odpowiednich leków przy sobie. Poza tym gdybyśmy uratowali ci życie, zmieniłoby to bieg zdarzeń zanotowanych w kronikach. A tego nam zrobić nie wolno.

– Czemu znaleźliście się tutaj? – zapytał. – Jak działa wasza nauka? Dlaczego jesteście tak daleko od czasów, w których powinniście żyć?

– Posiadamy pewne urządzenie, które jest w stanie wyrwać nas z naszego czasu i rzucić w przeszłość – wyjaśnił Sławek.

Aaron uśmiechnął się słabo.

– Tościе sobie wybrali miejsce – westchnął. – A może to, co się stanie w przyszłości, jest jeszcze gorsze? Może ta epidemia to krótka chwila wytchnienia pomiędzy wojnami?

– Znaleźliśmy się tu przypadkiem – powiedział spokojnie student. – Mieliśmy skoczyć do początków dwudziestego wieku, a zamiast tego znaleźliśmy się w siedemnastym.

Aaron patrzył na niego uważnie.

– Więc dlaczego nie wrócicie do siebie i nie naprawicie błędu, cofając się raz jeszcze?

Sławek chciał odpowiedzieć, ale konający powstrzymał go gestem.

– Czekajcie, chyba rozumiem. Skoro nie uciekliście od razu, choć w tamtej kamienicy rzygaliście jak koty i wrzeszczeliście, że chcecie do domu, skoro zakopujecie te dziwne pudełka zawierające wasz głos mówiący, jaka jest data, to oznacza, że coś się stało. Nie możecie wrócić tam, skąd przybyliście...

– To prawda. I dlatego wzywaliśmy pomocy. Zakopaliśmy osiem takich informacji. Mieliśmy nadzieję, że w naszych czasach odnajdą choć jedną i wyślą nam kogoś na ratunek. Nie udało się... – Sławek spuścił głowę. – Obawiam się, że musimy tu pozostać. I to pewnie na zawsze.

– Wydrapcie swoje imiona na kolumnach w kościele – podsunął Aaron. – Na jakichś budynkach, które dotrwają do waszych czasów. Wtedy wasi przyjaciele spostrzegą to i przyjdą wam z pomocą, nawet jeśli głos w pudełkach nie przetrwa tych wszystkich stuleci.

– Dobry pomysł – mruknął młodszy z podróżników. – Dziękujemy.

– Powiedzcie mi jeszcze, dlaczego myliście ręce wódką? Czy dobrze rozumiem, że baliście się moru?

– Tak. Zaraza wywoływana jest przez bakterie, a wódka je zabija – wyjaśnił Sławek.

– Oto jeszcze jedno słowo, które nie istnieje, które zostanie wymyślone dopiero w waszych czasach. Co to są bakterie?

Filip uśmiechnął się lekko.

– To rodzaj maleńkich zwierzątek, zbyt małych, by można je było zobaczyć. Gdy dostaną się do człowieka, wywołują chorobę. Są obecne we krwi, pocie, mięsie...

– We krwi... Dlatego takim przerażeniem napawały was pchły! Rzeczywiście posiedliście mądrość daleko wykraczającą poza to, co jest nam znane. Dziękuję, że mi to powiedzieliście. I jeszcze jedno. Czy dym z prochu zabija te zwierzątka, czy też to, co robiłem, było tylko głupstwem?

– Zabija je – skłamał lotnik. – Choć w naszych czasach używa się innych metod.

– To nadaje sens mojej ofierze. Idźcie. Lepiej, żeby was przy tym nie było.

Zamknął oczy, a jego oddech powoli się uspokoił. Wstali i wyszli z baraku. Zapadała już noc. Pili lodowate powietrze.

– Dziwne, że dotąd się nie zaraziliśmy – odezwał się Filip. – Widocznie dobrze odżywieni, nafaszerowani witaminami, mamy większą odporność niż ci wychudzeni, sterani życiem biedacy.

– Możliwe – odparł Sławek. – Tylko co zrobimy, jeśli nie uda nam się wrócić do naszej epoki?

– Mamy w butach złote druciki wszyte w podeszwy. W sumie razem dysponujemy około ćwiercią kilograma kruszcu. To całkiem sporo. Kupimy małą chatkę gdzieś w lesie i będziemy zaopatrywali się w żywność u okolicznych chłopów.

– I tak w ciszy i na uboczu przeżyjemy całe życie?

– Niezupełnie. Będziemy się włóczyli po kraju. Wynotujemy dane odnośnie strojów i ciekawsze opowieści, które przepadły w zawierusze dziejów. A potem to wszystko spiszemy i zakopiemy gdzieś. To będzie dokumentacja o olbrzymiej wartości historycznej.

– Chrzanię wartości historyczne. Chcę do domu! Chcę stanąć pod prysznicem, zobaczyć świecącą żarówkę, obejrzeć głupi program w telewizji! – wybuchnął Sławek.

– Sami się stąd nie wydostaniemy – westchnął Filip. – Musimy czekać na ratunek. Znajdziemy jakąś robotę w Warszawie i będziemy zostawiać ślady. Może któryś dotrwa do naszych czasów. Chyba że uda nam się znaleźć kogoś wysłanego do tej epoki z naszej przyszłości i poprosimy go, żeby nas podrzucił do domu.

– Sądzisz, że to możliwe?

– W lecie. Będziemy chodzić po rynku i wypatrywać, czy komuś na przegubie nie błyśnie jasny krążek nieopalonej skóry?

– Nie rozumiem... – Sławek przechylił pytająco głowę.

– Ślad po zegarku, osiołku! Nie łam się. To może trochę potrwać, ale jeszcze obejrzymy program w telewizji. Najważniejszy element maszyny czasu mamy. – Brzdęknął bransoletą o ścianę budynku. – Nie damy się.

* * *

Przygnębieni pomagali ładować zwłoki na wózek.

– Musimy się stąd wyrwać – marudził Sławek. – Może jest jednak w tym mieście aparatura powrotna? Może ma działającą radioboję? Moglibyśmy spróbować wyłapać sygnał.

– To się da zrobić – stwierdził Filip.

Wyjął ze spodni pasek i odwrócił go na drugą stronę. Spod klamry odczepił maleńką słuchawkę na kabelku i wręczył ją Sławkowi. Ten włożył ją w ucho.

– Tym się zmienia kanały – wskazał mu pokrętło.

Przeszukiwał wszystkie pasma. Wszędzie panowała idealna cisza, a ściślej rzecz biorąc, biały szum. Żadna stacja radiowa nie nadawała jeszcze w tej epoce.

Przygnębiony wyłączył radijko i oddał pasek przyjacielowi. Nadeszli Piotr z Zygfrydem. Dźwigali na noszach jeszcze jedne zwłoki.

– Coraz więcej ludzi umiera – powiedział. – Niedługo wywozić ciał nie nadążymy. Już jest ponad czterdzieści przypadków dziennie. Miejmy nadzieję, że ostre mrozy przyjdą. One zwykle zarazę trochę powstrzymują.

Milczeli, pchając. W lesie chłopi powalali kolejne drzewa. Potrzeba było naprawdę dużo desek. Zanim wrócili na wyspę, załadowali wózek gałęziami. Opał w szopie kopaczy kończył się już powoli.

Tego wieczoru Sławek poczuł to po raz pierwszy. Lekką opuchliznę poniżej uszu. Gdy kręcił głową, odczuwał lekki ból, nie większy niż od siniaka. Nie dopuszczał do siebie prawdy, ale przecież natychmiast się domyślił, co to oznacza...

* * *

Najpierw przyszła opuchlizna. W połowie następnego dnia chłopak osłabł tak bardzo, że nie był w stanie ustać na nogach. Wtedy i Filip zrozumiał. Wózkowi też spostrzegli, co się święci. W podeszwie znalazł się ciekłokrystaliczny termometr. Mierzenie temperatury dało wynik jednoznaczny. Ponad czterdzieści stopni gorączki. Węzły chłonne pod szyją oraz w pachwinach napuchły i bolały. Nie było rady, Filip odprowadził słaniającego się kumpla na wyspę. Nowo wzniesiony barak był już polepiony gliną, ale brud i robactwo nie zdążyły jeszcze objąć go we władanie. Leżało tu niewielu chorych. Opiekowały się nimi siostry zakonne, a nie mnisi jak w sąsiednich. Sławek szybko stracił kontakt z rzeczywistością. Bredził w gorączce o komputerach i samochodach. Filip, zgnębiony, usiadł na jego łóżku. Jedna z zakonnic, nazywana matką Henryką, podeszła i położyła mu wąską dłoń na ramieniu.

– Nie powinieneś tu przebywać – powiedziała łagodnie. – Zajmiemy się nim.

W ręce trzymała cynowy kubek z narkotycznym naparem.

– Jak go będziecie leczyli? – zapytał.

– Wiesz, że na to nie ma lekarstwa. Gdy guzy napuchną i ściemnieją, otworzymy je nożem. To nowa metoda, czasem pomaga. Jest młody, ale to takie chuchro... Mało na nim ciała. Czasem, gdy ktoś jest silny, może ozdrowieć. Módl się, a może przeżyje.

– Ozdrowieć z dżumy?

Wiedział, że istnieje taka szansa, ale przecież wynosiła tylko trzy procent.

To chyba niemożliwe bez antybiotyków i sulfamidów, dodał w myślach.

Uśmiechnęła się i na chwilę odsłoniła szyję. Po obu jej stronach widać było rozległe blizny pokrywające wygojone rany po rozerwanych ropą węzłach chłonnych.

– Zawsze jest nadzieja – powiedziała. – Módl się, Bóg zawsze wysłuchuje próśb ludzi. Nawet jeśli Jego wyroki nie zawsze nam się podobają.

Kiwnął głową i poszedł. Sporą część nocy spędził, przeszukując pasma swoją małą radiostacją. Przez resztę modlił się do świętego Tadeusza Judy. To, o co prosił, nie było wprawdzie niemożliwe, ale tak mało prawdopodobne, że jedynie ten patron wydał mu się odpowiedni.

* * *

Rankiem zaszedł do przyjaciela. Sławek przespał całą noc i czuł się jakby odrobinę lepiej, ale obaj wiedzieli, że poprawa jest tylko chwilowa. Opuchlizna pojawiła się także pod pachami. Na twarzy ukazały się niewielkie siniejące zgrubienia.

– Niedobrze ze mną – szepnął. – Szybko mnie bierze.

– Trzymaj się. – Filip uścisnął jego dłoń. – Wieczorem przyniosę ci kiełbasy. Mięso powinno cię wzmocnić.

– Mówiłeś, że jaką mam szansę wyzdrowienia? Trzy procent? Co trzeba zrobić przed śmiercią? Wyspowiadać się? Ciekawe jak, skoro nie znam łaciny, przyjąć ostatnie namaszczenie?

Głos ochrypł mu i trudno było ocenić, czy pyta poważnie, czy też może próbuje ciągle żartować. Filip wyszedł. Uciekał. Nie mógł już znieść tego koszmaru. Wyobrażał sobie, jak własnoręcznie zawiesi tablicę z brązu w holu instytutu: Sławomir Polański, urodzony 1996, zmarły 1624...

Mistrz Sebastian jak gdyby zrozumiał stan jego duszy, bo posłał go z Piotrem i Zygfrydem do odkażania kamienicy przy ulicy Długiej. Zwłoki usunięto już poprzedniego dnia. W nocy mieszkanie nawiedzili złodzieje, wszystkie skrzynie były rozbite, a szafy wybebeszone. Część ubrań i cenniejszych sprzętów w ogóle zniknęła. Dom był piętrowy, cały drewniany i przy posypywaniu podłogi prochem musieli bardzo uważać, by nie spowodować pożaru. Wielki stos rozmaitego dobra gorzał na podwórzu. Trzej czyściciele miasta wpatrywali się w płomienie. Praca zajęła im strasznie dużo czasu. Zmierzchało, gdy Filip pobiegł na rynek, ale kiełbasy już nie było. Za późno. Zanim wrócił na wyspę, musiał jeszcze pomóc przy wózku.

* * *

Wszedł do szopy. Przez szpary mimo utkania ich pakułami dął lodowaty wiatr. Jego podmuchy wyziębiały pomieszczenie, reszta ciepła uciekała przez cienkie ściany zbite z dranic, polepienie gliną niewiele dawało. W powietrzu widać było parę z oddechów, ale mimo chłodu wewnątrz potwornie śmierdziało. Większość osłabionych chorych nie była w stanie załatwiać się do nocników. Szczupły, malejący z dnia na dzień personel nie nadążał usuwać nieczystości. Zwłoki leżały po prostu pod ścianą, czekając, aż rano zostaną wywiezione do lasu.

Ostukał buty ze śniegu, co i tak nie miało większego znaczenia. Podłoga pokryta była błotem. Sławek leżał na łóżku. Był przytomny, ale trawiła go potężna gorącz-ka. Filip przysiadł na stołku i wziął przyjaciela za rękę.

– Dobrze, że jesteś – szepnął chory. – Czekałem na ciebie od kilku godzin.

– Musiałem pomóc w zwożeniu chorych. Brakuje już ludzi do pracy.

Leżący uśmiechnął się. Jego starszy kolega zacisnął zęby. Świadomość, że za kilka dni, a może tylko godzin, będzie musiał wywieźć i jego zwłoki do lasu i pogrze-bać w zbiorowej mogile, była nie do zniesienia. Obrzyd-liwy koszmar, z którego należy się czym prędzej obu-dzić...

– Pamiętasz, co ci kiedyś mówiłem, jak bardzo bra-kuje mi żarówek i telewizji? Pamiętasz? – Sławek ścisnął go za rękę.

– Pamiętam. Jeśli kiedyś się stąd wydostanę, zapalę żarówkę specjalnie dla ciebie, na pamiątkę – głos stu-denta zadrżał.

– Czekałem na ciebie, bo mogłem zostawić kartkę, ale jeszcze byś jej nie znalazł – kontynuował młodszy podróżnik. – Nie chciałem wracać bez ciebie. Poza tym to złe miejsce.

Bredzi, pomyślał z rozpaczą przyjaciel. To już ko-niec.

– Ty, obudź się! – Sławek potrząsnął go za ramię. – Wynosimy się stąd.

– Dokąd? – nie zrozumiał Filip.

– Jak to dokąd, niemoto? Do przyszłości. Wracamy do domu. Nie patrz na mnie jak na wariata. Znalazłem sposób.

– Ktoś przybył z modułem powrotnym? Jest tu?

– Chrzańmy moduł powrotny. Muszę się dostać do lasu, tam, gdzie kiedyś zbudowano rosyjski fort. To znaczy gdzie będzie zbudowany.

– Uspokój się. Nie da się stamtąd wrócić. Nie ma tam aparatury.

Sławek usiadł na łóżku.

– Znam sposób – szepnął. – Bez modułu powrotnego. Tylko mnie tam zanieś, zawlecz, zawieź na wózku do trupów!!!

– Powinieneś odpocząć...

– Wiem, co mówię. Za dwie godziny zobaczysz żarówki, telewizję, tylko mnie tam zawieź.

Filip zajrzał w jego oczy. Nie było w nich obłędu. Błyszczały, ale nie był to blask szaleństwa.

On znalazł sposób, domyślił się. On naprawdę znalazł sposób. Ale jak?!

– Mówisz poważnie? – zapytał.

– Oczywiście, że poważnie. Gorączka mnie dusiła, rozmyślałem o całej tej kopniętej wyprawie i nagle miałem przebłysk geniuszu. Zawieź mnie do lasu, wszystko ci wyjaśnię. Sądzisz, że gdzieś w magazynach mają kompot z brzoskwiń? A może prezydent mi sprezentuje ze swoich zapasów? Będę jadł brzoskwinie uczciwą metalową łyżką, a światło żarówek będzie się odbijało w blasze puszki.

Nie brzmiało to do końca sensownie... Filip dźwignął przyjaciela z łóżka razem z derką i wyszedł z baraku. Przez materiał czuł ciepło. Sławek miał naprawdę wysoką gorączkę. Zapadał już zmrok, prószył śnieg. Wózki do przewozu zwłok stały przy barakach. Położył kumpla na tym najczystszym. Było dobre osiem stopni mrozu. Ruszył naprzód.

– No to opowiadaj – zachęcił.

– Teraz to ja muszę udawać trupa, żebyśmy mogli wydostać się z wyspy – warknął chory, a potem zastygł na deskach, udając nieboszczyka.

Faktycznie... Wózek, skrzypiąc, jechał pomiędzy barakami. W przejściach leżały ciała tych, którzy umarli wieczorem. Jeszcze nie było czasu, by je wywieźć. Filip, pchając koszmarny pojazd, dotarł do bramy obozu.

– Dokąd o takiej porze? – zapytał strażnik pilnujący grobli.

– Mój przyjaciel umarł – wyjaśnił chłopak. – Muszę go pogrzebać.

– Późno już – mruknął strażnik. – Uważaj, czasem nocami dzikie psy schodzą się do grobów żerować. Są oszalałe z głodu.

– Mam solidną dębową lagę, jakoś sobie poradzę.

Gdy tylko znaleźli się na drodze prowadzącej do lasu, Sławek usiadł na wozie. Wiatr wył, podrywał drobiny śniegu z ziemi, przenikał na wskroś. Ziemia była już całkiem mocno zmrożona, ale kółka co chwila utykały w głębokich koleinach.

– Czuję się tak silny, że chyba dałbym radę iść – powiedział młodszy podróżnik.

– Leż, jak ci dobrze, zaraz będziemy.

Pojazd podskakiwał na wybojach. Wały otaczające Nowe Miasto przesuwały się powoli obok. Wiał lodowaty wiatr i obaj szybko przemarzli na kość. Mundury z sukna, mocno już zszargane po wielu dniach ciągłego noszenia, zdecydowanie nie były strojem odpowiednim na taką pogodę. Kamizelki też dużo nie dawały. Trzewiki z cienkiej skóry nie chroniły stóp przed mrozem. Szybko też przemiękły od brodzenia w wysokim śniegu. Filipa rozgrzewał trochę marsz, Sławek na wozie trząsł się jak osika pod baranicą i cienką, dziurawą derką.

Wreszcie wjechali pomiędzy drzewa. Wiatr w lesie nie dawał się tak bardzo we znaki. Było coraz ciemniej, ale na szczęście drogę widać było wyraźnie. Jeszcze kępa brzóz i opodal zarysował się dół wypełniony prawie po brzegi ciałami. Księżyc wzeszedł właśnie, jego wąski sierp rzucał białe, nierzeczywiste światło na zaspy.

– Dobre miejsce – ocenił Sławek. – Tam, gdzie ta górka, pewnie stanie fort.

– Niewykluczone. Odległość chyba się zgadza, choć tyle się tu pozmienia przez te czterysta lat...

Chory zsunął się z wózka i zataczając się, przeszedł kilka kroków. Oparł się ciężko o drzewo. Oczy zalśniły, ale blada skóra upodobniała go do trupa.

– To dla ciebie. – Z kieszeni mundurka wyjął kawałek grubej skórzanej podeszwy buta. – Prezent.

– Po co mi to? – zdziwił się Filip, przyjmując nieoczekiwany podarunek.

– Duży, a głupi. Pomyśl... Jak skaczemy wstecz, energia naciągniętej rzeczywistości gromadzi się gdzie?

– W cewkach synchrofrazatora umieszczonych w naszych bransoletach.

– Świetnie. A jak tamci dwaj zginęli w archiwum wojskowym we wrześniu 1939, to co się stało?

– Z chwilą śmierci właściciela bransoleta skacze z powrotem do przyszłości. Jeśli umrzesz, to dla obserwatorów w przeszłości twoje ciało zniknie. Ale biorąc pod uwagę kształt bąbla, to, co będzie wystawać, zostanie.

Filip umilkł. Patrzył na towarzysza z coraz większym zdumieniem. Był pewien, że Sławek odkrył metodę, aby wrócić. Tylko, na Boga, jak tego dokonał? To musiało być coś prostego. Coś zupełnie prostego, skoro wpadł na to maturzysta.

– Skąd bransoleta wie, że nie żyjemy? – W oczach młodszego chłopaka zalśniły iskierki. – Nie wiesz? Ona ma wbudowany czujnik pulsu albo temperatury. Raczej pulsu, bo ciało stygnie zbyt długo. Nie ma pulsu, nie ma życia. Nie ma życia, to następuje ewakuacja trupa!

– Nie umiesz chyba metodą joginów zatrzymać sobie pracy serca?!

W gęstniejącym wśród drzew zmroku rozległ się śmiech. Może sprawiło to widmowe oświetlenie, może sąsiedztwo dołu pełnego ciał, ale lotnikowi wydało się, że słyszy w nim szyderstwo.

– A po co mam zatrzymać serce, ośle jeden, jeśli wystarczy odizolować czujnik od skóry? Patrz i ucz się...

Ujął w dłoń swoją część skórzanej podeszwy i spokojnie wsunął ją pod bransoletę. Przyklęknął i skulił się, by zmieścić się wewnątrz bąbla. Wokoło pojawiła się zielona poświata. I zniknął. Huknęło powietrze wypełniające próżnię.

Filip wpatrywał się przez chwilę w okrągły ślad wygnieciony na śniegu, a potem parsknął śmiechem. Śmiał się i chichotał. Nie mógł się powstrzymać. Dwa tygodnie życia w piekle wyspy dla zadżumionych, dwa tygodnie wożenia trupów do masowych grobów, dwa tygodnie w brudzie, zaduchu, gryzieni przez robactwo. I to wszystko można było tak od razu, natychmiast, przerwać. Wystarczyło odrobinę ruszyć głową. Odszedł dwadzieścia metrów od miejsca, z którego startował jego przyjaciel. Wolał, żeby tam, w odległej przyszłości, fala uderzeniowa go nie poraniła. Przyklęknął, a potem wsunął kawałek skórzanej podeszwy pod bransoletę. Wokoło wszystko rozbłysło zielenią.

Uczucie ruchu, przeciążenie, mdłości. Przyszłość. Grunt podniósł się nieco przez te cztery stulecia, materializacja nastąpiła dwa metry pod ziemią, ale pęczniejący bąbel wysadził glebę lepiej niż dynamit. Filip wspiął się pospiesznie po stoku głębokiego leja. Spomiędzy bezlistnych kikutów drzew widać było czerwone mury starego rosyjskiego fortu. Dwadzieścia metrów dalej wirowały jeszcze w powietrzu jasne drzazgi. Potężny martwy pień rozerwało na strzępy, gdy wśród jego korzeni pojawił się przybysz z odległej przeszłości. Filip dobiegł na brzeg dziury. Sławek leżał na dnie przyprószony jasnym piaskiem. Nie doznał żadnego uszczerbku.

– Leć do fortu – wychrypiał. – Potrzebuję natychmiast lekarstwa przeciw dżumie.

Technicy czuwający w forcie już usłyszeli, że w parku nastąpiła materializacja. Biegli od strony twierdzy, niosąc nosze i torby z medykamentami.

Jeden z nich stanął na brzegu leja. Widząc obu czasonautów, krzyczał uradowany do telefonu komórkowego:

– Wrócili, panie profesorze! Obaj cali i...

W tym momencie urwał, widząc czarne krosty pokrywające twarz Sławka.

– Dżuma – ostrzegł go Filip. – Potrzebne leki.

– Mamy, mamy... – uśmiechnął się technik. – Witajcie, chłopaki. Profesor już jedzie. – Naciągnęli jednorazowe gumowe rękawice i położyli Sławka na noszach.

– Widzisz – szepnął triumfalnie. – Żarówki i telewizja. A nie chciałeś mi wierzyć! Nawet nie dwie godziny. Chcę puszkę kompotu z brzoskwiń – zwrócił się do niosących nosze. – I latarkę bym prosił.

– To się da zrobić. Oczywiście, jeśli lekarz się zgodzi – poważnie powiedział technik.

– Raz jeszcze udało się przeżyć – Filip zacytował zdanie usłyszane w jakimś filmie.

Szedł za noszami po wysypanej żwirem błotnistej alejce. Była jesień. Gdy skakali, zapadała noc. Teraz wstawał ranek. Tu, w XXI wieku, musiało minąć zaledwie kilka dni. Powietrze pachniało spalonym drewnem i nagą, wilgotną ziemią. Po różowym niebie sunęły radioaktywne chmury. Na drzewach wokoło zieleniły się tylko pojedyncze liście. Martwy, zdewastowany świat. A mimo to Filip czuł ogromną ulgę. Wyrwali się śmierci. Wrócili do domu.

Rozdział 10

Ruiny budynków odbijały się w kałużach skażonej wody. Martwe pnie drzew stały wzdłuż ulicy. Tylko niektóre wypuściły wiosną liście, a teraz była jesień. Asfalt pokrywała cieniutka warstewka błota. Dobrze uszczelniony wojskowy jeep zatrzymał się przed bramą. Odjechała na bok z cichym szumem hydraulicznych siłowników. Ruszył naprzód wysypaną piaskiem alejką. Po obu stronach także stały drzewa. Martwe, osmalone po przejściu fali termicznej. Nie miały liści, nic więc nie zasłaniało celu podróży.

Samochód przystanął przed stalową płytą zamykającą tunel. Kierowca nacisnął klakson, ale nie było to potrzebne. Uchyliła się, tworząc wąską szparę. Obaj pasażerowie, Filip i Sławek, wysiedli z auta. Cmoknęły uszczelki zabezpieczające drzwi. Ubrani byli w białe kombinezony ochronne, mimo to otwartą przestrzeń przebyli biegiem. Wśliznęli się w wąską szparę i wrota z cmoknięciem zamknęły się za ich plecami.

– Przygotować się do procedury odkażania – rozległ się głos automatu.

Stanęli w białym kręgu namalowanym na podłodze pomieszczenia.

– Zamknąć oczy. Nie oddychać – poleciło urządzenie.

Wypełnili posłusznie rozkaz. Z dysz umieszczonych w ścianach trysnęły strugi tłoczonego pod ciśnieniem płynu Burowa. Ciecz wystrzelona ze sporą siłą obmyła i spłukała kurz i te drobiny radioaktywnego pyłu, które mogły przylgnąć do śliskiej powierzchni skafandrów. Ulewa trwała dwadzieścia sekund.

– Można oddychać – powiedziała maszyna.

Odetchnęli z ulgą, a w tym czasie z dysz trysnęło gorące jak z pieca powietrze.

– Można otworzyć oczy – powiedział głośnik.

Przeszli przez drzwi prowadzące na zadaszone patio. Piaszczysta alejka biegnąca przez trawnik do drzwi instytutu. Na alejce czekali pozostali podróżnicy w czasie: Paweł i Magda. Zaraz też uściskali powracających.

– Nareszcie w domu – westchnął Sławek z ulgą.

W drzwiach instytutu stanął profesor Rawicz.

– Witajcie, zadżumieni – zażartował.

– Chodźcie do stołówki – powiedział Paweł. – Przygotowaliśmy taki niewielki bankiecik.

Tu, w przyszłości, siedząc za stołem, przy salaterce z czekoladowymi lodami (zapas jeszcze sprzed wojny, wydane z magazynów prezydenta), obaj przez ponad godzinę opowiadali swoje przygody. Wreszcie umilkli zmęczeni.

Drzwi skrzypnęły i do stołówki wszedł profesor. Dosiadł się do ich stolika.

– No cóż – powiedział. – Nie było was jakiś czas, reszta grupy była intensywnie szkolona. Za dwa lub trzy dni zaczynamy kolejną misję. Czujesz się na tyle dobrze, by znowu skoczyć w przeszłość? – zwrócił się do Filipa.

Ten poważnie kiwnął głową.

– Jestem gotów.

– To dobrze. A ty? – zagadnął Sławka. – Twój pierwszy skok był, można powiedzieć, średnio udany...

Chłopak zamknął na chwilę oczy. Szukał odpowiedzi.

– Chyba tak. Po wylądowaniu w środku epidemii nic gorszego chyba mnie nie spotka. Zwłaszcza że teraz wiemy, iż wystarczy wyłączyć czujnik pulsu, by bezpiecznie wrócić do domu...

– Nie – powiedział spokojnie profesor.

Spojrzeli na niego zdumieni.

– W chwili śmierci bransoleta, którą nosicie, wykonuje automatycznie skok do przyszłości, zabierając wasze zwłoki. Wam udało się ją oszukać i uciekliście z XVII wieku. Ale... Myśmy już kiedyś sądzili, że to tak działa. Nie wiemy, dlaczego przeżyliście. Wszystkie ciała, które wracają, są... Można powiedzieć: silnie zniekształcone. Najczęściej następuje odbicie lustrzane, strona prawa staje się lewą...

– Znaczy jakbym był praworęczny, to stałbym się leworęczny, a pieprzyk po lewej stronie szyi miałbym po prawej i serce po niewłaściwej stronie... – zadumał się Paweł.

– Do tego wszystkie związki chemiczne, na przykład prawoskrętne białka byłyby lewoskrętne – uzupełnił ponuro profesor. – Czasem przerzuca też tył na przód, a zdarza się, że przenicuje. Jak w ukraińskich legendach o wikołakach: skóra do środka, mięso na zewnątrz... Jesteście pierwszymi, którym się to udało. Moduł powrotny oprócz zastartowania bransolety generuje też pole stabilizujące. Ale będziemy musieli poeksperymentować. Możliwość skakania z dowolnego miejsca i czasu byłaby bardzo cenna.

Milczeli wstrząśnięci. Sławek poczuł, jak żołądek podchodzi mu do gardła. Filip poluzował suwak pod brodą. A więc unicestwienie było tak bliskie...

– Zaczniemy od kwestii najważniejszej – kontynuował uczony. – Zapewne interesuje was fakt, dlaczego wyczepienie nastąpiło w 1624 roku zamiast w 1901...

– Owszem, gdy siedzieliśmy tam uwięzieni, nurtował nas ten problem.

– Odpowiedź jest bardzo prosta: nie wiemy, dlaczego tak się stało – wyjaśnił profesor.

Spojrzeli po sobie zdumieni.

– To znaczy, że nie ma gwarancji, że to się nie powtórzy? – zapytała Magda.

– Nie będę was oszukiwał. Nie ma gwarancji. Co więcej, jak do tej pory odbyło się ogółem około czterdziestu skoków, w większości czysto szkoleniowych. Śmiertelność wyniosła dziewięćdziesiąt procent w przypadku pierwszych dwudziestu. Z kolejnych dwudziestu – dwanaście odbył Michał. Pozostali zginęli. Ale nie na darmo. Analiza błędów technicznych pozwoliła w znaczący sposób udoskonalić procedurę. W chwili, gdy do akcji weszła wasza grupa, sądziliśmy, że nie będzie już żadnych niespodzianek. Myliliśmy się...

– A jaka była przyczyna śmierci tamtych? – zapytała Magda. – Lepiej wiedzieć, co nas czeka...

– W kilku przypadkach materializacja poza bąblem. I zmiażdżenie falą uderzeniową. To było na początku. Dwa razy przywaliły ich cegły, gdy bąbel pojawił się w murze lub w pobliżu muru. Raz prawdopodobnie chłopi z widłami upolowali „szatana", który pojawił się znikąd pośrodku wsi. Dwa razy utopienie. Dlatego wszyscy w tej grupie dobrze umiecie pływać. W kilku przypadkach nie wiemy, co się stało.

– Coś mi się nie zgadza – mruknął Sławek. – Przed nami były dwie grupy po pięć osób...

– Pierwsza liczyła dwadzieścia. Przeżyło dwóch. Do niedawna. W drugiej było osiem. Żyje już tylko Michał. Chyba że ci, o których nic nie wiemy, trafili gdzieś bardzo głęboko i tak jak wy nie mogą wrócić z braku urządzenia.

– Hmm. Może by jakoś ich poszukać? – zasugerował Sławek.

– Po waszym powrocie stwierdziliśmy, że tak trzeba zrobić – powiedział poważnie profesor. – Nie wiemy, jak duży może być rozrzut. Budujemy teraz aparaturę powrotną wyposażoną w bardzo silną radioboję. Chcemy skoczyć do około I wieku naszej ery i zakopać ją w odpowiednim miejscu. Może kogoś uda się odnaleźć? Naczelna zasada naszego instytutu to zawsze starać się ratować naszych wysłanników.

Jeśli na taki pomysł wpadają tak późno, to kiepsko mi to wygląda, pomyślał Paweł.

* * *

Sławek siedział w bibliotece. Była druga w nocy, ale nie chciało mu się spać. Zagłębiony w wygodny fotel, czytał stare gazety na mikrofilmach. Chciał poznać epoki, które być może przyjdzie mu odwiedzić. Czytanie prasy codziennej jest dobrą metodą zbadania, czym pasjonowali się ludzie na przykład sto lat temu. Światło było wyłączone. Tylko niebieski ekran czytnika połyskiwał w półmroku. W drugim końcu pomieszczenia za grubą żaroodporną szybą kominka płonął ogień. Cicho skrzypnęły drzwi. Stanął w nich Paweł. Spostrzegł przyjaciela i na jego twarzy odmalowało się zdziwienie.

– Nie śpisz? – zapytał cicho, zamykając drzwi za sobą. Był na bosaka. Dywan wygłuszył jego kroki, gdy szedł w stronę stołu. Usiadł obok.

– Jakoś nie chce mi się spać. Męczą mnie koszmary – westchnął chłopak.

– Nie dziwię się.

Paweł umilkł i długą chwilę patrzył w płomienie.

– Boisz się? – zapytał Sławek.

Nadal milcząc, kiwnął głową.

– Nie wiesz, co przeżyliśmy – powiedział powoli. – Wsiedliście do maszyny, zniknęliście. Minęły trzy godziny i nic. Sześć godzin i nic. Profesor natychmiast zaczął szukać sond. Przez cztery dni nie znaleźliśmy ani jednej. Magda płakała nocami.

– O? – zdziwił się podróżnik.

– Chyba cię lubi. – Refleks płomienia zapalił na twarzy Pawła uśmiech.

– Albo Filipa. – Sławek błysnął zębami. – To zresztą bez znaczenia – mruknął jakby sam do siebie. – Tu minęły trzy czy cztery dni, a my siedzieliśmy tam ponad dwa tygodnie. Boisz się skoku, bo sądzisz, że możecie wylądować tak jak my? Czy może raczej tego, że ponownie trafisz do katowni carskiej ochrany?

– Boję się, bo kilku naszych poprzedników skoczyło w przeszłość i nie wiadomo, co się z nimi stało – westchnął Paweł. – Tak już jesteśmy skonstruowani, że nieznane zagrożenie budzi w nas większy lęk niż to, które możemy przewidzieć. Nie boję się, że trafię na epidemię czy wojnę. Boję się, że utknę gdzieś na dobre. Jak ten Igor, który zniknął w sklepie.

– Sądzę, że ten nasz pechowy skok to był wypadek przy pracy. Na pewno teraz dobrze sprawdzą maszynę.

– Wtedy też sprawdzili. Zawsze sprawdzają przed... Jak oni to nazywają? Wyczepieniem?

Umilkli, patrząc w płomienie.

– Myślę, że jakoś to pójdzie – powiedział wreszcie Sławek. – Najważniejsze to nie pozwolić, by strach nas opanował. Swoją drogą, ciekaw jestem tej szkoły w carskich czasach. Nie żebym sam chciał tam trafić, ale popatrzeć sobie...

– Pedel w liberii, dzwoniący ręcznym dzwonkiem. Zielone tablice, ławki o pochyłych blatach.

– Umiesz już pisać obsadką? – zagadnął Sławek.

Paweł kiwnął spokojnie głową.

– Poradziłem sobie. Ale lepiej, że nikt nie sprawdzał mi zeszytów.

Podszedł do kominka i ukucnąwszy, grzał ręce, wyciągając je w stronę płomieni grających za szybą. Sławek w zadumie przewijał mikrofilm.

* * *

– Masz ponad dziesięć dni opóźnienia w stosunku do reszty grupy – powiedział doktor Sperański.

– Byłem chory na dżumę – wyjaśnił Sławek, ozdabiając twarz udawanym lizusowskim uśmieszkiem. – Mam przynieść usprawiedliwienie lekarskie?

Nauczyciel się roześmiał.

– Wiem, wiem. Masz szczęście, że dysponujemy naprawdę silnymi lekami. Choć ja bym na wszelki wypadek potrzymał cię jeszcze jakiś czas w kwarantannie. No nic... Zabieramy się do roboty.

Uruchomił ekran ścienny i puścił film nakręcony podczas którejś z poprzednich misji. Krakowskie Przedmieście. Drzewa, które w chwili wybuchu trzeciej wojny światowej były grube, dopiero co zasadzono. Cienkie pnie nie przesłaniały budynków.

– Pierwsza sprawa. System porządkowy – powiedział historyk. – Widzisz człowieka w mundurze stojącego przed uniwersytetem?

– Tego w kepi na głowie?

– Tak. To carski policjant. Najniższy rangą, tak zwany stójkowy. Stali na skrzyżowaniach ważniejszych ulic. Spotkasz ich niemal wszędzie. Są uzbrojeni w pałasze.

– Nie mają broni palnej? – zdziwił się Sławek.

– Zazwyczaj nie. Wyposażono ich w pistolety dopiero w czasie zamieszek, które do historii przeszły jako rewolucja 1905 roku. Nawiasem mówiąc, nie była to żadna rewolucja, tylko fala strajków i rozruchów. A więc czy coś ci grozi ze strony stójkowych?

– Chyba nic. Dopóki wyglądam jak student lub gimnazjalista i zachowuję się spokojnie, chyba nie mają najmniejszego powodu, żeby mnie łapać.

– Brawo. Wiesz, to zabawne, ale większość kursantów na widok policjanta czuła dziwną obawę. Element drugi... Obraz ruszył. Ulicą przejechało kilkunastu żołnierzy na koniach.

– Kozacy – wyjaśnił. – Sądząc po papachach, to chyba jeden z pułków dońskich. W Warszawie przebywa ich bardzo dużo. Zazwyczaj siedzą w koszarach i fortach otaczających pierścieniem miasto. Jednak w okresach niespokojnych patrolują ważniejsze dzielnice. Jadąc ulicą, lekceważą wszystkie możliwe przepisy...

– Przejeżdżają na czerwonym świetle? – zażartował Sławek.

– Gdyby były w tej epoce pasy i światła, to niewątpliwie tak by robili. Czasem urządzają sobie wyścigi na trotuarach. Potraktuj ich jak motocyklowy gang. I uważaj przy przechodzeniu, żeby nie wpaść pod kopyta koni. Teraz najważniejsze...

Pstryknął pilotem. Nowy film zrobiono gdzieś z góry. Już kiedyś doktor Sperański go puszczał, tylko że wówczas siedzieli tu całą grupą.

– Tajniacy – domyślił się chłopak.

– Właśnie. Część z nich zachowuje się na tyle nienaturalnie, że będziesz w stanie ich rozpoznać. Ale cała masa umie jednak wtopić się w tłum.

Ulicą przejechała półciężarówka ozdobiona emblematem czerwonego krzyża.

– Pogotowie ratunkowe? – zdziwił się Sławek.

– Tak, pierwsze zostało założone w 1890 roku. Zobacz tę grupkę. To żandarmi patrolujący miasto na piechotę. A teraz obejrzymy to sobie ze szczegółami...

Wyłączył film i rzucił na ścianę obraz zdjęcia.

– Obejrzyjmy wszystkich noszących uniformy – powiedział. – To są gimnazjaliści. Kurtka jasnogranatowa, czapka w kształcie francuskiego kepi. Mundurek, wszystkie guziki muszą być zapięte. Tak z kolei wyglądali studenci. – Wyświetlił kolejną postać. – Studenci uniwersytetu, bo ci z politechniki i szkoły weterynaryjnej mieli inne uniformy.

– Ten mundur znam.

– Skąd? Ach tak, Filip taki nosił. To nauczyciele. Jak się zapewne domyślasz, kolor granatowy przewidziany był dla wszystkich związanych ze szkołą, zarówno profesorów, jak i uczniów.

– W zasadzie można było nauczycieli rozpoznać na ulicy.

– Owszem. To stroje dozorców, strażacy, żandarmi, wojskowi, urzędnicy niższego szczebla, wyższego...

– O rany – westchnął Sławek. – Zmilitaryzowane społeczeństwo...

– E, nie przesadzajmy. Mundurowi nigdy nie stanowili więcej niż jednej trzeciej przechodniów, których będziesz mijał na ulicy. Teraz uważaj, jesteś na tyle wyrośnięty, że polecisz jako student. Idąc ulicą, musisz salutować spotkanym oficerom.

– Tylko im?

– Tylko. Ale musisz to wyrobić sobie jako odruch. Jeśli nie zasalutujesz albo zrobisz to niedbale, kaszana. Złapią cię i odprowadzą na odwach do cyrkułu, czyli, mówiąc po naszemu, do oficera dyżurnego na posterunek policji.

– I co się wtedy stanie? Trafię jak Paweł do Cytadeli?

– Gdzie tam... Ponieważ na czapce zawsze jest wypisane twoje imię i nazwisko oraz nazwa szkoły bądź uczelni, dyżurny spisze te dane i wypuści cię, udzielając wcześniej surowego pouczenia.

– To nie wygląda groźnie...

– A informacje o twoim patologicznym zachowaniu przekażą uczelni, która dodatkowo cię ukarze. Gdybyś był gimnazjalistą, najprawdopodobniej dostałbyś baty na goły tyłek w obecności wszystkich uczniów. Chyba że udawałbyś szlachcica, wtedy baty wymierzano na osobności. Nie więcej niż dwadzieścia pięć uderzeń. To samo grozi za chodzenie w rozpiętym mundurku albo bez czapki. Za spóźnienie się do szkoły też baty. Nie rób takiej przerażonej miny, przecież nie będziesz chodził do szkoły. Studentów karano inaczej – i tu jest problem. Jeśli z cyrkułu zadzwonią na uniwersytet, uczelnia sprawdzi nazwisko na liście i stwierdzi, że takiego studenta nie mają. Jeśli cię spiszą i wypuszczą, to pół biedy. Ale jeśli jeszcze będziesz pod kluczem...

Chłopak się wzdrygnął.

– Czyli nie dać się złapać – westchnął. – Mam osiemnaście lat. Mogę udawać studenta?

– Oni kończą naukę w wieku szesnastu, siedemnastu i idą na studia. Wyglądasz trochę mało dojrzale. Oni szybciej dorastają. Mając osiemnaście lat w naszych czasach, wyglądasz jak ich piętnasto-, szesnastolatek.

– Aha.

– Ale problemu nie ma. Bywali i młodsi studenci. Zdolny dzieciak mógł się dostać na uczelnię wcześniej. Zwłaszcza że nie musiał mieć matury.

– Jak to?

– Wystarczyło zdać bardzo trudny egzamin wstępny. Hm, zastanawiam się, czy jeszcze o czymś powinieneś wiedzieć? Teczkę niesiesz zawsze w lewej ręce, by móc prawą salutować.

Puścił raz jeszcze film. Mężczyzna w mundurze urzędnika wysiadł z dorożki i złożywszy przeczytaną gazetę, wsunął ją do skrzynki zawieszonej na ścianie domu.

– Pomysłowy sposób zbierania makulatury – zauważył chłopak.

– Ach, nie. To jedna ze skrzynek doktora Bodaszewskiego. Składano do nich przeczytane już gazety.

– I co robił z nimi doktor?

– Przekazywano je ubogim chorym w szpitalach, żeby mogli sobie poczytać, gdyby im się nudziło.

Chłopak w milczeniu skinął głową pełen podziwu dla tego pomysłu.

– Dziwna epoka – mruknął. – Pełna i okrucieństwa, i serdeczności. Wydawać by się mogło, że wśród takich ludzi to i słoneczko cieplejsze, a jednocześnie wystarczy rozpiąć kurtkę, żeby dostać baty...

– Mam nadzieję, że jutro zobaczycie ją po raz ostatni.

– Nie żal panu?

– Czego?

– Jeśli przyjdzie Dzień Wskrzeszenia, instytut przestanie istnieć. Profesor Rawicz znowu będzie uważany za szaleńca, nikt nie da mu grantu na budowę maszyny czasu. Dane naukowe, które można by zdobyć tą drogą, przepadną...

– Wiem. Ale nie martw się. Jestem równie szczęśliwy, poznając te czasy z gazet, książek i pamiętników.

Tu obcuję z naprawdę niesamowitym materiałem, ale cóż, każdy zapłaci swoją cenę.

– Tylko czemu tak wysoką? – szepnął Sławek.

Uczony nie zdawał sobie sprawy, że ten młody człowiek ma na myśli siebie...

* * *

Buszowali po magazynie.

– Koniec oszczędzania – powiedział profesor. – To już prawdopodobnie jedna z ostatnich misji, bierzcie wszystko, co się może przydać.

Wszystko? Nie da rady... W tym magazynie mogłaby ubrać się cała armia podróżników i jeszcze by zostało. Złote zegarki, trochę eleganckich ubrań. Magda wybrała sobie nieco biżuterii. Zabrali wieczne pióra i w zasadzie to było wszystko. Broń, siodła, porcelana... Jak to zabrać, co z tym robić? Zostawili bez żalu. Każdy z nich dostał po grubym pliku banknotów. Wystarczyłoby na kilka dni życia w luksusowym hotelu.

Wyszli z pomieszczenia z uczuciem pewnego rozczarowania. Korytarz wiodący do silosu. Betonowe ściany odbijające echo ich kroków. Nagle Filip palnął się w głowę.

– Przepraszam jeszcze na chwilę. Zapomniałem... – Odwrócił się w stronę drzwi magazynu.

Profesor wzruszył ramionami. Niedoszły lotnik zanurkował do środka. W sporej skrzynce leżały grube pliki carskich banknotów. Sięgnął i wyjąwszy zwitek sturublówek, wetknął go do wewnętrznej kieszeni, uważając, by nikt tego nie dostrzegł.

Stali w czwórkę przy barierce i obserwowali proces uruchamiania maszyny. Filip miał na sobie płaszcz, sam szczyt mody roku Pańskiego 1890. W ręce trzymał skórzaną walizkę na palisandrowym szkielecie.

– Cholercia – mruknął Paweł. – Co to się wyrabia...

Wbity w mundurek gimnazjalisty trochę się pocił. Magda w skromnym wełnianym płaszczyku piastowała w dłoni futerał altówki.

Sławek w mundurze studenta opierał się łokciami o metal. Był zupełnie spokojny.

– Jeszcze jakieś pół godzinki i też będę tam. – Wskazał palcem podłogę, ale oczywiście miał na myśli przeszłość.

Filip przybrał marsową minę nieustraszonego podróżnika w czasie.

– Ucieknij ze mną – zaproponował Magdzie, nonszalancko wyjmując z kieszeni złoty zegarek. – Jestem bogatym ziemianinem z Podola.

Zaniosła się perlistym śmiechem i zalotnie mrugnęła swoimi długimi rzęsami. Sławek poczuł delikatne ukłucie zazdrości, a potem westchnął ciężko.

– Gotów? – Szef instytutu pojawił się jakby znikąd.

Filip stanął na platformie. Profesor Rawicz zaczepił łańcuch, cofnął się do konsoli, przesunął wajchę w dół. Anteny poczerwieniały, potem pozieleniały. Chłopak schylił się, przyciskając walizkę do piersi. Wokoło powstała zielona poświata i zniknął.

– Rany – mruknął Paweł. – Teraz ja.

Uścisnęli mu dłonie. Zszedł na dół. Sławek obserwował go uważnie.

– Jest dziwnie spokojny – powiedział do Magdy.

– Dziwnie spokojny? Jest jak kawałek drewna. Nie denerwuje się niczym. I nigdy...

Paweł stanął w zaznaczonym miejscu. Minęła chwila. Wyczepienie. Zniknął. Huknęło powietrze wypełniające próżnię.

– Fiuu, i poleciał – gwizdnął czasonauta.

Dziewczyna uśmiechnęła się lekko.

– A ja następna. Znowu będę mogła leżeć na trawie i oddychać czystym powietrzem...

Sławek leciał jako ostatni. Stanął w kręgu, dzierżąc obciągnięty jasną skórą tubus na rysunki. Ukryty wewnątrz karabin snajperski nie był ciężki.

– Gotów? – Profesor przesunął wajchę.

– Tak, profesorze. – Chłopak poważnie skinął głową. – Nie będę mówił „do zobaczenia", bo już się chyba nie zobaczymy.

Naukowiec przechylił pytająco głowę, ale w tym momencie młodego podróżnika otoczył bąbel i powietrze cmoknęło, wypełniając próżnię.

– Coś nie tak? – Doktor Sperański pojawił się jak spod ziemi.

– Miał strasznie dziwny wyraz twarzy. – Rawicz potarł skroń. – Coś mi się nie zgadza...

– Co masz na myśli?

– Dziwne przeczucie... Jakbyśmy przeoczyli coś bardzo ważnego. Do diabła...

Ruszył w stronę windy. Magister wyszła z magazynu.

– Profesorze, ile pieniędzy im pan dał? – zapytała.

– Normalnie, po kilkaset rubli. – Popatrzył na nią zaniepokojony. – Coś nie tak?

– W skrzynce brakuje całego zwitka setek.

– Co?! Ile tam było?

– Ze cztery, może pięć tysięcy w banknotach epoki, do której się udali.

– Zdrada – szepnął.

– Co pan ma na myśli? – zapytał asystent.

– Oni nie planują powrotu – domyśliła się magister Miotła. – Zabrali kupę szmalu, jak na tamte czasy sumę wręcz niewyobrażalną...

– Sławek powiedział przed chwilą, że się już nie zobaczymy. Zostaną tam z pieniędzmi na początek i wiedzą, jak ich użyć. Z lipnymi dokumentami, które umożliwią szybką ucieczkę w miejsce, gdzie nikt ich nie znajdzie. Osiądą sobie na przykład w USA i zaczną robić interesy. Zainwestują choćby w akcje Forda i dorobią się fortuny...

– A my będziemy umierali w skażonym świecie... – mruknęła.

– Niekoniecznie. – Pokręcił głową. – To znaczy generalnie ma pani rację, ale pozostaje pytanie, czy wykonają zadanie, czy nie. Jeśli zaszczepią Citkę wirusem, to pół biedy, niech sobie tam żyją. Gorzej, jeżeli oleją misję albo zechcą wręcz pozmieniać historię wedle swoich pomysłów.

– Do diaska – warknęła.

– Przynieście mi ich teczki osobowe, musimy wszystko dokładnie sprawdzić. Jak Michał?

– Rano dzwoniłam do szpitala. Jest jeszcze nieco osłabiony, ale w zasadzie wrócił już do zdrowia.

– Ściągnijcie go tu. Trzeba go wystrzelić w ślad za nimi. I to jak najszybciej. Panią poproszę o zrobienie pełnej inwentaryzacji magazynu.

– To potrwa miesiąc, brak pieniędzy zauważyłam przypadkiem, chciałam zamknąć otwartą skrzynkę...

– Hm... Proszę mimo to choć pobieżnie wszystko przejrzeć.

Minęły ponad cztery godziny, nim kobieta zapukała do gabinetu zwierzchnika. Siedział przed komputerem głęboko zamyślony.

– Brakuje rewolweru i dwu łódek z nabojami – zameldowała. – Pieniądze zabrał prawdopodobnie Filip. W każdym razie był w magazynie ostatni, a do tego sam.

– Myślałem, że Sławek – mruknął.

– Michał już dotarł.

– Przyślij go tutaj.

– Jak pan sądzi, trzeba zabić całą czwórkę?

Rawicz milczał długo zamyślony.

– Paweł potwierdził chyba swoją lojalność wobec projektu – powiedział cicho. – Przetrzymał naprawdę ciężkie tortury. Sławek i Filip mogli się jakoś dogadać w czasie wspólnej misji. Magda? Nie wiem...

– Podkochuje się chyba w naszym lotniku. W każdym razie zauważyłam, że wodzi za nim zachwyconym wzrokiem.

– Diabli nadali...

– Czemu pan myśli, że to Sławek?

– Wychowywany przez samotną matkę, ojciec nieznany. Przegapiliśmy to. A ja się zastanawiałem, dlaczego ta twarz wydaje mi się znajoma...

Spojrzała na niego dzikim, przerażonym wzrokiem.

– Niech się pani przejdzie do jego pokoju i poszuka na poduszce włosów. Spróbujemy zrobić testy genetyczne.

* * *

Bąbel zniknął w ułamku sekundy. Paweł przetoczył się po ziemi, połamane gałęzie boleśnie dźgnęły go w plecy. Wstał i rozejrzał się. Lał deszcz. Chłopak zaklął pod nosem.

– Tutaj! – spomiędzy brzózek zawołał go Sławek.

Przedarł się w jego stronę. Pośród drzew stał całkiem spory szałas.

– Czyście zgłupieli!? – Wytrzeszczył oczy. – Huk materializacji może ściągnąć nam na głowę tubylców.

– Spoko wodza – uśmiechnął się jego kumpel. – Rozdzieliliśmy siły. Filip poszedł do miasta, trochę się rozejrzy. Ja zostałem, żeby na was poczekać. Nawet gdybym wpadł, misja nie jest zagrożona.

– Jest rozrzut?

– Około trzech, czterech godzin. Czekamy jeszcze na Magdę. A właściwie ja czekam. A ty dołącz do naszego lotnika.

– I jak go niby znajdę? Zabrał może ze sobą telefon komórkowy?

– O każdej parzystej godzinie będzie czekał przed kościołem świętej Anny.

– No to ruszam. – Paweł obciągnął na sobie mundur.

I w tym momencie rąbnęło. Sławek, z trudem łapiąc powietrze, wygrzebał się z ruin szałasu. Paweł, stojąc na czworakach, potrząsał głową.

– Uaaa... – jęknął. – W uszach mi dzwoni.

– Dobrze się czujesz?

– Jak świąteczny karp, którego za słabo stuknęli w głowę... Szukaj dziewczyny, zaraz dojdę do siebie. A ty?

– Trochę poobijany. Nic mi nie jest.

Magda siedziała na mokrym piachu kilka metrów od nich. Sądząc po zadrapaniach, przekoziołkowała przez krzaki.

– Jestem. – Uśmiechnęła się na widok Sławka. – Nie mogli się postarać o lepszą pogodę?

– Poczekaj. – Pociągnął nosem. – Co to, u licha, za zapach? Jakby palone pierze czy futro...

Rozejrzeli się oboje. Typowy lej rozgarniętej podmuchem ziemi. W piachu kłąb zwęglonego szarego futra.

– Zabiłam kotka – zmartwiła się.

– Kotka... – mruknął Paweł, wychodząc spomiędzy krzaków. – Mam ochotę popatrzeć na to coś...

– Co masz na myśli?

– Zawsze przy wyczepieniu pojawiał się kot. Michał mi kiedyś wspomniał, że widział, potem sam widziałem.

– Zaraz, zaraz. Jak skoczyłem z Filipem do zadżumionej Warszawy, też chyba widziałem w ogrodzie kota. – Sławek zmarszczył brwi.

Jego przyjaciel tymczasem wykopał ciało częściowo pokryte piaskiem. Jeden bok miało opalony. Obmacał je pospiesznie.

– Wygląda jak zwyczajne zwierzę – stwierdził. – Elastyczność skóry i mięśni... – Wyjął z kieszeni kozik. – Może lepiej na to nie patrzcie – zaproponował.

Wykonał cięcie sekcyjne od mostka do miednicy.

– Mamy go – mruknął trochę bez sensu.

– Co to, u diabła, jest?! – Magda w zdumieniu wpatrywała się w rozprute stworzenie.

– Mięśnie z czegoś, co wygląda jak silikon, kości z aluminium lub podobnego metalu. Pewnie zasilane elektrycznie, gdy oberwał bąblem, nastąpiło zwarcie i stąd ta spalona sierść.

Naciął głębiej i wydobył połyskliwą kryształową kulę wielkości piłeczki pingpongowej.

– Hm, coś jakby kryształ pamięci – zauważył Sławek. – Widać chyba kolejne warstwy zapisu.

– Do licha – syknęła ich przyjaciółka. – Kto nam to podrzucił?

– Ktoś z naszej przyszłości – wysunął hipotezę Paweł. – Ta technologia jest bardzo rozwinięta, ale sposób zapisu wydaje mi się po prostu twórczym rozwinięciem naszych metod. Być może w przyszłości, którą stworzymy, będzie nadal istniał instytut badający historię, kto wie, może nawet różne warianty historii. I ktoś wyśle taką właśnie sondę, by rejestrowała nasze poczynania. A tu pech, rozgnietliśmy jedną na placek...

– Pomóc nam nie pomogą – dziewczyna rozważała głośno. – Pewnie też obowiązuje ich zasada nieingerencji. Co zatem robimy z tym? – wskazała wypatroszony zewłok.

– Pomóc nie pomogą, ale i jak do tej pory nie przeszkadzają. – Paweł wrzucił kulkę kryształu do wnętrza zwierzaka. – Myślę, że jak to tu zostawimy, to wcześniej czy później przyjdą i sobie zabiorą. Możemy wyświadczyć im tę grzeczność, nawet jeśli traktują nasze misje jak *reality show*...

– A może mamy tam swoje fankluby? – podsunął Sławek z właściwym sobie optymizmem.

– I obstawiają, kto z nas wykona zadanie. – Dziewczyna podniosła z ziemi futerał altówki. – Jak na wyścigach konnych. Tylko mi jakoś brakuje poczucia uczestnictwa, chyba jestem mało podobna nawet do rasowej klaczy. Deszcz trochę ustaje. Muszę się przebrać. – Popatrzyła z żalem na podartą spódnicę. – A potem pójdziemy do miasta?

– Chodźmy. – Paweł wskazał gestem wydmy, za którymi leżało Koło. – Poczekamy na ciebie kawałek dalej.

Deszcz ustał. Zapadał wczesny jesienny zmierzch. Jak na złość nigdzie nie było dorożki, aż do Żelaznej musieli wlec się na piechotę w coraz bardziej przemokniętych butach. Dopiero tam złapali tramwaj konny. Na jednym z siedzeń leżała gazeta.

– Jesteśmy dwa lata później – oznajmił Paweł. – To znaczy dwa lata po mojej misji. Po tym Citce pewnie dawno już rozwiał się wszelki ślad.

– Niekoniecznie. Szuje, kanalie i donosiciele zawsze się przydają władzy. Idę o zakład, że mieszka ciągle w Warszawie i wykonuje swoją krecią robotę dla kapitana Nowycha albo kogoś innego.

– Może skończył już gimnazjum i teraz bruździ na uniwersytecie? – podsunęła Magda.

– Ciekawa hipoteza, trzeba będzie sprawdzić.

Pod kościołem byli dwadzieścia minut po szóstej.

– No i kaszana... – Sławek wyjął zegarek.

– Trzeba czekać do dwudziestej. – Dziewczyna rzuciła okiem na cyferblat.

– Nie wiem, czy to dobry pomysł. – Paweł spojrzał zaniepokojony na pogrążające się w mroku Stare Miasto. – To, zdaje się, zła dzielnica. W dodatku możemy zwrócić na siebie uwagę jakichś szpicli, jeśli będziemy tu sterczeć. Może lepiej zanurkujmy do kościoła na wieczorną mszę?

Filip wyszedł zza węgła.

– Wybaczcie, że się spóźniłem. – Był lekko zadyszany.

– Właśnie przyszliśmy – bąknął Paweł. – Przydałaby się nam jakaś kwatera. Przemokliśmy niemal na wylot.

– Mnie też w butach woda chlupocze. Ale nająłem nam pokój w hotelu.

– Czy to bezpiecznie? – zaniepokoił się Paweł. – Ochrona na pewno przynajmniej od czasu do czasu sprawdza księgi hotelowe. Nowych mógł rozesłać nasze rysopisy.

– Cóż, pod latarnią najciemniej, a my mamy naprawdę dobrze podrobione papiery.

Hotel okazał się niezły. Gruby dywan tłumiący kroki, przy schodach balustrada z kutego żelaza, supernowoczesne oświetlenie gazowe, szwajcar w odprasowanym mundurze.

– Wynająłem apartament, w razie gdyby nas nakryli, łatwiej się będzie bronić, a w każdym razie nie wyciągną nas pojedynczo z pokoi – wyjaśnił Filip, pchając drzwi.

– Sympatycznie tu... – Magda rozejrzała się po wnętrzu.

Mały salonik, dwie sypialnie. Wprawdzie brakowało bieżącej wody, ale w sypialniach stały marmurowe umywalki zaopatrzone w duże szklane słoje z wodą. Ściągnęli mokre łachy.

– Coś ci się udało ustalić? – zapytał Sławek.

– Niewiele – westchnął lotnik. – W każdym razie Citko nie mieszka już pod swoim dawnym adresem, wyprowadził się zaraz po naszej poprzedniej wyprawie. Minęły ponad dwa lata... Kapitan Nowych nadal służy w Cytadeli.

– Skąd wiesz? – zdziwiła się Magda.

– Posłałem jaskółkę.

– Jak sądzisz, gospodyni będzie wiedziała, dokąd się wyprowadził? – Paweł spojrzał na przyjaciela. – Ja nie mogę jej zapytać, ciebie i Magdę też już widziała, ale może gdyby Sławek poszedł się dowiedzieć...

– Hm, to może być nieco ryzykowne. To babsko może być na żołdzie u Nowycha. Jeśli Sławek zapyta o Citkę, zadzwoni gdzie trzeba...

– W tej epoce jest niewiele telefonów, o ile w ogóle jakieś... – przypomniała Magda. – Jeśli zapytamy, to może się czegoś dowiemy. Jeśli nie zapytamy, to na pewno się nie dowiemy.

– Można prościej i bezpieczniej – odezwał się Paweł. – Zastanówmy się, co Citko porabia. Po pierwsze, może być nadal używany jako agent. W tym przypadku będzie uczęszczał na uniwersytet lub politechnikę. Wyślemy jaskółkę, posadzimy na kamieniu naprzeciw bramy i niech się przygląda wchodzącym i wychodzącym.

– To ma ręce i nogi – przyznał lotnik.

– Po drugie, mogli go posłać jako prowokatora do jakiejś fabryki. Wtedy nasze szanse maleją, fabryczek jest tu kilkadziesiąt... Po trzecie, mogli go przyjąć po prostu do ochrony albo żandarmerii. Mógł też zostać klawiszem w więzieniu. Więzień jest kilka, cyrkułów też parę. Sporo miejsc do sprawdzenia, ale z drugiej strony nie jest to jakaś astronomiczna ilość. Damy radę.

Kiwnęli głowami. Płomień lampy gazowej zaczął przygasać. Paweł wrzucił w szczelinę dwadzieścia kopiejek i znowu zaświeciła jasnym światłem.

– Zwłaszcza że jaskółki mamy aż trzy – uzupełnił Filip. – Ten hotel proponuję przeznaczyć na kwaterę. Miejsce wydaje się w miarę bezpieczne. Za dwa, trzy dni poszukamy czegoś nowego, trzeba też będzie zmienić dokumenty. Najlepiej byłoby wyszukać jakieś puste mieszkanie i tam się zamelinować. Ale to chyba mało realne. Proponuję przekąsić coś i kłaść się spać. Jutro rano bierzemy się do roboty.

Obsługa hotelowa przyniosła kolację, butelkę gruzińskiego wina w kubełku z lodem i nieduży samowar.

* * *

Nad Warszawą wstawał paskudny, wilgotny sobotni poranek. Sławek siedział wygodnie oparty o zagłówek wersalki i szkicował w notatniku portret Magdy. Filip wypuścił o świcie jaskółkę, posadził ją na froncie gmachu biblioteki uniwersyteckiej, a teraz tkwił przed ekranem laptopa, obserwując ludzi wchodzących na teren uczelni.

– Wymyśliłem, jak zlokalizować naszego ptaszka – odezwał się Paweł. – Tyle że ten plan jest odrobinę ryzykowny.

– Jak bardzo ryzykowny? – Niedoszły lotnik powiększył sobie obraz twarzy jakiegoś przechodnia, ale znowu nie był to poszukiwany.

– Nie bardzo wiemy, jakie stosunki łączyły Nowycha i Citkę, ale dedukuję, że się znali?

– Gdy dopadliśmy obu w Łazienkach, gadali po przyjacielsku i widać było, że to nie jest ich pierwsze spotkanie – potwierdziła Magda. – Wspominał też, że dostał broń od jakiegoś innego agenta.

– Czy to by znaczyło, że jest konfidentem ochrany?

– Jego koledzy z gimnazjum wspominali, że wcześniej pomagał policji rozbić jakiś klub dyskusyjny czy coś w tym rodzaju – dodał Paweł. – Więc dedukuję, że Nowych wie, gdzie Citko mieszka, ewentualnie jak się z nim skontaktować.

– Poślemy jaskółkę do Cytadeli i niech podsłucha, czy kapitan nie gada przypadkiem przez sen... – zażartował Sławek.

– Myślałem raczej o tym, żeby go porwać i odrobinę przycisnąć. – Jego przyjaciel zachował powagę. – Może nie od razu pilnikiem po zębach, ale...

– Wstrzyknąć mu kompozycję narkotyków, które zniosą w mózgu naturalne bariery samokontroli, potem wystarczy go przekonać, że podkablowanie własnego agenta grupce zamachowców z przyszłości to świetny, bardzo zabawny numer – zaproponował Filip.

– Mamy takie środki? – zdumiała się Magda.

– Owszem. Tylko że to, niestety, działa dużo gorzej niż na filmach – westchnął. – Pytanie, jak go dorwać, bo to najsłabszy punkt tego skądinąd błyskotliwego planu.

– Wywabić z Cytadeli, przyładować mu gazem obezwładniającym albo z paralizatora – zaproponowała Magda. – Wciągnąć w bramę...

– I nadziać się na dozorcę. – Sławek uśmiechnął się z przekąsem. – Potrzebowalibyśmy po pierwsze środka lokomocji, i to niezłego, żeby w razie czego zgubić pościg. Samochody już chyba istnieją, trzeba by sprowadzić z zagranicy... Po drugie bezpiecznej kryjówki, w której moglibyśmy go spokojnie oprawiać bez ryzyka, że jego kumple wyłamią drzwi.

– Może dałoby się zdobyć od biedy jakiś powóz? – powiedział Filip. – Ale chyba nikt z nas nie potrafi powozić? – Rozejrzał się.

– Ja – zgłosił się Paweł. – Tyle że w Kazachstanie jeździłem dwukołową arbą zaprzęganą tylko w jednego konia, tu potrzebna byłaby co najmniej trójka. W dodatku nie znamy przepisów ruchu ulicznego, które obowiązują w tej epoce. Ale może dałoby się sprawę przeprowadzić, gdybyśmy zaprosili Nowycha w jakieś miejsce, gdzie sam by wlazł?

– Hmm... Na przykład tutaj, do hotelu – podchwyciła Magda. – Jedną sypialnię można wykorzystać, potorturujemy go kilka godzin, potem zostawimy związanego i nawiejemy. Przed wyjściem można mu jeszcze rąbnąć czegoś, żeby sobie pospał ze dwadzieścia cztery godziny.

– Nie mamy nic takiego. – Filip pokręcił głową. – Z kolei przedawkowanie środków przeciwbólowych może go zabić.

– Ja tam bym po nim specjalnie nie płakał – mruknął Paweł. – Blizny na plecach zostaną mi na całe życie. Ale jest ryzyko, że za bardzo zmienimy historię.

– Jest jeszcze jedna możliwość, której, zdaje się, nikt z was nie wziął pod uwagę – odezwał się Sławek. – Kapitan Nowych ma córkę. – Spojrzał spod oka na Pawła, jakby szukając potwierdzenia.

– Ma. – Były więzień kiwnął głową.

– Ładna? – zaciekawił się Filip.

– No ba – westchnął na samo wspomnienie. – Nie tak jak Magda, oczywiście – dodał pospiesznie.

Ich koleżanka się roześmiała.

– Bo tak myślę... – Sławek podjął wątek. – Nowych wie już, że Citko jest kimś szalenie ważnym. Nie sądzicie, że to dobry sposób otoczenia go dyskretną kontrolą? Podsunąć mu córkę i czekać, aż pojawimy się my. Bo przecież chce nas dorwać. Wprawdzie dziewczyna jest parę lat od niego starsza, ale...

– Przecież wyczyściliśmy mu pamięć neurotoksyną – zaprotestowała dziewczyna.

– Ale tylko jemu – odparował. – Zostaje Tatiana, ekipa, która dokonała aresztowania, nasz ptaszek Citko, lekarz z cytadeli, żandarmi... Poza tym idę o zakład, że co wieczór sporządzał obszerny raport. Zresztą nie wiemy, na ile dobrze to działa.

– Sądzisz, że posunąłby się do takich kombinacji? – zdziwił się Filip. – Mieszanie spraw rodzinnych i służbowych...

– Myślę, że to bydlę jest do tego zdolne – powiedział Paweł. – Choć sam pomysł wydaje nam się obrzydliwy, pasuje do jego charakteru.

– Żadna dziewczyna nie zgodziłaby się... – zaczęła Magda, a potem umilkła.

– Spróbujmy ją zlokalizować – powiedział Filip. – Pracowała w Cytadeli. Oficjalnie jako pielęgniarka. Może pracuje tam nadal?

Wyjął z pudełka kolejną jaskółkę i uchyliwszy okno, wypuścił na zewnątrz.

– Ja znam ją chyba najlepiej – odezwał się Paweł. – Spróbuję odszukać.

– A ja bym się przeszła choć rzucić okiem na miasto. – Magda prosząco spojrzała na kolegów.

– Sama to trochę ryzykowne – mruknął Filip. – Poradzicie sobie we dwóch?

– Jasne – zapewnił Sławek. – Tylko weźcie krótkofalówkę, tak na wszelki wypadek...

* * *

Włóczyli się alejkami parku Saskiego. Było późne popołudnie, po błękitnym jesiennym niebie sunęły niewielkie obłoczki. Znaleźli małą kawiarnię pod pergolą i usiedli przy stoliku nad dwiema szklankami herbaty.

– Ciekawe, czy kiedyś ludzie będą latali w przeszłość na wycieczki – zastanawiała się Magda. – To chyba niemożliwe, ale z drugiej strony...

– Fajnie by było, ale... Boję się, że to bardzo szybko się skończy. Wypełnimy misję, wrócimy do naszych czasów...

– I nie będziemy mogli chodzić po parku tak ubrani – westchnęła, gładząc sukienkę. – I nie będzie mnie stać, żeby z trójką kumpli wynająć apartament w najdroższym hotelu w Warszawie.

– Gdyby wymienić wszystkie papierowe ruble na złoto...

– Sam wiesz, co się dzieje z monetami przy skoku.

– A kto powiedział, że one muszą skakać... – Uśmiechnął się, ale nie dokończył myśli.

Zapikało radio.

– Zlokalizowaliśmy ją! Wysiadła z dorożki koło kolumny Zygmunta – usłyszał w słuchawce głos Sławka. – Skręca w Senatorską.

– OK. Łapiemy ją. To znaczy spróbujemy zlokalizować i śledzić – poprawił się.

Zapłacił za herbatę i ruszyli ostrym marszem przez park.

– Wyglądamy nienaturalnie, tak pędząc – powiedziała Magda. – Oni się chyba nigdy nie spieszą... – Rzuciła okiem na ludzi snujących się po alejkach. Szczęściarze...

– Masz rację. – Filip zwolnił. – Przepraszam, świadomość, że być może jesteśmy już blisko celu...

– Już nie ucieknie – uspokoiła go.

Przeszli pod kolumnadą, która za kilkadziesiąt lat stanie się miejscem pochówku Nieznanego Żołnierza. Przed soborem kręciło się sporo ludzi.

– Paweł idzie w waszą stronę, zaczekajcie przy pomniku – powiedział Sławek.

– O! – zdziwił się niedoszły lotnik. – Ale to dobrze, przyda się. A Tatiana?

– Mija was po drugiej stronie soboru. O kurde... – zamilkł.

– Co się stało?

– Weszła do kamienicy.

– W bramę! – usłyszeli głos Pawła. – Widziałem ją.

Filip i Magda wyszli na plac, ale ani dziewczyny, ani ich towarzysza nigdzie nie było widać.

– Paweł? – Lotnik próbował wywołać przyjaciela. Odpowiedziało mu milczenie.

– Wyłączył nadajnik, kontrolka mi zgasła – poinformował ich Sławek. – Co on, u licha, kombinuje?!

– Sam chciałbym wiedzieć...

– Wszedł do bramy z takim dziwnym szyldem... prosto przed wami. Jaskółka coś szwankuje, krytyczny poziom zasilania.

– Zniszcz ją – poleciła Magda.

Na wieczornym niebie jaskrawą bielą zapłonęła niewielka gwiazda i na ziemię upadło kilka rozżarzonych okruchów. Weszli w bramę.

– Kancelaria adwokacka, lekarz, pracownia gorseciarska, naprawa rowerów, garkuchnia, fotoplastykon... Co to, u licha, jest? – zdumiała się Magda.

– To jakby przodek naszego kina – wyjaśnił Filip. – Ale nie wiem dokładnie, jak to wyglądało i działało.

– Jak myślisz, gdzie mogli wejść?

– Nie wiem. Trzeba będzie zaczekać tutaj. Hm... – zastanowił się przez chwilę. – Zanurkuj do gorseciarza. – Wskazał drzwi w podwórzu. – Jeśli tam będzie, to dobrze. Jeśli nie, czekając na ciebie, nie będę wyglądał podejrzanie.

– I co mam powiedzieć?

– Niech ci zdejmą miarę na stanik albo coś... I tak od ręki nie zrobią, zapłać z góry, żeby nie byli stratni, bo już pewnie po to nie wrócisz. W razie czego dam znać.

Kiwnęła głową i posłusznie weszła do pracowni.

* * *

Paweł dał dwadzieścia pięć kopiejek i wszedł w ciemny korytarz prowadzący do sali projekcyjnej. Z daleka dobiegały dźwięki patefonu, przed nim w półmroku wyrósł ogromny płaski walec. Urządzenie miało po bokach otwory do patrzenia, zgrupowane po dwa jak obiektywy w lornetce. Usiadł na krzesełku i zaciekawiony pochylił głowę.

Na wprost oczu spostrzegł dwa identyczne obrazki. Egipski sfinks w Gizie, za nim piramida Chefrena. Ciało lwa pokrywał piasek, nad jego powierzchnię wystawała tylko głowa. Przysunął się bliżej i naraz obraz uzyskał trójwymiarowość. Szklane klisze, zdjęcia robione z dwuobiektywowego aparatu, domyślił się. Każde oko widzi jedno, ale są ciut przesunięte, więc obraz w mózgu będzie idealnie stereoskopowy, jak przy oglądaniu tego w rzeczywistości...

Mechanizm brzęknął i zdjęcia się przesunęły. Teraz patrzył na jakąś egipską świątynię. Dźwięki muzyki dobiegały jakby z daleka. Kolejne przezrocza, palmy daktylowe pochylone nad kanałem, drewniane koło czerpakowe i osiołek w kieracie...

Podróżnik oderwał się z trudem. Magia tego urządzenia zdumiała go i zachwyciła zarazem. Ale przecież nie po to tu przyszedł. Wstał z siedzenia i obszedł walec wokoło. Tatiana siedziała i patrzyła w obiektywy. Poszedł cicho i stał przez chwilę, łowiąc nosem zapach jaśminowych perfum. Wreszcie ocknął się i opuścił salę.

Filip stał w bramie.

– Gdzie byłeś? – Popatrzył na przyjaciela badawczo.

– Obejrzałem sobie kawałek seansu. – Wskazał szyld fotoplastykonu. – Ona tam jest.

– Rozmawialiście?

– Nie, chciałem ją tylko raz jeszcze zobaczyć. – Spuścił głowę. – Nie zrozumiesz...

– Zrozumiem – pocieszył go lotnik. – Co dalej?

– Możesz na przykład tam wejść, dać jej czymś po głowie, wywlec, złapać dorożkę, pokazać podrobioną odznakę ochrany i kazać się zawieźć do hotelu. Potem zadzwonić do Nowycha i za wypuszczenie córki zażądać adresu Citki.

– Hm...

– Tylko że, wybacz, ja ci w tym nie pomogę...

– Kochasz ją?

Kiwnął głową i zatrzęsła mu się broda. Magda wyszła z pracowni.

– Co się stało? – zaniepokoiła się.

– Zwijamy akcję – powiedział Filip. – To znaczy ty odprowadź Pawła na kwaterę, a ja pójdę za Tatianą.

– Ona tam jest? – Gestem wskazała drzwi.

– Tak. – Paweł schował twarz.

– Zaczepię jej pluskiewkę. – Magda spokojnie minęła drzwi. Po chwili dobiegł ich uszu cichy brzęk srebrnej monety rzuconej na ladę.

– Nie będziemy brać Tatiany jako zakładniczki – powiedział niedoszły lotnik. – Szantaż, tortury to ich metody działania. Walczymy o cholernie wysoką stawkę, ale wygramy tę rundę czysto. Będziemy ją nadal śledzić, aż zlokalizujemy Citkę.

– Dziękuję. – Paweł dochodził do siebie. – I przepraszam. Nie powinienem się tak rozklejać...

– Nie powiem nikomu. Co zamierzasz robić?

– Zacisnę zęby i poczekam, aż mi przejdzie, a co innego mi zostało?

– Jeszcze dwa inne wyjścia. Możesz wrócić do naszych czasów. Dorwiemy drania, nastąpi Dzień Wskrzeszenia, nawet nie będziesz pamiętał, że ją znałeś. Po drugie, możesz zostać tutaj. Nawiązać z nią kontakt, uciec na przykład do Ameryki. Gdzieś, gdzie wasza obecność nie zagrozi przyszłości tej części świata. Choć oczywiście nie możemy wiedzieć, jak zmiana losów tej dziewczyny wpłynie...

– Wybieram wariant pierwszy.

– Wracasz?

– Zostaję, zaciskając zęby. Ta dziewczyna to po prostu moja *femme fatale*... Poza tym cóż, mnie się spodobała, ale ja byłem dla niej tylko kolejnym zadaniem do wykonania.

Przyszła Magda.

– Gotowe – powiedziała. – Już nam się nie wymknie. To znaczy dopóki nie zmieni sukni albo nie zauważy smyczy.

* * *

Wrócili do hotelu. Sławek siedział, studiując plan miasta na monitorze.

– Wystrzel sowę i spróbuj namierzyć sygnał pluskwy – polecił Filip. – Zaczepiliśmy Tatianie.

– Już zrobione. – Z uśmiechem wskazał urządzenie. – Wasza zwierzyna jedzie na północ. Nie chcę, żeby sowa rzucała się w oczy, puściłem ją na pułap ośmiuset metrów.

– Dobra, zobaczmy, co tam słychać w okolicy. – Paweł otworzył drugiego laptopa. – Film z holu...

– Masz obsesję – westchnęła Magda.

– On ma rację. – Lotnik pokręcił głową. – Nie możemy ryzykować. Bezpieczeństwo jest najważniejsze.

– No i mamy kłopoty – syknął Paweł. – I to poważne...

Odwrócił komputer w ich stronę. Kamera uchwyciła obraz kapitana Nowycha stojącego naprzeciw recepcji.

– Kiedy? – zapytał Filip i automatycznymi ruchami zaczął pakować sprzęt do walizki.

– Dwadzieścia trzy minuty temu! Minęliśmy się z nim w holu o włos.

– Przyszedł, pogadał, dowiedział się, że tu mieszkamy, ale jeszcze nas nie ma – wydedukował Paweł. – Popatrzcie, dzwoni gdzieś...

– To znaczy, że albo neurotoksyna nie zadziałała, albo odtworzył poprzednią akcję z zeznań innych, albo po prostu pamięta, że jego zadaniem jest wyłapywanie takich jak my. Robił to przecież już wcześniej – syknął student.

– Dzwoni po agentów – szepnęła Magda. – A teraz pewnie stoi naprzeciw, pilnując drzwi.

Paweł i Sławek zebrali resztę rzeczy i wrzucili do walizek. Lotnik wyjrzał zza firanki.

– Hotel jest już otoczony – powiedział cicho. – Biegiem, do łazienki na końcu korytarza!

Wyszli z pokoju, Filip przekręcił klucz w zamku i wrzucił go do kieszeni. Do dziurki wcisnął trochę kleju cyjanoakrylowego.

– To ich na chwilę zatrzyma...

Przemknęli w milczeniu korytarzem, minęli schody, zakręcili. Wślizgnęli się w ostatnie drzwi na lewo. Student zamknął je za sobą na klucz. Oblał szczelinę między skrzydłem a futryną szybkowiążącą żywicą epoksydową. Po ciemku odszukał lampę gazową, wrzucił ćwierćrublówkę i zapalił.

– Wybiorą nas stąd jak lisy z kurnika – mruknął Paweł. – Nie wiem, jak wy, ale ja nie dam się wziąć żywcem. – Wyjął z kieszeni scyzoryk i przymierzył ostrze do nadgarstka.

– Niekoniecznie – burknął Sławek. – Filip z pewnością już coś wymyślił? – W czasie poprzedniej misji nauczył się ufać przyjacielowi.

Zapytany bez słowa wyjął z pochwy nóż ultradźwiękowy. Rozejrzał się po pomieszczeniu. Piękna marmurowa umywalka, żeliwna wanna. Ściany wykładane płytkami z białego kamienia, mosiężna armatura, w kącie wiklinowy kosz.

– Módlcie się, żeby tę ścianę zbudowali na dwie cegły, a nie na trzy – powiedział i odsunąwszy kosz, przyłożył klingę do muru. Zasyczało i przeszła na drugą stronę. Wyciął pospiesznie owalny otwór i wypchnął środek. Po drugiej stronie było ciemno jak w grobie.

Prześlizgnęli się pospiesznie. Z korytarza dobiegały łomoty – najwyraźniej policja szturmowała już ich pokój. Zaraz się przekonają, że ptaszki wyfrunęły. Sławek dociągnął kosz, aby zasłonić dziurę. Magda zapaliła latarkę.

– Pakamera pod schodami – oceniła. – Gdzie dalej?

– Ulica z pewnością jest obstawiona – zamyślił się lotnik. – Ale tu też nie możemy zostać.

Wyszli spod schodów i cicho ruszyli w dół. Byli już przy drzwiach wejściowych, gdy ze służbówki wyskoczył dozorca.

– A wy co za... – nie dokończył pytania, bo Paweł rąbnął go porażaczem elektrycznym.

Ułożył bezwładne ciało w pokoiku. Wyjrzeli ostrożnie na ulicę. Widzieli stąd boczną ścianę hotelu. Parkowało przy niej kilka dorożek, kręcili się żandarmi i osobnicy po cywilnemu.

– No i kaszana – mruknęła Magda. – Może schowamy się w piwnicy?

– Ciężka sprawa, jak rzucą się za nami, mamy niewielkie szanse zwiać – rozważał Sławek. – Zwłaszcza że jesteśmy obładowani sprzętem. Może zachowajmy lotki z wirusem i spalmy resztę? Bez obciążenia zbiegniemy w dół skarpy na Powiśle i...

– Samochód. – Filip pokazał maszynę zaparkowaną po drugiej stronie ulicy.

Teraz dopiero zauważyli, że do jednego z pojazdów nie były przyprzęgnięte konie. Wcześniej wzięli go po prostu za dorożkę. Kierowca siedział na koźle, silnik najwyraźniej pracował, bo z rury wydechowej co chwila wzbijał się obłoczek spalin.

– Chyba jeden z pierwszych peugeotów – orzekł Sławek. – Rozwija pewnie ze trzydzieści kilometrów na godzinę, ale w każdym razie więcej niż dorożka. Silnik o mocy jakichś pięciu koni mechanicznych.

– Ma herb na drzwiczkach – zauważył Paweł. – I to chyba rosyjski.

– To może być auto księcia namiestnika Aleksandra Imeretyńskiego. Spróbujemy je przechwycić. – Filip wyjął z walizki obły kształt. – To petarda antyterrorystyczna, zatkajcie uszy i otwórzcie usta. Gotowi?

Wyrwał zawleczkę i rzucił ładunek w kierunku kordonu. Upiorny wizg jakby startującego odrzutowca, oślepiający błysk. Puścili się biegiem. Kierowca na ich widok sięgnął po korbę, ale Paweł z paralizatorem znowu był szybszy. Sławek wskoczył na kozioł.

– Skąd umiesz to prowadzić? – zdumiał się Filip.

– A kto powiedział, że umiem? Nie wygląda skomplikowanie... – Pociągnął wajchę, jednocześnie patrząc, jak pod ażurową podłogą ruszają się mechanizmy. – To jest sprzęgło – rzucił odkrywczo. – A to będzie gaz!

Pojazdem szarpnęło, w ostatniej chwili wskoczyli do środka, po czym automobil ze zdumiewającą szybkością ruszył ulicą prosto w największy rozgardiasz. Agenci, żandarmi, spłoszone dorożkarskie konie... Minęli je, nabierając prędkości.

– Wrzuć trzeci bieg! – wrzasnął Paweł.

– Nie mogę, tu jest tylko jeden! – Dał lekko po hamulcach i zakręcił całkiem sprawnie, to znaczy nie wywrócił wehikułu. – Dokąd szanowni państwo sobie życzą? – zażartował.

Pierwsza kula zrykoszetowała o latarnię, kolejne dwie przebiły brezentową budę.

– Potem będziemy myśleć! Chodu!

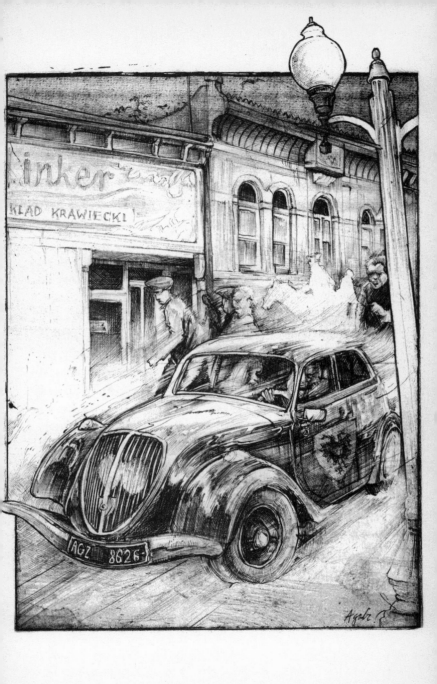

Pojazd, trzęsąc się i prychając z rury wydechowej, przyspieszył. Wyjechali na Żelazną, potem skierowali się w stronę cmentarza. Gdzieś za Powązkami zwolnili. Zagajniki, nieużytki, walące się budy i glinianki. Zatrzymali się w niewielkim lasku.

– O, w mordę, być może to pierwsza w Warszawie kradzież samochodu – entuzjazmowała się Magda. – Tworzymy historię.

– Co robimy z pojazdem? – zapytał Sławek. – Kurde, zobaczcie, ma reflektory na karbid!

– Zostawiamy – zadecydował Filip. – Pójdziemy na północ, poszukamy jakiegoś lasu i tam przeczekamy do rana.

Kiwnęli głowami.

– Tak starych samochodów zachowało się bardzo niewiele – rozważał Sławek, gdy szli w zapadającym mroku wąską, rozmokłą polną drogą. – Każdy wart jest z pewnością kilkadziesiąt tysięcy euro. Gdyby go tak natowotować dobrze i zakopać...

Znaleźli niezły wiatrołom, dwa grube drzewa runęły, ich pnie leżały równolegle do siebie. Przyświecając sobie latarkami, narwali pożółkłej trawy i nazgarniali liści, by zatkać prześwity pod pniami. Na górze ułożyli ruszt z gałęzi, obłożyli łopianem i przygnietli kolejnymi gałęziami. Wewnątrz było prawie przytulnie. Sławek wyjął laptopa.

– Jeśli straciliśmy sowę, mamy już tylko jedną jaskółkę – powiedział.

– Puściłeś ją tropem pluskwy, jeśli cel się zatrzyma, powinna krążyć nad nim aż do wyczerpania ogniw –

Magda przypomniała instrukcję. – Powinna mieć energii jeszcze na jakieś dwanaście godzin.

– Jest! – Zlokalizował urządzenie. – Siadła na dachu i przełączyła się w stan spoczynku. Wszystkie funkcje chyba w normie. Uruchamiam procedurę wzbudzania. Nowe Miasto – powiedział w zadumie. – Od godziny jest w tym samym punkcie.

– Może tam mieszka? – podsunęła dziewczyna. – Punkt wygodny, blisko i do miasta, i do Cytadeli. I chyba niedrogo, skoro Starówka to zła dzielnica.

– Opuszczę i spróbuję popatrzeć w szyby – zaproponował Sławek.

– Dobra. – Filip kiwnął głową.

Światło paliło się tylko w jednym oknie na piętrze. Sztuczny ptak przycupnął na parapecie. Wnętrze zasłaniała firanka. Sławek dostroił kamery. Obraz z obu rzucony na komputer, eliminacja zakłóceń i uzupełnianie martwych pól. Przeszkoda znikła jakby zdmuchnięta.

Pokoik jak pokoik. Niewielki, klitkowaty. W kącie kilka ikon, wąskie żelazne łóżko z pasiastym materacem wystającym spod zgrzebnej pościeli. Szafa, dwa krzesła, stół zbity z oheblowanych desek, poszarzała podłoga. W kącie mały stolik z wpuszczoną miską, widocznie rodzaj prymitywnej umywalki.

Tatiana siedziała przy stole, po drugiej stronie blatu rozparł się Citko. Dziewczyna patrzyła na niego spokojnie. Sławek włączył fonię.

– Tak, wiem, ta idiotyczna nacjonalistyczna wizja dziejów. Dla mnie realne są inne rzeczy, nie wymysły mitomanów, ale władca, któremu służę. Car silniejszy niż wszyscy królowie Polski razem wzięci. Trzeba się czegoś w życiu trzymać – szeptał.

– Służysz nam za pieniądze.

– To tylko skromne wynagrodzenie, zadośćuczynienie za fakt, że wypełniając polecenia władzy, nie mogę wieść normalnego życia.

– Tu właśnie się różnimy. Ja kocham cara z racji mojego urodzenia. I gotowa jestem oddać za niego wszystko, nawet jeśli nie otrzymam za to nagrody, ani nawet jeśli car nigdy się nie dowie o mojej ofierze. Dla mnie służba jest tym, co nazywasz normalnym życiem. Ale ja wiem, ten wielki i bogaty kraj wpadł nam, Rosjanom, w ręce. I moim zadaniem jest utrzymać ten niespodziewany majątek dla moich braci i sióstr, dla naszych dzieci i wnuków. Podporządkować tę ziemię i jej mieszkańców interesom mojego narodu, zniszczyć tę wiarę i ten lud, by nikt nigdy nie usunął nas z tego, co nasi ojcowie wywalczyli na Polakach, nie szczędząc krwi ani życia... A ty widzisz naszą potęgę i chcesz nam służyć jak pies, choć zaliczasz się do tych, których my chcemy zniszczyć.

– Więc dzieło zniszczenia zacznijcie ode mnie. – Spojrzał na nią roziskrzonym wzrokiem. – Już teraz mówię waszym językiem, wyznaję waszą wiarę. Pochodzenia nie zmienię, ale chcę się stać Rosjaninem.

Wstała z krzesła, patrzyła na niego teraz z góry.

– Ci, których kości od pół wieku łamiemy w X Pawilonie, to prawdziwi mężczyźni. – Wydęła pogardliwie wargi. – Są tacy jak my, tylko znaleźli się po drugiej stronie frontu. Ale potrafią z godnością pluć śledczym w twarze i naszym racjom przeciwstawiać swoje racje. Mogę ich nienawidzić, bo stoją nam na drodze, ale widzę szlachetność ich duszy, podczas gdy przed sobą mam żałosnego kundelka. Nie jesteś jednym z nas i nigdy nie będziesz.

– A kim jesteś ty? – podniósł głos. – Wiesz, że z jakichś dziwnych i niezrozumiałych przyczyn pojawiła się siła, która chce wyeliminować mnie za grzechy i przewiny moich potomków. Masz mnie bronić, choć jestem twoim wrogiem.

– Chronić i służyć to nasza dewiza. To także słowa naszej przysięgi.

– Wpuściłaś mnie do swojego domu i do swojego łóżka. Oddałaś mi swoje ciało na rozkaz ojca. Skoro twierdzisz, że budzę w tobie aż takie obrzydzenie, czemu jesteś tak niewolniczo uległa? Jeśli jestem twoim wrogiem i nigdy nie będę według ciebie godnym, czemu...

– Bo od małego patrzyłam na ludzi, którzy umierali za Polskę, ginęli za kraj, którego od przeszło stu lat nie ma na mapie – syknęła. – I od nich, od naszych wrogów, nauczyłam się, czym jest patriotyzm. A wiesz, kto zrobił na mnie największe wrażenie? Ci, których wysłano, aby cię odnaleźli. Ten pierwszy, który bezbłędnie ocenił sytuację i powiesił się dziesięć minut po wrzuceniu do celi, i ten drugi, który zniósł najgorsze tortury i najsłodsze pokusy, ale nie zdradził. W porównaniu z nimi jesteś żałosnym karłem.

– I takiemu żałosnemu karłowi będziesz dziś w nocy usługiwać w najbardziej poniżający dla kobiety sposób – zakpił.

– Nie ma rzeczy, której nie zrobiłabym dla mojej ojczyzny.

– Rozbieraj się – rozkazał.

Patrząc mu w oczy, ściągnęła suknię, pończochy i majtki. W samym gorsecie położyła się na wąskim łóżku.

– Proszę – powiedziała. – Rób to, na co masz tak wielką ochotę. Wybacz, jeśli będę trochę nieobecna duchem, ale mam tu tomik pięknych rosyjskich wierszy. – Wyciągnęła spod poduszki książkę i zagłębiła się w lekturze.

Citko zgnębiony wpatrzył się w płomień lampy naftowej.

– Czy to możliwe? – zapytał. – Czy istotnie jestem aż takim ścierwem i czy moi potomkowie nigdy nie podźwigną się z upadku? Kapitan Nowych twierdzi, że kiedyś nastanie wolna Polska. – Wyzywająco spojrzał na Tatianę spoczywającą ciągle w tej samej zachęcającej pozycji. – A może dla tej wolnej Polski najlepiej by było, gdybym strzelił sobie w łeb?

Złączyła uda i przekręciła się na bok.

– To niewykluczone – powiedziała. – Twoim problemem jest brak wiary. Sam nie wierzysz w to, co robisz. Służysz nam tylko dlatego, że nie wymyśliłeś sobie lepszego celu w życiu.

– Tylko że ja... – zaczął i urwał.

Zmęczonym ruchem zdjął okulary. Bawił się nimi, przecierając szkła. Dziewczyna ponownie zagłębiła się w lekturze.

– Boję się – wyszeptał Citko. – Boję się plunąć na to wszystko i zacząć od nowa. Nie chcę zostawiać tego, co udało mi się osiągnąć.

– Niczego nie osiągnąłeś. – Jej głos był twardy i bezlitosny. – Wystawiłeś nam kilku ludzi, których drobny sekret poznałeś przypadkiem. Potem udało ci się znowu fartem nakryć lewą drukarnię. Nie nadajesz się na naszego agenta. Jesteś za głupi, za miękki. Nie umiesz planować, nie pomyślałeś, by na przykład przyłączyć się do konspiracji i powolutku rozpracowywać ją od środka, awansować i poznawać ich sekrety aż do ostatniego, ale od razu naskrobałeś donos. Jesteś nam potrzebny tylko w jednym celu.

– Jako przynęta... Ale kupiłem to mieszkanie.

– Do spółki ze mną. Nawet na taką szczurzą norę samodzielnie nie jesteś w stanie zarobić.

Płomień zapełgał.

– Kładź się spać – poradziła. – Mało nafty zostało...

Posunęła się na łóżku, robiąc mu miejsce.

* * *

– Nie mam jakoś ochoty oglądać pornosa w wykonaniu pradziadków – powiedział Sławek. – Możemy to wyłączyć?

– Tak – powiedział Filip. – Podleć sową na dach, zaczep i przełącz w stan oczekiwania. Jutro rano zakończymy misję. Wiemy, gdzie jest.

– Mamy dwie możliwości – powiedział Paweł. – Po pierwsze, wejść do kamienicy naprzeciw, poszukać okna wychodzącego i kropnąć go z karabinu. Poświęcić dwie lotki, pierwsza rozbije szybę, druga zaaplikuje mu wirusa.

– A druga możliwość? – zainteresował się Sławek. – Zaczaić się w bramie naprzeciw i kropnąć go, gdy będzie wychodził?

– Nie. Za duże ryzyko. Nie możemy stać kilku godzin w bramie, za bardzo będziemy zwracali na siebie uwagę – pokręcił głową Filip. – Już raczej... wejść do środka i zaaplikować mu wirus z bliska.

– Ryzykowne jak diabli – zwrócił uwagę Sławek. – Mogą mieć broń.

– Równie ryzykowne jest włamywanie się do domu naprzeciwko i szukanie dobrego miejsca do oddania strzału. Nie wiemy, kto tam mieszka, a poza tym takie wdarcie się może doprowadzić do niekontrolowanych zmian historii – rozważał student. – Musimy zrobić rano przegląd wyposażenia. A na razie chodźmy spać. Na wszelki wypadek wystawimy warty. Po dwie godziny. – Wyjął z walizki okulary noktowizyjne. – Jest dwudziesta druga. Pobudka o czwartej rano.

– Będę pilnował pierwszy – zaofiarował się Sławek.

– Swoją drogą, to zdumiewające – powiedział Paweł, układając się jak najwygodniej. – Co ta dziewczyna zobaczyła w tej mendzie?

– Polecenie ojca i tyle – wzruszyła ramionami Magda.

– Nie. Nowych zorientował się, że Citko jest taki ważny, dopiero niedawno. I podsunął mu córkę. To, co teraz widzimy, to bezpośredni efekt naszej ingerencji.

– Może we wcześniejszej wersji historii poznali się trochę później, gdy pracował już na etacie w ochranie? – podsunął maturzysta. – Dzielny agent, dość przystojny, koleżanka z pracy, uwiedzenie, wpadka, niechciana ciąża, pospieszny ślub i tak dalej.

– To brzmi prawdopodobnie – zgodził się Filip.

* * *

Obudzili się zdrowo przemarznięci. Las o świcie pełen był mgły.

– Przydałoby się golnąć śliwowicy na rozgrzewkę – westchnął Sławek. – Może po drodze kupimy?

– Celność po alkoholu bardzo spada – odparł Filip. – Ale po robocie czemu nie...?

Otworzyli walizki. Przebrali się pospiesznie.

– Zostawiamy jednego laptopa i opaskę do sterowania sową, jaskółkę jako rezerwę, oba karabiny – zadysponował. – Każde z was dodatkowo dostanie fiolkę z wirusem. – Rozdał pudełeczka.

– Przewidujesz kłopoty? – Paweł przechylił głowę.

– Tak. Nowych z pewnością postawił na nogi policję, ochronę i żandarmerię. Citkę schował u córki i raczej nie będzie go chwilowo narażał, ale na nas sobie zapolują. Więc musimy być gotowi na każdą ewentualność. W razie czego niech każdy będzie w stanie samodzielnie wykonać zadanie.

– Co radzisz?

– Przejdziemy na miejsce akcji pojedynczo. Spotkamy się w bramie jego kamienicy o... szóstej rano – ocenił odległość. – Drzwi sforsujemy przy użyciu wytrychów albo, jeśli się nie da, lewarkiem. Wpadamy, obezwładniamy, aplikujemy co trzeba. Po zastrzyku straci przytomność na kilka godzin, będzie jednak problem z Tatianą. Zwiążemy ją i zakneblujemy. Potem przechodzimy na Stare Miasto do tunelu i wracamy do instytutu.

– Brzmi nieskomplikowanie – mruknęła Magda. – Mogę iść z tobą? Raźniej jakoś we dwójkę...

– Nas mogli zapamiętać po tamtej zadymie w Łazienkach. Jeśli boisz się iść sama, pójdziesz z którymś z nich.

– Jestem przystojniejszy – ucieszył się Sławek.

– A ja mam czterdzieści owiec – błysnął zębami Paweł. – Jestem bogatszy.

– Gdzie masz te owce? – zdumiała się.

– W Kazachstanie. To znaczy miałem – zasępił się.

Resztę wyposażenia zniszczyli. Kawałek drogi przebyli wspólnie, potem się rozdzielili. Filip szedł pomiędzy czynszówkami zatopiony w myślach. Uda się czy nie? Obawiał się, że tak wcześnie rano ulice będą puste, ale, jak się przekonał, był w błędzie. Otwierano sklepy, dozorcy zamiatali ulice, roznosiciele gazet pędzili z torbami przewieszonymi przez ramię. Przypomniał sobie, że nie jedli śniadania, zaszedł więc do masarza i kupił sznur parówek. Były trochę słone, ale wyśmienite w smaku. Epoka soi, żelatyny i konserwantów E800 miała dopiero nadejść.

Do kamienicy, w której mieszkał Citko, podkradał się jak zwiadowca do nieprzyjacielskiego okopu. Nic jednak nie wskazywało, by zastawiono tu na nich pułapkę. Wszedł w bramę. Sławek i Magda już na niego czekali.

– Pawła jeszcze nie ma? – zaniepokoił się.

Pokręcili przecząco głowami. Usiadł obok nich na schodach. Czekali może kwadrans. Wszedł do sieni zziajany.

– Przepraszam za spóźnienie – wysapał. – Pobłądziłem.

– Dobrze, że jesteś. Baliśmy się już, że wpadłeś.

Wspięli się na piętro. Magda przyłożyła słuchawkę do drzwi.

– Chyba jeszcze śpią, żadnego ruchu – szepnęła.

Filip wyciągnął z kieszeni pęk wytrychów i bez trudu otworzył nieskomplikowany zamek. Psiknął w zawiasy trochę preparatu oliwiącego, żeby nie skrzypnęły. Wślizgnęli się po cichu do garsoniery. Miniaturowy przedpokój z wnęką kuchenną i pokoik, który widzieli już poprzedniego dnia. Tatiana i Piotr Citko spali na łóżku nakryci cienkimi pledami. Paweł wyjął paralizator i obezwładnił śpiących. Zabrali się szybko do roboty, sznurki i taśmę do kneblowania mieli już naszykowane. Dziewczyna i jej towarzysz odzyskali przytomność, gdy byli już fachowo rozciągnięci na łóżku i solidnie przywiązani.

– Przeszliśmy długą drogę i wreszcie jesteśmy u celu – powiedziała Magda i nieoczekiwanie osunęła się na kolana.

Filip złapał ją za ramiona i podtrzymał, ale była bezwładna jak szmaciana lalka. Jej oczy, zawsze rozświetlone wesołymi iskierkami, przypominały teraz porcelanowe kulki. W czasie wojny widział wiele ciał, zrozumiał natychmiast, że dziewczyna nie żyje, tylko dlaczego?! Z przodu na jej bluzce powoli wykwitła czerwona plama.

Spojrzeli w stronę drzwi. Michał stał na korytarzu, trzymając w ręce pistolet z długim tłumikiem.

– Przykro mi – powiedział. – Ja tylko wypełniam rozkaz... Zamknijcie oczy, tak będzie wam łatwiej.

– Ty ścierwo! – syknął lotnik. – Strzeliłeś dziewczynie w plecy! – Głos zadrżał mu, gdy pojął nagle sens swoich słów.

– To bez znaczenia, wszyscy ożyjecie w Dniu Wskrzeszenia. I nawet oczyszczeni z grzechu, który planowaliście popełnić.

– Co ty bredzisz? – syknął Paweł. – Nawet jeszcze nie wypełniliśmy misji!

– Zdradziliście. Takie są konsekwencje. W zasadzie wykręciliście się sianem, bo nie tylko będziecie żywi i nieświadomi, ale wasze łajdactwo zapamiętam tylko ja. A tak na marginesie, zidentyfikowali cię wreszcie, gnido. – Spojrzał na Sławka.

Ten nagłym ruchem kopnął pustą walizkę. Filip padł na ziemię i przetoczył się w stronę futerału z karabinem. Ściana go zasłoniła, znalazł się w martwym polu. Może zdąży? Brzęknęła pękająca szyba, kula z trzaskiem uwięzła w masywnych drzwiczkach szafy. Chwilę potem rozległ się huk wystrzału.

Niedoszły lotnik zamarł i popatrzył. Sławek z dymiącym rewolwerem w dłoni stał koło okna. Uśmiechał się oszołomiony, lekko mrużąc oczy. Michał osuwał się po ścianie, znacząc na tynku szeroką czerwoną smugę. Kula strzaskała mu żuchwę i przeszła przez szyję. Sławek podszedł, wyłuskał z palców Michała pistolet z tłumikiem i na wszelki wypadek wystrzelił do niego jeszcze dwa razy. Zza pleców dobiegł ich jęk. Paweł siedział w kącie zgięty wpół, przyciśniętą do piersi ręką usiłował powstrzymać krwawienie. Michał zdążył go trafić.

– Ty... – zaczął lotnik, patrząc na Sławka. – Co on pieprzył? Kto, do diabła, zdradził?!

– Pewnie pomyśleli, że ja. – Sławek z westchnieniem odłożył obie spluwy na stół i pochylił się nad Pawłem.

– Po mnie – szepnął przybysz z dalekiego Kazachstanu. – I tak cholernie boli...

– To już nie potrwa długo. – Sławek usiadł obok w rosnącej kałuży krwi i objął go ramieniem. – Znasz modlitwę „W godzinę śmierci"?

– Nie – wychrypiał.

– Ja też nie... – Spojrzał na Filipa.

Ten pokręcił bezradnie głową.

– To się przeżegnaj chociaż, tak na wypadek gdyby się okazało, że z tym Dniem Wskrzeszenia to lipa...

– Dlaczego? – Ranny spojrzał na kumpla ostatkiem sił. – Czemu oni pomyśleli, że...

– To moja wina. Jestem nieślubnym synem prezydenta Citki – westchnął Sławek. – Dziedzicem z nieprawego łoża, jak to się mówi. I pech chciał, że trafiłem do was. I, zdaje się, sprawa się rypła.

– Cudnie – mruknął Filip, biorąc rewolwer ze stołu.

Zatrzasnął drzwi i zaryglował na wszelki wypadek. Ciało Magdy zniknęło z cmoknięciem, wyrywając dziurę w podłodze.

– To nie tak, jak myślicie. – Sławek patrzył spokojnie prosto w wycelowaną w niego lufę. – Misja to misja. Ja to zadanie wykonam.

– Zaszczepiłbyś wirusem własnego prapradziadka!? – Filip z wrażenia omal nie nacisnął spustu.

– Jeśli trzeba, to mogę go nawet zabić. Moja rodzina dość nabruździła w historii. Odkupię te winy.

– Zginiesz...

Kiwnął obojętnie głową. Paweł zacharczał i miotnęły nim drgawki. Sławek ostrożnie położył zwłoki na podłodze pośrodku pokoju i odsunął się na bezpieczną odległość. Po chwili ogarnęła je zielona poświata i znikły. Ciała Michała też już nie było. Syn prezydenta wyjął z kieszeni ampułkę z wirusem.

– Wiedziałeś, że on i córka Nowycha...? – zaczął lotnik.

– Oczywiście. Strasznie się plątaliście w poszukiwaniach, więc uznałem, że trzeba je trochę ukierunkować. – Sławek uśmiechnął się smutno. – Ale mój pradziadek urodzi się dopiero za sześć lat. Można powiedzieć, zdążyliście. Zdążyliśmy – sprostował cicho.

Podszedł do łóżka.

– Jakie to wszystko chore – powiedział. – Miał rację. Będą cierpieć za grzechy nie tylko cudze, ale jeszcze nawet niepopełnione. Ja zginę za to samo... A za to, co już zdążył zrobić, nie zostanie ukarany.

– Może lepiej ja? – zaproponował Filip miękko.

– Mam dziwne wrażenie, że to moje zadanie – odparł Sławek. – No to do roboty... Ma być domięśniowo?

– Tak.

Zdjął kapturek zabezpieczający i dziabnął Piotra Citkę w udo. Ten szarpnął się kilka razy i znieruchomiał.

– Powinienem powiedzieć teraz coś wzniosłego, ale jakoś nic mi nie przychodzi do głowy – westchnął Sławek. – Pewnie za chwilę będzie po mnie...

– Ciągle tu jesteś. – Filip spojrzał na przyjaciela. – Widać nie taki straszny ten paradoks dziadka.

– Widzę piękne miasto z białego marmuru – szepnął Sławek. Mimo półmroku jego źrenice zwęziły się, jakby patrzył prosto w światło.

A potem rozwiał się niczym dym. Ostatni z podróżników przeżegnał się. Długą chwilę patrzył na miejsce, w którym jeszcze przed chwilą stał jego przyjaciel. A zatem udało się. Przyszłość została unicestwiona, narodziła się na nowo. Trzeciej wojny światowej nie będzie. Ten dom, w którym są, przestanie istnieć. Przydałoby się zamówić niedużą płytę z granitu i położyć gdzieś w lesie. Bohaterskie czyny warto upamiętnić...

– Dzień Wskrzeszenia – mruknął do siebie. – Jakby nie mogli wymyślić mniej patetycznej i napuszonej nazwy.

Otworzył drzwiczki pieca, wrzucił do niego broń i resztę wyposażenia. Zapalił zapałkę i przytknął do lufy. Błysnęło oślepiające światło. Przymknął drzwiczki. Patrzył, jak rozgrzewają się do czerwoności. Temperatura spalania rzędu kilku tysięcy stopni Celsjusza. Miał tylko nadzieję, że nie puści z dymem budynku. Załadował rewolwer Sławka i wsunął go do kieszeni. Przez gruby materiał płaszcza pomacał zwitek banknotów. A potem uśmiechnął się do swoich myśli. Citko leżał nieprzytomny.

Pochylił się i odczepił plaster Tatianie.

– Wrzaśniesz – zabiję! – zapowiedział.

Kiwnęła głową.

– Przekaż ojcu, że wykonaliśmy nasze zadanie. Więcej nas nie spotka.

– Co z nim? – Ruchem brody wskazała leżącego obok chłopaka.

– Będzie nieprzytomny przez kilka godzin, a potem chory przez mniej więcej tydzień. Pozbawiliśmy go możliwości płodzenia dzieci.

– Dzień Wskrzeszenia? – Musiała usłyszeć, o czym rozmawiali.

– Tak.

– Nasz prawnuk... Nie będzie go. Dlaczego nam to zrobiliście?

– Zamordowałby cztery miliardy ludzi. Musieliśmy. Tak będzie lepiej i dla Polski, i dla Rosji. Rozumiesz?

– Zagraliście poniekąd po naszej stronie.

– W pewnym sensie tak. – Przeciął więzy na rękach Citki. – Gdy dojdzie do siebie, uwolni cię.

– Paweł?

– Przeżyje, ale w naszych czasach. Nie wróci tu nigdy, a ty nie dożyjesz dnia jego urodzin. Nie będzie też o tobie pamiętał.

– Szkoda, to jest naprawdę wielki człowiek. Cieszę się, że mogłam go poznać. Choć jest naszym wrogiem.

– Żegnaj i zapomnij o tym.

– Żegnaj.

Przed kościołem czekała dorożka.

– Wolny?

– Szybki jak sam diabeł. – Woźnica wyszczerzył w uśmiechu krzywe zęby. – Dokąd szanowny pan życzy?

Epilog

Filip wszedł do banku. Przy ladzie nie było klientów.
– Czym możemy służyć? – uśmiechnął się kasjer.

– Chciałbym wymienić banknoty na złoto – wyjaśnił, wyjmując z wewnętrznej kieszeni gruby plik pieniędzy.

– Oczywiście.

Szybko odliczał monety. Na ladzie wyrósł pokaźny połyskujący stos. Cztery tysiące rubli.

– Dam panu płócienny woreczek. – Kaskada złotych krążków z cudownym brzękiem spłynęła do mieszka.

Filip ujął łup i aż jęknął w duchu. Zważył w dłoni i schował do wewnętrznej kieszeni płaszcza. Dobre cztery kilo kruszcu. Wyszedł z banku. Na Pradze, za Rogatką Golędzinowską, pomiędzy nasypami kolejowymi leżał mały cmentarzyk – pamiątka epidemii cholery. Sztuczny nasyp obłożony kamieniami, na nim ceglany murek i pomnik z piaskowcowych bloków. W czterech rogach posadzono dęby. Filip był tu raz w życiu, na początku XXI wieku. Wtedy murek był mocno zniszczony, z pomnika pozostało trochę rozwłóczonych kamieni, a jedynym śladem po drzewach był wypalony pień jednego.

Podszedł, oparł dłoń o korę.

I wtedy go zobaczył. Szary kot siedział na murku i patrzył na niego z cudowną kocią obojętnością.

– Znowu? Już cię widziałem.

– Nie mnie – odpowiedział kot. – Jest nas wielu.

– Po co przyszedłeś? Czemu ze mną rozmawiasz? Do tej pory...

– Jestem tu, by ci pogratulować. Nieczęsto widuje się człowieka, który uratował ludzkość.

– To nie ja.

– Ale byłeś przy tym, a tamtych już nie ma. A zarazem są. W pewien sposób istnieją wszystkie wersje, wszystkie ścieżki czasu.

– Kim jesteście?

– Przecież domyślasz się tego.

Milczeli, patrząc na siebie.

– Czyli wykonałem swoje zadanie? Historia uległa zmianie? Przybywacie z naszej przyszłości?

– Przybywamy z wielu przyszłości. Rejestrujemy zmiany. Czasem, gdy ktoś chce zmienić zbyt wiele, ingerujemy. Nazwaliście to efektem insekta, ale to my. Jeśli się boisz, że teraz zginiesz, porzuć obawy. To, czego dokonałeś, niosło chaos, ale było dobre. A tam, dokąd wracasz, nie ma już instytutu. Nikt ci nie uwierzy. Na nasze istnienie też nie masz dowodów.

– A cewka z „Titanica"? To przecież dowód. Bo to pewnie któryś z was...

– Skradziono ją z muzealnego depozytu wiele lat temu. Sam rozumiesz, kilkadziesiąt gramów platyny...

Wielu mogło się na to połaszczyć – zakpił kot. – Bywaj, Filipie. I najlepiej zapomnij o tym, co przeżyłeś.

– Żegnaj.

Przez chwilę patrzył, jak kot z gracją sadzi przez wysokie trawy. Odwzorowanie ruchu żywego zwierzęcia było perfekcyjne.

A potem odmierzył siedem kroków na północ i zaczął kopać dziurę. Wróci do XXI wieku. Jeśli uległ powieleniu, to trudno, ale jeśli nie, znowu będzie elewem szkoły lotniczej i tym razem uda mu się ukończyć szkolenie. Odnajdzie Michała, Magdę i nawet Pawła w dalekim Kazachstanie. Kto wie, może i Sławek jakimś cudem będzie żywy?

Zapadał zmrok. Wrzucił woreczek i zaczął go starannie zasypywać. Po stu trzydziestu latach leżenia w piachu z płótna nie zostanie pewnie żaden ślad. Ale złoto nie koroduje. Wydobędzie ten skarb. Przyjaciele... Nasypie każdemu czapkę złotych rubli. Skoro uratowali świat, parę groszy za fatygę im się należy. Opowiedzieć im, czego dokonali? Uwierzą? Pewnie nie. Ale spróbuje. A Magda? Czy to delikatne uczucie między nimi pojawi się po raz drugi? Czy przyjaźń rozkwitnie w coś głębszego? Miał szaloną ochotę to sprawdzić. Zadanie wykonane. Pora wrócić do domu.

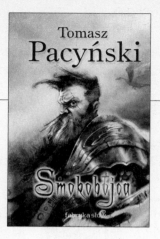

Tomasz Pacyński

Smokobójca

Tomasz Pacyński udowadnia, że w każdej bajce mogą wystąpić „nieprzewidziane okoliczności". Myli się jednak ten, kto pomyśli, że te historie są prostymi bajkami o smokach i rycerzach. Pod pozorem niekiedy zabawnej treści ukryte są prawdy o życiu i o nas samych, ale autor daleki jest od prawienia morałów.

W *Smokobójcy* jest miejsce na opowieści o smokach, ale również o wiele groźniejszych bestiach, ukrytych w ludziach. Czy bohaterom uda się odnaleźć prawdę o jednej z nich? Przekonaj się, do czego zdolni są ludzie, którzy znaleźli się we władaniu demona. Znajdziesz tu opowiadania pełne błyskotliwego humoru, zaskakujących aluzji do postaci historycznych, współczesnych i literackich, ale również opowiadania mroczne, nasączone ponurą atmosferą.

ISBN: 83-89011-84-0

Anna Kańtoch

Zabawki diabła

Domenic Jordan skończył medycynę, ale nie jest praktykującym lekarzem. Interesują go magia i demonologia, a ponad wszystko wyjaśnianie tajemnic, co czyni z wyjątkową dociekliwością i uporem.

Wspólnie z bohaterami będziesz podążać do kolejnych miejsc i kolejnych tajemnic. Przeniesiesz się do dawnej posiadłości, w której znajduje się przytułek dla obłąkanych i w której z niewyjaśnionych powodów kamienne figury zaczynają płakać krwawymi łzami, pojawiają się dziwne napisy i... kolejne trupy. Poznasz tajemnice z dawnej przeszłości Domenica, które odcisnęły piętno w jego duszy oraz pozostawiły głębokie blizny na jego ciele. Dowiesz się, jaką moc posiada posąg nazywany Strażnikiem Nocy i jak wiele ludzie są w stanie dla niego poświęcić...

ISBN: 83-89011-85-9

W serii „Bestsellery polskiej fantastyki" dotychczas ukazały się:

W serii ukażą się:

Redakcja serii
Eryk Górski
Robert Łakuta

Redaktor prowadzący
Dorota Szczuka

Projekt okładki
Piotr Cieśliński

Grafika na okładce
Dominik Broniek, Piotr Cieśliński

Ilustracje
Grzegorz i Krzysztof Domaradzcy

Redakcja
Katarzyna Pilipiuk
Karolina Wiśniewska

Korekta
Magdalena Putek
Krzysztof Wójcikiewicz

Skład i łamanie oraz opracowanie graficzne okładki
Dariusz Nowakowski

Sprzedaż internetowa

Zamówienia hurtowe

Firma Księgarska Jacek Olesiejuk
01-217 Warszawa, ul. Kolejowa 15/17
tel./fax: (22) 631-48-32
www.olesiejuk.pl, e-mail: hurt@olesiejuk.pl

Wydawca

Fabryka Słów Sp. z o.o.
20-111 Lublin, Rynek 2
www.fabryka.pl
e-mail: fabryka@fabryka.pl

Druk i oprawa

OPOLgraf SA
www.opolgraf.com.pl